Wir Erben

Ich danke S. F. für ihre Geschichte.
Ihr, meinen Freunden und meiner Familie ist dieser
Roman gewidmet.

Außerdem danke ich dem Bundesministerium für
Unterricht, Kunst und Kultur sowie der Stadt Wien
für die Unterstützung der Arbeit an *Wir Erben*.

Druck: CPI Moravia Books, Pohorelice
ISBN 978-3-99027-051-6

ANGELIKA REITZER

Wir Erben

ROMAN

JUNG
UND
JUNG

Teil I

1. Wände

Mitten im Meer eine kleine Insel, von hohen Wellen umbrandet. Er und sie sind in dem Haus, das die Insel ausfüllt und in dem eine Matratze liegt, die so groß ist wie das Haus. Wellen schlagen gegen die Hausmauern, Felsen ragen aus dem Wasser, in die unverputzten Ziegelwände hinein. Vor der Abfahrt mussten sie genau angeben, was sie essen werden, Mahlzeit für Mahlzeit, und die genauen Mengen. Ihr gesamter Lebensmittelvorrat, der zum Teil aus fertigen Speisen bestand, war in zwei Kartons verpackt, für die Nacht und den darauffolgenden Tag. Die Mengen deuteten auf länger hin. Zwei Kartons, als gehörten sie nicht zusammen, als wären sie zwei zufällig miteinander Reisende. An Essen erinnert sich Marianne nicht, aber an die hohen Wellen, die gegen die Wände schlagen. Fest und sehr hart. *Nur beim Verteidigungshaushalt heißt es plötzlich, das sei ein souveränes Recht des Staates. Das ist doch* … Aber was hat das mit Krankenschwestern zu tun? Marianne fällt noch einmal in den Schlaf zurück und weiß, dass sie von der Hitze nur träumt. Sie liegt zwischen Decken und Polstern und unter Daunen, ihr Zimmer ist nicht geheizt. Was sie als Kind hasste, muss jetzt sein. Schlafwarm ist sie, aber der Schweiß rinnt nicht wie im Traum in Bächen an ihr hinunter. Sie greift sich zwischen die Brüste.

Es ist dunkel, Marianne erkennt die grünen Ziffern des Radioweckers, der in ihren Traum hineinrauscht, sodass er sich scheppernd davonmacht und entschwindet. Sie hört von einem iranischen CIA-Agenten, dass es sich um eine Hinrichtung handelt, bekommt sie nicht mit. Sie träumt meistens von – Aber wieso Rauschen? Und wer war der Mann in ihrem Bett auf dieser Insel? Marianne hört das Ticken ihrer Armbanduhr, die am Nachttisch liegt. Wie lange es her ist, dass sie einen *sexuellen Traum* hatte. Erst als sie diese Worte denkt, erinnert sie sich tatsächlich an das Geträumte. Das Rauschen aus dem Radio hat sich in ihrem Kopf festgesetzt, die Bewegung, die eine gemeinsame Bewegung ist, ein Stoßen vielleicht, könnte in eine Welle, die eine harte Welle ist, übergegangen sein. Ein Schlag eigentlich. Wie lange ist es her, dass sie mit Eric geschlafen hat? Sie zieht die Decke bis unters Kinn. Die dumpfen Schläge der Wellen, das betäubte Echo davon in ihrem Kopf. Wenn sie am Lautstärkeregler des Radioweckers dreht, kann sie das Rauschen zurückdrehen, aber es verschwindet nicht. Sie drückt den Knopf am Radio, sie schaltet die Nachttischlampe ein. Kurz knistert die Glühbirne, das Ticken der Uhr vergisst sie.

Draußen ist es dunkel, im Haus ist es still.

Bevor sie sich anzieht, sitzt sie ein paar Minuten auf dem Hocker im Badezimmer. Neben dem Wäschekorb liegt verschlungen eine Strumpfhose auf dem Fliesenboden, die ihre Mutter vergessen haben wird. Zwischen Mariannes Handtüchern hängt eines, knallgelb, das sie zur Schmutzwäsche gibt, auch die Strumpfhose lässt sie in den Wäschekorb fallen. Marianne geht ins andere Zimmer und stellt die Heizung ab. Die Bettwäsche liegt auf dem Fußboden, auf dem Sekretär stapeln sich Bücher, die in die Regale auf der Galerie gehören. Mariannes kleiner Fernsehapparat steht auf dem Nachtkästchen. Viel zu nahe, denkt sie, und dass das schädlich ist für die Augen. Sobald ihre Mutter Johanna das Elternhaus betritt, wird sie zum Kind, um das sich alle zu kümmern haben. Sie ist unersättlich, Marianne ist froh, dass sie abgereist ist. Sie ist froh und erleichtert, dass alle abgefahren sind. Wie meistens weiß sie nicht mehr, was sie vorhin im Radio gehört hat. Nach den Nachrichten Musik, ja, aber welche? Zuerst will sie Obstbäume veredeln, dann wird sie mit Lukas ins Einkaufszentrum fahren, um ihm Hosen und eine Winterjacke zu kaufen. Seine ist schäbig. Ihr Sohn wirkt so erwachsen, seit er studiert. Spätestens morgen ist auch er wieder weg.

Das Jahr ist vorüber.

Marianne genießt die Stille, die nicht in ein, zwei Stunden wieder vorbei ist, sondern den ganzen Tag anhalten wird. Wie immer, wenn sie alleine ist, geht Marianne die Treppe hinunter, ohne das große Licht anzumachen. Nur an einem der Bücherkästen auf der Galerie brennt Licht. In der Küche macht sie Handgriffe, die nur für sie bestimmt sind, die nicht in Dienstleistungen übergehen. Man hört den feinen Strahl des Wassers, dann das Glucksen der Kaffeemaschine.

Die Großmutter schläft noch. Zu Weihnachten hat sie ihre Töchter und die Enkelkinder in kleinen Gruppen wie in privater Audienz empfangen. Sie hat kaum ein Wort gesprochen, fotografieren ließ sie sich nicht. Als Marianne aus dem Haus tritt, ist es draußen heller als drinnen. Es ist nicht so kalt, wie es um die Jahreszeit sein sollte. Sie holt die Zeitungen aus dem Zeitungsfach in der Einfahrt, es sind die von vorgestern und heute. Sie schließt die schwere Haustür leise, geht vorsichtig zurück in die Küche. Eine Tasse Kaffee steht auf dem großen Esstisch, die Zuckerdose, ein Tetrapack Milch. Marianne schiebt den Stehkalender zur Seite. Auf solchen Kalendern hat die Großmutter immer alles notiert, Liefertermine, Telefonnummern, Bestellungen. Irgendwann hat Lukas darin Schulskikurse oder Elternsprechtage eingetragen. Jetzt steht da nichts. Mitte Januar wird Marek wiederkommen, und dann sind auch die Betriebsferien zu Ende, ist Mario wieder da und bald die ganze Mannschaft.

Ein schwaches Licht fällt auf die Zeitung in Mariannes Hand. Endlich keine Jahresrückblicke mehr und keine Rankings. Für Vorsätze, denkt Marianne, sind andere zuständig. Sie liest einen Artikel über eine Amerikanerin, die sich an alles erinnern kann, seit ihrem fünfzehnten Lebensjahr. Wie sie, wenn sie sich langweilt, in ihrem geistigen Tagebuch blättert, das alle Ereignisse in der Erinnerung gleichwertig führt. Katastrophen spielen darin dieselbe Rolle wie Launen, Alltag, einzelne Mahlzeiten oder Mode. Und immer ist dabei die Mutter anwesend. In den vergangenen Jahren hatte Marianne die Selbstverständlichkeit, mit der die Großmutter das Weihnachtsfest und andere Familienfeiern in ihrem Haus inszenierte, ungefragt übernommen. Wenn sie sich an jeden Streit, an jede Auseinandersetzung in der Familie erinnern könnte, würde sie wohl schon lange niemanden mehr einladen. Wenn sich alle daran erinnern könnten, was sie je zueinander gesagt haben, dann wäre doch längst alles explodiert. Aber das war wahrscheinlich in allen Familien so.

Marianne richtet das Frühstück für die Großmutter: zwei Semmeln und eine Kanne Kräutertee. Der Tee muss ganz dünn sein, wird aber kräftig gezuckert. Die Großmutter hat immer Appetit aufs Leben gehabt und sich nicht abspeisen lassen. Die zwei Semmeln kann sie längst nicht mehr aufessen, es ist eine Erinnerung an eine Frau, die es nicht mehr gibt. Marianne stellt das Tablett auf die Kommode im Vorzimmer und verlässt das Haus.

Es ist immer noch fast dunkel. Im Gewächshaus macht sie Licht, sie schaltet das Radio ein und nimmt sich die erste Schachtel mit den Zweigen. Die Reiser zum Veredeln kommen mit der Post, Marianne sucht von den alten Obstbäumen, deren Sortennamen längst vergessen sind, die passenden Unterlagen dazu. Es gibt ein Mutterbeet mit Wurzelteilen, das vor zwölf Jahren gepflanzt wurde. Jedes Jahr werden sie heruntergeschnitten, mit Sägemehl und Erde angehäufelt, das fördert die Wurzelbildung. Im Dezember wird nur der gewachsene Teil mit den kleinen Wurzeln gerodet, die Mutterpflanze bleibt stehen. Im Frühjahr werden die Reihen abgeblasen, damit Licht dazukommt, dann kann sie wieder ausschlagen. Bis zu dreißig Jahre alt kann eine solche Mutterpflanze werden. Durch die Veredelung können Äpfel-, Birnen-, Zwetschken- und Kirschensorten auf Jahre erhalten werden. Außerdem bestimmt die Unterlage die Wuchsstärke, die Größe der Frucht und manchmal auch die Lagerfähigkeit. Marianne mag diese Arbeit, die viel Geschick erfordert. Sie schneidet die Edelreiser auf die entsprechende Länge, putzt die Unterlage mit einem Tuch sauber, dann macht sie mit einem Messer an der Veredelungsunterlage einen diagonalen Schnitt. Sie presst den Reiser und sein Gegenstück aufeinander, bindet sie mit Veredelungsgummi zusammen. Rebwachs auftragen und topfen, das geht so dahin. Ein paar hundert werden im Frühjahr ausgepflanzt. Langsam kommt das Licht, es ist nicht sehr kräftig, aber kräftiger als in den Wochen zuvor.

Als Marianne drei Stunden später ins Haus zurückkommt, steht Lukas' Rucksack bereits im Stiegenhaus. Er will jetzt schon fahren, aber seine Mutter kann ihn überreden, bis zum Mittagessen zu bleiben. Einkaufen will er nicht. Er braucht keine neue Hose, er will keine neue Winterjacke, hätte stattdessen gerne einen von Mariannes Armeepullovern, die sie trägt, wenn sie draußen oder mit dem Lieferwagen unterwegs ist. Das Tablett steht wieder in der Küche. Lukas hat mit seiner Urgroßmutter gefrühstückt, eine große Schale Milchkaffee und die beiden Semmeln. Er hat die Urgroßmutter gefüttert, sie hat nicht protestiert, aber nach dem dritten Bissen wollte sie nicht mehr. Sie isst nur noch ganz wenig, ein Spatz ist sie wieder geworden. Nein, nicht wieder, seine Urgroßmutter ist nie ein Spatz gewesen, eher eine Krähe oder eine Drossel. Sie hat immer hart gearbeitet, sie hat viel geredet, und sie hatte immer einen kräftigen Appetit. Nachdem sie aufgehört hatte, im Betrieb mitzuarbeiten, wurde sie fett, bekam etwas Monströses in diesen Jahren. Nun ist ihr Leib geschrumpft, sie ist klein geworden. Von den Wangen hängt sehr weiche Haut. Wenn sie sich selbst anzieht, was seit einem halben Jahr nur mehr selten vorkommt, wählt sie Sachen, die sie vielleicht vor dreißig Jahren getragen hat, und auch davon ist das meiste zu groß. Aber sie sieht nicht verloren darin aus. An diesem Vormittag ist es, als könnte sie sich gar nicht mehr erinnern, wer bis gestern noch im Haus war. (Ihre Töchter Johanna, Margret und Gertraud; Gertrauds Tochter Alina mit dem neuen oder alten Freund; Margret mit ihrer ältesten Tochter Katharina und den Mädchen, die die alte Frau ignorierte, während sie, wie um Margret zu kränken, immer nur nach den Buben fragte, den Söhnen von Margrets zweiter Tochter Pia; und Isa natürlich, aber mit Isa hat die Großmutter wahrscheinlich seit Jahren kein Wort mehr gewechselt.) Sie hat den Überblick verloren, das war die Entschuldigung, die sie aus ihrem Alter gewann. Sie war aber auch davor sehr selektiv mit ihrer Zuneigung umgegangen.

Kurz vor eins gehen Marianne und Lukas essen, danach bringt sie ihn zum Zug. Sie fährt die längere Strecke zum größeren Bahnhof nach Neustadt, dann muss er nicht umsteigen. Ein, zwei Tage wird er in Wien bleiben, dann fährt er nach Hamburg, wegen eines Mädchens. »Ich habe mich von der Urli verabschiedet«, sagt Lukas, nachdem er seinen Rucksack von der Rückbank genommen hat. Marianne runzelt die Stirn, wundert sich, *verabschiedet*, natürlich, was denn sonst. Sie versteht erst, als sie ihn im Bahnhofsgebäude verschwinden sieht. Es ist Jahre her, dass er seine Urgroßmutter *Urli* genannt hat, das war sein Kinderwort, wie alle anderen nennt er sie seit langern bei ihrem Vornamen, Jutta. Marianne würde Lukas jetzt gerne noch einmal in den Arm nehmen.

Sie parkt das Auto in der Tiefgarage und treibt sich zwei Stunden im Einkaufszentrum herum, ohne etwas zu finden. Unterwäsche, hätte sie gedacht, dann kauft sie zwei Paar Jeans für ihren Sohn. Im Supermarkt nimmt sie wieder normale Mengen, zu zweit brauchen sie nicht so viel. Marianne fährt zum Postamt, verpackt die Hosen gleich im Schalterraum, legt ein paar Zeilen dazu und gibt das Paket auf. Am Heimweg schaut sie in der Blumenhandlung vorbei und kauft Brot in der Bäckerei. Inzwischen ist es wieder dunkel geworden.

Als Marianne aufsperren will, denkt sie an die Verkäuferinnen aus der Blumenhandlung, die Grüße ausgerichtet haben, und ruft noch in der Tür: »Grüße von Melanie und der anderen!« Da spürt sie die Stille. Das ganze Haus ist ruhig, es ist leiser und größer als sonst. Es ist ein großes Haus, und natürlich ist es stiller, seit Lukas in Wien studiert. Jetzt ist es riesig und ganz still. Sie kann kein Wort mehr sagen, sie kann nicht nach Jutta rufen, muss daran denken, dass sie das nie leiden konnte: *Zur Tür herein und schreit, als wär sie auf der Börse.* Sie hört auch kein Husten oder einen Sessel, der zur Seite gerückt wird. Kein Radio, keinen Fernseher. Das Haus ist es, das sich so ruhig verhält. Da schaltet sich der Anrufbeantworter ein, Marianne sieht das Blinken, das anzeigt, dass er eine Nachricht aufnimmt. Aber das Telefon hat nicht geläutet, sie hätte es gehört, als sie die Tür geöffnet hat. Es ist doch ganz still gewesen. Sie hört ihre Stimme, die ihren Namen sagt und, dass niemand erreichbar ist im Moment. Geht zum Telefon und nimmt den Hörer in die Hand. Niemand meldet sich. Auch Marianne sagt nichts. Als sie den Hörer wieder in seine Halterung steckt, piepst das Gerät, und das Intervall, in dem es rot blinkt, verändert sich.

Jutta liegt auf ihrem Bett, sie trägt einen Pullover über dem Nachthemd und Hausschuhe, ihre linke Hand hängt über den Bettrand. Vielleicht hat sie gerade die Nachttischlampe ausgeschaltet.

Vorher.

Ab jetzt gibt es ein Vorher und Nachher, Marianne weiß es auf der Stelle. Jutta hat nie Hausschuhe im Bett getragen, nur Menschen in Filmen machten das. Wie oft hat sie sich beim Fernsehen darüber gewundert, immer ein wenig verächtlich gesagt: »Diese Amerikaner! Legen sich mit Schuhen aufs Bett.« Marianne rechnet damit, dass das Kostüm, in dem Jutta begraben werden will, auf dem Sofa liegt, aber da ist nur eine Wolldecke und das Bezirksblatt von vor zwei Wochen mit einem Weihnachtsbaum auf dem Titelblatt. Sie weiß es ja: das blaue mit der Stickerei. »Es wird mir zu groß sein, obwohl ich doch immer so schlank war. Aber du kannst es am Rücken mit Stecknadeln fixieren, wie bei einer Modepuppe.« Marianne greift nach der Hand der Großmutter und bettet sie in ihren Schoß, spürt die feine Haut über den Knochen. Als sie sich neben die alte Frau legt, die jetzt ganz klein ist, ist ihr, als sollte sie einen Gedanken fassen. Ja, ich bringe dich, wohin immer du willst. Als sie sich neben die alte Frau legt, ist ihr, als würde ihr die Tote Platz machen. Ein paar Gedanken, Jutta, ein paar Ideen, nein, eine, eine einzige. Sie spürt keine Verzweiflung, was sie spürt, ist die kleine Figur der Frau neben sich. Der dunkelgrüne Pullover hat eine Laufmasche, daran klammert sich Marianne jetzt: Heißt das *offene Laufmasche*, oder ist die Masche, wenn sie läuft, sowieso schon offen? Sie greift nach einem Faden. Es fühlt sich an, als würden Tränen aus ihr herausfließen. Das ist ihre Jutta, »Oma, du«. Marianne hält den kurzen Faden in der Hand und weiß, wenn sie daran zieht, löst sich der Körper der Großmutter auf, dann ist Jutta weg. Wäre das nicht ein perfekter Abgang? Weinen, denkt Marianne bei dem Wort *Abgang*, aber alles ist trocken. Kein Wasser weit und breit, in das der Wollfaden sinkt, ins weite Nass eines Styx, aus dem nur mehr der Haarschopf der Großmutter herausschaut. Sie ist mit einem Mal ganz lebendig, wie sie sich da bewegt unter Wasser, und wer zieht an diesem Haarschopf? Marianne kann das nicht, Marianne darf das nicht, die Großmutter hätte es niemals erlaubt. Weinen hätte sie erlaubt, die Hände falten hätte sie geduldet (auch wenn sie es nicht gebilligt hätte, so hätte sie sich dennoch damit abgefunden). Sitten. Aber obwohl es zur Großmutter gehört, fällt Marianne das nicht ein. Nur *comme il faut*, dabei kann Marianne kein Französisch. Sie spricht es aus, aber die Großmutter nickt nicht. Immer wieder sagt Marianne diesen Satz, der sie seltsam berührt, schmerzt, tröstet: »Comme il faut.« Jutta stimmt nicht zu, winkt nicht einmal ab. Von dem wenigen dünnen Haar, das die Großmutter wie immer, Tag und Nacht, eng am Schädel nach hinten gekämmt hat und das zu einem sehr kleinen Knoten zusammengebunden ist, stehen ein paar Strähnen weg. Schon lange sind die Haare nicht mehr wirklich grau, weiß waren sie nie, die meisten Strähnen sind gelblich.

Marianne gräbt in ihren Hosentaschen nach Geld für den Obolus und zieht eine Fünf-Cent-Münze und einen Euro aus ihrer Gesäßtasche. Sie will sich an die letzten Worte Juttas erinnern und an ihre eigenen. Sie will sich entschuldigen, dass sie ihren Beitrag nicht geleistet hat. Wie lange Jutta hier schon liegt? Die Kälte, die von diesem Gedanken ausgeht, lässt Marianne sich noch enger an die Großmutter schmiegen. »Comme il faut.« Jetzt hat sie es schon wieder gesagt. Vielleicht, weil ihr eingefallen ist, dass sie die kleinere Münze unter die Zunge der Großmutter hätte legen sollen, aber das wagt sie nicht. »Ich weiß, Jutta, ich weiß, ich bin zu spät gekommen.« Sie streichelt das weiche Gesicht der Großmutter. Die Haut an den Wangen fühlt sich an, als würde sie nachgeben, aber sie hört nicht auf, die Großmutter zu streicheln, vermeidet dabei, deren Haare zu berühren. Als könnte sie in dieses Gesicht hineingreifen, durch die Haut hindurch. Kein Widerstand mehr, keiner. Die Großmutter ist es selbst gewesen, die sich am Haarschopf genommen und hinübergetragen hat. Das sieht ihr ähnlich, alles macht sie selber, sie verlässt sich nicht auf ihre Nachkommen und auf die Götter schon gar nicht. Marianne streicht jetzt ihrer Großmutter das Haar noch glatter, drückt es an den kleinen Kopf. Sofort ist Mariannes Handfläche feucht oder eher schmierig. Sie steht auf und nimmt den kleinen schwarzen Kamm von der Kommode, um die tote Frau zu kämmen. Sie schämt sich ihres Ekels, Juttas Haare sind wie mit einer Fettschicht überzogen. Wann hat sie der Großmutter das letzte Mal die Haare gewaschen? In diesem Jahr bestimmt noch nicht, vielleicht war das vor Weihnachten, bevor die anderen eingetroffen sind. Es ist auch einige Tage her, dass sie sie auf ihrem Leibstuhl mit dem Waschlappen abgerieben hat. So sehr sie die Großmutter auch liebte, so sehr ekelt es sie vor den wenigen gelben Haaren. Im Kamm bleiben fingernagelgroße Schuppenblättchen hängen, die Marianne am Nachthemd der Großmutter abstreift.

Was dachte sie, als sie den Haarschopf endlich erwischt hat? So forsch sie noch konnte, wird sie zugegriffen haben, sich im letzten Augenblick nicht schonend, nun schon gar nicht mehr. Dachte sie an etwas, das nicht aufhören würde? Was für ein Moment kann das gewesen sein, ein Wimpernschlag oder eine Ewigkeit? Die Großmutter hatte für die meisten Gelegenheiten Formeln parat, sie hat sich ihr Leben zusammengeredet. Die Krankheit war *eine Last, die man zu tragen hatte*, das Leben *etwas, das einmal zu Ende ist.* »Niemand holt einen ab«, sagte sie vor ein paar Tagen. Und: »Wenn man unzufrieden ist mit seinem Leben, dann ist man zu alt.« Sie hat nie mit sich selbst geredet. Marianne hat sie nie flüstern oder vor sich hin murmeln gehört, das hätte etwas mit Schwäche zu tun gehabt, mit fehlender Selbstkontrolle.

Dass ein Organismus mit einem Mal nicht mehr ist, kann sich Marianne nicht vorstellen. Die Wurzeln eines Menschen liegen schließlich ganz innen oder außerhalb des Körpers. Juttas Hände sind nicht gefaltet. Gott sei Dank, denkt Marianne und muss laut auflachen. »Gott sei Dank! Das warst du wohl auch selber.« Sie lacht über die Hände der Toten, die tun, was Jutta will, die ihr immer noch gehorchen, diese fleißigen Hände, die ins Volle gegriffen haben, ein ganzes Leben. Hände, die den Schmutz nicht gescheut haben und nicht, ihre Kinder zu ohrfeigen, wenn sie sich um sie sorgte. Jutta hat ihre Hände immer aufgehalten, um den anderen zu geben. Sie verteilte Beeren, die sie noch gepflückt hatte, obwohl ihre Augen schon schlecht waren, an alle, die ihr über den Weg gelaufen sind. Eine Flasche Schnaps für den Arbeiter, den die Frau verlassen oder betrogen hat oder die ihm weggestorben ist, während er bei Jutta das Geld für den Hausbau verdiente. Wenn Marianne und Lukas verschwitzt nachhause kamen, weil sie so wild gespielt hatten, weil zuerst die Mutter, dann der Sohn den Weg von der Bushaltestelle gerannt war, als wäre jemand hinter ihnen her, hielt sie schon das Wasserglas für sie bereit. Wenn Marianne betrunken nachhause kam, schüttete ihr die Großmutter das Wasser ins Gesicht. Ohrfeigen gab es da keine mehr.

Es ist eine andere Stille jetzt, während es ganz dunkel geworden ist, auch im Zimmer. Als sich Marianne am Teppich vor dem Sofa wiederfindet, den Kamm in der einen, die Münzen in der anderen Hand, sieht sie nicht einmal mehr bis zum Boden, es ist stockfinster. *Bettbank*, Juttas Wort für das Sofa klingt jetzt wie der Abschluss einer Epoche. Ein letztes Mal hört Marianne die Großmutter aufseufzen, dann schließt sie die Augen, und die Münzen rollen über den Holzboden unters Bett.

Den Arzt, der den Tod der Großmutter feststellte, kannte sie nicht. Jutta, Marianne und Lukas fuhren, wenn sie zum Arzt mussten, in den Nachbarort zu einer Schulfreundin Mariannes aus der Volksschule, die noch nicht aus dem Weihnachtsurlaub zurück war, als Marianne sie anrief. Den Totenschein musste dann noch ein weiterer Arzt ausstellen, den Marianne auch noch nie gesehen hatte. Es war der zuständige Sprengelarzt, und Marianne hatte für einen Moment das Gefühl, es sei der Mann aus ihrem Traum von letzter Nacht. Er hatte rötliches Haar, ganz kleine Locken. Sie schätzte ihn nur ein wenig älter als Lukas, aber so jung konnte er nicht mehr sein. Vielleicht ließ ihn seine vermeintliche Hilflosigkeit jünger wirken. Die Männer von der Bestattung waren alle gutaussehend. Wie sie die Tote ankleideten, in den Sarg betteten, dabei immer wieder einen Satz an Marianne richteten, nahm ihr die Angst. Sie stöberte in Juttas Dokumenten nach Geburtsurkunde, Taufschein, Meldezettel. Geboren 1927. In Linz, das hatte Marianne nicht gewusst. Wo waren Juttas Eltern Titta, geborene Kasselau, und ihr Vater, der *Unternehmer* Harald Musil, all die Jahrzehnte gewesen? Jutta hatte nie den Eindruck gemacht, als hätte auch sie Eltern gehabt. Wo haben diese Musils gelebt? In Afrika? Die Großmutter hieß laut Taufschein *Jolanda Titta*, aber im Meldezettel von 1958 oder 1959, der fast ganz ausgebleicht war, stand *Jutta Lex*. Ihre Eltern waren noch im 19. Jahrhundert zur Welt gekommen, sie hatte nie von ihnen gesprochen. Jetzt hatte Marianne ein Gefühl, als würden die greisen und vielleicht sehr vornehmen Urgroßeltern irgendwo auf eine

Verständigung warten, und sie wusste nicht, wohin sie sich wenden sollte. Mehrmals promenierten sie in lachhaften Tropenanzügen durch Mariannes Träume. Erst in der Nacht, nachdem der Sarg im Krematorium nach unten gelassen und Jutta verbrannt worden war, verblassten diese Traumbilder.

Am schlimmsten, denkt Marianne immer und immer wieder, am schlimmsten ist doch, dass jetzt wieder alle zurückkommen müssen. Sie würde sich vor Jutta für diesen Gedanken schämen, weil er beweist, dass sie der Situation nicht gewachsen ist. Sie würde gerne noch ein paar Stunden allein sein, in dem Haus, das ihr jetzt ganz allein gehört, in dem sie nun ganz allein ist. Frau Schwaiger steht auf einmal in der Küche und will etwas für sie kochen. »Einen Tee wenigstens. Marianne, trink einen Tee.« Am Vormittag hat die Nachbarin, die sich seit dreißig Jahren um den Haushalt kümmert, alle Betten frisch überzogen. »Jaja, so ist das. Jetzt kommen alle Mädchen wieder nachhause!«

Sie räumen den Christbaum im Wintergarten ab, und Frau Schwaiger wickelt Kugeln und Sterne in das weiche, zerfledderte Papier. Marianne sitzt bei ihr, stellt ihr die Kartons hin und hört der Nachbarin zu. Wie Jutta, die im nächsten Jahr 85 geworden wäre, nach dem Tod ihres Mannes den Betrieb übernommen, großgemacht und dabei noch die Kinder aufgezogen habe. Dass man ihr die Liebe zu den Blumen nicht auf den ersten Blick angesehen habe, aber ihren Geschäftssinn sehr wohl. Wie sie, Frau Schwaiger, Jutta immer dafür bewundert habe, auch wenn diese streng war mit ihren Leuten, mit ihrer Familie. So habe sie doch alles immer geschafft, was sie sich vorgenommen habe. Alles. Frau Schwaiger würde Marianne gerne an ihren Busen drücken, aber sie weiß, dass sie das nicht darf (und tut es, kurz bevor sie nachhause geht, doch). Marianne wehrt sie ab: »Ich brauch noch ein bisschen Zeit.« – »Soll *ich* die Mädchen anrufen?« Erst als der Baum aus dem Haus geschafft ist, Frau Schwaiger das Licht in der Küche und im Wintergarten ausgeschaltet hat und mit einer großen Tasche über den Hof davongeht, ruft Marianne ihre Mutter an. *Die Mädchen.*

Sie telefoniert mit Margret, Isa, Gertraud, in dieser Reihenfolge. Lukas spricht sie auf die Mailbox: »Du hast dich ja verabschiedet. Es reicht, wenn du zur Bestattung kommst.« Er wird gegen Mitternacht zurückrufen und am nächsten Tag als Erster wieder zuhause eintreffen. Johanna kommt, und auch Isa steht auf einmal in der Tür, und Frau Schwaiger, die alles weiß, hat Suppe und Paprikahuhn und einen großen Topf mit Reis zubereitet, den Tisch in der Küche für sechs gedeckt und im Wintergarten die Heizung eingeschaltet. Die Betten sind überzogen, und in den Zimmern ist es warm. Jemand hat den Anrufbeantworter ausgeschaltet (vielleicht war es Marianne selber). Er blinkt nicht mehr.

Johanna bezog wieder das Zimmer im ersten Stock und teilte sich mit Marianne ein Bad. Drüben, im Doppelzimmer neben dem Wohnzimmer, wohnten Gertraud und ihre Tochter Alina, deren Freund nicht mitgekommen war. Auch Gertrauds Mann war nicht dabei, er war auf einem Kongress in den USA, *Keynotespeaker*, wie Gertraud auf Nachfragen sagte, »er kann nicht weg«. Ganz oben schliefen Margret und Katharina in getrennten Zimmern. Margret würde ihres mit Isa teilen müssen, die noch einmal nachhause gefahren war, um zu arbeiten. Sie konnte sich nicht so viel Urlaub leisten, wahrscheinlich war sie gar nicht angestellt. Katharina brachte einen Mann mit, den die anderen noch nie gesehen hatten und von dem Johanna und Gertraud behaupteten, sie hätten auch noch nie von ihm gehört. Ihre Töchter hatte sie bei deren Vater untergebracht, von dem sie schon eine Weile getrennt war. Dass sie nicht zu Juttas Begräbnis kamen, fanden die meisten ebenso unangemessen wie die Tatsache, dass sie ihr neuer Freund begleitete. Pias Mann Peter, der Vater ihres zweiten Sohnes, kam direkt zum Begräbnis und brachte beide Buben mit, die bei Lukas im Zimmer untergebracht wurden, wie immer.

Im Haus war wieder Lärm und Getriebe, aber nicht nur, weil weniger getrunken wurde, war alles anders als zu Weihnachten. Am Abend vor der Bestattung saßen sie in Juttas Zimmer, zu dem die Stube in den letzten Jahren geworden war, und redeten über Menschen, die kommen sollten, aber nicht auffindbar waren. Viele von Juttas Freunden und Bekannten waren bereits gestorben, es gab ein paar Geschäftsfreunde und Kollegen, die sich aus dem Arbeitsleben zurückgezogen hatten und deren Telefonnummern nicht mehr gültig waren. Einige Partezettel kamen wieder zurück. Das Gerede ihrer Mutter empfand Marianne als besonders anstrengend. Alle waren um Schonung bemüht, redeten leiser als sonst und mit Rücksicht auf sie. Isa, Lukas und Frau Schwaiger hätten Marianne gereicht, aber sie wollte nicht unfair sein oder ungastlich. Frau Schwaiger mischte sich nicht in Angelegenheiten der Familie, sagte kaum etwas, wenn alle versammelt waren. Johanna und Gertraud, die immer über ihre Mutter geschimpft hatten, erzählten freundliche Geschichten über Jutta. Da konnte auch Margret mitreden, die ansonsten nicht so viel sagte. Ein böses Wort war ihr auch früher kaum jemals über die Lippen gekommen. Gertraud hatte sich noch am besten mit ihrer Mutter verstanden, wenngleich Jutta wenig von ihrem Leben gewusst haben dürfte. Jutta war auf die Karriere ihrer Tochter stolz gewesen, und wenn sie zusammen waren, waren sie wie eingeschworen, dafür waren Details nicht nötig. Alle wollten freundlich sein, sie wollten *gedenken.* Manchmal lachten sie, machten sich etwa über Juttas Liebhaber Paul lustig, den sie alle gemocht und für den sie Mitleid empfunden hatten. Johanna setzte zu einer kleinen Rede an: »Jetzt kann ich es ja zugeben«, hatte sie wirklich Tränen in den Augen? »Sie war eine imposante Frau, und sie hat ihr Leben gemeistert, was wirklich keine Selbstverständlichkeit war. Und obwohl sie kaum etwas lieber gehabt hätte, hat sie niemanden von uns genötigt, den Betrieb zu übernehmen. Sicher, es war ein Glücksfall für alle, entschuldige Marianne, so was wie ein Glücksfall, dass du damals aus der Schule geflogen bist, und deine Schwangerschaft und der Weg zurück nachhause, und jetzt bist du schon so lange an ihrer Seite.« Lukas tippte sich an die Stirn, Johanna lächelte ihm zu. »Wahrscheinlich warst du die Einzige, die sie wirklich akzeptiert hat, auch wenn das für uns manchmal nicht ganz leicht war.«

Marianne wollte etwas erwidern, aber auf einmal bekam sie Magenkrämpfe, sie konnte nicht sitzen bleiben. Sie ging aus der Stube hinaus, durch das Vorhaus und vor die Tür. »So große Angst, alles zu verlieren?« War das Gertraud gewesen? Marianne bildete sich diesen Satz bestimmt nur ein. Wie wäre Gertraud auf einen solchen Gedanken gekommen? Niemand wollte heute über Erbangelegenheiten sprechen, und Gertraud war doch die Letzte, die neidisch sein würde. Marianne stand ohne Jacke im Freien und hätte gerne ein bisschen gefroren. So schnell, wie er gekommen war, hatte der Krampf wieder nachgelassen. Wenn es schneien würde, wenn es klirrend kalt wäre, so kalt, das die Haut spannte und die Hände in den Hosentaschen zitterten, wäre es besser. Der Himmel war bewölkt, kein einziger Stern war zu sehen. Lukas kam ihr nach: »Geht's wieder? Was hast du?« Marianne lehnte an der Steinbrüstung, die Hand ihres Sohnes lag auf ihrer Schulter, es hatte etwas Väterliches. Dann schwang er sich auf die Brüstung, rollte die

Hemdsärmel nach unten und holte Tabak heraus. Der karierte Stoff seines Hemdes und wie er da saß und sich eine Zigarette drehte, ließ ihn rustikal wirken. »Das ist so ungesund, Sohn!« Lukas hielt ihr die Zigarette hin, Marianne nahm sie entgegen, er gab ihr Feuer. Während sie rauchte (hustete, sich bittere Tabakfäden von den Lippen zog), drehte er noch eine Zigarette, aber bevor er sie sich anzündete, hielt Marianne ihm ihre hin. »Wirst du weinen, Lukas?«

Ein paar Tage später, da sind alle anderen wieder abgereist, wird er zu seiner Mutter sagen, dass seine Tränen ihr gegolten haben, weil sie so einsam schien, wie eine ganz und gar Verlassene. »Aber Jutta ist doch alt geworden«, und Marianne ergänzt in Gedanken: Du meinst, ich bin doch alt genug, um allein zu leben. »Jetzt bist du ganz allein in dem riesigen Haus.« – »Und da fragt ihr euch, ob mir das gut tut, oder wie?« – »Ihr? Ein Wir gibt es dabei nicht. Ich mach mir nur meine Gedanken. Ich meine, du bist auch schon lange allein. Dabei bist du doch noch so jung.« Und nach einer Pause: »Stell dir vor, einer aus meiner WG, der hat eine Affäre mit einer Frau, die ist doppelt so alt wie er.« – »Willst du mich jetzt mit deinen Mitschülern verkuppeln, oder was?« Lukas ist gekränkt oder amüsiert, das ist bei ihm nicht immer sofort zu erkennen. Er hat Eric vergessen. Oder hält er das nicht für eine richtige Beziehung? Lukas steht auf und räumt den Tisch ab, Marianne ist auf einmal ganz ausgelassen. »Bring sie doch mit, deine Freunde, dass ich mir einen aussuchen kann.« Jetzt lachen beide. Lukas setzt sich noch einmal auf die Bank zu seiner Mutter, und da bekommt Marianne wieder einen Magenkrampf, zum dritten Mal seit Juttas Tod.

Auf dem Vorplatz des Krematoriums standen die Trauergäste herum und unterhielten sich, die meisten hatten Schirme aufgespannt, Schneeflocken fielen vom Himmel. Walter hatte Marianne aus dem Auto geholfen, er sah traurig aus und sehr alt. Die Geste tröstete Marianne und tat so gut, dass sie keine Wut mehr auf ihren Vater empfinden wollte, nie mehr. Auch Marianne fühlte sich alt und traurig. Wie unfassbar das war, wenn es mit einem selbst zu tun hatte: Menschen, die sich versammelten, um sich von einer Toten zu verabschieden. Wie ungreifbar und belanglos jetzt die Beziehung Mariannes zu ihrer Mutter war, auch zu den Tanten, zu all diesen Menschen, die doch den Alltag mit ihr teilten. Bei den anderen sah es selbstverständlich aus: In unmittelbarer Nähe zu ihnen hatten sich bereits die Gäste der nächsten Bestattung versammelt. Als wäre irgendetwas einfacher, wenn sie sich als Unbekannte unter diese Gruppe mischen könnte. Die Dämmerung hatte eingesetzt, und Marianne wusste später nicht mehr, ob sich wirklich Wolken vor eine nicht sichtbare Sonne geschoben hatten, während sie die Trauerrede hielt. Sie hatte vom Sommer erzählt, den Jutta aus Marokko mitgebracht hatte und der auch nach dem Tod von Robert, Juttas Ehemann, dem Vater ihrer Kinder, anhielt. Auf einmal war es dunkler geworden in dem runden Saal. Von den finsteren Wäldern, die die Großmutter geliebt hatte, obwohl sie einen Großteil davon verkaufte. Wie daraus Rosenstöcke wurden, Rhododendron, Ligustern und Obstbäume und Eigentumswohnungen und Ausbildungen für die Töchter und Enkelkinder. Wie Jutta sich immer um alle gesorgt hatte, auch wenn sie nicht die *typische* Mutter und Großmutter gewesen war. Wie sie immer alle versorgt hatte.

Niemand verlor beim Hinausgehen ein Wort zu dem Gesagten, auch Lukas nicht, und Marianne erschrak, als sie bemerkte, dass sie den Zettel mit den Notizen nicht aus ihrer Jackentasche genommen hatte. Kondoliert wurde auf dem Treppenaufgang. An die hundert Mal wurde Marianne, Lukas, Johanna,

Margret und Gertraud die Hand geschüttelt, wurden ein paar Worte gewechselt, und gleich darauf hätte keiner von ihnen sagen können, wer ihnen gerade ins Gesicht geschaut hatte. Danach fuhren sie in einem langen Konvoi nach Gumpenthal, Marianne hatte zum Totentrunk eingeladen. *Leichenschmaus*, *Totentrunk*, was für grausige Wörter. *Zehrung*, sagte Johanna, das war möglich. Sie hatten sich geeinigt, dass es ganz traditionell sein sollte: Wein und Brot mit Salz und Kümmel.

Die meisten blieben im Hof stehen, ganz voll war der Platz vor dem Haus, wo Biertische aufgestellt waren, mit Tee und Kaffee in großen Thermoskannen, Tassen und Gläsern in Plastiksteigen, Körben und Schüsseln mit Schwarzbrot und Keksen. »Weihnachtskekse mitten im Jänner!« (Isa) Den Wein rührte kaum jemand an, sowohl der Rote als auch der Weiße waren zu kalt. Unter einem der Tische standen zwei volle Bierkisten, am nächsten Tag fehlte eine Flasche.

Marianne stand inmitten ihrer Familie, sie wusste nicht, wohin mit ihrer Wut. Wie selbstverständlich sich Jutta mit diesem Tod abgefunden hatte, wie zart die Haut der Toten gewesen war. Sie dachte, dass ihre Großmutter an ihrem Sterbetag nichts mehr zum Essen bekommen hatte, weil sie, Marianne, ihr nichts gegeben hatte. Wen hätte sie denn fragen können? Lukas war bei ihr gewesen am Vormittag, dann war sie mit ihm bei Gerhard und Manuela im Gasthaus. Frau Schwaiger war zwar im Haus gewesen, um die Wäsche zu machen, aber galt das? Manuela und Gerhard standen ein paar Meter neben Marianne und unterhielten sich mit Johanna. Frau Schwaiger sorgte sich um alle und redete zwischendurch mit ihrem Mann, der seit seiner Pensionierung noch dicker geworden war. Alle redeten, als würden sie flüstern, um die alte Frau nicht aufzuwecken, hier, unter ihrem Fenster, wo Marek jetzt lehnte, als würde er sich gleich mit ihr unterhalten, wenn sie den Kopf herausstreckte. Jutta hatte ihn oft ungerecht behandelt, von oben herab, aber nur mit ihr hatte er über seine Familie geredet, über seinen Bruder, mit dem er nach Österreich geflüchtet war und der dabei fast ertrunken wäre. Marianne hatte den Marek aus ihrer Kindheit als alten Mann in Erinnerung, dabei war er damals Mitte, Ende zwanzig gewesen. Kurz vor ihrer Geburt war er ins Lex-Haus gekommen. Johanna und Walter wussten kaum etwas aus dieser Zeit, die waren zu sehr mit sich selbst beschäftigt gewesen, für einen tschechischen Hilfsarbeiter interessierten sie sich damals wohl am wenigsten. Marek stand nicht mehr am Fenster der Großmutter, er war wieder verschwunden. Wahrscheinlich, dachte Marianne, saß er in seiner Küche bei einem Bier und trank auf die Tote. Mit wem hätte sie reden können? Manuela konnte sie nicht fragen. Oder doch? Hatte sie ihr erzählt, warum sie ihrer Großmutter nichts zum Essen gegeben hatte? Dem Menschen, der sie aufgezogen hatte, ohne den aus ihr nichts geworden wäre, außer eine hysterische, dann gleichgültige Alkoholikerin vielleicht, die es ganz normal fand, dass ihre Freundinnen mit abgehalfterten Junkies in kleinen Wohnungen hausten und damit Geld verdienten, dass sie mit dreckigen Nadeln dahergelaufenen Säufern scheußliche Tätowierungen stachen. Was war denn gewesen an dem Tag? Sie hatte die ganze Zeit nur an Lukas gedacht. Neue Anziehsachen für Lukas, eine neue Hose, einen neuen Pullover wollte sie ihm kaufen und eine Jacke, damit er *anständig* herumlief. So alt war sie jetzt schon: *anständig* angezogen sollte ihr Sohn sein. Aber die sterbende Großmutter, an die hatte sie nicht gedacht. Die Großmutter war vielleicht verhungert, ausgetrocknet. Niemand hatte das untersucht. Hatte Frau Schwaiger noch einmal für sie gekocht, oder bildete Marianne sich das nur ein?

Fast der ganze Ort war da. Immer wieder bildeten sich kleinere Grüppchen, klar erkennbar, obwohl alle nah beieinander standen. Die Frauen, die als Tagelöhnerinnen bei Marianne arbeiteten, waren da, und die Angestellten. Gerhard und Manuela hatten ihr Gasthaus zugemacht, Manuela schaute immer wieder, ob Frau Schwaiger Hilfe brauchte, Gerhard redete lange mit dem Bürgermeister und der Gemeindesekretärin. Lukas war der Mittelpunkt unter den Jüngeren, und Freunde von ihm waren gekommen, junge, ernste Männer, die sich korrekt verhielten. Die meisten verabschiedeten sich bald, kalt war es jetzt wieder, und manche behielten ihre Handschuhe an, als sie Marianne, ihrer Mutter und ihren Tanten die Hände drückten. Der Mann von Frau Schwaiger ging wortlos davon, Gertraud oder Margret würden sich irgendwann im Laufe des Abends darüber aufregen, wenn Frau Schwaiger nicht mehr da war. Wenn sie gekonnt hätten, hätten sie die beiden längst geschieden; sie hassten diesen Mann. Er war übergewichtig und hatte keine Manieren, er hielt sich für etwas Besseres, obwohl er Busfahrer war und ihrer Meinung nach ungebildeter als seine Frau. Sie wussten natürlich alle, dass er kein gutes Haar an keiner von ihnen lassen würde, wenn er einmal den Mund aufmachte, was man sich aber nicht vorstellen konnte.

Im Esszimmer und im Wintergarten war gut geheizt. Es gab warmes Buffet, und jetzt fanden alle, die noch da waren, Platz zum Sitzen. Nur Marianne stand wieder auf. Sie sah sich durchs Zimmer gehen. Michaela, Hannos Frau, war unruhig, es war ihr deutlich anzusehen. Vielleicht hatte sie vorhin so heftig mit Hanno, Lukas' Vater, diskutiert, weil sie nicht wusste, ob es sich nun gehörte, dass sie blieben. »Die Urgroßmutter meines Sohnes –« Als Marianne das hörte, sagte sie nur: »Natürlich bleibt ihr noch. Oder müsst ihr die Kleine abholen?« – »Nein, nein«, Michaela versuchte Marianne freundlich anzuschauen, »das ist nicht nötig. Wir bleiben noch kurz«, sagte Michaela und meinte es wohl genau so. Hanno unterhielt sich, seitdem sie nach drinnen gewechselt waren, mit Mariannes Vater, in der Hand hatte er die ganze Zeit einen vollgeladenen Teller, von dem er kaum aß. Nachdem Marianne an ihnen vorbei war, drehte er sich wieder zu Walter und ließ seine Frau stehen.

Frau Schwaiger war am Vortag mit einer jungen Frau gekommen, um sie Marianne vorzustellen. Sie sollte in Zukunft im Haushalt mitarbeiten. (Hatte Frau Schwaiger gesagt: »Das ist Ilsa, sie kommt aus Deutschland«?) Sie war vorsichtig und zurückhaltend, es wirkte, als hätte sie ihre Gesten und Bewegungen auf den Anlass eingestellt. »Sie brauchen sich nicht zu verstellen«, entfuhr es Marianne, als sie in der Küchentür beinahe mit ihr zusammenstieß. Am liebsten hätte sie sie zur Seite geschoben. Marianne hielt sich den Bauch, die junge Frau stellte das Tablett ab und bot ihr ein Glas Wasser an. Wasser rauschte in Mariannes Ohren, die ganze Zeit. Sie sagte: »Hab ich Sie jetzt angekeift?« Die junge Frau lachte, nein, sie lächelte, ihr Gesicht strahlte. Sie hatte einen sehr großen Mund, sie hielt noch immer das Glas in der Hand. (Hatte Frau Schwaiger gesagt: »Das ist Lisa, eine Deutsche«?) Wie alt war sie, was machte denn eine Deutsche hier in diesem Kaff? Au-pair-Mädchen gab es auch schon länger keine mehr in der Gegend, Marianne hätte davon gehört. Warum strahlte sie so? Das Rauschen in ihrem Kopf wurde ein bisschen leiser, es hörte nicht auf, aber es schwappte jetzt nicht mehr hinter Mariannes Blick. Sie nahm das Glas. (»Darf ich dir Ilka vorstellen, sie ist gebürtige Ungarin, aber in Deutschland aufgewachsen.« Und Frau Schwaiger hatte auch gesagt: »Schade, dass sie Jutta nicht mehr kennenlernen konnte.«)

Später gerieten Johanna und Gertraud in Streit, weil die eine der anderen vorwarf, sich nicht um das Begräbnis gekümmert zu haben. Jede fand, die andere wäre dafür zuständig gewesen, zumindest ein wenig Unterstützung hätte Marianne brauchen können. Marianne saß neben Alina und Peter, und obwohl sie sich mit den beiden unterhielt, konnte sie gut mitanhören, wie sich ihre Mutter und ihre Tante gegenseitig an den Kopf warfen, was ihnen an der Bestattung nicht gepasst hatte. Wie verständlich, dass sie, Marianne, mit allem überfordert gewesen sei, wie unangemessen die kurze Trauerfeier und wie unpassend, dass Marianne niemanden von den Vereinen, die Jutta ihr Leben lang unterstützt habe, zu Wort kommen habe lassen. Sie hätte doch den Bürgermeister etwas sagen lassen müssen. Peter schaute Marianne an, als wartete er auf ein Zeichen, als ginge es um Angreifen und Parieren, und sicher, Peter, ihre Hand auf seiner Hand, würde sie verteidigen. Aber was tat das zur Sache? »Wo sind denn die ganzen Kränze?«, fragte Johanna. »Die Kränze und die Buketts und die Blumen kommen auf den Kompost. Nur der Sarg und die Leiche werden verbrannt. Ach. Bei der Einäscherung ist das nicht anders möglich.« Marianne sagte das mehr zu sich selber als zu den anderen, aber Alina stand auf und ging zu ihrer Mutter Gertraud und redete auf sie ein, flüsternd jetzt. Johanna schnellte auf, sie schlug sich auf die Stirn: »Was ist nur mit uns?« Ihre Hand lag auf Gertrauds Schulter. »Es sollte doch auch, im Übrigen, von Blumen Abstand genommen werden. Stand ja in der Parte, nicht?« Peter betonte jedes Wort, redete langsam, ließ sich Zeit. Marianne schaute auf, in seinen offenen, freundlichen Blick. »Ja«, sagte sie und dachte: Aber diesen Satz nehmen sie mir ja auch übel. Vielleicht hatten sie auch irgendwo aufgeschnappt, dass Marianne niemand anderem das Geschäft mit den Blumen gönne, aber das war doch nicht ernst zu nehmen. Kränze, Buketts, alles dagewesen, genug von allem. Früher war Johanna die Letzte gewesen, die sich um Gerede gekümmert hatte. So waren sie doch alle aufgewachsen: dass nur das Eigene zählte. Der Ton wurde wieder versöhnlich. Gertraud entschuldigte sich bei Marianne, falls diese sie missverstanden haben sollte. Jede von ihnen habe doch besonderes Mitgefühl mit ihr als Juttas engster Angehöriger, und sie schäme sich, ihr nichts abgenommen zu haben. Es sei nur der Gedanke, dass ihre Mutter verbrannt worden sei, unerträglich. Jutta hatte einmal gesagt, sie sei so froh, dass sie nur Töchter habe, denn Schwiegertöchter seien die Pest, wenn es um das Erbe gehe. Woher sie das hatte, wusste Marianne nicht.

Die Maler strichen die Vorzimmer im Erdgeschoß, im ersten und zweiten Stock, Esszimmer und Küche sollten folgen, aber das konnte dauern. Zuerst schlugen sie die Farben und Reste des Anstrichs der letzten dreißig oder vierzig Jahre von den Wänden, bis auf die Mauern drangen sie vor. Nachdem das letzte Auto am Tag nach der Bestattung aus dem Hof gefahren war und Marianne mit Lukas beim Frühstück saß, kamen sie mit ihrem Lieferwagen. Geräuschlos fast. Lukas, dessen großer Rucksack wieder einmal im Vorhaus lümmelte, fragte seine Mutter, ob sie jemanden erwarte. Dann: »Brauchst du mich noch?« Ein bisschen weniger ungeduldig: »Ich kann auch noch ein paar Tage bleiben, wenn –« Marianne schob ihn zur Tür hinaus und begrüßte die Maler. Lukas blieb in der Hofeinfahrt noch einmal stehen, da ging sie zu ihm und erleichterte ihm das Gewissen: »Ich brauche meine Ruhe.« Und als er sie weiter ungläubig anschaute: »Gibt's einen besseren Zeitpunkt für neue Farben?« Wie jedes Mal, wenn Lukas das Haus verließ, fehlte er ihr im ersten Moment, nachdem sie ihn aus den Augen verlor, am allermeisten.

Später ging Marianne aus dem Haus. Sie würde wiederkommen, wenn die Männer Mittagspause machten und im Haus Ruhe herrschte. Hinter ihr fiel das Gartentor zu. Ich werde alles aufschreiben. Sie ging die Straße hinunter und in die Buchhandlung, wo sie ein dickes Notizbuch kaufte, außerdem blaue Fineliner. Die Großmutter hatte ein Hausbuch geführt, mit einer alten Füllfeder hatte sie ihre Notizen gemacht. Später und bis zuletzt hatte Jutta nur mehr mit Bleistift geschrieben. Kurze Bleistiftstummel, die sie in eine Halterung steckte, und wenn Marianne böse war, ärgerte sie Jutta damit, dass das Geschriebene ohnehin verlöschen, verschwinden würde. Aber die Großmutter sagte: »Das lebt durch die Leser, dafür bist du verantwortlich.« Drei Generationen, hatte sie behauptet, hätten ihre Notizen hinterlassen, zum Leben und zum Betrieb, Privates sei bei manchen stärker gewesen, so die Großmutter damals. Dass man ein Quartierbuch führen musste, das hatte Marianne in der Schule gelernt. Sieben Jahre aufbewahren. Lage und Nummer, Reihenzahl, Sorte, Menge, Qualität. Und alle Kulturmaßnahmen, Qualitätskontrollen. Das reichte doch!

Die Hausbücher lagerten in einer Holzkiste im oberen Wohnzimmer, das wusste Marianne, aber sie hatte sich immer von ihnen ferngehalten. Als wäre von den letzten hundert Jahren eine Bedrohung für sie ausgegangen. Marianne war gerade erst wieder hier eingezogen, sie war, aber das wusste sie damals nicht, von ihrem eigenen Leben vollständig überfordert gewesen. Wie hätte sie einen größeren Ausschnitt überblicken können, ihre Gedanken gingen über den Tag nicht hinaus. »Wenn ich etwas notiere«, so Marianne mit ihren pampigen zwanzig Jahren, »dann benutze ich die elektrische Schreibmaschine, da, schau her.« Ihre Schreibmaschine war lange auf dem Schreibtisch gestanden, später in der Stube, irgendwann war sie im Schrank mit der alten Buchhaltung gelandet. Unter einer Plastikhaube und unter viel Papier wird sie vergraben sein, Marianne hatte sie nie mehr benutzt. Jetzt dachte sie daran, gleich wieder umzukehren, um die Kiste zu inspizieren, aber der

Gedanke an die Maler hielt sie zurück. Wann hatte sie die Großmutter zum letzten Mal am Küchentisch oder an dem Sekretär in der Stube sitzen sehen, einen Bleistift in der Hand? Lange hatten sie nicht über die Hausbücher gesprochen, aber wann hatte die Großmutter damit aufgehört, sie zu führen? Wenn Jutta von den Büchern zu ihr aufschaute, sah sie immer Vorwurf und Warnung und Bitten in ihrem Blick, und Marianne war jung. Sie war Anfang zwanzig und hatte dieses wilde Leben, das ihres war, ihres ganz allein. Ihre Haare standen in alle Richtungen, die Bluse aus den Jeans gerutscht, oder sie trug etwas Durchsichtiges, Knappes. Sie war von der Schule geflogen, das ja, aber sie hatte nichts falsch gemacht. Sie war so ein Kindskopf gewesen, und verliebt war sie gewesen, und überzeugt, dass sie die schönsten Blumen des ganzen Landes züchten würde, sie ganz allein. Die Großmutter war es, die ihr immer wieder mit Geld ausgeholfen hatte, die sie zu sich zitiert hatte, um ihr den Kopf zu waschen. »Du führst dich auf wie ein junger Hund, dabei hast du Hüften wie ein kleines Mädchen, genier dich!« Und als Marianne während der Schwangerschaft keinen einzigen Tropfen Alkohol trank und erkannte, was für ein besoffenes Kind der werdende Vater war und dass sie ihn nicht mehr ertrug, da war Jutta gut zu ihr und kümmerte sich um die schwangere Enkeltochter.

Marianne gab lange Zeit ihrer Großmutter die Schuld, dass niemand bei ihnen blieb. Sie selbst hatte nichts falsch gemacht. Nie.

Jutta konnte einem wahnsinnig auf die Nerven gehen. Wie stur sie war! Wie gründlich sie das Leben geliebt hatte, Marianne hätte es gerne verstanden.

2. Wände II

Wie es hier aussehen könnte, wenn alles gut wäre.

Das Lex-Haus liegt in einer ruhigen Seitenstraße. Es ist das einzige Haus in der Straße, die ein breiter Weg ist, und man kann vor allem an dieser Anfahrt erkennen, dass es früher so etwas wie ein Anwesen war.

Das Haus war der Mittelpunkt des Ortes, darin war das Gemeindeamt untergebracht, weil es sehr viel früher das Haus des Bürgermeisters war. Drei Häuser zählten damals zu Gumpenthal sowie eine kleine Kirche und ein Feuerwehrhaus; seit einigen Jahren gibt es eine neue Siedlung, und heute ist Gumpenthal-Ort nur mehr ein Ortsteil von Gumpenthal, das Zentrum liegt gut vier Kilometer nördlich in Gumpenthal-Markt. Der Postbus fährt nur während des Schuljahres. Gegenüber vom Lex-Haus steht die große Linde, der Platz wird von manchen *der alte Platz* genannt: eine Wiese mit Bank und Baum, eine Sandkiste, die mit der Wiese verwachsen ist, Eisengestelle, auf denen Kleinkinder schaukeln könnten, eher die Imitation eines Spielplatzes, den ich nie in Benutzung erlebt habe. Ein verrostetes Bild von früher.

Es gibt zwei Gasthäuser. Eine Trinkerstube, die nur noch dazu da ist, den Wirt mit Bier und Schnaps zu versorgen und den einen oder anderen Bauarbeiter oder Handwerker, der sich hineinverirrt, was selten vorkommt. Wünsch, der alte Wirt, wohnt im Hinterzimmer, er ist mit meiner Mutter oder einer ihrer Schwestern in die Schule gegangen, man würde es nicht vermuten, so abgemagert und zerfurcht sieht er aus. Seine Frau bringt ihm einmal in der Woche warmes Essen, das scheint ihm auszureichen. Die Kinder sind in die Stadt gezogen und angeblich erfolgreich, man sieht sie hier nicht mehr. Das Haus verfällt von oben, das Dach ist an vielen Stellen eingesunken, und im ersten Stock fehlt lange schon das Glas in den Fenstern, die Fensterrahmen stehen wie bizarre Holzskelette vom Haus ab. Wünsch hat immer eine Zigarette im Mund, die nicht einmal brennen muss. Die weißen Bartstoppeln stehen dreckig in seinem Gesicht herum, er hat ein paar Haare am Schädel, bei ihm wächst nichts mehr, ein verdorrter Mensch mit unendlichem Durst.

Das zweite Wirtshaus hat nur mehr vier Tage in der Woche offen. Manuela, die schöne, zierliche Wirtin hatte vor nicht allzu langer Zeit ein Burn-out, und erst da haben wir von den vielen Fehlgeburten erfahren. Ich habe sie immer bewundert, im Geheimen, weil sie so freundlich ist und so zurückhaltend und weil sie immer weiß, was die Gäste wollen. Aus der Keusche haben sie und ihr Mann ein Haubenlokal gemacht. Aber dann, naja, dann ging alles nicht mehr, das war eine schwere Zeit für die beiden, sie haben nicht aufgegeben. Manuela war monatelang außer Gefecht gesetzt, sie war auf Kur, dann fuhr ihre Schwester mit dem Auto in einen fahrenden Zug und sie besuchte ihren Schwager. Seit diesem Besuch arbeitet sie wieder im Wirtshaus mit. Es ist immer noch *unser Wirtshaus*, weil wir da zu Mittag essen, wenn Frau Schwaiger nicht kochen kann, aber vor allem, weil ich mit Lukas viele Abende dort verbracht habe, weil Lukas nach der Schule dort unterkam, wenn wir nicht zuhause waren und weil Manuela und ihr Mann Gerhard meine Freunde sind. Es ist fast immer voll, man muss reservieren, es gibt einen Tisch direkt neben der Bar, niemand sagt *Stammtisch*, aber da sitzen wir. Lukas war als Kind meistens bei Gerhard in der Küche, das war der Platz, den er liebte, und er geht weiterhin vor oder nach dem Essen zu ihm. Weil sie noch ein bisschen was wollen vom Leben, und nicht nur überleben, sagen Manuela und Gerhard, haben sie nur noch an vier Tagen geöffnet.

Wir alle gingen in die einklassige Volksschule, die ist heute geschlossen, weil zu wenige Kinder in Gumpenthal leben. Ins Gymnasium und in die Hauptschule sind wir damals schon eine knappe Stunde unterwegs gewesen.

Ein Bauernhof, dessen Felder gut zehn Jahre brachlagen, wird heute als Biohof geführt, Synergien gibt es noch nicht viele, aber frische Eier, das ist gut. Der Hof liegt außerhalb, und die neuen Betreiber sind Zugezogene.

Den Greißler, der viele Jahre eine *Adeg*-Filiale, dann ein *Nah & Frisch* war, führt jetzt, nachdem die alte Besitzerin gestorben ist und niemand übernehmen wollte, Joschi, mit dem ich in der Schule war, als Gemischtwarenhandlung und Papierfachgeschäft, und ich glaube, neuerdings kann man sogar Briefe bei ihm aufgeben. Joschi. In den achtziger Jahren ist er nach Wien gegangen und hat immer die wildesten Geschichten erzählt, wenn er einmal da war und wir uns die Nacht um die Ohren geschlagen haben. Dann hat er eine Buchhändlerlehre gemacht, eine eigene Buchhandlung hat er auch gehabt, das hat nicht so lange gehalten. Bücher bekommt man bei ihm jetzt auch, aber wenn man ihm sagt, wie schön es ist, dass Gumpenthal wieder eine Buchhandlung hat, dann fällt er zuerst in sich zusammen und rastet dann eventuell ziemlich aus: »Das ist keine Buchhandlung, das ist ein Buchständer«. Lange haben wir nichts von ihm gehört, eine Weltreise soll er gemacht haben, und jetzt ist er wieder da und mag es nicht so gern, wenn man ihn Buchhändler nennt. Dabei hat er immer gute Vorschläge, was man lesen könnte. Der Joschi ist alt geworden, älter als ich, denke ich manchmal, aber das denke ich über viele Leute. Vielleicht hat es auch etwas mit seinem Status als Zurückgekehrter zu tun, mit seiner Enttäuschung, es woanders nicht geschafft zu haben, aber wirklich unglücklich wirkt er nicht. Die eigene Unzufriedenheit, die macht einen alt, ist das so?

In der Hauptstraße stehen die älteren Häuser, zirka die Hälfte davon ist noch bewohnt. Seit einigen Monaten wird in der ehemaligen Bäckerei am Freitagnachmittag und Samstagvormittag neben Brot auch Obst und Gemüse vom Biobauernhof angeboten. Dass die Häuser nicht alle bewohnt sind, sieht man erst aus der Nähe, viele Rollläden gehen nie nach oben, aber das ist auch bei den bewohnten Häusern nicht anders. Der Nussbaum am Ende der Hauptstraße stirbt langsam vor sich hin, ich kann mich nicht daran erinnern, wann er zuletzt Früchte getragen hat. Der kleine Platz mit dem Nussbaum wurde immer *Hauptplatz* genannt, wegen der Kapelle und des Feuerwehrhauses, und weil es tatsächlich der einzige Platz in Gumpenthal war. Die drei Parkbänke wurden vor kurzem erneuert.

Nach dem Ortskern (von Osten kommend) liegt die Siedlung, eine Reihe von einem Dutzend Häusern und ein Mehrfamilienhaus, das man Pensionistenheim nennen könnte. In Gumpenthal leben heute zwischen siebzig und achtzig Menschen, durchschnittliches Alter wahrscheinlich jenseits der fünfzig. Die drei Familien und die alleinerziehende Mutter (Joschis Cousine) bringen ihre Kinder in den Kindergarten nach Markt, keine Ahnung, wie lange der offen hat, vielleicht auch nachmittags. Früher waren die Frauen zuhause, heute sieht man tagsüber kaum jemanden auf der Straße. Einmal in der Woche fährt der Wagen mit dem Tiefgefrorenen durch den Ort, außerdem beliefert auch ein Bäcker einzelne Haushalte auf Bestellung. Das Taxiunternehmen berechnet für die Anfahrt aus Gumpenthal-Markt keinen Zuschlag, aus Neustadt schon (Tarif vergessen, ich fahre nie). Früher gab es einen Praktischen Arzt, aber nachdem Dr. Thaussig in Pension gegangen war, wurde seine Ordination aufgelassen. Heute benutzen ein Orthopäde und eine Physiotherapeutin die Praxisräume. Ich habe Jutta nach dem Sturz einige Male zur Physiotherapie gebracht. Sie hat das Turnen, wie sie es genannt hat, sehr gerne gemacht, aber nicht mehr als die verschriebenen Einheiten absolviert. Wenig hatte sich verändert, die Wände waren wieder ganz weiß und im Vorzimmer fehlten die alten Kalender und Katzen- und Blumenbilder. Das Ölgemälde sah nach Hobbymalerei aus. Die Therapeutin ist erst seit ein paar Jahren in Gumpenthal, sie lebt mit ihrem Mann in einem der Siedlungshäuser.

Wenn jemand zum ersten Mal den Weg in meine Baumschule findet, staunt er über Stille und Beschaulichkeit, so nahe an einer viel befahrenen Transitstrecke.

Ich setzte mich auf die Bank neben der Bäckerei. Geschlossen. Ich wusste nicht, welcher Wochentag war, und als ich auf die Uhr schauen wollte (die ich nicht am Arm trug), bemerkte ich, dass ich mir nicht sicher war, ob es Vormittag oder Nachmittag war. Ich hatte mit Lukas gefrühstückt, aber dann? Die Maler sind am Montag gekommen. Juttas Einäscherung war am Donnerstag oder Freitag, und die Maler kamen gleich am nächsten Tag. Hatte das Wochenende nicht stattgefunden? Was für ein Gedanke. Jutta hätte es nicht gefallen, aber ich finde die Idee für einen Augenblick reizvoll.

Kann mich nicht mehr an unseren letzten Streit erinnern.

Kann mich nicht erinnern.

Alles hat geblüht an ihrem letzten Geburtstag.

Beim Frühstück gestern oder war es vorgestern, war es am Sonntag? Ich sitze mitten am helllichten Tag auf einer Bank im Ort und frage mich, wie spät es ist. Keine Arbeit, keine Uhr. Der Sonntag wird stattgefunden haben. Beim Frühstück gestern haben drei Sätze mit *Juttas Asche* begonnen, daran werde ich mich immer erinnern.

Juttas Asche.

Es bringt Unglück, Blumen aus dem eigenen Garten aufs eigene Grab zu legen. Dabei ist das größere Unglück wohl, ein eigenes Grab zu haben.

Im Frühling die winterfeste Kamelie verpflanzen.

Es ist nichts wert, immer wieder etwas Neues anzufangen, ohne zu wissen, was aus dem Alten geworden ist. Jedenfalls kam es mir so vor, als hätte sie das gesagt, mir hinterher, als ich das Haus verließ. Nicht so genau hingehört, denn in Gedanken war ich bei Marek, der mir telefonisch angekündigt hatte, dass er eine Woche später kommen würde, weil seine Mutter krank sei und die Tochter seines Bruders ein Kind erwarte. Wie ich mich geärgert habe. Sätze, die mit *Es ist nichts wert* anfingen und aus ihrem Mund kamen, ärgerten mich eigentlich, aber in den Wochen vor ihrem Tod war kein Ärger mehr da. Ich wusste nicht, wie alt Mareks Mutter war, ich hatte ihn nicht gefragt, was für eine Krankheit. In Wahrheit glaubte ich ihm nicht. So eine schamlose Ausrede, das war mein erster Gedanke, und dann noch eine Geburt, darunter tat er es nicht, sterbende Mutter, neue Generation. Dass Marek noch eine Mutter hatte! Wo er doch selber ein alter Mann war, uralt. Marek hatte seine Familie fast zwanzig Jahre nicht gesehen, in den letzten Jahren dann regelmäßig. Jutta demonstrierte Desinteresse, wahrscheinlich war sie eifersüchtig, aber das konnte sie nicht zugeben. Vielleicht war es eher ein Staunen darüber, dass ein Leben zu Ende ging. *Ich lass mich nur noch einmal hier hinaustragen, so viel ist gewiss.* Hatte ich nicht damit gerechnet, als sie vor rund sechs Jahren in die Stube gezogen war? So ist das. *Die einen zieht's hinauf, die anderen unter die Erde.*

Im Haus trugen die Maler die alten Muster auf, übermalten den Bleistiftstrich in Augenhöhe mit cremegelber Farbe. Die Farbe und das Muster hatten sich bewährt. Die Großmutter hätte die Maler nicht aus den Augen gelassen, sie hätte Frau

Schwaiger beauftragt, ein ordentliches Mittagessen zu machen. Jetzt gab es Kaffee in Thermoskannen und Wasser, schon lange wurde nicht mehr gekocht für die Arbeiter. Die Firma, die das letzte Mal ausgemalt hatte, gab's nicht mehr. Es dauerte ein halbes Jahr, bis Marianne jemanden gefunden hatte, der noch alte Rollen hatte. Wenn es nach Jutta gegangen wäre, hätten die Maler ihre Arbeit vor Weihnachten abgeschlossen, aber sie war schon zu schwach, ihren Willen durchzusetzen. Wie still es war. Und jetzt hatten sie doch nicht alle Muster. Von der Malerei im Esszimmer würden sie Schablonen herstellen. Auf einmal war es wichtig, dass es genau so gemacht wird, wie Jutta es gewollt hat.

Das letzte Mal, als Maler im Haus waren, ging Marianne noch zur Schule. Als sie nachhause kam, waren die Möbel in ihrem und in Gertrauds Zimmer in die Mitte gerückt und an ihren Wänden tummelten sich gelbe und rosarote Vögel, die waren groß und plump, und hätte sie sie nicht verabscheut, so hätte sie sich vor ihnen gefürchtet. Was sie später auch tat, in Fiebernächten. Im Zimmer ihrer Tante wirbelten Blätter in verschiedenen Blautönen auf den Wänden herum. Gertraud sollte es erst am Wochenende sehen, studierte zu der Zeit noch in Wien, kam aber regelmäßig nachhause. Mariannes Eltern rechtfertigten sich, dass ihnen die Maler die Muster vorgeschlagen hätten. Die Großmutter war entsetzt, aber zu der Zeit hatte sie wenig zu sagen. Wie schrecklich und wie beeindruckend war es für Marianne, als Gertraud ihr Zimmer schwarz strich. Bald darauf zog sie endgültig aus, auch das warf Marianne den Eltern vor. Die Eltern waren zurück, aber auf sie war kein Verlass. Ihre Mutter Johanna hatte ein Dutzend Jahre nach Mariannes Geburt den Kindsvater Walter wiedergetroffen und beschlossen, wieder mit ihm leben zu wollen. Ein Jahr Familienleben, und da gehörte Marianne dazu. Der

Betrieb gehörte dazu und dass sie alles neu machen wollten. Warum war die Großmutter nicht Teil dieser Familie? Marianne hatte das Gefühl, als wäre das Haus leer ohne die Großmutter, obwohl darin ja Familienleben stattfand, die Freunde der Eltern zu Besuch kamen. Als hätte Jutta Marianne verlassen, verraten und verlassen. Was hatten die Eltern denn sonst noch gemacht, außer Wände streichen zu lassen? Lebten sie wirklich ein ganzes Jahr zuhause? Johanna wahrscheinlich. Johanna zog immer alles durch, aber Walter? Johanna sammelte damals schon und vielleicht brauchte sie leere Wände für ihre Bilder; aber Jutta machte ihnen dann doch einen Strich durch die Rechnung. Nur die Zimmer im ersten Stock wurden frisch ausgemalt, für Esszimmer und Wohnzimmer und Küche und Stiegenhaus wurden die alten Rollen hervorgeholt.

Sie nie mehr fragen können.

Als Mitte der fünfziger Jahre der ältere Bruder von Mariannes Großvater das Erbe ausschlug, um nach Kanada zu gehen, kamen Robert und Jutta zurück aus Marokko. Warum war dieser ältere Bruder verschwunden aus dem Leben der Familie Lex? Der Erstgeborene. Wie hieß er? Marianne wusste nicht, ob er jemals wieder nach Gumpenthal gekommen war. Warum er gegangen war, das wusste sie auch nicht. Hatte er eine eigene Familie? Welchen Beruf hatte er erlernt? Oder war er als der Ältere einfach *Gutsbesitzersohn*? Sie würde ihre Großmutter nie wieder fragen können, aber nachlesen: Kajetan. In einem der Hausbücher aus der großen Kiste. Woher kamen nur all die Menschen in diesen Tagen? Marianne wollte sich am Schmerz festhalten und war ständig mit Gespenstern konfrontiert. Für die kleine Marianne waren die Vorfahren doch Fürstinnen und Fürsten gewesen. Da gab es große Kutschen, Stallknechte, Holzknechte, es gab das Gesindehaus und Kindermädchen, und die Kinder wurden zuhause unterrichtet, damit sie nicht zu den tumben Toren in die Dorfschule mussten. Sie sah das ganze Dorf in einem goldgelben Licht. Es war selbstverständlich, dass die Pferde beim Schmied beschlagen wurden und dass die Mägde im Hof den Gänsen die Federn rupften. Dicke Mägde, lange Hälse, und beim Schmied sah man das Feuer auf den verschlammten Weg herausleuchten. Eine märchenhafte Kulisse war das, von den Autos hörte man nirgendwo im Dorf etwas.

Ein kleiner Laster fuhr auf den Hof.

Wann hatte sie dem Sohn vom Wegerth zugesagt, die Zimt-Himbeeren zu übernehmen? Sie hatte nicht mehr daran gedacht. Jetzt wurden Dutzende Kisten voller Wurzeln gebracht, die man durchsehen musste, Wurzeln ohne Augen, also Knospen, kamen auf den Kompost, der Rest würde in kleine Stücke geschnitten. Die Pflanze war praktisch für Hecken, Naturgärten, aber sie wucherte, brauchte viel Platz. In der Aufzucht wie im Garten. Der Wegerth war für ein paar Monate ihr Lehrherr gewesen. Immer schon hatte sie den immer alten Mann gehasst, der nur von oben herab mit ihr redete, weil sie, wie sie damals dachte, ein Mädchen ist. Dass er mit allen Lehrlingen und Arbeitern so umsprang, hatte für Marianne nichts geändert. Bald war sie wieder weg. Der alte Wegerth war ein einfältiger Bauer. Jutta hatte ihn geschätzt, manchmal half er ihr aus. Seit dem Schlaganfall im letzten Herbst kümmerte sich der jüngste Sohn um den Vater. Dass sie sich die Zimt-Himbeeren aufschwatzen hatte lassen, war ärgerlich. Sie wusste nicht, wo sie sie im Frühling anpflanzen sollte. Im Kühlraum war genügend Platz, aber vielleicht waren die Wurzeln verschimmelt. Wer hatte sich denn darum gekümmert, hatte der alte Wegerth überhaupt noch Arbeiter? Die unterirdischen Triebstücke konnte man durch Teilung vermehren, dann gehörten sie in Plastiksäcke. Ob sie davon überhaupt genug hatten, wussten Emmi oder Andrea. Im Frühling die Rhizome in Rillen legen, im Sommer ernten, im Herbst ernten. *Rubus odoratus*, warum hatte sie sich die jetzt angetan? Wie es dem alten Wegerth überhaupt ging? Wenn ihre Großmutter nicht gestorben wäre, hätte sie sicher gefragt, sie war ja ein freundlicher Mensch, zumindest meistens. Aber es interessierte sie nicht und sie dachte ernsthaft darüber nach, die Kisten nicht ausladen zu lassen, sondern direkt zu entsorgen. Was sie natürlich nicht machte.

Als wir nach Tanger flohen, so begann ein Satz, den Jutta einmal gesagt hatte, um zu erzählen, wie heruntergekommen sie alles vorgefunden haben, bei ihrer Rückkehr. Damals waren sie und ihr Mann Robert und die Mädchen Flüchtlinge. Das Grau der Nachkriegsjahre konnte sich die kleine Marianne gar nicht vorstellen und auch nicht, dass die Frau, die davon erzählte, damals eine junge Mutter, je woanders gelebt hatte als hier, hier mit ihr. Wer hatte da noch gelebt? Die Schwiegereltern starben innerhalb kurzer Zeit, zuerst Roberts Vater, und im Jahr darauf, aber da müssen Jutta und Robert schon in Gumpenthal gelebt haben, folgte seine Mutter ihrem Mann. *Gram, nichts als Gram.* Worte, die Jutta für ihre Schwiegermutter hatte. Sie war nicht abschätzig, aber achtsam auch nicht, wenn sie, was selten vorkam, über diese Frau redete. Marianne stellte fest, dass sie nichts über sie wusste, aber ihre Fragen gingen ins Leere. Jutta hatte jede Auskunft verweigert, darauf bestanden, dass auch sie diese Frau nicht gekannt hatte, und es sei ja niemand sonst da gewesen, also Familie. Sie reagierte auch nicht auf Schlagwörter wie *Verlobung, Hochzeitsfeier* und so weiter. Die Frau, damit beendete sie jedes Gespräch über Mariannes Urgroßmutter, bestand aus Gram, aus nichts als Gram. Es sei doch das Beste gewesen, dass sie ihrem Mann so schnell wie möglich gefolgt sei, sie habe ja doch keinen Auftrag mehr in der Welt gehabt. Die Söhne waren erwachsen, der Ältere hatte fluchtartig das Land verlassen, als er sein Erbe antreten sollte, und der Jüngere tat halt, was man von ihm erwartete. Trostlos und bitter habe man sich die Rückkehr vorzustellen. Zwei junge Leute mit kleinen Kindern, die doch nur den Sommer gekannt hatten bis dahin, und dann in dieses halbschattige, kalte Seitental, in ein viel zu großes, lebloses Haus verbannt: die sogenannte Hochegger-Villa. Aber von einer Villa sei nichts zu erkennen gewesen. Erst sie, Jutta Lex, geborene Musil, habe aus der Hochegger-Villa das Lex-Haus gemacht. Zuerst hätten sie aus dem heruntergewirtschafteten Forst- und Landwirtschaftsbetrieb eine Baumschule gemacht, Obstgehölze und Zierpflanzen, und dann erst, nach dem frühen Tod ihres Mannes, 1963 war das, kurz nach der Geburt der jüngsten Tochter Gertraud, habe sie das Haus instand setzen lassen und die ersten Rosenstöcke gepflanzt. Rosen! Der Krieg war ja immer noch nicht richtig vorbei und dann: Rosen! Die Gewächshäuser, die hätte Robert nie aufgestellt, das waren *ihre* Gewächshäuser. Obst und Rosen. Jutta und Gertraud: Das war Mariannes Familie. Als habe sie sich nur die beiden erwählt.

Nach dem Begräbnis des kleinen Paul hatte die Großmutter zum ersten Mal von der Rückkehr erzählt. Wie auf Kriegsende Missernte und Katastrophenwinter folgten und Robert, der in Mödling die Technisch-gewerbliche Staatslehranstalt besucht hatte, eine Stelle bei einer deutschen Firma in Marokko fand. Später erzählte Jutta es anders: Ihre Hochzeitsreise habe sie eben nach Afrika geführt, als wäre das ganz selbstverständlich, als wäre das normal gewesen, in den vierziger Jahren, und erst auf der Schiffspassage lernten sie jemanden kennen, der Robert die Stelle in Tanger anbot. Sie sollten von dieser *Hochzeitsreise* erst neun Jahre später zurückkommen. Die sechsjährige Margret und die vierjährige Johanna sprachen wenig, ein paar Brocken Spanisch, am ehesten noch einen Berberdialekt, der bald nach der Rückkehr verschüttging und nicht wieder zutage trat, am wenigsten Deutsch. Bei Tante Margret, so dachte Marianne immer, wenn sie die kleine, stille Frau verabschiedete (voller Erleichterung verabschiedete), hat sich das niemals verändert. Wenn Jutta von der ersten Zeit in Gumpenthal erzählte, dann klang es so, als hätte sie einfach getan, was ihr Mann von ihr verlangt hatte. Für den Schock ihrer Töchter hatte sie zwar Verständnis, auch sie war ja nicht glücklich gewesen über die Entscheidung ihres Mannes, aber man habe sich doch darin zu fügen gehabt. Und als Jutta anfing, den Komfort ihrer Schiffspassage zu loben, da unterbrach Johanna sie und behauptete, sie wäre, wenn Margret sie nicht gerettet hätte, über Bord gegangen auf der Suche nach den Eltern, die sie mitten in der Nacht nicht in der Kabine vorfand. Ihre Mutter beachtete diesen Einwand nicht, und Margret sagte leise: »Da musst du dich täuschen, das ist nicht passiert. Aber wir haben gehört, dass Zwillinge beinahe vom Schiff gefallen wären, erinnerst du dich nicht mehr? Man hat sie in einem der Beiboote gefunden, die armen Buben, ich glaube, Buben waren das, das warst nicht du.« – »Ich hätte es sein können, das reicht mir schon.«

Johanna verließ nach solchen Gesprächen meist für kurze Zeit den Raum. Wenn sie zurückkam, setzte sie irgendwo an, das Leben ging weiter. Wie es den Mädchen denn überhaupt möglich gewesen sein konnte, zu verstehen und sich zu arrangieren, das interessierte Jutta nicht besonders. Johanna berichtete von dem Unglück, dass sie und Margret empfanden, als hätten sie ihre Eltern jederzeit ganz und gar verlieren können, so kam ihnen das vor. Denn die Eltern waren in diesem fremden Land vollkommen fremde Menschen für sie. Waren andere geworden. »Für uns ging das urplötzlich und ohne jegliche Erklärung. Am Schiff waren sie noch fröhlich, zuerst war das eine aufregende Reise. Aber je näher Gumpenthal kam, desto düsterer wurden die zwei, die wir bis dahin doch nur als ausgelassene und wunderschöne Menschen kannten.« Die da redete, war Johanna. Alle wussten, dass sie die Geschichte der Überfahrt und Ankunft in Gumpenthal nur aus Erinnerungen Margrets kannte. Johanna war noch zu klein gewesen, aber seit ungefähr ihrer Rückkehr war sie die Sprecherin der beiden. Margret nickte stumm oder blickte weg, wenn Johanna etwas Falsches sagte oder sie kränkte. »Da ward ihr aber ziemlich dumm, wenn ihr das gedacht habt.« Jutta war immer deutlich in ihren Äußerungen. Oder sie hielt den Mund, was aber nicht so häufig vorkam. Ruhig, schweigsamer wurde sie erst mit dem Alter. »Wir hätten doch einmal zurückkommen müssen, wir hätten euch doch nicht mit den Negern in die Schule lassen können, alles Analphabeten! Es war eine vorgezogene Abreise, das war alles.« Jutta hatte sich gefügt, aber verziehen hatte sie es ihrem Mann wohl nie. Er war dafür verantwortlich, dass sie in ein Land zurückgingen, das ihn ein paar Jahre später umbrachte, und dass sie eine erfolgreiche Geschäftsfrau werden musste. Denn sein Tod, der rührte von dem Unglück her, das –

Bald nach ihrer Rückkehr kam der kleine Paul zur Welt, in dem noch, wie Jutta einmal sagte, afrikanisches Blut floss. Als sie in Gumpenthal ankamen, waren immer noch *Fremde* am Hof, und Jutta hatte ein schwieriges Verhältnis zu den Angestellten und *Untergebenen*, wie sie die ehemaligen Knechte und Mägde nannte. Sie hegte bis zuletzt tiefes Misstrauen gegenüber dem *vererbten Gesinde*. Die Familie war angesehen in dem kleinen Ort, bei den Lex hatte es während des Krieges und nach dem Krieg immer noch etwas zu essen gegeben und untergekommen sind alle möglichen Menschen, zuerst das jüdische Paar, das im Jänner 44 aber dann doch verschwunden ist, und später die Parteimitglieder aus dem Ort. Jutta hatte die Familiengeschichte der Lex als ihre angenommen. Details waren von ihr nicht zu hören und auch eine Einschätzung der politischen Lage blieb eher vage, nach allen Seiten offen. Primitiv fand sie den Rassenhass, aber das bedeutete nicht, dass sie das Judentum schätzte. Aber, so war sie, sie hätte die Juden für *erziehbar* gehalten, nur dafür fand sich niemand. Jutta kümmerte sich anfangs um die Kinder, um den Haushalt, ihre Töchter stellten das anders dar. Für sie war die Mutter nie da, nichts hatten sie von ihr, der lebhaften Unternehmerin, die sie nach dem Tod des Vaters mit einem Liebhaber teilen mussten. Der noch dazu den Namen ihres Bruders trug. Eine gemeinsame oder halbwegs übereinstimmende Erinnerung an die Kindheit und die ersten zehn Jahre in Gumpenthal schienen ihre Mutter und deren Schwestern, geschweige denn Jutta, nicht gehabt zu haben. Wenn die Großmutter Geschichten von ihrem einzigen Sohn erzählte, dann spielten die in einer Zeit, als dieser noch nicht fünf Jahre alt war. Ein selbständiger kleiner Kerl, der allein zu den Nachbarn ging, der nicht fragte, sondern einfach verschwand, der im ganzen Ort zuhause war, auch wenn er später immer alles daran kritisierte. Auch wenn er sich später ganz und gar abwandte, von seiner Mutter, seiner Familie. Von seinen Schwestern. Margret und Johanna sollten ihm das nie verzeihen, aber wenn man sie danach gefragt hätte, dann hätten sie nicht gewusst, was sagen.

Die älteren Schwestern sehnten sich immer nach der Sonne, nach dem Licht ihrer ersten Jahre. Wie sehr sie auch versuchten, diese Zeit wiederzubeleben (Margret, indem sie sehnsuchtsvolle Wüstengedichte schrieb, Johanna durch Reisen nach Afrika), das blieb alles im Nebel. Vielleicht hatte Jutta über diese Sehnsucht tatsächlich einmal gesagt: Fata Morgana.

Marianne wusste nicht, wer die Freunde des kleinen Paul gewesen waren im Ort, mit wem er zur Schule gegangen war und warum er das Haus so früh verlassen hatte. Darüber redete keiner. Mit zwanzig heiratete er Isa, die heute noch immer zur Familie Lex gehörte, oder eigentlich zählte sie sich erst nach Pauls Tod dazu, denn bis dahin hatte sie sich mit ihm ferngehalten. Es muss eine kleine Hochzeit gewesen sein, niemand aus der Familie hatte daran teilgenommen, und zu den großen Familienfeiern kamen die zwei äußerst selten. Marianne hatte keine Erinnerung an ihn, nur an sein Begräbnis; damals sah sie Isa zum allerersten Mal. Wenn jemals die Sprache auf den *kleinen Paul* kam, dann schimpfte irgendwer auf die *dumme Isa.* Die dumme Isa war gelernte Schneiderin, so hatten die beiden zumindest ein gesichertes Einkommen. Der kleine Paul experimentierte in unterschiedlichen Feldern der Kunst, er war nicht erfolgreich, zumindest sagten das seine Schwestern abschätzig vor seinem Tod; dass das so nicht stimmte, erfuhr Marianne erst viele Jahre später. Isa war eine umwerfend schöne Frau. Marianne, gerade sechzehn geworden und sehr burschikos und abwechselnd arrogant selbstsicher und unglücklich, war sicher, dass sie die schönste Frau war, die sie bislang gesehen hatte. Sie trug eine absurde Kostümvariante in Schwarz, die sie selbst entworfen hatte, denn sie war eigentlich Modeschöpferin, so sagte man damals. Das Begräbnis von Onkel Paul, der über seinen Tod hinaus der *kleine Paul* blieb, war imposant und traurig, und es fand an einem Samstag statt. *Am Samstag werden die ordentlichen Leut' begraben.* Ob Jutta das so gesagt hatte, wusste Marianne an diesem Mittwoch oder Donnerstag ein Vierteljahrhundert später nicht mehr mit Gewissheit. Zu dem Begräbnis hatte Marianne, die damals im Internat war, eine Freundin mitgebracht, die bald wieder abreiste, und Marianne erinnerte sich dunkel daran, wie sie am Abend vor dem Begräbnis im Wirtshaus an der Bar gesessen waren und getrunken und getrunken hatten und dass die Freundin sie überreden hatte wollen, einfach abzuhauen. »Eine irre Familie hast du. Du hast doch deinen Onkel gar nicht gekannt. Wie kannst du dich von deiner Mutter derart behandeln lassen und die Alte, die ist doch komplett verrückt.« Wann die Freundin verschwunden war, daran konnte sich Marianne nicht mehr erinnern, wahrscheinlich am Morgen vor dem Begräbnis, nachts fuhr kein Bus und Autostopp war unwahrscheinlich, weiter als bis zur nächsten Diskothek wäre kaum jemand unterwegs gewesen. Marianne wusste noch, dass sie spät diskutierende Tanten und deren Anhang in der Stube vorgefunden hatten und dass dann irgendwas passiert sein musste. Streit wird es gegeben haben, jemand wird schreiend aus dem Zimmer gelaufen sein. Isas beruflicher Erfolg, der zwar eher ein Fort- und Auskommen war, währte nicht über den Tod ihres Mannes hinaus, keiner in der Familie hatte etwas anderes erwartet. Jetzt war der kleine Paul rehabilitiert. Als wäre er der Ernährer gewesen, als hätte er die unansehnlichen Kleider entworfen und sie, die dumme Isa, diese nur zusammengenäht. Als wäre er dafür verantwortlich gewesen, dass sie ausreichend Kundschaft hatte, reiche alte Frauen in halbverfallenen alten Häusern am Stadtrand von Wien oder aus der Inneren Stadt. Nach seinem Tod wurden ihre Entwürfe schlichter, weniger gewagt und schräg, doch sie verkaufte bald kaum noch etwas, musste dann in immer kleiner werdenden Ateliers Änderungsarbeiten durchführen, bis die Billigkonkurrenz türkischer Schneider sie Ende der Neunziger zusperren ließ. Seither arbeitete sie von zuhause aus, manchmal war sie bei einem dieser Schneider angestellt, es ging ihr finanziell nicht besonders gut. Aus dieser Zeit des Niedergangs rührten ihre wechselnden Männerbekanntschaften. Isa, die Schöne. Ihre Begleiter, die sie allesamt mit nach Gumpenthal brachte, als sei es wichtig, sie *ihrer* Familie vorzuführen, waren meist einfache Männer, Arbeiter, Bahnangestellte, ein Briefträger. So schön wie Isa waren sie natürlich nicht, und es half auch nicht, dass sie immer jünger wurden, je älter die kinderlose Isa wurde und je leichtfertiger.

Einmal hatte Marianne mitangehört, wie Jutta jemandem erzählte, dass sie die Landwirtschaft in Deutschland erlernt habe, als Vorbereitung auf den Aufenthalt in Afrika. Dann stellte sich aber heraus, dass nicht sie das war, sondern Titta, ihre deutsche Mutter, die in Afrika gelebt hatte als kleines Kind. Waren Juttas Erinnerungen die ihrer Mutter? Hatte sie in Marokko eine Landwirtschaft betrieben? »So ein Unfug«, Jutta wischte das weg wie eine infame Unterstellung. Ihr Mann habe eine Anstellung, eine *herausragende Stellung* gehabt, sie lebten in einem Palast in Tanger. »Ein wunderbarer, ein schrecklicher Ort. Das Blau und Weiß der Kasbah-Häuser, das an den Schnee erinnerte, und zu sehen, wie die Hügel des Rif-Gebirges dunkler wurden.« War es möglich, dass Jutta schwärmte? »Tanger war eine Stadt mit unglaublich hohen Mauern, auch ohne Moral, das muss man schon sagen. Die Araber waren dreckig, es war ihnen nicht zu trauen, sie lungerten herum. Es kamen dann ja auch die amerikanischen Gigolos, die machten es auch nicht besser.« Mit Gigolos, das verstand Marianne erst nach einem Kinofilm, mit Gigolos meinte die Großmutter die literarische Bohème der fünziger Jahre. Tante Margret hatte einmal von einer Nubierin mit dem Namen Paris erzählt, die ihre Bedienerin gewesen und die oft bei ihr und Johanna geblieben sei, abends, wenn Mama und Papa ausgegangen seien, in die Paläste der oberen Stadt. Gleich fuhr ihr die Großmutter über den Mund, niemals hätte sie ihre Töchter einer Schwarzen überlassen. Und dann, einfach so: »Wir waren jung, wir wollten etwas von der Welt sehen, und Afrika – wir wollten doch nur das Glück.«

Wir wollten doch nur das Glück.

Das war nicht Jutta, die so redete.

Das war nicht ihre Großmutter. Glück, das tat sie doch mit einem Sprichwort ab.

Ich erinnere mich an eine Szene aus einem Kinderbuch. Der Kasten steht in der Mitte des Zimmers, weil die Männer, die in diesem Buch Kinder geblieben sind, zärtliche und tolpatschige, irgendwie auch dumme Männer, weil die Männer ein Vogelnest mit seinen vier Eiern auf dem Kasten schützen wollen. (Habe ich das Buch als Kind nicht geliebt, und war ich dann, als ich es Lukas vorlas, nicht enttäuscht gewesen wegen der Plumpheit dieser drei Generationen von Männern?) Alle Möbel stehen im Garten, auch die Betten, aber der eine Kasten bleibt im Haus. Der kleinste von den Kind-Männern verkündet, dass er mit dem Regenschirm das Nest beschützen werde, wenn die Maler den Raum ausmalen, und in der Nacht muss der Älteste ins Haus und in den ersten Stock steigen, um ein Taschentuch aus dem Kasten zu holen. Ich weiß nicht mehr, ob die Maler dann irgendwann kommen oder ob die Familie die Möbel unverrichteter Dinge ins Haus zurückschafft. Jetzt stehen in der Stube, in der Jutta die letzten Jahre verbrachte, die Möbel aus Küche und Esszimmer. Ihre Zeit ist abgelaufen. So sieht es aus. Hier arbeiten die Maler bereits über eine Woche, aber jeden Tag habe ich das Gefühl, das Chaos wird größer, von neuer Farbe keine Spur. Das stimmt nicht, die Vorzimmer sind schon fertig, das Stiegenhaus ebenso. Wenn sie morgen oder übermorgen Juttas Zimmer ausräumen, werde ich dabei sein müssen, weil ich einen Überblick über die Akten behalten muss, die sich wild in den beiden Schränken stapeln. In der Stube werde ich mein Büro einrichten.

Hier war es auch zuvor, aber *Büro* erschien den Lex-Frauen immer etwas übertrieben. Die Situation in der Sortimentsbaumschule Lex mit ihren sechs bis sieben fix Angestellten und mehreren Partien und Leuten, die kurzfristig für Marianne arbeiteten, war immer einigermaßen provisorisch gewesen. Der Schritt vom einfachen Quartierbuch und den Lieferzetteln für Ein- und Ausgänge zu komplexeren Systemen wurde immer wieder hinausgeschoben. Für ein paar Stunden in der Woche kam eine Frau aus Gumpenthal-Markt, die für die Buchhaltungssachen zuständig war, bevor die Unterlagen an die externe Buchhaltung gingen. Sie arbeitete in einem Raum im ehemaligen Gartenhaus, wo Marek wohnte, und außerdem eine Dusche und der Aufenthaltsraum für die Angestellten inklusive Teeküche untergebracht waren.

Marianne fährt einen Umweg, um zwei Häuser zu suchen, deren Gärten sie vor einigen Jahren mit Hanno gestaltet hat. Findet sie, nachdem sie aus einer Sackgasse wieder hinausfährt. Die beiden Häuser waren damals neu, Nachbargärten, der gleiche Architekt, wenn sie sich richtig erinnert, zwei Schwestern oder Brüder, nein, Schwestern mit ihren Männern und Kindern, kleine Kinder. Ob sie sich immer noch so gut verstehen wie damals? Es blüht und gedeiht alles wunderbar. Marianne hat sogar einen Gemüsegarten angelegt, jetzt erinnert sie sich wieder. Auch, dass die eine der beiden Frauen so jung war, sehr jung schien, vielleicht Mitte zwanzig, zwei oder drei Kinder hatte und in allem ganz genau wusste, was sie wollte. Die Obstbäume haben sich gut entwickelt. Auch das Betonhaus und die verglaste Terrasse schauen sehr organisch aus, obwohl der wilde Wein nicht besonders üppig wächst, der müsste schon viel höher, viel dichter sein. Kommt ihr jetzt auf einmal vor, als hätte sie den damals gar nicht gepflanzt. Schwer zu sagen. Auf der Nordseite haben sie eine hölzerne Schaukel-Rutsche-Kombination aus dem Baumarkt aufgestellt. Schaut schrecklich aus, nicht nur billig, auch weil sie die so weit weg platziert haben, damit sie das Gesamtbild nicht stört, und dabei tut sie gerade das. Marianne steht am Zaun, wenig Verkehr um die Zeit. Sie fragt sich, was alle machen. Eine Zeitlang hat sie Gärten nach einem, zwei oder drei Jahren fotografiert, Dokumentation für neue Kundschaft. Jetzt wäre es ihr unangenehm gewesen, hätte sie jemand am Zaun gesehen. Wenn ein Haus mit Garten, den sie geplant und gepflanzt hat, plötzlich auf der Immobilienseite auftaucht oder erzählt wird, das steht jetzt zum Verkauf, schmerzt es immer wieder einmal.

Marianne ist wieder im Auto, setzt den Blinker und fährt aus dem kleinen Ort hinaus, zu ihrer Besprechung. Sie ist noch fünfzehn Minuten unterwegs, die Wegbeschreibung ist sehr genau, in dieser Ecke war sie noch nie. Menschen, die sich Gärten gestalten lassen, haben häufig das letzte Haus in einer Straße. Das Haus mit der besten Aussicht, und an einer Stelle, wo man nicht mehr vermuten würde, dass es hier noch weitergeht. Auch diese Kundschaft. Marianne versteht gleich, warum die Frau so wild auf dieses Haus war. Sie ist keinesfalls zu spät, im Gegenteil. Geduld, das ist halt schwierig, und verständlich, ein neues Haus, ein neues Leben, man will dann alles gleich fertig haben, aber einen Garten bekommt man eben nicht fertig, der muss mit einem wachsen, der braucht Zeit, und was vielen so schwer fällt: dass man ihn in Ruhe lässt. Vertrauen in die Natur, auch in die im Garten. Marianne geht um das Haus herum. Halb eingefallene Betonsockel umzäunen wild wachsendes Gras in einem alten Gemüsegarten, Kräuterbuschen, Marillenbäume, ein Apfelbaum. Es ist perfekt. Über einen Mischwald schaut Marianne Richtung Osten, hinten, das könnte schon das Rosengebirge sein, nein, vielleicht nicht, der Blick ist überwältigend. Sie hört ihren Namen rufen und dreht sich um. Auf der Terrasse steht eine Frau, die ihr zuwinkt. Marianne winkt zurück und geht wieder ums Haus herum. Innen ist nichts von einem alten Bauernhaus zu erkennen, Küchenblock, offener Kamin und eingelassene Regale sämtlich in Weiß gehalten, in der Mitte steht ein kleiner Plastiktisch mit Katalogen und zwei Schachteln voller Kopien von Rechnungen, und einem Taschenrechner mit großen Tasten obendrauf. Zwei Klappsessel. Alle Tischfüße sind mit Stoffpatschen umwickelt, ein Paar Pumps mit sehr hohen, dünnen Absätzen liegt neben dem Eingang auf blassbläulich scheinendem Parkett. Der Mann bietet Marianne einen der Stühle an (»Gehen wir doch ins Büro!«), die Frau setzt sich automatisch auf den zweiten, während er im Zimmer umherwandert, das sehr groß ist und bald wahrscheinlich einen sehr großen Esstisch, einen Eames Chair in der Nähe des Kamins und auf der anderen Seite des Raums eine weiße Sofalandschaft beherbergen wird. Behält das Handy in der Hand. Sie kommen schnell zum Punkt. An der Stelle des alten Hauses soll ein Biotop hin, in den Gemüsegarten alte Tomatensorten, alte Paprikasorten und so weiter. Marianne unterbricht die Frau. »Hauptsache alt? Wir sind eher für Gewürzsträucher, winterharte Pflanzen zuständig, ich kann Ihnen auch Tomaten pflanzen, aber die müssen Sie dann weiter kultivieren, die bleiben da nicht für immer.« Die Frau schaut ihren Mann an, ein Blick, der gleichzeitig Genervtheit und Gelassenheit signalisiert, sicher, sie hat dieses Haus gebaut (bauen lassen), sie denkt jetzt, sie kann mit allen und allem umgehen. Pause. »Ich kann den Garten natürlich aufarbeiten, die Erde austauschen und pflanzen, was heuer noch geht, damit Sie dann direkt losgärtnern können.« Erleichterung und ein Siehst-du-sag-ich-ja-es-geht-doch-Ausdruck im Gesicht der Frau. Dann sagt sie: »Die Auffahrt.« Die Frau redet von Steinmauern, Pflasterung, und von einem ersten Eindruck. Marianne entschuldigt sich kurz, dann kommt sie mit ihrem Block und Stiften zurück. Sie nimmt einen der kopierten Grundstückspläne, auf dem das kleine Haus eingezeichnet ist, aber nicht das neue, und fängt an zu zeichnen. Das Biotop soll doch ein Schwimmbiotop sein, oder? Beide nicken. »Biotop hier neben das neue Haus.« – »Aber da stehen zwei wunderbare alte Bäume.« – »Ja, sicher, ist ein sehr guter Platz. Die können wir da zu den Äpfeln verpflanzen, das ist genauso gut, Sie wollen ja vielleicht nicht, dass jeder gleich als Erstes Sie oder Ihre Kinder oder« – »Es gibt«, der Mann fällt Marianne ins Wort, nicht unfreundlich, die Frau unterbricht ihn und beendet den Satz. »Es gibt noch keine Kinder.« Sie lächelt unverbindlich. »Das Biotop sollte nicht neben der Auffahrt sein. Wenn Sie den Weg vom Rasen abtrennen wollen, würde ich einfache, nicht sehr hoch wachsende Pflanzen aus der Gegend, auch Buchsbaum, solche Sachen, empfehlen. Den Asphalt reißen wir ganz weg. Am schönsten wäre ein einfacher Weg, Pflasterung nur auf dem Vorplatz, haben Sie da schon Pläne?« Die beiden schauen einander an, scheinen nachzudenken. »Wir dachten, dass man die gleichen Steine wie für die Mauern verwendet.« (Er) – »Haben Sie hier irgendwo gegraben?« – »Steine?« – »Ja, haben Sie was ausgegraben?« – »Sicher, wir haben ja einen Keller ausheben lassen, aber hier ist doch keine Gegend für Steine …« – »Schauen Sie, dann würde ich auch keine Steine einfliegen lassen, das sieht vielleicht auf den ersten Blick gut aus, aber funktioniert meistens nicht wirklich.

Eine klassische Pflasterung, da gibt es Unmengen an Möglichkeiten.« Leichtes Runzeln auf der Stirn der Frau, sie sieht jetzt älter aus. Nur für einen Augenblick. Marianne zeichnet zwei Kreise an das Ende der Auffahrt. An die Seiten des Biotops schreibt sie 14 und 4. »In der Auffahrt könnte es rund sein oder oval, also jede Form haben, nicht ganz so groß vielleicht. Hier an der Seite könnten Sie eine gute Länge gewinnen, und das Biotop wäre ein langes Rechteck, eine strenge Form, die üppig bewachsen ist, gefällt Ihnen sicher auch in zehn Jahren noch. Auch ein guter Platz für ein paar neue Bäume, das Moderne und das Traditionelle, wie Sie es ja auch im Haus verbunden haben.« Die beiden sagen nichts. »Mein Vorschlag ist, dass ich Ihnen mal zeichne, wie das ausschaut.« – »Gleich zusammen mit dem KV?« – »KV würde ich erst machen, wenn wir entscheiden, was passiert.« – »Ich glaube, dass wir Ihre Vorschläge, also doch einiges davon, sicher umsetzen werden.« Marianne steht auf. »Wir werden das schon schaffen. Es wird sehr schön werden, bestimmt.« – »Und wann können wir den ersten Plan erwarten?« (Er, Hände in den Hosentaschen.) – »Geben Sie mir zehn Tage, ich schicke Ihnen den Plan und dann können wir uns gleich treffen.« – »Wann können Sie denn dann anfangen?« – Marianne nimmt den Block und ihre Stifte, aus der Hosentasche ihren Autoschlüssel. »Sobald Sie mir das Okay geben, fangen wir an. Das habe ich Ihnen schon gesagt, dass wir keine Grabungen machen. Aber wir haben verlässliche Firmen, mit denen wir schon lange zusammenarbeiten. Wir sind ja eigentlich nur eine kleine Baumschule, das wissen Sie.« Das Ehepaar lächelt sie an, als hätten sie alle zusammen ein wunderbares, blühendes Geheimnis. Marianne war, als sie mit diesen Gartengestaltungsarbeiten anfing, auf diesen Blick und alles, was er implizierte, sehr stolz gewesen. Eine Kundschaft hatte sie gelobt und weiterempfohlen, und weil Mariannes eigentliches Geschäft ja ein anderes war, nahm sie nur hin und wieder solche Aufträge an. Sie war ein Geheimtipp, und die Leute zahlten auch gerne ein bisschen mehr dafür. Die Gärten gingen ihr leicht von der Hand. Und je entspannter die Kundschaft war, je weniger sie erzwingen wollte, desto schöner, oder doch natürlicher wurde alles. Heute ist ihr dieser Stolz ein bisschen lästig, sie hat fast kein Bedürfnis mehr nach komplizenhaftem Lob, das meistens doch nur mit Geld, manchmal auch mit Geschmack und eher selten mit Gelassenheit oder Klugheit zu tun hat. Eher wieder damit aufhören, dachte sie manchmal. Marianne verabschiedet sich: »Falls Ihnen noch was einfällt, rufen Sie mich bitte an«. Händeschütteln, Marianne greift in ihre Hosentasche, nimmt ihr Handy heraus, »Und, ach ja, bitte rufen Sie mich am Handy an, ich habe die Maler im Büro.« Die Frau nickt. Ihre Hand liegt auf einem recht großen, weißen Telefon auf dem Katalogstapel, das vor sich hin blinkt.

Gestern brachte der Briefträger die Aschenkapsel. Es war ihm unangenehm, gleichzeitig demonstrierte er, dass er nicht zum ersten Mal eine so außergewöhnliche Lieferung zustellte. Normalerweise steckt er die Post in den Briefkasten, vorne an der Hauswand. Oft ist ja Frau Schwaiger im Haus, oder er klingelt, und wenn die Glocke auf laut gestellt ist, hört man sie auch hinten bei den Gewächshäusern. Auf einmal steht er vor mir, mitten unter den Setzlingen, eine Schachtel vor sich, die er ganz behutsam hält. Mir hinhält. Er wird die Adresse des Absenders gelesen haben und, wie gesagt, er signalisierte: *Dies ist nicht mein erster Toter.* Aber meiner, möchte ich sagen, meine Großmutter ist meine erste wirkliche Tote.

Am Telefon sagt mir die Frau des Totengräbers vom Waldfriedhof, auf dem auch Juttas Mann und ihr langjähriger Liebhaber Paul und ihr Sohn Paul begraben liegen, dass der Totengräber im Spital ist, nichts Schlimmes, und es gibt einen Vertreter aus Neustadt, aber (sie hat es schon gewusst, ohne dass ich davon erzählte) da die gute Frau Lex ja ohnehin schon verbrannt sei, habe das ja auch noch eine Woche oder zehn Tage Zeit, nicht? Dass sie das Geld brauchen, auch wenn es nicht viel ist, höre ich aus der Rede heraus und ich willige ein, er soll mich doch kontaktieren, wenn er wieder gesund ist. Ich hinterlasse meine Nummer, die sie natürlich kennt, alle kennen sie, sie hat sich seit dreißig Jahren nicht geändert.

An einem Samstagvormittag trifft Marianne den Totengräber am Eingang des Friedhofs, er erwartet sie und macht Witze über seine Schwäche, für eine Urne reiche es aber auf jeden Fall. »Sie war eine große Frau, die alte Frau Lex, eine wirkliche Persönlichkeit und Dame«, da hält er die Urne immer noch in der Hand und eine Schaufel in der anderen. Am Tag zuvor haben die Maler ihre Arbeiten abgeschlossen, eigentlich waren sie schon am Donnerstag fast fertig, brauchten den halben Freitag noch zum Aufräumen. Das gesamte Erdgeschoß und der erste Stock sind frisch ausgemalt, Stiegenhäuser und Vozimmer. Die Pflanzen aus dem Wintergarten bleiben noch ein paar Wochen im vorderen Gewächshaus, damit sie nicht unter den frischen Farben ersticken. Die Stube ist nun das Büro, außer den Aktenschränken und der alten Bettbank und dem Sekretär ist das Zimmer leer und Marianne wünscht sich, es könnte eine Weile so bleiben. Schön sind die alten Muster, bestimmt, aber in den Schlafzimmern sind die Wände einfärbig angemalt, nach oben hin wird es dunkler. Lukas' Reich durften die Maler nicht betreten. Jutta wäre zufrieden gewesen mit der Arbeit, die einen ordentlichen Batzen Geld gekostet hat, zu viel eigentlich.

3. Mütter

Als Thomas Marianne am Tag von Juttas Einäscherung angerufen hatte, um zu sagen, dass sie nicht kommen können, weil Juliane im Krankenhaus sei, hatten sie gescherzt. Es sei nur ein Routine-Eingriff. Marianne hatte gesagt: »Na, besser ins Krankenhaus als auf den Friedhof.« Was für ein Satz. Wie konnte sie so etwas sagen? Und was hatte Thomas gedacht? Er hatte nichts gesagt, seine Betroffenheit war durch die Leitung zu spüren gewesen, natürlich, und Marianne schämte sich, sie hätte am liebsten diesen Irrsinn beendet und wäre zu Juliane ins Krankenhaus gefahren, um sie zu besuchen oder um sie abzuholen. Als würde dann auch das Begräbnis der Großmutter nicht stattfinden, als wäre dadurch etwas rückgängig zu machen. Julianes Krebs, der Tod von Jutta, der Abschied von Eric. Nichts davon passte zusammen. Was für ein dummer Gedanke! Was sollte zusammenpassen, es hatte nichts miteinander zu tun, auch wenn Marianne immer wieder an das eine und das andere gleichzeitig dachte. Zum Beispiel, als sie beim Einsteigen ins Auto auf dem Friedhofsparkplatz ihren rechten Schuh verlor. Sie hatte sich umgesehen, weil sie auf Lukas wartete, der gerade noch neben ihr gegangen war und auf einmal nicht mehr. Sie hatte die schwarzen Pumps getragen, die sie zuletzt anhatte, als sie mit Eric im Konzert war. Damenhafte Schuhe. Manchmal, vor allem in der letzten Zeit und wenn sie mit Eric zusammen war, war das in Ordnung. Es waren nur Schuhe. Lukas war zum Friedhofstor zurückgegangen und sprach mit jemandem. Juliane. Jetzt ist Juliane doch gekommen, Gott sei Dank. Es war nur ein Augenblick, weil sie gleich wieder wusste, dass Juliane im Krankenhaus war. Als würde sie sich in dem Moment mehr nach Juliane sehnen als nach der toten Großmutter. Marianne hatte sich ungeschickt angestellt, versuchte mit dem Fuß nach dem Schuh zu fischen und zu schauen, mit wem Lukas sich unterhielt. Sie schob sich wieder ins Auto, fühlte eine tiefe Scham. Als würde sich irgendjemand dafür interessieren, dass ihr beim Einsteigen der Schuh vom Fuß gerutscht war. Sie hätte sich doch nur gewünscht, dass Juliane da wäre, aber das war ein egoistischer Wunsch, gesorgt hatte sie sich in dem Moment nicht um sie. Klar, ein Magengeschwür, weil Juliane immer eher ungesund gelebt und auch etwas Maßloses hatte. Vielleicht hatte sie sich auch geärgert, dass die Freundin den Krankenhausbesuch nicht um einen Tag verschieben konnte. Aber nein, das stimmte nicht. Möglicherweise war Thomas ein Hypochonder, aber das wusste Marianne nicht, das war nur ein Gedanke, vielleicht ein Vorurteil. Aber Juliane war keine, die sich um ihre Schmerzen kümmerte. Die Scham wegen des verlorenen Schuhs war eine wegen des Alleinseins. Es waren alle da, sicher. Diese große Familie. Und Marianne war nicht allein, wenn Lukas neben ihr im Auto saß, wenn Isa sie lange anschaute, versuchte, durch sie hindurchzuschauen, als würde sie etwas suchen, oder Margret drauflosredete, um zu trösten, um Marianne zu trösten, sich und möglichst viele andere, dabei tat sie einem am meisten leid. Wie konnte sie sich hier, unter all den Menschen allein fühlen, es war unlogisch.

Der Verkehr auf der Bundesstraße floß dahin. Eric war nicht da, als sie sich ins Bett legte, nachdem ihre Großmutter abgeholt worden war, er war nicht da, als sie sie verbrannten, und er hatte sich auch nicht nach dem Totentrunk noch ein Bier geholt, um es mit ihr zusammen in ihrem Schlafzimmer zu trinken, während die anderen im Wintergarten noch gemeinsam in Erinnerungen schwelgten. Das war normal. Was hatten sie gehabt? Eine Affäre? Liebesaffäre, wenn schon, hatte Eric einmal gesagt, er hatte es französisch ausgesprochen. Sie hatten nicht über den Anfang geredet, und nicht über das Ende, es war nicht ungewöhnlich. Vielleicht hätte sie Juliane erzählt, dass sie ihre eigene Entscheidung ein bisschen voreilig fand, mittlerweile. Aber Juliane lag im Krankenhaus und hatte Krebs. Sie hatten einander auch vorher nicht so oft gesehen. Juliane vergrub sich oft für Wochen, sie hatte die Kinder, für die sie und ihr Mann Thomas Chauffeur spielten, auch ihre Rhythmen waren ganz andere. Wenn sie einander trafen, verbrachten sie einen halben Tag, einen ausführlichen Abend zusammen. Das war immer schön, jedes Mal wieder fing etwas an, jedes Treffen war ein Auftakt. Jetzt war Mariannes Angst sehr groß. Juliane war eine starke Frau. Sie hatte ihr erstes Buch mit knapp zwanzig veröffentlicht. Bis zu ihrem dreißigsten Geburtstag war sie Handballerin gewesen, Profi, erst danach bezeichnete sie sich als Schriftstellerin, obwohl inzwischen ein weiteres Buch erschienen war und manchmal ein Text in der Zeitung. Spät bekam sie ihre Kinder, die sie mit Ernst und Liebe und einer für Marianne unerträglichen Ungeduld behandelte. Augusta, die sechs Jahre jünger war als der fünfzehnjährige Anton, war fast so groß wie ihr Bruder. Niemand hatte mit ihr gerechnet, Juliane ging auf die fünfzig zu, als sie bemerkte, dass sie noch einmal schwanger war. Die Tochter kam nach der Mutter. Anton auch, aber er war zart und ruhig und oft gekränkt, worunter er ziemlich litt. Wie würden sie mit der Krankheit umgehen? Auf Marianne hatten sie immer schon erwachsen gewirkt, als würden sie alles verstehen. Thomas war nett, manchmal sah er aus wie ein ganz junger Mann, viel jünger als seine Frau, aber die beiden trennten nur zwei oder drei Jahre. Einmal war etwas mit ihm passiert, das war in der Zeit, bevor Juliane und Marianne einander kennengelernt hatten. Marianne kennt die Geschichte nicht sehr genau, weil es ihr unangenehm war, nachzufragen, dazu war alles zu delikat. Was es genau war, eine akute Depression oder eine wilde Regression, das wusste Marianne eben nicht. Nur, dass Thomas während Julianes erster Schwangerschaft eine Weile verschwunden, dass er in psychiatrischer Behandlung war und erst wieder in die gemeinsame Wohnung zog, als Anton schon fast ein Jahr alt war. Hin und wieder schaute sie Thomas nach mehreren Gläsern Wein genauer an, fragte sich, ob es noch einmal passieren könnte, aber außer einem Rausch hin und wieder geschah nichts. Juliane spricht über ihn nicht ausführlich, manchmal erwähnt sie etwas, das sie ärgert oder schön findet, sie sind ein loyales Paar, aber für Marianne ist das selbstverständlich. Der Gedanke, über ihre Beziehung mit anderen, mit einer Freundin, ausführlich zu diskutieren, kommt ihr abwegig vor. Thomas hat eine kleine Firma, irgendwas mit Computern (*Web Solutions* steht auf seiner Visitenkarte), die ganz gut zu laufen scheint. Er malt Bilder, das heißt, er malt ein Bild, immer wieder, Format sechzig mal vierzig. Zuerst malte er mit Acrylfarben, jahrelang, dann in Öl, vor ein oder zwei Jahren ist er auf Pastellkreiden umgestiegen. Niemand kennt die Bilder, Thomas sagt *mein Bild* und Marianne dachte lange Zeit, er würde ein Bild immer und immer wieder übermalen. Man darf darüber Witze machen, wie es Kinder tun, aber nicht gemein. Man muss auch keine Meinung abgeben, wenn er, was selten genug der Fall ist, zum Beispiel davon spricht, dass er immer länger an dem einen Bild arbeitet. Marianne stellt sich Thomas' Hobby beruhigend und die Ergebnisse schrecklich vor. Auch Juliane hatte irgendwann gesagt, sie finde es recht *sozial*, dass ihr Mann die Bilder und damit ein Urteil darüber niemandem zumute. Marianne fuhr längst auf der Autobahn und ärgerte sich, dass der Verkehr jetzt schneller dahinfloss. In zwanzig Minuten würde sie bei Juliane im

Krankenzimmer sein. Auf dem Beifahrersitz lag ein großer Strauß gelber Mimosen, die ersten, die blühten. Marianne bemerkte gar nicht, dass der Motor abstarb, während sie eine Parkkarte aus dem Automaten zog. Da stand sie. Sie hatte Angst vor dem Krankenhaus. Da stand sie, bis ein Auto, das aus der Garage fuhr, ihr mit den Scheinwerfern in die Augen leuchtete und sie blendete, und erst da merkte sie, dass sie Tränen in den Augen hatte.

Juliane lag in einem Zimmer im flachen Neubau. Ein Zweierzimmer, das erste Bett war leer. Keine Bücher am Nachttisch wie zuhause bei Juliane und Thomas, wo alles voll war, man über Bücherstapel stolperte, wenn man nicht aufpasste. Der Fernseher lief, buntes Studio, Blumenarrangements neben der Moderatorin, die sehr unecht aussahen, kein Ton. »Die Nachbarin«, sagte Juliane als erstes. »Braucht den Fernseher, sie kann nicht ohne.« Juliane trug einen moosgrünen Pullover, der wahrscheinlich Thomas gehörte, unter dem V-Ausschnitt schaute das Krankenhausnachthemd hervor. Sie nahm Mariannes Hand und ließ sie für die nächsten eineinhalb Stunden nicht mehr los, auch nicht, als die Zimmernachbarin zurückkam, eine kleine Frau, die Marianne mit einem trotzigen Blick und einem kurzen Nicken begrüßte, sich ins Bett legte, ihr Telefon in der Nachttischschublade verstaute, die Fernbedienung des Fernsehers herausnahm und den Ton einschaltete. »Es ist ein bisschen ungewöhnlich, sagen sie, weil ich nach der ersten OP im Jänner jetzt noch eine hatte. Das war kein Rezidiv, sondern noch von der ersten Tranche. Dass sie in so kurzer Zeit noch einmal aufmachen, ist sonst eher nicht üblich. Die Kinder sollen nicht mehr herkommen. Kannst du das mit Thomas noch einmal besprechen, erklär ihm das bitte, du bist doch auch Mutter, du weißt doch, was ich meine.« Marianne versuchte ihrer Freundin zu erklären, dass man einem Fünfzehnjährigen nichts verbieten könne, sie müsse das, wenn sie es wirklich wolle, mit Anton und Gusti direkt besprechen. Sonst sagte Marianne nicht sehr viel, dafür redete Juliane wie ein Wasserfall, ungewöhnlich für sie, die doch immer so bedachtsam sprach, eher zu wenig als zu viel. Vor allem erzählte sie von ihrer Mutter, wie sehr die den Vater vergöttert habe und dass sie immer seine Magd, seine Bedienstete, seine Assistentin gewesen sei. Ihr Vater war Künstler gewesen, ein Maler, der es zu einer gewissen Berühmtheit gebracht hatte. Sicher habe sie darauf bestanden, dass der Vater ihr von einem der ersten Verkäufe einen Nerz kaufte oder einen Persianer sogar, da habe er dann das ganze Honorar ins Pelzgeschäft getragen und es war nur eine Anzahlung, weil der Mantel viel teurer war als das Bild. Immer habe sie ihm gedient, den Kaffee habe sie ihm ins Studio gebracht, um zehn, um zwei und um halb fünf, dann sei der Vater auf Wein umgestiegen. Sie sei für ihn ans Telefon gegangen und habe ihn verleugnet, wenn er jemanden nicht sehen wollte, sie habe ihm die Post sortiert, natürlich gekocht und geputzt, sie habe dafür gesorgt, dass die Kinder ihn nicht störten. Als er anfing, seine Meinung öffentlich kundzutun, habe sie sich das Schreibmaschineschreiben beigebracht und seine Reden abgetippt. Als junge Frau, so Juliane, hab ich immer gedacht, sie hat sich auch betrügen lassen von ihm, sie war so eine Frau, die nie sagte, was sie sich dachte, nur »Ja, mein Lieber, natürlich, mein Lieber, draußen wartet eine Studentin, Heinrich, ich schick sie herein und sag den Kindern, dass sie nicht ständig an der Studiotür vorbeirennen sollen«. Juliane hatte ein flaches Gesicht, fand Marianne auf einmal. Dass es bleich war, wunderte sie nicht, aber dass es so flach war, fast eben. Verfallen wirkte sie nicht. Wie groß Julianes Schmerzen waren, wurde Marianne erst bewusst, als eine Schwester mit einem kleinen Tablett mit Medikamenten kam.

Vom Gang her roch es schwach nach Brokkoli und einer Sauce, vielleicht Käse. Kurz nachdem die Schwester das Zimmer verlassen hatte, brachte eine Pflegerin zwei Tabletts mit großen silbernen Boxen. Die Zimmernachbarin begann, langsam und ohne auf ihren Teller zu schauen, zu essen. Eine Weile waren beide still. »Ich habe Mimosen immer schon geliebt, aber meine Mutter …« – Marianne hatte das Gefühl, in eine Zeitschleife geraten zu sein. »Weißt du, dass sie in all den Jahren, die sie meinem Vater gedient hat, sich für ihn aufgeopfert hat, und ich war sicher nicht die Einzige, die sich gewundert hat, dass sie nicht schrumpfte dabei. Sie verschwand ja förmlich in der Ehe mit ihm. Weißt du, dass sie über viele Jahre einen Liebhaber hatte? Sie haben sich einmal in der Woche getroffen und gemeinsam gelernt. Finnisch! Ist das nicht grandios? Die Mutter hatte ein Arbeitszimmer, da stand das Bügelbrett, eine Nähmaschine, in den Schränken Küchengeräte, Stoffe, Geschirr. Ehrlich gesagt, niemand sonst betrat dieses Zimmer. Sie hat nämlich auch meinen Bruder und mich bedient. In einem großen Fach fanden wir Vokabelhefte, Notizbücher, abgegriffene Romane auf Finnisch. Jede Menge. Akkurat gestapelt, daneben Tischtücher, die regelmäßig verwendet wurden. Wörterbücher. Und die Briefe. Der Mann scheint viel herumgekommen zu sein, keine Ahnung, Vertreter, denkt man natürlich, aber das geht aus den Briefen nicht hervor. Liebe Briefe, harmlos, ein, zwei lüsterne Stellen gibt es, und nach einem Jahr oder so wechselte er bereits ins Finnische. Finnisch! Stell dir vor, du sprichst eine Sprache und deine Familie bekommt jahrzehntelang davon nichts mit. Die Briefe datieren über einen Zeitraum von neunzehn Jahren. Das war eine richtige Parallelbeziehung.« Marianne war sich nicht sicher, ob Juliane das gerade erfand, ob sie hier einfach dichtete im Erzählen, aber solche Geschichten schrieb sie sonst eher nicht.

Später verabschiedeten sie sich, es kam ihr vor wie ohne Worte. Marianne war verkrampft. Ihre Hand lag in der von Juliane, als gehörten sie zusammen. Verkrampft war sie im Denken, weil ihr nichts einfiel, was sie sagen konnte. Juliane wollte nicht über die Behandlung reden, Marianne wollte nicht nach den Kindern fragen, später wusste sie, dass es in Ordnung war, nichts zu sagen. Als Marianne aus dem Parkhaus fuhr, und die Traurigkeit eher Trauer war, die schmerzte, dachte sie, dass Juliane ihr etwas anderes hatte erzählen wollen als das Parallelleben ihrer Mutter. Vielleicht hatte sie ja von sich gesprochen. Absurd, sicher, aber wer weiß.

Der Totengräber hatte dann doch mehr Arbeit, als die kleine, schmucklose Aschenkapsel hätte vermuten lassen. Der Boden war nur direkt an der Oberfläche feucht und nicht gefroren, und weil Marianne nicht genau sagen konnte, an welcher Stelle die Großmutter begraben werden sollte, grub er nach einigem Hin und Her in ihrer Anwesenheit das Loch nahe der Föhrengruppe, die den Friedhof an der Südseite abschloss. Unter der Oberfläche steinharter Boden. Jetzt lag sie neben ihrem Mann und in der Nähe ihres Sohnes begraben. Zuletzt steckte Marianne ein Zedernholzkreuz auf das frische Grab, der Totengräber hatte sich mit seiner Schaufel und den anderen Utensilien gleich zurückgezogen, als er fertig war. Auf dem Kreuz waren neben dem Namen nur ihre Lebensdaten eingebrannt, wie sie es sich gewünscht hatte, nein: angeordnet. Obwohl es zu früh war für die Jahreszeit, stellte Marianne weiße Veilchen auf die Grabstelle, im Frühling würde sie, auch wenn das gewagt wäre, Afrikanische Lilien pflanzen. Ungestört hatte sich Marianne in den letzten Tagen gefühlt. Sie hatte ein paar Termine mit Gartencentern abgesagt, leichtfertig, sie wollte nicht hinaus, nicht in die Routine zurückfinden. Ruhig war es am Friedhof und Marianne wusste nicht genau, nach wem sie sich sehnte. *Sehnsucht*. Ein lange nicht gehörtes Wort. Lukas hatte eine Phase, da war er vielleicht vier oder fünf, da sagte er immer, wenn sie aus dem Haus ging: »Wenn du jetzt weg bist, werde ich dich sofort vermissen. Riesensehnsucht nach dir haben.« Vielleicht war das aus einer Geschichte, aus einer Fernsehserie. *Riesensehnsucht*. Die beschrieben werden konnte in Größe und Gestalt. Marianne wusste nicht genau, wie groß ihre Sehnsucht war und von welcher Gestalt. Die alte Frau Merschl ging ein paar Reihen weiter vorbei, trug Abfälle weg. Was konnte die jetzt überhaupt ausreißen, um diese Jahreszeit? Marianne war verwundert, im Februar hat man ein Beet in Ruhe zu lassen. Zuerst sah die alte Frau Marianne nicht, später grüßte sie ganz leise. Spärlich, dachte Marianne, ist das Leben der alten Frauen. Mit diesen Alten wollte sie nichts zu tun haben, auch wenn ihr Rücken immer wieder schmerzte und sie manchmal diesen Gedanken hatte, ab nun allein zu bleiben, weil sie sich nicht mehr attraktiv fühlte für Männer ihres Alters. Marianne sagte gar nichts, vielleicht nickte sie mit dem Kopf, vielleicht zuckte sie mit den Schultern, sie fühlte sich sehr alt. Sie fühlte sich ganz und gar spärlich.

Sie war mit Roman, der seine Mutter besuchte, zum Mittagessen verabredet. Nachdem sie mit dem Totengräber die Formalitäten erledigt hatte (so war es doch immer: man unterschrieb, ein paar Tage später kam eine Rechnung), ging sie zu Fuß zurück ins Dorf, es waren nur zehn Minuten. Ihr war warm, obwohl ihre Nase ganz rot war, es war deutlich zu spüren. Den Daunenmantel aufmachen, Marianne trug nie Handschuhe, außer bei der Arbeit. Eric hatte darüber gelacht und ihr Lederhandschuhe schenken wollen, das hatte sie abgewehrt. (Ihre

Hände waren zu grob, es ging nicht.) Jetzt schüttelte sie die Hand von zwei Nachbarn, die am Weg standen, sich unterhielten, innehielten, erst weitersprachen, als Marianne schon ein paar Meter an ihnen vorüber war. Die weichen Hände alter Menschen.

Der Parkplatz war voll, Roman lehnte an dem Holzzaun, in der Gaststube brannten alle Lichter. Dicke schwarze Lederfinger, die die Zigarette hielten, Roman warf sie auf den Boden, umarmte Marianne, dämpfte die Zigarette dann erst aus und wischte Mariannes Stirnrunzeln mit einer Handbewegung weg. An der Bar stand Joschi, vor ihm ein kleiner Kaffee, er telefonierte und nickte Marianne und Roman zu, hinter der Bar ein junger Mann, den Marianne noch nie gesehen hatte. Alle Tische waren belegt, kaum Leute aus dem Ort, wie meistens am Wochenende. Sie nahmen am kleinen Tisch direkt neben der Bar Platz, schräg gegenüber feierte eine Familie den Geburtstag des *Familienoberhaupts*, dieses Wort fiel. Als Zehrung gab es Tafelspitz und Schnaps und eine ausführliche Erzählung darüber, was mit dem Sarg passiert, nachdem er versenkt worden ist. Roman war früher, als er noch studierte, Sargträger und oft in dem Krematorium gewesen, in dem Jutta verbrannt worden war. Roman trug einen feinen Anzug, aus Wolle wahrscheinlich, darunter Pullover, darüber nur Schal, sehr weltstädtisch sah das aus. Er hatte immer eine Vorliebe für vornehme Kleidung gehabt, aber weil er fast immer den gleichen Anzug anhatte, war der abgetragen, ein bisschen schäbig, wenn man genau hinschaute. Roman berichtete von dem wasserlöslichen Lack, mit dem die Särge lackiert sein mussten, und dass er mehrmals dabei war, wenn es im Ofen arg krachte, weil die Bestatter sich nicht daran hielten. Einmal sei seinen Kollegen so ein Sarg um die Ohren geflogen, das ging zwar glimpflich aus, aber … Die Männer an den Öfen, so Roman, seien noch um einiges lässiger als die Bestatter. Lange Haare oder rasierte Schädel, Tätowierungen, Schwergewichte. »Wie kommt es«, fragte Marianne, »wenn der Sarg nach unten gelassen wird, dass man die Flammen nicht sieht: Es ist zwar hell, aber …« – »Der Sarg wird nicht direkt in den Ofen geschoben, das ist nur Licht, das Feuer simulieren soll. In Wahrheit wartet der Sarg auf einem Eisengestell, manchmal stehen sie direkt im Stau, es gibt ja im großen Krematorium nur drei oder vier Öfen und die Einäscherungen nehmen einfach zu, ist ja auch billiger.« Vom Meer würde Roman erzählen, so hatte sich Marianne das gedacht, von seiner Freundin, denn er hatte ja nun eine. Unterbrach ihn nicht. Seine neue Gesichtsfarbe stand ihm ausgezeichnet. Er sah gesund aus und wie einer, dem alles gelingen würde. »Wenn der Ofen auf sieben- oder achthundert Grad aufgeheizt ist, wird der Sarg hineingeschoben und auf Steinen abgestellt, der entzündet sich aufgrund der Hitze von selber und brennt dann, nun, je nach Gewicht des Leichnams bis zu zwei Stunden. Der Rest, die besonders grobe Asche, der Draht, die Sargnägel, Gelenkskapseln oder künstliche Körperteile, die nicht verbrennen, Prothesen, Knie- oder Hüftteile oder sowas, das wird alles aussortiert und was dann noch übrigbleibt, wird gemahlen wie in einer Kaffeemühle.« – »Und stimmt das, mit den Schuhen?« – »Schuhe?« – »Ja, dass die nicht mit verbrannt werden?« – »Gute Frage, kann sein, ja schau, das weiß ich jetzt gar nicht.« Während Roman noch darüber sinnierte, was man mit der Asche alles machen konnte (im Wohnzimmer ins Bücherregal stellen, im eigenen Garten verstreuen), überlegte Marianne, ob der Bestatter die Schuhe erwähnt hatte. Sie wusste jetzt nicht mehr, ob Jutta mit Schuhen oder ohne Schuhe ins Krematorium gebracht wurde, sie wusste es nicht mehr.

Manuela kam mit zwei Kuchentellern, Gugelhupf, setzte sich auf die Bank zu Marianne. »Ich möchte gerne einen Stock mit Färberkamillen aufs Grab stellen, ist dir das recht?« Manuela hatte ihren Arm um Marianne gelegt, vielleicht nur für einen Augenblick, aber Marianne schossen Tränen in die Augen. Roman versuchte einen Scherz, war gleich wieder still, die Frauen sagten nichts. Roman und Marianne, wie weit voneinander entfernt sie sein konnten, über Gefühle redeten sie nie. Er aß den Gugelhupf, trank Kaffee dazu, dann Schnaps. Marianne trank ihren Kaffee und schob nach der zweiten Gabel den Kuchen zu Roman hinüber, der ihn automatisch und kommentarlos aufaß. Manuela hatte keinen Moment ihr Strahlen aus den Augen verloren, ihr Gesicht war dabei fast unbeweglich, Grübchen um den Mund und leuchtende Augen. Roman erzählte von seinem Alltag, er erzählte vom Leben in seiner Straße, eine Portweinbar, noch eine Bar, ums Eck auf dem Platz ein Restaurant. Aus der Wohnung im ersten Stock schaute man auf eine Putzerei und auf ein Hemdengeschäft. Es gebe vier Hemdengeschäfte in seiner Straße. Er kannte die Angestellten der Putzerei und den Wirt aus der Portweinbar, und die Studenten, die da arbeiteten, grüßten ihn. Er führte ein Leben. Er erzählte auch davon, dass er hin und wieder, nein, regelmäßig am Samstagvormittag in die Alhambra ging, und danach am Markt Obst und Gemüse und Fleisch kaufte, und Dinge machte, die erwachsene Menschen machen. Roman war ein paar Jahre jünger als Manuela, und sie, sie hörte ihm aufmerksam zu. Marianne wusste, dass die beiden sich nicht besonders gut verstanden, sich nicht füreinander interessierten. Roman hatte lange bei seiner Mutter gelebt, man hatte im Dorf nicht einmal gewusst, ob er auf Männer oder auf Frauen stand, Freunde hatte er regelmäßig mit nachhause gebracht, Frauen nie. Was so geredet wurde. Seine Mutter, die Manuela verehrte, konnte wenig mit sich anfangen, ihr war langweilig. Lange genug konnte sie sein Leben kontrollieren, mitgestalten, es mit ihm führen. Sie vergötterte ihn, sie richtete sich in dem Glauben ein, dass ihr hochbegabter Sohn eine grandiose Zukunft vor sich, nein, eigentlich schon begonnen hatte, an ihrer Seite. Sie war seine Haushälterin, Köchin, Sekretärin. Sie kümmerte sich um alles, Roman schmunzelte darüber, redete nicht gerne über seine Mutter. Mit fünfunddreißig zog er aus, seit zwei Jahren lebte er in Granada und unterrichtete Deutsch an einer privaten Schule. Seither war sein Asthma viel besser. Früher hatte er manchmal zu Marianne gesagt: *wir Muttersöhne*. Heute kam ihm das nicht über die Lippen, denn Marianne hatte ihre Mutter, Großmutter, verloren und Roman spürte, dass sein Missmut, den er mittlerweile spürte, wenn er nachhause kommen musste, zum ersten Mal keinen Platz hatte. Es war ihm auch ganz recht, nicht darüber zu reden, nicht zu erzählen, wie sehr sie ihm immer noch ein schlechtes Gewissen machen konnte, indem sie nur sagte: »Die Mariann, die hat auch ordentlich zu schlucken gehabt unter der alten Schachtel. Sind wir ja alle, alte Schachteln, wir Übermütter, Großmütter, Mütter. Immer unter sich geblieben, die zwei. Die Männer nur Statisten, sogar der kleine Lukas ist jetzt schon gegangen, der junge Kerl, hat seine Mutter verlassen mit Anfang zwanzig.« Sie fragte ihren Sohn nicht nach seiner Freundin. »Die zweite Frau in seinem Leben, Spanierin, und die will er gleich heiraten«, so die Mutter zu ihrer Schwester am Telefon. Zu ihm sagte sie, wie groß ihre Freude sei und dass er aber noch nicht mit seiner jungen Spanierin zusammenziehen dürfe, schließlich habe sie, seine Mutter, ja noch nicht einmal seine Wohnung gesehen. Und dann: Das vorbereitete Mittagessen, das werde sie abends auftragen, denn sie habe nichts gewusst von dem Treffen auswärts, mit der verwitweten Enkeltochter.

4. Musik, nachts

Wenn die Nacht hereinbrach, wurde in der Luft ein farbiges Seil gespannt, und sobald das Seil unsichtbar geworden war, riefen die Schneckenhörner die Araber zu Speis und Trank. Als gäbe es ein Echo über einem weiten Feld und das Meer rauscht. Was sie den Tag über nicht anrühren durften, aßen sie jetzt. Jeder Abend ein großes Fest. *Am Ende des Fastenmonats kamen Araber aus ganz Marokko nach Sidi Kacem, einem Strand bei Tanger. Sand wie in der Sahara und rundum Olivenhaine. Das war eine unwirkliche Traumstadt mit Zelten, bunten Lichtern und Cafés unter den windlichterhellten Bäumen. Das war ein Fest.*

Das war ein Fest. Jutta hatte in den letzten Wochen von Tanger erzählt, viel, immer wieder und gerade so, als sollte dies Wissen nicht verlorengehen. Dabei waren die Erinnerungen, die auf Marianne so unzuverlässig wirkten, mit einer schwarzweißen Patina überzogen. Sie mochte so etwas doch gar nicht, schrieb es dennoch auf. Sie mochte Jutta. Jutta war eigentlich alles, was sie hatte. Gehabt hatte. Wenn Lukas einmal ausgezogen wäre in sein eigenes Leben, das woanders stattfinden würde, es war so gut wie sicher. Natürlich. Er arbeitete hart in der Baumschule, wenn er sich in den Ferien Geld verdiente. Ihm lag das Grobe, oder es gefiel ihm, sich anzustrengen, seine Muskeln spielen zu lassen. Zuletzt hatte er viel ausgeliefert, die Arbeit war selbstverständlich für ihn, aber sein Leben würde anders ausschauen. Jetzt studierte er Geographie, Geschichte und Mathematik. Die Vernunft, die dahinter steckte, machte Marianne ein wenig stolz, auch wenn sie sie nicht genau verstand. In Wahrheit (seine Worte) wollte er Musik machen, ein Musiker werden. Ein Musiker bleiben: Das wäre was. Die Musik war ein Teil seines Lebens. Aber nur ein Teil, dachte seine Mutter. Dass Lukas immer noch hier zuhause war, war die andere Selbstverständlichkeit, Marianne war froh darüber.

Einmal hörte sie ihren Sohn mit seiner Band spielen, das war auf einem Sommerfest in einem kleinen Ort, keine zehn Kilometer entfernt. In einem Rock- oder Popkonzert war sie seit ungefähr zwanzig Jahren nicht mehr gewesen. Auch in dieser Hinsicht funktionierte die Schwangerschaft und Geburt ihres einzigen Kindes als Zäsur, oft weiß sie, ob etwas vor oder nach der Geburt stattgefunden hat. Lukas hatte sie ausgenüchtert, er hatte sie erwachsen werden lassen, das Leben angehen, naja, die Arbeit angehen und ein Leben führen, das ihr annehmbar schien. Oft ging es um ihren Sohn, meistens ging es um den Betrieb. Wie war das gekommen, dass sie annahm, sie wäre hier zuhause: die Baumschule, die Gewächshäuser, Folientunnel, Sortierhalle, ein riesiges Haus, eine alte Frau, ein Sohn, Liebhaber manchmal. Das konnte doch nicht auf einmal passiert sein! Was für Musik sie gehört hatte, ganz früher, das wusste sie nicht mehr so genau. Erinnerte sich daran, wie viel Schnaps sie getrunken hatte, mit Hanno, als sie zu einem Konzert ins Praterstadion fahren wollten, aber wer aufgetreten ist oder ob sie überhaupt angekommen sind, das wusste sie nicht mehr. Welche Geräusche gab es im Lex-Haus, als sie damals zurückkam? Maschinen hörte man nicht viele. Im Haus war es immer ruhig, außer wenn gefeiert wurde. Manchmal hatte ein alter Harmonikaspieler bei ihnen hereingeschaut. Dann wieder die Stille. In den ersten Monaten nach der Geburt von Lukas das Radio aus der Küche. Das war Frau Schwaiger, die hörte immer den Regionalsender, leise.

Konzert ihres Sohnes. Vorne lag ein über hundert Jahre altes Wirtshaus, darüber das Tonstudio, in dem Lukas und seine Freunde hin und wieder probten, und nach hinten, über eine Wiese, gelangte man in ein großes Salettl, dort fand das Konzert statt. Während des Zweiten Weltkriegs wurden da Fallschirme für die Deutsche Luftwaffe genäht, erzählte der Wirt, als er sich spät zu Marianne und Juliane setzte. Dann kam Eric zu ihnen, er war ein Bekannter des Wirts und hatte sich wie alle aus dem kleinen Ort das Konzert angehört und getrunken und getanzt. Und blieb. Bis vor kurzem hatte sie ein Verhältnis mit Eric gehabt, der jetzt bald nach Frankreich gehen würde. Zurück nachhause, das war für Marianne bald klar, es hätte gar nicht anders sein können. Vorübergehend, hatte Eric gemeint. Marianne wollte nicht in der Ausfahrt stehen und ihm hinterherwinken, also war sie zuerst gegangen. Er fehlte ihr. Was war das überhaupt gewesen? Eine Beziehung? Seine Nachrichten beantwortete sie nicht, und sie reagierte auch nicht auf die Blumen, die er ihr geschickt hatte. Keine Rosen. Beziehung hatten sie keine gehabt, aber jetzt war er weg. Marianne hatte befürchtet, dass die Musik für die Leute aus der Gegend zu wild sein würde. Sie hatte Angst gehabt, aber dann dachte sie, dass der Wirt ja gewusst haben wird, wen er einlädt, und dass die Angst, ihre Angst, nichts zu tun hatte mit dieser Musik. Lukas war vielleicht zehn gewesen, als er die Kisten mit Hannos Platten auf dem Dachboden gefunden hatte. Die standen da und waren ganz vergessen. Es war eine überschaubare, aber exzellente Sammlung, die ihr Ex von seinem Großvater oder Vater übernommen hatte. Jazz, zwanzigstes Jahrhundert, also zumindest bis in die Sechziger. Hanno hatte nie danach gefragt, auch wenn Marianne sich daran erinnerte, dass er damals von einer *Kultsammlung* gesprochen hatte. Schlichte Balzerei wahrscheinlich, und da er das nicht nötig hatte (Marianne war ihm auch ohne Benny Goodman und Thelonious Monk hörig geworden), waren die Platten bald vergessen. Ein Plattenspieler wurde angeschafft, ja, sie hatten keinen, die ganze Zeit nicht. Marianne hatte über zehn Jahre keine Platte gehört, aber jetzt hörte sie Count Basie und Ella und Miles, ja auch Miles. Oft brachte sie die Musik durch den Abend, Lukas machte seine Hausaufgaben, spielte am Computer oder schaute in ein Buch. Sie saß über Abrechnungen oder las die Zeitung, und Jutta hatte den Fernseher eingeschaltet, ganz leise lief er. Marianne war überrascht gewesen: dass ein Zehnjähriger Jazz mögen konnte und dass ihr die Musik gefiel. Das Kratzen und Rauschen verstärkte die Zuneigung. Mit den Platten kam auch Hanno wieder, der plötzlich bemerkte, dass er einen Sohn hatte, um den er sich kümmern wollte. Wahrscheinlich hatte es mit seiner Freundin zu tun, die damals noch eine junge Studentin der Architektur war, später seine Frau wurde und noch später Mutter seines zweiten Kindes, aber das war erst vor zwei, drei Jahren gewesen. Hanno war damals bereits auf dem Weg, als Unternehmer Karriere zu machen, er machte (jetzt zusammen mit seiner Frau Michaela) Landschaftsarchitektur und hatte reiche Auftraggeber, und schließlich gestalteten sie Gärten in der halben Welt (Marianne und Lukas sagten, wenn sie sich über ihn lustig machten, *Erdbewegungen* dazu), dabei war seine Frau die Gestalterin und er der Macher, und damit hatten sie es zu einem schicken Neubau am schicken Stadtrand von Wien gebracht. Das Geld wurde stilvoll angelegt, war aber dennoch sichtbar vorhanden. Hanno war aber der Gleiche geblieben: Mit jedem konnte er reden, alle konnte er für sich gewinnen. Er trank kaum mehr, stürzte aber auch nicht ab, wenn er eine Flasche Wein austrank, als wäre es Wasser. Für Lukas war das nicht einfach, ein Trennungskind, nur dass sein Vater von Anfang an nicht da war, er hatte nie auf ihn gewartet. Über seine Sehnsucht nach der Vater-Mutter-Kind-Familie hatten sie immer wieder geredet, Marianne und Lukas. Wut, Trauer, Erleichterung, Desinteresse, Trotz pur und in allen Schattierungen waren da vorgekommen, und manchmal auch eine Kälte, vor der Marianne Angst hatte. Nicht alles hatte Lukas seiner Mutter darüber gesagt, das wusste sie auch ungefähr, dennoch war dies nie Gegenstand weitreichender Spekulationen gewesen. Sicher wollte er eine normale Familie. Er freundete sich auch mit Mariannes Männerbekanntschaften schnell an, wäre bereit gewesen, einen als *den*, als seinen Vater zu akzeptieren. Hanno war anscheinend nie davon ausgegangen, dass sein Sohn ihn irgendwann wirklich hätte brauchen können. Er trug sein Image als schlechter Vater vor sich her, als gefiele ihm das. Hanno redete manchmal, wenn Marianne es zuließ (was nicht oft vorkam), von ihrer gemeinsamen Zeit, von ihren *Dummheiten*. Das konnte weggewischt werden, von ihm, denn es war ja alles gut geworden, so er. Der sah, wie sein Sohn größer wurde und dass er ein kluges Kind war, dass er trotz all der Frauen, unter denen er aufwuchs, ein Mann werden würde, was Hanno natürlich nicht wichtig war, aber erwähnt hatte er es dann doch. Hatte nie den Anspruch, ihm Vorbild zu sein oder wirkliche Stütze. Michaela, die hübsche, sehr junge Michaela, änderte das. Sie schien es als persönliche Kränkung zu empfinden, wenn Hanno sich nicht um seinen Sohn kümmerte. Es ging ihr nicht ums Finanzielle, weil sie vermutete, dass sich das für alle ausging. Marianne war manchmal irritiert, wie diese junge Frau um ihre Freundschaft warb, sich um sie bemühte und dennoch keine Ahnung hatte von dem Leben, das sie mit Lukas und Jutta geführt hatte, vor allem in Lukas' ersten Lebensjahren. Es ging Michaela um Zuneigung und Verantwortung und auch darum, dass Hanno Marianne unterstützen sollte in der Erziehungsarbeit. Später war es vielleicht so (dachte sich Marianne, aber sie war nicht sicher, vielleicht hoffte sie das), dass sie miteinander reden konnten, hin und wieder. Männer. Vielleicht hatten sie die Platten von Hannos Großvater zwei Jahre für sich, dann kam Hanno. Er stellte zwar keinen Anspruch auf die Sammlung (sie interessierte ihn nicht), aber damals fing Lukas an, sich seine eigene Musik zu kaufen. Er bekam seine eigene Anlage, benutzte MP3-Player ebenso wie den edlen Plattenspieler, den er sich von seinem Vater schenken hatte lassen. Jetzt wurde die Musik oft bis zum Anschlag aufgedreht, was die Mutter ärgerte und freute zugleich, das musste ja so sein (wie das *Bitte-nicht-stören*-Schild an seiner Zimmertür, der Aufkleber *Kaum Eintritt für Erwachsene*, seine Hasstiraden gegen Raucher, die Hosen mit Löchern in Kniehöhe). Oder Lukas ging mit riesigen Kopfhörern in der Gegend herum. Marianne blieb beim Jazz, auch wenn sie nicht mehr so oft Musik hörte wie anfangs, nach dem großen Fund. Irgendwann kaufte sie sich trotzdem einen CD-Player, und in der Zeit fing sie an, in klassische Konzerte zu gehen, anfangs hin und wieder mit Jutta, bis sich herausstellte, dass die das als Gefallen betrachtete, den sie ihrer Enkeltochter tat. Obwohl. Zuvor war sie auch hin und wieder im Konzert gewesen, weit weg war diese Zeit. Einige Jahre hatte Marianne das Abo fürs Konzerthaus, das ihr Jutta und Lukas geschenkt hatten, immer wieder verlängert. Sie hatte diese Abende gemocht. Dem Abend entgegenfahren, ein Bier in der Pause (alkoholfrei), da waren ihr die groben Hände, denen man die Arbeit in der Erde und im Freien ansah, vollkommen egal. Auch wenn viel zu tun war im Betrieb, die Abokonzerte verpasste sie so gut wie nie. Und wie die Schwingungen nachklangen auf der Fahrt nachhause, wie ein Sibelius oder ein Mendelssohn der Soundtrack für ihr Leben sein konnten, in diesen dreißig Minuten auf der Landstraße, das wusste nur sie. Und auch, dass es ihr genügt hätte, dieses Leben, eine Fahrt über eine spärlich beleuchtete Landstraße bei wenig Verkehr, die Musik im Ohr, die einen immer noch ausfüllte.

Marianne hatte sich jedenfalls alle möglichen Sorgen

gemacht, keine davon war berechtigt. Die Musik, die Lukas machte, hatte mit Jazz nicht viel zu tun. Die Leute tanzten wild und waren ausgelassen, in den Pausen wurde ordentlich getrunken und auch, als ein heftiges Sommergewitter niederging und die Wiese zwischen Hauptgebäude und Salettl unter Wasser stand, brach die Stimmung nicht ein. Auf der Bühne waren sie zu zehnt, später kam noch ein junger Mann dazu. Weiße Hemden trugen sie, Lukas hatte einen kleinen schwarzen Hut auf und saß mit seiner Gitarre meistens auf einer großen Box. Er sah ein bisschen aus wie sie, in einzelnen Momenten, aber er war ein junger Mann, auf der Bühne. Gitarrensolo, Posaunen, Tuba, Saxophone. Auch die Musiker tanzten, wenn sie nicht gerade spielten, die jungen Leute sangen auf Deutsch und Englisch, sie wissen, was sie wollen, dachte Marianne, die auch tanzte (alle tanzten, es war nicht anders möglich). Das war nicht nur Spaß, es stand ihnen gut.

Johanna ging im Herbst weg, als sie zu studieren anfing, Marianne muss dreieinhalb gewesen sein. Dass ihre Eltern mit ihr in Gumpenthal gelebt haben sollen bis zu ihrem vierten Lebensjahr, daran kann sie sich nur anhand der Fotos erinnern: ein dickes kleines Kind, das über die Wiese purzelt, die Farben sind grell, als würden sie explodieren. Ein Baby auf dem Arm der Mutter einmal, dann auf dem des Vaters. Türkiser Kinderwagen, ein Familienfoto mit Jutta, Johanna und Walter (sie auf dem Schoß ihrer Mutter), die Jeans der Eltern sehr ausgebleicht, sehr ausgestellt, Walters Haare lang und unfrisiert. Walter kommt auf diesen Bildern nicht sehr häufig vor. Johannas Strahlen ist eines für den Fotografen, vielleicht für andere Anwesende, immer lag der Anlass außerhalb der Bilder. Marianne, das erste Kind einer neuen Generation, daran waren alle beteiligt, Johannas Schwestern, der Freund der Großmutter, bei ihrer Taufe waren sogar Paul und Isa anwesend (junge Menschen, Kinder eigentlich in Erwachsenenkleidung und ebensolchen Posen). Es gibt eine Fotoserie von Marianne und ihrer Mutter, die ein befreundeter Fotograf gemacht hat, da war Marianne schon sechs, vielleicht sieben. Wiese, Felder, Sonnenschein in Schwarz-Weiß, ihre Mutter und sie als Blumenkinder inszeniert. Die Bilder sind wunderschön, aber nur in einer kurzen Phase ihres Lebens gefiel Marianne diese Inszenierung. Lediglich ein Bild von diesem Nachmittag, das wahrscheinlich Gertraud gemacht hat, mag sie immer noch: Es ist ein Farbfoto von Mutter und Tochter inmitten von Kleidern, Marianne auf dem Boden, Johanna hinter ihr auf einem Hocker aus Stoff oder einem Campingsessel, beide sehr entspannt, erleichtert, Fotopause. Sie könnten zwei Models sein, die man zusammengebracht hat wegen einer kleinen Ähnlichkeit, ihre Rollen als Mutter und Tochter müssen sie da nicht spielen. Walter machte damals seine Ausbildung fertig, er kam manchmal, irgendwann kam er nicht mehr, und als Johanna von Gumpenthal wegging, verbrachte er ein paar Wochen im Haus seiner Schwiegermutter. Er wollte Marianne mitnehmen, wollte, dass sie bei ihm lebte. Wohin, das war später niemandem wirklich klar, vielleicht auch ihm nicht. Aber aus dieser Zeit rührte eine Freundschaft, eine Vertrautheit zwischen Jutta und Walter her, die Bestand hatte. Marianne hatte tatsächlich als Jugendliche vermutet, dass die beiden ein Verhältnis gehabt haben könnten. Während seines Aufenthalts in Gumpenthal sprachen die jungen Eltern offensichtlich gar nicht miteinander, Johannas Ankündigung, dass sie nachhause käme, ließ ihn abreisen, auch sie räumte das Feld, wenn er seinen Besuch ankündigte usw. Mariannes Familie bestand aus Jutta, Gertraud und ihr. Margret war nach einer großen Hochzeit ausgezogen, ein junges Glück, ein kleines Glück, das sie behütete, als könnte ihr im Lex-Haus etwas davon genommen werden. Dass Johanna nur manchmal kam, nicht viel öfter als ihre Schwestern, verwunderte Marianne nie besonders. Wenn sie die Sommerferien in Gumpenthal verbrachte, hatte sie häufig Besuch von jungen Männern und Frauen, die sie im Haus unterbrachte und mit denen sie Ausflüge unternahm, manchmal mit ihrer kleinen Tochter, öfter ohne sie. Jutta ermöglichte Johanna genau das Leben, das sie führen wollte: Sie ging zum Studium nach England, später in die USA, sie kümmerte sich nicht darum, dass Walter keine Alimente zahlte, sie ließ sich nie scheiden, weil sie das als Niederlage betrachtet hätte. Johanna trägt immer noch seinen Namen, der auch bei Marianne im Pass steht, aber seit sie nach Gumpenthal zurückkgekommen ist, ist sie für alle Marianne Lex. Wenn Johanna zuhause war, war sie immer das Kind ihrer Mutter, die wohl über Johannas Lebensart die Nase rümpfte (ihr fehlten Ziele, Aufgaben, Pflichten), aber nichts dagegen unternahm. Johanna war ein Thesenmensch, der sich etwas vornahm und das dann durchzog. Einmal lebte sie ein Jahr lang ohne Geld, das war vor zwölf Jahren; sie verbrachte einige Monate in einem Reservat in Nordamerika und verzichtete auf Strom; immer wieder löste sie ihre Wohnungen auf, einmal gar, ohne eine neue zu beziehen, da wohnte sie fast drei Jahre bei Freunden, war die meiste Zeit in Schlafwägen unterwegs. Marianne war offensichtlich keine solche These. Jutta wahrte immer den Schein, als würde ihre Tochter mitreden in der Erziehung: *Deine Mutter möchte gerne* oder *Deine Mutter findet auch, dass* … Diese Sätze verkamen aber mit den Jahren zu Floskeln, bis sie gar nicht mehr vorkamen. Nach außen hin, und Johanna war außen, so viel war klar, wurde nonchalant Desinteresse signalisiert, da war man sich einig. Und nach innen?

Gegen wen sollte sich Marianne auflehnen, als sie mit dreizehn, vierzehn nicht wusste, wohin mit ihrer Wut? Sie war keine schlechte Schülerin, sie war Durchschnitt, aber weil sie kaum etwas tat für die Schule, blieb sie in der vierten Klasse hängen, und von da an interessierte sie die Schule kaum noch. Dennoch blieb sie bis zur sechsten Klasse im Gymnasium, war nicht sehr oft anwesend, sie konnte nicht ruhig sitzen. Sie war von ihren Mitschülerinnen genervt, und es half auch gar nichts, dass ihre Lehrerinnen und die Direktorin ziemlich viel dafür taten, dass sie die Schule hätte schaffen können. Sie revoltierte gegen das System, sie war gegen die Verhältnisse, die sie zuhause vermutete, gegen den alten Reichtum und gegen den neuen, gegen Ausbeutung, für Umweltschutz, gegen sauren Regen, gegen die alten Nazis und natürlich gegen die braune Partei und ihre neue Führerfigur, gegen Enteignung, gegen Latein und Mathematik. Sie war eine Einzelgängerin, um die sich die anderen kümmerten, die sie ausnutzte, die sie hinausschmiss, zu denen sie gemein war, die immer wieder kamen, zumindest Roman und ein Mädchen namens Eva. Mit siebzehn ging sie auf eine Gartenbaufachschule mit angeschlossenem Internat. Da passierte etwas anderes. Die Schüler ihres Jahrgangs *Baum, Obst, Gemüse*, von denen die meisten ein bisschen jünger waren als sie (außer Hanno), frequentierten die damals sehr urigen Heurigen in dem Weinbauort, wo die Schule lag, sie kümmerten sich kaum um Regeln oder Hausordnung, das allein tat ihr gut. Auf einem Foto, das die Klasse bei einem Lehrausgang in die Bundesgärten der Hauptstadt und nach Schönbrunn zeigt, glänzen die Gesichter der Jugendlichen von der Hitze und dem Alkohol bereits zu Mittag. Das alles erschien ihr erstrebenswert, in dieser Runde fühlte sie sich angenommen. Zum ersten Mal wollte Marianne wo dabei sein, und es war nicht selbstverständlich, dass diese Burschen eine junge Frau akzeptieren würden. Marianne tat alles dafür, das heißt, sie soff bis zum Umfallen, sie besorgte Marihuana über eine ehemalige Mitschülerin, die mittlerweile in Wien lebte und sich die Abendschule mit dem Verkauf von Haschisch finanzierte. Hörte wieder auf zu kiffen, weil sie dann noch mehr trinken konnte. Sie weigerte sich, mit ihren Kollegen zu schlafen, wie die es anfangs von ihr erwarteten, forderten eigentlich. Von daher war sie eine Art Heldin, aber sie interessierte sich für die anderen Mädchen nicht. In ihrem Jahrgang gab es nur zwei, eine ging nach dem ersten Jahr wieder von der Schule ab, die zweite trank nie mit ihnen, nie. Nie kam Marianne mit ihrem Geld aus, Jutta schickte immer welches, wenn sie sie darum bat, dazu Beschwichtigungen, Ermahnungen und Durchhalteparolen. Sie waren eine gefürchtete Klasse, ein *Horrorjahrgang*. Gleichzeitig floss viel Geld, um die wilden Kinder durch die Schule zu bringen, denn das waren sie für ihre Eltern, auch für die Erzieher: *wilde Kinder*. Obwohl sie soffen, kifften, Sex hatten. Es war eine Party, die zweieinhalb Jahre dauerte, bis zu ihrem Rausschmiss und der Auflösung des Jahrgangs. Im Jahr darauf noch einmal von vorne zu beginnen oder extern einen Lehrgang zu absolvieren wie ein paar ihrer Kollegen, das wäre für sie keinesfalls in Frage gekommen. Die Söhne der Großgrundbesitzer kamen alle irgendwo unter, bis auf ein paar. Nachdem man sie hinausgeworfen hatte, ging die Party erst einmal weiter, für kurze Zeit noch intensiver, noch freier, noch wilder. Bis Lukas kam. Marianne zog zu Hanno, der eine kleine Wohnung in der Wiener Innenstadt zur Verfügung hatte: Zimmer mit improvisierter Küche und freistehender Badewanne, Kabinett. Sie zahlten keine Miete, dafür musste Hanno für die Tante, die nebenan auf 150 Quadratmetern Friedenszins residierte, die Kohlen aus dem Keller holen. Sie hatten keinen Schulabschluss, keine Ausbildung, keine Pläne. Hanno hatte jeden Tag eine neue, eine großartige, eine zukunftsträchtige Idee, für die nur ein Investor gefunden werden musste. Er würde Unternehmer werden, er würde mit Charme und wenig Arbeit reich werden, und dann würden sie irgendwo leben, Südamerika, Südafrika oder Hawaii. Wein vielleicht, exotische Züchtungen, auch Tiere. Bald. Bald würde es losgehen. Marianne bekam weiterhin Geld von der Großmutter, deren Ton zwar strenger wurde, die aber erst in der Tür stand, nachdem sie erfahren hatte, dass Marianne schwanger war. Jutta holte sie nachhause. Das junge Paar zog nach Gumpenthal. Einmal kam Hanno vollkommen betrunken nachhause, sie stritten, und die schwangere Marianne, die seit einem halben Jahr keine Zigarette und keinen Joint, kein Glas Wein angerührt hatte und Schnaps schon gar nicht, kam zu sich, nachdem sie auf ihn eingeschlagen und er (anders als in ihrer Zeit in Wien) sich nicht gewehrt hatte. Marianne schmiss ihn hinaus und lebte lange Zeit, als wäre damit ein Spuk zu Ende gegangen. War sie selber dafür verantwortlich? Ja, sicher, dennoch. Sie wollte dieses Kind, ohne eine Vorstellung zu haben, was es bedeuten konnte, ein Kind zu haben, mit zwanzig, ohne mit dem Vater des Kindes zusammenzuleben. Wie sehr ihre Versuche, eine Familie aufzubauen, in ihrem Scheitern denen der eigenen Mutter ähnelten, die bei der Geburt Mariannes noch ein Jahr jünger war (allerdings hatte sie während der Schwangerschaft geheiratet: in einem hellblauen Hosenanzug, mit Hut), war ihr nicht bewusst. Sie hätte auch jede Parallele abgestritten. Sie wollte es ganz und gar anders machen als Johanna, das wusste sie. Marianne wollte für Lukas da sein, sie wollte bei ihm sein. Vielleicht unterschied sie nur zwischen Anwesenheit und Abwesenheit, und sie dachte: Ihr Sohn war der Grund, dazubleiben. Dass ihr aber viel mehr noch die Arbeit in der Baumschule das Gefühl gab, vorhanden zu sein, war ihr nicht bewusst.

Aber hatte sie je darüber nachgedacht, woanders hinzugehen? Lukas sah sie manchmal nur morgens, wenn sie ihm das Frühstück herrichtete und nachmittags, wenn er durch den Betrieb streifte, um sie zu suchen. Sie war da. Sie lebte hier. Sie würde immer hier sein, leben, arbeiten. Hin und wieder ging sie in den Wald oder auf einen Berg, sie bevorzugte die Hügel in der näheren Umgebung. Ihre letzte Reise war über fünf Jahre her, sie hatte sie mit Markus unternommen, einem Lehrer an ihrer ehemaligen Schule (ausgerechnet), den sie bei einem Kollegen kennengelernt hatte. Sie waren drei Jahre zusammen, ziemlich verliebt. Markus fuhr mit ihr nach Paris, Rom und London. New York verweigerte sie ebenso wie eine Reise nach Südamerika. Vielleicht ist die Beziehung auch daran gescheitert. Dass er immer wegfahren wollte.

Marianne hatte keine Ahnung, was ihre Rolle in Gumpenthal sein könnte. Es dauerte, bis sie kapierte, wohin die Ausbildung hätte führen sollen, wäre sie nicht in einen Rausch gefallen. Nach Lukas' Geburt erschien ihr der Gedanke, die großmütterliche Baumschule zu übernehmen, als selbstverständlich. Sie fing an zu lernen und sie absolvierte Kurse. Sie arbeitete mit Jutta zusammen, die Jüngere machte, was die Ältere anschaffte. Als Marianne anfing, eigene Vorstellungen durchzusetzen, stritten sie viel. Der Betrieb hatte gute Zeiten und Phasen, in denen er nicht so gut lief, aber immer wieder erholte er sich, hatte Jutta eine neue Idee. Dennoch wurde ihr Gespür fürs Geschäft mit den Jahren gröber. Zuerst hatte sie zielsicher von Masse auf Qualität umgestellt. Die Forstbaumschule war ein Ausläufermodell, und sie verkaufte weiterhin Grund, um ihren Töchtern Ausbildungen zu finanzieren, Wohnungen, zwischendurch Zeit zum Leben. Dann verzettelte sie sich in einem Sortiment, das größer und größer, irgendwann völlig unüberschaubar wurde. Jutta hätte nie Kredit aufgenommen, Schulden machte sie keine, Land verkaufte sie beinahe leichtfertig. Zu Mariannes dreißigstem Geburtstag überschrieb ihr die knapp Siebzigjährige, die immer noch nicht ans Aufhören dachte, den Betrieb, was mit einem großen Fest gefeiert wurde, in Anwesenheit aller Familienmitglieder.

Es dauerte lange, bis dieses Jahr in Gang kam. Marianne hatte seit dem Abend vor der Einäscherung Bauchschmerzen, die waren plötzlich aufgetaucht, machten ihr halbwegs zu schaffen. Sie war noch nicht zum Arzt gegangen (zur Ärztin, eigentlich), obwohl sie mit Roman über die Schmerzen gesprochen hatte, der ihr bei der Gelegenheit wiederum erzählte, dass er in der siebten und achten Klasse mit Eti, also Etelka, so hieß die Ärztin, zusammen gewesen war. Er riet Marianne dringend, sie aufzusuchen und sich zum Spezialisten überweisen zu lassen; sie müsse sich *durchchecken* lassen, sie seien mittlerweile in dem Alter. Roman, Asthmatiker und Hypochonder. Für ihn war ein Arztbesuch nichts Außergewöhnliches, Marianne geriet in der Beziehung nach Jutta. Krankheit passte nicht zu ihr, *Schmerzen gehen vorüber*, außerdem, so Marianne: »Das ist die Traurigkeit, das ist der Verlust. Die Krämpfe sind nicht zufällig zum ersten Mal aufgetreten, bevor ich sie in den Ofen geschoben habe, schieben ließ. Wir waren so lange zusammen, weißt du?« Roman verstand das, ließ es nicht gelten, Marianne ging trotzdem nicht zu Eti. Alles stockte in diesen ersten Wochen des Jahres. Als die Maler endlich aus dem Haus waren, standen Finanzbeamte vor der Tür. Die konnte Marianne zwar direkt zu ihrem Steuerberater weiterschicken, aber deren Erscheinen hatte etwas Hinderliches, war etwas, das sie zurückhielt. Das Chaos in den Unterlagen. Nichts davon war akut relevant, dennoch sorgte sich Marianne, konnte sich nicht entscheiden, ob es gut war, dass die Prüfung vor der Testamentseröffnung stattfand (eher ja). Sie hatte seit über zehn Jahren die Kontrolle über den Betrieb, aber in diesen Tagen war sie verunsichert, ob sie tatsächlich immer alles im Griff hatte oder ob nicht plötzlich Überraschungen ans Tageslicht kämen. Lukas' Abwesenheit war schmerzhaft für Marianne. Sie war es doch schon gewohnt, eigentlich. Dass Eric sich nicht mehr gemeldet hatte seit seiner Abreise, dass er nichts vom Tod Juttas wusste und also nichts von ihrer einsamen Existenz in dem riesigen Haus, beschwerte Marianne. Die immer sehr gern allein war. Roman blieb zwei oder drei Tage länger als geplant, war dann weg. Wieder einmal hatte ihm Marianne versprochen, ihn zu besuchen. Vielleicht würde sie dieses Jahr einfach in den Zug oder ins Flugzeug steigen und zu ihm fahren. Sie war lange nicht am Meer gewesen.

Immer wieder dachte Marianne an jenen Morgen, an dem sie so froh darüber war, dass alle abgereist waren. Die neugestrichenen Wände strahlten sie an, und Marianne fühlte sich fremd zuhause, auch wenn Frau Schwaiger die Küche liebevoll wieder eingeräumt hatte, auch wenn die Pflanzen im Wintergarten nicht besonders fehlten, weil die Leere etwas Erfrischendes hatte. Einmal hatte sie die Musik im oberen Wohnzimmer so laut eingeschaltet, dass sie sie bei geschlossenen Türen in ihrem neuen Büro, der ehemaligen Stube, hören konnte. Dabei kam sie sich wie ein Teenager vor, der zum ersten Mal alleine zuhause ist, aber dieser Zustand fühlte sich nicht gut an, sie hatte keine Idee, wozu die neue Freiheit zu nutzen wäre. Obwohl: Freiheit, davon war keine Rede. Einmal hatte sie den Gedanken, dass Alina mit dem Baby im Lex-Haus wohnen könnte. Eine Zeitlang zumindest. Sie müsste sich nicht darum kümmern, ob es etwas zu essen gibt, Frau Schwaiger würde das erledigen, keine Hausarbeit zu haben, das wäre doch sicher praktisch. Der Vater des Kindes, dessen Namen

Marianne meistens vergaß, könnte am Wochenende oder wann immer zu seiner jungen Familie kommen. Dieser Gedanke funktionierte aber nur kurz. Marianne war keine Patriarchin, sie war nicht das Oberhaupt dieses eigentümlichen Haufens. Frau Schwaiger hatte in diesen Tagen kaum etwas zu tun, Marianne hatte ihr verboten, für sie zu kochen. Für sie allein. Trotzdem stand regelmäßig etwas auf dem Tisch oder im Kühlschrank, das Marianne aufwärmte. Die Kiste mit den Hausbüchern hatte Marianne nach unten schaffen lassen, sie stand jetzt neben ihrem Sekretär. Ordner und Fachbücher lagerten in den beiden Kästen, aus einem war alles herausgefallen, weil Marianne die Tür zu schnell geöffnet hatte. Spielte mit dem Gedanken, alles zu entsorgen. Sie fuhr in den Elektromarkt und kaufte einen neuen Computer, stellte aber fest, dass sie damit gar nicht umgehen konnte, fuhr noch einmal mit Thomas hin und tauschte das Gerät gegen ein Modell, das alles, wie er sagte, von selber machte. Das Faxgerät gab es immer noch, und der Internetauftritt, den Lukas ihr empfahl und den Thomas gestalten würde, ließ noch auf sich warten, so wichtig war das dann doch nicht. Im letzten Sommer hatte es ein Problem mit der Verbindung gegeben, da war sie wieder auf das Faxgerät ausgewichen, aber Lukas hattte sich darum gekümmert, als er in den Weihnachtsferien zuhause war, und seither gab es eine drahtlose Verbindung in jedem Stockwerk. Theoretisch. Sie erinnerte sich an den Kabelsalat in Lukas' Zimmer. Verstärker, Plattenspieler, Bildschirm, Konsole, Computer, Drucker und so weiter. Jetzt war ihr das Fehlen der Kabel wiederum unheimlich. Eine Maschine ist eine Maschine, die hängt am Strom.

Wer sie aller verlassen konnte, wie lachhaft war dieser Gedanke, an einem frühen Februarvormittag, an einem sich hinziehenden Nachmittag im März, und im April war es dann so weit. Frau Schwaiger hatte ihr schon ein paar Tage vorher gesagt, dass sie sich am Montag Zeit nehmen solle für ein Mittagessen. »Ich koche uns was.« Als wären sie die Restfamilie. Waren sie das nicht? Verschiedene Knödel, Salat, wie ihn nur Frau Schwaiger beherrschte, der Tisch war bereits gedeckt, als Marianne kurz nach zwölf ins Haus kam. »Zwanzig Minuten!« Frau Schwaiger wirbelte in der Küche herum. Wenn sie kochte, war die Küche voll, sie räumte alles immer erst weg, kurz bevor sie fertig wurde, aber wenn das Essen auf dem Tisch stand, war auch die Küche aufgeräumt und sauber, es war nach wie vor bewundernswert. Leise lief das Radio, es war wie immer, Marianne hatte das tausende Male erlebt, in solchen Momenten war alles gut. Also setzte sie sich an den Sekretär beziehungsweise an den Tisch, den sie schräg dazugestellt hatte, darauf der Computer. Als sie wieder aufblickte, stand Frau Schwaiger in der Tür. »Hast mich nicht gehört, ich ruf jetzt schon das dritte Mal.« Marianne hatte sich Nachrichten im Internet angesehen, seit dem Erdbeben in Japan ging sie regelmäßig an den Computer. Zuerst war die Erinnerung an den Frühling im Jahr 1986 da. Mariannes Klasse war auf Schullandwoche gewesen. Dass niemand von den Lehrern sagte, was passiert war. Jetzt war die atomare Katastrophe mit täglich sich steigernden Horrorszenarien sehr präsent, aber Wut und Angst von damals waren nirgends zu spüren. »Ich ruf dich jetzt schon die ganze Zeit. Marianne.« Als sie ein paar Minuten später beim Tisch saßen, fragte Marianne nach Frau Schwaigers Mann (»Er braucht ein Hobby«, sie antwortete ausweichend) und nach den Kindern, aber die Nachbarin kam gleich auf den Punkt. »Du weißt, Marianne, also, vielleicht kannst du dich noch daran erinnern, dass ich deiner Großmutter in die Hand versprochen habe, mich um dich zu kümmern, wenn sie einmal nicht mehr sein sollte. Nur ist das jetzt zwanzig Jahre her, ach was, noch länger. Es ging doch auch darum, dass jemand auf dich schaut. Du warst ja noch so jung und hattest auch niemanden außer Jutta, ich meine, wir wissen, die Johanna ist ja selber. Aber was ich sagen will.« – »Du gehst jetzt auch!« Marianne schaute Frau Schwaiger vorsichtig an. Das Besteck hatte sie auf die Papierserviette gelegt, vom Wasser hatte sie noch keinen Schluck genommen. Etwas Undurchsichtiges in ihrem Blick. Marianne: »Nach meinem Sohn und nach meiner Großmutter jetzt also auch meine Frau Schwaiger. Aber warum eigentlich? Wir könnten ja auch diese junge Frau, diese Deutsche, wenn sie dir hilft, grade das Putzen und so. Aber wenn du einmal nicht mehr nach dem Rechten siehst, hier, dann sehe ich schwarz. Wir können doch nicht alles einfach auflösen. Nur weil sie nicht mehr da ist.« – »Jaja, ich weiß schon, und du hast ja auch Recht, Marianne. Aber weißt du, mein Mann, der braucht mich jetzt halt mehr als –« – »Als ich, meinst du? Die Knödel sind ausgezeichnet, vielen Dank. Und was heißt das jetzt?« Marianne hatte den Teller von sich geschoben, eine Wut stieg in ihr hoch, sie schob das Glas hinterher, dann holte sie es zurück und trank es in einem Schluck aus. Dieser Durst. »Marianne, hab ich mich nicht gut um dich gekümmert? Dass der Lukas immer zu essen gehabt hat und immer jemanden, der zuhause auf ihn gewartet hat? Wir haben's doch auch gut gehabt miteinander. Marianne, jetzt sag halt was, wart. Ich bring dir noch ein Glas Wasser. Oder lieber einen Kaffee?« Frau Schwaiger, die gute, liebe Frau Schwaiger und ihre Fähigkeit, alles, alles gleichzeitig zu machen, Wasser nachfüllen, die Kaffeemaschine einschalten, eine Tasse aus dem Schrank nehmen, Kühlschranktür auf, Milch steht auf dem Tisch, der quasi abgeräumt ist. »Schau du mich nicht an, als hättest du jetzt Angst vor mir.«

Über das Alleinsein hatten Marianne und Jutta nie gesprochen. Nicht über Mariannes Einsamkeit, nicht über die Einsamkeit Juttas als Witwe. Es ging nicht darum, dass Marianne keine besonders leidenschaftliche Köchin war. Sie richtete sich das Frühstück, am Wochenende konnte sie im Wirtshaus bei Gerhard und Manuela essen, und wenn Isa, wie in den letzten Wochen, am Samstag nach Gumpenthal kam, konnten sie sich zusammen etwas kochen, es ging nicht ums Essen. Die Abwesenheit der Männer im Haus war nie ein Thema gewesen. Jutta hatte auch über die Männer, die in Mariannes Leben ein und aus gingen, kaum ein Wort verloren. In ihren Augen war Marianne wie ihre Mutter unfähig oder unwillig, ihr Leben mit einem Mann zu teilen. Was im Fall Hannos sein Gutes hatte. Wen die Frauen im Lex-Haus zu sich einluden, darüber waren sie aber niemandem Rechenschaft schuldig, das hatte Jutta immer vorgelebt, auch wenn sie mit einer bestimmten Diskretion über Affären hinwegging.

Marianne und Frau Schwaiger vereinbarten, dass diese weniger Stunden im Lex-Haus verbringen würde, sie aber da wäre, wenn Verwandtschaft käme. Und Ilka würde sie anlernen. »Ihr geben wir eine Chance.« (Frau Schwaigers Worte) Als sie beteuerte, dass sie ja nicht aus der Welt sei, hatte sie die Küche längst blitzblank geputzt.

Die einjährigen Ableger wurden aufgepflanzt, die Laubhölzer der Muttergehölze zurückgeschnitten, zuerst die sommergrünen Pflanzen verschult, ganze Quartiere verfurcht und stehen gelassen, um der Wachstumsdepression vorzubeugen, dann die Immergrünen und die Containerpflanzen umgetopft. Alle arbeiteten dahin, Marianne machte tatsächlich einen Computerkurs und investierte viel Geld in Software und zwei neue Computer, die ab nun Andrea bedienen sollte, Sanja wurde von ihr angelernt und in weiterer Folge auch die Jüngeren, nur Sven und Dominik rissen sich nicht darum, sie wussten, dass sie dann auch verkaufen müssten und dagegen wehrten sie sich. Mario, der Meister im Betrieb, war davon überzeugt, dass es so besser war. Spät kehrte der Winter zurück, was eine kleine Katastrophe war, nur eine kleine. Als es Frühling wurde, wurde allen im Betrieb bewusst, dass sich nichts verändert hatte. Nachdem der Schnee geschmolzen war, legte sich eine Milde über die Gegend, und das war immer die Zeit, die in der Baumschule besonders schön war. Es fing alles an, es ging alles weiter, die Sonne arbeitete mit ihnen, der Regen, so eine Stimmung gab es manchmal. Am 27. März war auch das Rotkehlchen da, das schon im vorigen Sommer wie ein Haustier bei ihnen gelebt hatte, fast zahm. Immer war es beim Eingang zum Gemeinschaftsraum zu sehen, wo im letzten Frühjahr jemand vergessen hatte, einen Kübel mit Erde wegzuräumen. Es ernährte sich offenbar von den Tierchen, die sich darin angesiedelt hatten. Dominik hatte die Chefin darauf aufmerksam gemacht, und im Herbst war klar gewesen, dass der Kübel ein weiteres Jahr stehenbleiben sollte. Zu der Zeit kamen auch die ersten Hummeln wieder, und die Bienen. So eine Stimmung gab es nie, es war ein Graben, Umgraben, Verschulen, Erziehungsschnitte, Container durch die Schule schleppen, Paletten auf Lkws verladen, Lieferungen fertigmachen. Aber auch die feineren Arbeiten, Blüten eintüten, Samen konservieren, veredeln. Sie arbeiteten. Und im Frühling arbeiteten alle gern. Sven und Dominik hatten noch mehr Kraft als sonst, Sanja war in der Früh fast immer pünktlich, die Frauen hatten einander etwas zu erzählen.

Mit den Händen in der Erde fühlte es sich diesen Frühling anders an. Wer bestimmte, wie weit die Kernzone ist? Warum sagten sie immer wieder und immer wieder, es sei nicht so schlimm, obwohl es längst schon schlimm war? Und dann erzählte Mario von seiner Band, die 1986 nur mehr Songs spielte, in denen das Wort *radioaktiv* vorkam, es war ganz gleichgültig, wovon sie eigentlich handelten. »Sie waren ein Punk!« Mario und Andrea und Sanja standen in der Küche neben dem Gemeinschaftsraum, Mario rauchte und trank Kaffee, Andrea trank Tee, Sanja einen Energydrink. »Ein Punk«, sie stellte die Dose neben den Aschenbecher und ging hinaus, wo sie auf Sven stieß, der sich die Stiefel auszog. »Der Meister, stell dir vor. Punk!« Sanja und Sven waren noch nicht geboren, als Marianne von der Schullandwoche nachhause gekommen war und Jutta verbieten wollte, die Erde umzugraben. Tatsächlich hatte sie zusammen mit Frau Schwaiger die gesamte Ernte des Hausgartens vernichtet. Jetzt parkte sie gerade den Kleinbus auf dem Hof, sie hatte seit ein paar Tagen, schien ihr jetzt, nicht an Fukushima gedacht, aber was änderte das. Nichts änderte sich, es ging alles weiter.

Juliane verbrachte jede zweite Woche zwei Tage im Spital. Wenn die Kinder in der Schule und Thomas in seinem Büro waren, besuchte sie Marianne manchmal zu Mittag. Bisher wäre niemand von den beiden auf diesen Gedanken gekommen. Es war schwierig mit Juliane, sie saß jetzt nicht mehr am Schreibtisch, sie konnte oder wollte nicht schreiben. Sie hatte abgenommen, und das Essen schmeckte ihr nicht. Juliane spielte ihren Kindern etwas vor. Sie spielte Gesundwerden, Gesundleben, Sich-Freuen, sie spielte Zeit-Verbringen, hasste sich für ihre Angst, hasste sich für ihre Sorge, sie hasste sich für ihren Hass. Marianne saß ihr gegenüber und wusste nicht viel zu sagen. Oder sie standen auf dem kleinen Balkon in ihrer Wohnung, und Juliane versuchte eine Zigarette zu rauchen, meist ließ sie es nach dem ersten oder zweiten Zug bleiben. Sie las wenig, Marianne merkte es daran, dass die Bücherstapel mit der Zeit schwanden und die Freundin nichts erwähnte. Einmal rief Thomas bei Marianne an, es war das erste Gespräch, seitdem er ihr beim Kauf des Computers geholfen hatte, und er meinte, er wolle nur ein bisschen wirres Zeug bei ihr ablassen, so sagte er, dann sprach er nicht viel, und sie schwiegen am Telefon, was sich für Marianne anfühlte, als würde sie ihre beste Freundin mit deren Mann betrügen. Sie wusste, es war lächerlich, sie wusste auch, sie würde Juliane nicht erzählen, dass Thomas nicht weiterwusste und sie auch nicht.

5. Am Meer

Marianne hatte allen verboten anzureisen, gleichzeitig war der Gedanke nicht schrecklich, dass ihre Mutter oder Margret oder Isa für eine Weile bei ihr sein würden, aber es kam niemand. Tatsächlich riss nur Johanna die Tür zum Zimmer des Notars auf, sie wollten gerade beginnen, und ließ sich in einen Stuhl vor dem Schreibtisch fallen. Großer Auftritt. Wie meistens. Sie trug ein schmales graues Kostüm und sah darin sehr elegant aus. Marianne wunderte sich manchmal darüber, wie verschieden sie waren. Sie wunderte sich auch darüber, wie sehr Johanna sich oft von sich selbst unterschied. Obwohl das Kostüm streng aussah, wirkte sie darin viel jünger. Sie und ihre Schwestern Margret und Gertraud bekamen jede einen Bausparvertrag, der vor einer Ewigkeit abgeschlossen worden war, große Summen waren das mittlerweile, Isa bekam so viel Geld wie alle Enkelkinder. Die Verstorbene hatte ihre Nachkommen hierarchisch in Gruppen eingeteilt, was niemanden verwunderte, gerecht wollte sie sein. Es war das Besuchsrecht für die Töchter geregelt, außerdem das Wohnrecht für Marek. Mit beidem musste sich Marianne einverstanden erklären, denn nun erbte sie das Haus. Der Betrieb, die dreißig Hektar Pflanzfläche, sämtliche Maschinen, all das gehörte Marianne seit über zehn Jahren. In ihrer ersten Zeit im Betrieb, nach Lukas' Geburt, hatte Marianne einfach gemacht, was Jutta ihr anschaffte, auch Marek half ihr und erklärte ihr das meiste, indem er es machte (er redete nie besonders viel). Sie hatte viel gearbeitet in der Zeit, hatte immer wieder diese diffuse Angst, dass alles wieder aufhören könnte, dass Jutta sie fortschicken würde, sie wollte es gut machen, besonders am Anfang, als sie noch kaum eine Ahnung davon hatte, worum es eigentlich ging.

Es gab keine Überraschungen, keine Altlasten, die Belastungen auf den Betriebskonten waren von Juttas Tod nicht berührt, nur dass wenige Tage vor dem Verlesen des Testaments ein Sparbuch aufgetaucht war, dessen Name *1. Oktober 1976* lautete, angelegt worden war es zehn Jahre später. Niemand wusste, was gemeint sein könnte. Da sich nirgends Notizen oder Aufzeichnungen darüber fanden, blieb das Konto für ein Jahr gesperrt, es würde nach Ablauf dieser Frist in die allgemeine Erbmasse übergehen. Weder der Notar noch die von der Bank nannten eine Summe. Nach dem Termin gingen Mutter und Tochter Mittag essen. Auf dem Stadtplatz von Neustadt hatten sie die Wahl zwischen zwei Wirtshäusern, einer Pizzeria und einem Kebabhaus. Johanna plädierte für Letzteres, Marianne war noch nie in dem *Schuppen*, wie sie es nannte, gewesen, dabei hatte auch Lukas davon gesprochen. »Macht die Tochter der Mutter die Freude, gehen wir da rein« (Marianne, die ihre Mutter zumeist bei ihrem Namen nannte, Hanna, Hanni zu ihr sagte, je nach Stimmungslage und Freundlichkeit). Jetzt waren beide freundlich. Freundlich und nicht so distanziert wie oft. Sie saßen an einem der kleinen Tische und tranken Ayran aus Bechern, da zog Johanna ihr Telefon aus der Tasche. Sie wählte, dann sagte sie zu ihrer Tochter: »Jetzt pass auf.« Das folgende Gespräch dauerte ein paar Minuten, immer wieder warf Johanna einen Blick auf Marianne, schweifte ihr Blick durch das Lokal, in dem außer ihnen lauter Männer verschiedener Altersgruppen saßen, Männer in Anzügen, Arbeiter, Schüler. Sie kündigte, ihre Worte: »Ich bin dann mal weg. I'm off, Mister Krieschernigg.« Sie nehme sich ein *Sabbatical, Bildungskarenz*, könne es sich jetzt leisten. Johanna redete eine Spur zu laut, aber niemand achtete auf sie. Inzwischen waren ihre Lammkebabs fertig, Marianne holte sie von der Theke, Johanna redete, redete. Sie war seit ein paar Jahren schon pensioniert, half seither in der Galerie Kriescheringg aus, in der Wiener Innenstadt. Jetzt erzählte sie, dass sie eine große Reise machen würde. Zwölf Stationen im kommenden Jahr, nächsten Monat gehe es los. Marianne hörte Georg Kriescheringg lachen, Johanna legte auf, siegessicher und großmütig blickte sie im Raum umher, und biss zufrieden in ihr Kebab, das sie vom Teller in ihre spitzen Finger nahm. Ein Schwall Joghurtsauce ergoss sich über ihre Kostümjacke und auf den Tisch, sie lachte auf, auch Marianne prustete los, es ging nicht anders, sie lachten gemeinsam. Johanna zog ihre Jacke aus und schmiss sie auf den leeren Sessel zwischen ihnen, dann erst aßen sie weiter, aßen sie fertig. Sie unterhielten sich kaum noch, immer war das Lachen zwischen ihnen, was ihnen gut tat, Reden war nicht notwendig. Marianne verzichtete darauf, ihre Mutter zu fragen, ob sie sich eine derartige Reise finanziell und konditionell überhaupt leisten könne, und Johanna hielt sich zurück mit Kritik an der Sesshaftigkeit ihrer Tochter, an deren bleiernem Dasein im Haus ihrer Kindheit.

Zehn Tage später holten Mario und Dominik zwei Kleinbusse voll Kartons und Koffer bei Johanna ab, die im Dachboden des Lex-Hauses untergestellt wurden. Am nächsten Tag feierte Johanna mit Marianne und Isa, Margret, Frau Schwaiger und einer Freundin Johannas bei Manuela und Gerhard ihren Abschied. Mittlerweile war ihr Plan ausgereift. Sie wollte ein Jahr in zwölf verschiedenen Ländern verbringen, die erste Station war Lissabon, dann sollte es weitergehen nach Argentinien. Ja, sie hatte Geld geerbt, aber wäre das nicht eine Altersvorsorge? Niemand solle sich sorgen, sie habe alles im Griff. Die paar Tage, die Johanna im Lex-Haus verbrachte, waren ereignislos. Marianne bemühte sich, von der Anwesenheit der Mutter, die ihre Wohnung untervermietet hatte, nicht allzu genervt zu sein, zwei Mal aßen sie miteinander. Johanna war viel unterwegs. »Abschiede«, sagte sie zuletzt, »ich liebe Abschiede!« Marianne und Margret brachten sie zum Flughafen, wo Walter auftauchte, der Johanna ein Kuvert übergab und ihr die Tasche trug, sehr aufgeräumt, geradezu fröhlich und freundlich. Steckte er ihr Geld zu? Marianne wollte ihn später fragen, als sie in einem der Lokale am Flughafen Kaffee tranken, vergaß es aber. Als sie schon ausgetrunken hatten und sich ohne Hast noch weiter unterhielten, freundlich, interessiert, fast wieder beiläufig, fragte Marianne sich: Nähern wir uns denn an, mein Vater und ich? Die Antwort war gleich da und eindeutig: Nein. Einen Augenblick später wünschte sie sich, dass Walter und Johanna gemeinsam verreisen würden, aufeinander aufpassen könnten. Johanna war immer allein weggegangen, sicher, warum sollte sich das auf einmal ändern? Margret war ganz bleich, sie war außer sich. Walter und Marianne trösteten sie, waren aber nicht sicher, warum Margret weinte. »Das Leben, das wir führen, das hat doch immer weniger mit uns zu tun, oder?« Sie war doch gar nicht so alt, aber am Flughafen, kurz nach Johannas Abschied, wirkte Margret, als würde sie immer noch weiter in sich hinein versinken. Sie war blass, und ihre Augen wanderten unruhig hin und her, zwischendurch war ihr Blick müde und leer. Sie wollte eine Geschichte erzählen, von ihrer kleineren Schwester Johanna, die immer ein Vorbild für sie gewesen sei, aber sie blieb an dem Wort *Auslandsaufenthalt* hängen, die anderen verstanden es erst später. Mehrmals sagte sie: »Sie ging doch damals« – und dann stockte sie, setzte wieder an: »Direkt nach der Schule machte sie diese«, Gestammel, fast. Nach mehreren Versuchen sagte Walter: »Ins Ausland, meinst du die Zeit, als Hanni in London war?« Mariannes Vater war die Situation sehr unangenehm, als würde sich seine Schwägerin in einem Akt geistiger Umnachtung ausziehen oder sich ihm an den Hals werfen. Er wusste nicht, wohin er schauen sollte, und überlegte vielleicht, wie er hier herauskam, Marianne sah, dass seine Hände zitterten, sie dachte, dass ihr Vater davon ausging, *er* müsse diesem Spuk ein Ende machen. Sie war froh, dass er da war. Sie wusste, dass es sich noch sonderbarer angefühlt hätte, wenn sie Vater und Mutter in diesen Flieger gesetzt hätte. *Weltreise*, für Marianne war der Gedanke lächerlich, passte aber zu ihrer Mutter, sie sah das ein. Marianne wollte Margret beruhigen, von ihrer Verzweiflung abbringen, dachte über harmlosen Gesprächsstoff nach. Aber Margret suchte weiter, bis Walter und Marianne gemeinsam das Wort für sie fanden: Auslandsaufenthalt. Da schaute sie die beiden an, als hätte sie überhaupt keine Ahnung, wovon sie sprachen, und die Geschichte war verdorben.

Auf dem Rückweg bestand Marianne darauf, ihre Tante zur Ärztin zu bringen. Sie befürchtete, dass Margret einen Schlaganfall gehabt haben könnte, so gespenstisch war die Suche nach diesem einen Wort gewesen, die sicher zehn Minuten gedauert hatte und dann so sonderbar endete. Etelka beruhigte Tante und Nichte, schickte sie aber zu verschiedenen Spezialisten. Marianne brachte ihre Tante nachhause. Darüber verging der Tag. Zwischendurch telefonierte sie mit Andrea, die die Lieferungen fertigmachen sollte. Außerdem meldete sich ein Kunde, der mit ihr über einen Kostenvoranschlag reden wollte, der Termin für den Gartenumbau war bereits fixiert. Sie saß lange, zu lange bei Margret in der Küche, die Tee kochte und einen Kuchen anbieten wollte, aber von dem Kuchen war nichts mehr da, oder sie hatte vergessen, dass sie keinen gebacken hatte, es war ein bisschen beängstigend. Dazwischen ging Marianne hinaus und versuchte, Katharina und Pia zu erreichen, keine von beiden ging ans Telefon. Die Töchter kümmerten sich um ihre Mutter, immer wieder, sie waren für sie da, und jeder wusste, dass Margret eine anstrengende Frau war, eine so traurige, stille Frau, deren Schweigen sehr, sehr groß sein konnte. Beide führten ein intensives Privatleben, auf ihre eigene Art. Katharina war Lehrerin, über den Schulbetrieb mochte sie aber nicht reden. Sie wechselte ihre Männer in einem Rhythmus von etwa drei bis vier Jahren, lebte in einer beschaulich-langweiligen Stadt, fuhr einmal im Jahr nach London, ging auf Rockfestivals und hatte einen winzigen Garten, der so bunt und putzig war, dass man niemals vermutet hätte, dass seine Besitzerin auf AC/DC stand. Pia war mittlerweile mit einem Lehrer ihres ältesten Sohnes verheiratet, was ein mittelgroßer Skandal war in dem Ort, in dem sie und seine Familie lebten, eine große Katastrophe für Simon, weil sie umzogen und er seine Freunde und alles andere opfern musste. Pia hatte eine Ausbildung als Krankenschwester gemacht, sie hatte früher als Reiseführerin gejobbt, dann die Matura nachgeholt und machte seit einigen Jahren eine Psychotherapie-Ausbildung und arbeitete stundenweise für einen Krankenpflege-Dienst, da ansonsten das Geld nicht reichen würde. Simon kämpfte immer wieder mit Peter, seinem Stiefvater. Pia und Peter waren die verliebtesten Menschen, die man sich vorstellen konnte – was den Sohn gleichzeitig provozierte, aber dazwischen auch besänftigte. Außerdem hatte er einen kleinen Bruder, den er lieben konnte, und einen Vater, der sich um ihn kümmerte, seit sich der Scheidungskampf zwischen ihm und Pia mit der Zeit gelegt hatte. Als Pia zurückrief, schien sich Margret beruhigt zu haben. Pia vereinbarte mit ihrer Mutter, dass sie morgen bei ihr vorbeischauen würde. Dann erst ging Marianne aus dem kleinen Haus, das Margret seit dem Selbstmord ihres Mannes vor über zehn Jahren alleine bewohnte, und fuhr nachhause.

Es war ein sonderbarer Frühling. Lukas war selten in Gumpenthal, Marianne hoffte, dass er sich seinem Studium widmete, meistens wusste sie nicht, ob er in Wien oder Hamburg war, und als er sich einmal gemeinsam mit seiner Freundin ankündigte, sagte er im letzten Moment ab, weil Griselle, das war ihr Name, krank und nicht reisefähig war. Marianne hatte auf einmal die Idee, eine Schwangerschaft sei den beiden dazwischengekommen und sie würden ihre Zeit damit verbringen zu diskutieren, ob sie das Kind behalten sollten. Sie war immer wieder kurz davor, ins Auto zu steigen und zu ihrem Sohn zu fahren, der nun auch nicht kommen wollte, während seine Liebste sich von ihren Eltern irgendwo in Norddeutschland gesund pflegen ließ. Sie fuhr nicht, weil sie nicht wusste, was sie ihm, was sie ihnen raten sollte. Isa war regelmäßig da (sie kam nun immer allein und schien nicht traurig darüber), Alina besuchte sie mit ihrem Freund, um zu erzählen, dass sie geheiratet hätten. Friedrich war über Jahre ihr *On-Off-Freund* gewesen (so Alinas Ausdruck). Es war die erste Hochzeit seit sehr langer Zeit, die nicht im Haus der Familie Lex gefeiert wurde, und als Alina meinte, man könne die Feier im Herbst nachholen, nach der Geburt, war Marianne nicht sicher, ob sie sich darauf freuen würde. Sie hatte damit gerechnet, dass sie Alinas Trauzeugin sein würde, aber eine Freundin Alinas hatte diese Aufgabe übernommen.

Marianne hatte sich an ihren neuen Computer gewöhnt und herausgefunden, dass Eric über die Website seiner Firma zu finden war, es war immer noch die gleiche. Seine E-Mail-Adresse war eine Office-Adresse, was sie schließen ließ, dass er eine Sekretärin hatte, die seine Post filterte. Sie dachte jetzt manchmal an ihn, ohne zu bereuen, dass sie ihn weggeschickt hatte. Er lebte wieder in einer Welt, die nichts mit ihr zu tun hatte. Marianne sprach kein Französisch, sie konnte sich sein

Leben nicht vorstellen, das dabei nicht so viel anders war als jenes, das er in ihrer Nähe geführt hatte. Er war für Personal zuständig, denn Eric konnte mit Menschen reden, freundlich, zuvorkommend, ohne sich zu ärgern, wenn man ihm nicht mit der gleichen Höflichkeit begegnete. Er besuchte regelmäßig seine alten Eltern und spielte hin und wieder mit einem Kollegen Tennis. Er ging ins Schwimmbad und borgte sich manchmal ein Motorrad aus, um durch die Gegend zu fahren. Einmal hatte ihn Marianne gefragt, wie lange er schon Tennis spiele, in Österreich, und da meinte er nur: »Warte, ich bin im Juli gekommen, da war ich viel in diesem kalten Fluss, nun ja, Bach, und dann, als die Kollegen aus dem Urlaub zurückkamen, ich schätze, in der ersten Septemberwoche und seither regelmäßig.« Er hatte keine Anpassungsschwierigkeiten, es sah so aus, als könnte er sein Leben überall weiterführen wie bisher. »Und die Freunde? Vermisst du deine Freunde nicht?« – »Natürlich vermisse ich die«, hatte Eric gesagt, »wie sollte ich nicht.« Aber was war mit den Wurzeln? War es nicht so, dass Marianne schon die Unterbringung im Internat derart entwurzelt hatte, dass sie sich so aufführte, damals? War es nicht so, dass sie das ganz und gar brauchte? Erde, Mauern, die Hecken, alles, die Einfahrt, die Spuren der Maschinen, die sich irgendwo am Waldrand verlieren. Dabei drehte Marek dort immer um, die Umkehrspuren sah man aber nicht. Den Lärm der Vögel hinter dem Haus, das Anschlagen der alten Kellertür, die aber immer geschlossen war, ein Geräusch, das Jutta nie gehört hatte. Wie konnte das gehen, all das nicht zu haben? Wie konnte man es austauschen gegen andere Aussichten, andere Geräusche, andere Gewohnheiten? Und vor allem: Wie wusste man, wo in der neuen Umgebung man suchen sollte? Undenkbar für Marianne, undenkbar. Auch wenn sie manchmal mit Roman darüber redete, auch mit Juliane, die von sich sagte, dass es für sie hundertprozentig egal sei, wo sie lebe. Dass sie die Nähe der wenigen freundlichen Menschen genieße, dass ihre Kinder nun hier sozialisiert seien, aber sie, sie habe weder hier noch sonstwo Wurzeln geschlagen. Was nicht ganz stimmte, nur das Wort *Wurzeln* würde Juliane nicht verwenden. Sie sagte *Heimat.* »Zuhause bin ich, wenn ich mich nach den richtigen Wörtern umschaue, wenn ich ihnen nachrenne, da ist es völlig egal, ob ich über die Müllhalde stapfe, durch die Kleingartensiedlung, die neue, drüben in Weiher, oder am Meer entlang. Wobei, Schönheit. Muss nicht so sein, schreib' ja keine Gedichte. Meine Heimat kannst du im Suchen finden. Mein Zuhause ist das Gefühl, dass die Kinder etwas mit mir zu tun haben und manchmal auch mein Mann.« Wie war das mit Eric? War er nicht einer, der die Beständigkeit liebte, der doch gar nicht immer wieder von neuem anfangen wollte? Und der sie, wenn er sie nur halb so geliebt hatte, wie er es sie hatte spüren lassen, jetzt wirklich vermissen müsste? Sie dachte, er würde wieder in diesem kleinen beschaulichen Orte leben, in einer elegant ausgebauten Wohnung mit großer Terrasse. Eric liebte es, auf dem Land zu leben, das hatte er oft gesagt. Er würde nicht oft in die Bar am Hauptplatz gehen, weil er meistens lange im Büro wäre. So stellte Marianne sich das vor: In jedem Dorf gab es eine Bar oder ein Kaffeehaus am Platz, Männer, eher die Alten, die ihre Tage in der Bar oder vor der Bar verbrachten, selten mehr Frauen als die Kellnerin. Aber einmal würde er, fast wie an dem Abend von Lukas' Konzert, nur diesmal in einem kleinen Dorf in der Provence, eine Frau kennenlernen oder eine Frau wiedertreffen, die er von früher kannte, vom Sehen vielleicht. Vielleicht war sie fünf oder zehn Jahre jünger als Marianne, vielleicht wünschte sie sich ein Kind, vielleicht mochte sie es, mit ihm auf dem Motorrad durch die Berge oder am Meer entlangzufahren. Vielleicht.

Vielleicht war das schon passiert. Marianne hatte vergessen, dass Eric ihr von einer Wohnung erzählt hatte, die er mit zwanzig von seinem Großonkel überschrieben bekommen hatte, mitten in Marseille, unweit der Oper, aber in einem nicht ganz so schicken Quartier. Dass er nun in dieser Wohnung lebte, konnte sie nicht wissen. Er konnte zu Fuß in sein Büro gehen, was er manchmal, wenn er keine weiteren Termine hatte, auch tat. Er mochte auch das. Einmal in diesem Frühling übernachtete er in dem Hotel gegenüber seiner Wohnung bei einer Frau, die er in einer Bar kennengelernt hatte und die beruflich in der Stadt war, eine Deutsche, und sie erinnerte ihn überhaupt nicht an Marianne. Sie war zwanzig Jahre jünger als er. Er dachte nicht an Marianne, als er mit der Frau schlief, und auch nicht, als er mit ihr eine Flasche Wein trank. Marianne fiel ihm ein, als er in seiner Wohnung aus der Dusche stieg. Aber was war das für ein Reflex, sie jetzt sofort anzurufen, an einem 7. April um halb acht Uhr morgens und nachdem er zweimal, nein, dreimal mit einer Frau, von der er nur den Vornamen kannte, Sex gehabt hatte? Er ließ es bleiben.

Karsamstag
Das Aufpflanzen der einjährigen, gut bewurzelten Ableger (Obstunterlagen) hat diesmal bis in den März hinein gedauert, wir haben auch die Ableger vom letzten Jahr niedergelegt, sehr vorsichtig, schöne Arbeit. Die Wurzel muss tief genug und ganz gerade in den Boden hineingebracht werden, das können bei uns nur die Frauen machen und – wenn nichts anderes ansteht – Marek, er hat die zärtlichsten Hände. Erde antreten oder andrücken, damit die Pflanze gut im Boden steht, jetzt wird mit Nadelholzspänen angehäufelt. Im nächsten Jahr möglicherweise Umstellung auf eine neue Pflanzmaschine. Das sind mehrere Arbeitsschritte, bis im Spätherbst wieder das

Abschneiden, Abwerfen, Schneiden folgt. Obwohl wir in den letzten Jahren kontinuierlich das Sortiment verkleinert haben, haben wir immer noch zu viele Kulturen. Bäume, Sträucher, Zier- und Obstgehölze. Die großen Aufträge sind natürlich nicht mit Obst und nicht mit Rosen zu bedienen. Aber die Arbeit ist, auch wenn sie gutes Geld bringt, nicht meine. Jutta hat es gefallen, Auslagern und Delegieren, die Gewinnspanne kann sich sehen lassen, sogar bei fairem Gehalt für die zusätzlich angestellten Pflanzer. Die wenigsten Menschen haben ein Auge für besondere Sträucher oder Gehölze. Andererseits bin ich auch keine Gartenarchitektin, ich habe keine Kunden, die sich der modernen Landschaft verschrieben haben. Solide und ein bisschen überschwänglich soll das Gelände bepflanzt werden, schön soll es sein und natürlich. Kultiviertes Wuchern, das wollen viele.

Eine der häufigsten Fragen, die mir als Kind von anderen Kindern gestellt wurde, war: die nach dem *Schulischen* in unserem Betrieb. Früh hat mir Jutta einen Spruch eingetrichtert, es war für sie wichtig, dass ihre Enkeltochter Bescheid weiß: »Umschulen bedeutet *Wurzel treiben* lassen.« Die Gehölze werden mehrfach verschult, das heißt umgepflanzt, damit die Wurzeln einer Pflanze oder eines Gehölzes genug Platz haben. Und wenn die Kunden die Pflanzen kaufen, müssen Krone und Wurzelballen in einem guten Verhältnis zueinander stehen. Ob ich es wirklich verstanden habe, weiß ich heute nicht mehr. Die zweite Frage war die nach meiner Mutter oder nach dem Freund der Großmutter. Ich habe gelernt, dass wir anders leben als die meisten im Ort oder in der Gegend. Wie Stecklinge brauchen wir zum Bewurzeln und zur Weiterentwicklung ordentlich gespannte Luft, hohe Luftfeuchtigkeit, damit wir nicht verbrennen. Bei kleineren Pflanzen würde ein Rexglas genügen, im Größeren ist ein Gewächshaus nötig, um durch das Treibhausklima *gespannte Luft* zu erzeugen. Schattieren, kurzfristig lüften, immer eine Spezialbehandlung parat. Erst nach ausreichender Bewurzelung können wir pikiert oder umgetopft werden, und wenn wir kräftig gewachsen sind, geht es ins Freiland. Lediglich der Pflanzplan wurde ständig und nach Bedarf abgewandelt. Wie viel Platz jeder von uns brauchte, war nicht immer abzusehen, man richtete sich darauf ein.

Marianne schaute auf. Wenn sie sich entschließen hätte können, das Hausbuch als Datei im Computer zu führen, dann hätte sie bestimmt den letzten Absatz weggelöscht, gelb markiert und auf *Delete* gedrückt. Eine Seite herausreißen, das ging gar nicht.

Für die Rosen interessierte sich Jutta bald vor allem in großen Mengen. Natürlich liebte sie die Blumen, aber es hat ihr gut gefallen, die großen Märkte zu beliefern, obwohl wir uns dadurch in eine ziemliche Abhängigkeit begeben haben. Eine Zeitlang war das wirtschaftlich. Schwieriger bei der Sortenreduktion war allerdings, dass auf Rosen keine Obstgehölze folgen sollen, sondern Laubgewächse und Nadelgehölze, um der Bodenmüdigkeit vorzubeugen, erst dann darf Obst ins Quartier. In ihren letzten Jahren gefiel ihr die Bestimmung von Zuchtzielen und – auch wenn sie es abgestritten hat – die Idee, der Gartenwelt ein paar schöne Rosen zu hinterlassen, aber die Erfolge waren mittelmäßig, maximal passabel. »Du musst aufpassen, dass sich die zwittrigen Rosenblüten nicht selber bestäuben. Du musst achtgeben, dass es nicht zu einer zufälligen Fremdbestäubung kommt.« Meine Lehrerin. Deshalb werden die Blüten von den Pollen befreit, sie werden einige Tage vor der Reife der männlichen Staubgefäße kastriert. Der weibliche Stempel wird zur Kreuzung vorbereitet und bis auf zwei Blütenblätter werden alle entfernt. Ich wusste das alles schon einmal, da war ich noch ein Kind. Die Pollen im Kühlschrank hatten etwas Beruhigendes. Von den langen Kulturzeiten hatte ich als Kind natürlich keine Vorstellung, es ging ja immer alles weiter. Aber dass neue Sorten erst nach einigen Jahren vermehrt werden können – Beerenobst nach vier bis sieben Jahren, bei Rosen kann es bis zu zehn Jahre dauern, und Steinobst dauert doppelt so lang –, das fand ich als junge Baumschülerin noch sehr beeindruckend. Wenn ich darüber nachdenke, eine neue Sorte einzuführen, muss ich auch daran denken: Wer wird sich nach mir darum kümmern? Wie wichtig man sich selber doch nimmt. Obst oder Rosen heißt die Frage, die ich in den nächsten zwei, drei Jahren zu klären habe. Von der Anlage her müsste ich einen Pavillon bauen: Saisonales Angebot, von Weihnachtsmarkt bis Osterhasen, Zimmerpflanzen, Interieur, Gartenaccessoires, Floristik, was weiß ich. Ich könnte auch mit Hanno und Michaela fusionieren und mehr Gärten ausbauen, aber ich will meinen Betrieb nicht noch größer haben, meine sieben Leute sind mir Verantwortung genug. Ich will nicht mit Architekten und Landschaftsgärtnern zusammenarbeiten und dann nicht mehr wissen, was meine Arbeit ist.

Marianne hatte genug geschrieben, setzte sich ins Auto, um nach Kaiserberg zu fahren, für einen Spaziergang durch die Schwarzföhren. Osterspaziergang, dachte sie, und wehmütig: ohne Jutta. (Obwohl die schon ein paar Jahre nicht mehr besonders gut auf den Beinen gewesen war.) Eine Stunde war sie zu Fuß unterwegs, da hörte und sah sie auch gleich den alten Pecher. Der Wald hier war lichtdurchflutet, die Kiefern hatten kaum Unterholz, Felsenbirnen eigentlich, aber dafür war es hier zu niedrig, Maulbeeren, auch nur gelegentlich. Kalk-Blaugras, Steinröserl, Teufelskralle, mehr war hier nicht. Schwarzföhren sind so anspruchslos, dass sie sogar auf felsigem Grund gedeihen. Der alte Pecher bearbeitete Rinde, vom

Boden weg schlug er mit einer Hacke die äußerste Baumrinde ab. »Kein Wald ist friedlicher als diese Schwarzföhren.« Marianne hatte keine besondere Lust auf eine Unterhaltung. »Die Schwarzföhre ist ja unser Brotbaum, hoher Harzgehalt. Das Gute an seinem Unterwuchs ist, dass die Schwarzföhren alles neben sich leben lassen, nicht wahr?« – »Auch uns Menschen«, der Alte lachte sie breit an, »jaja, auch uns Menschen. Die widerständigen Schwarzföhren sind am Alpenostrand stark verbreitet, ihnen machen die heißen trockenen Sommer nichts aus, und gegen Frost sind sie auch unempfindlich. Außerdem liefern sie uns das härteste Weichholz.« Marianne war es auf einmal unangenehm, dass sie so unfreundlich war, der Mann wirkte nicht mürrisch, im Gegenteil. Wahrscheinlich war es ihm gar nicht aufgefallen. »Die Maria Theresia hat ja den ganzen Karst mit österreichischen Kiefern aufforsten lassen!« Der alte Mann trug eine Schürze, sein Werkzeug führte er in einem großen Rucksack mit sich, der neben ihm stand. Er kramte darin, holte dann aus der Hosentasche unter der Schürze eine filterlose Zigarette hervor, die er sich vor dem Weiterarbeiten anzündete. Er sah aus, wie sich Marianne einen alten Holzknecht vorstellte, redete aber nicht so. Nach ein paar Zügen fing er an, mit seiner kleinen Hacke eine Nut links und rechts von der Baumwunde zu schlagen. *Fürhackdexel*, so der Alte auf Mariannes Nachfragen, »schau, die Klinge ist breiter als beim *Plätzdexel*«, da holte er ein weiteres Werkzeug aus seinem Rucksack, mit dem in der Hand stand Marianne da. Wahrscheinlich habe die Schwarzföhre die Eiszeit überlebt (dank ihrer Anspruchslosigkeit), sie sei ab dem 18. Jahrhundert stark exportiert worden, fast überall finde man die *Pinus Austriaca*. Jutta hatte einmal behauptet, die Schwarzföhre erinnere sie an Marokko, das hatte Marianne nie überprüft, aber sie hielt es nicht für unmöglich. »Einen schönen Tag noch.« – »Grüß di'.«

In der nächsten Stunde begegnete ihr niemand mehr, nur beim Einsteigen ins Auto fuhr ein Radfahrer an ihr vorbei, da ging das Licht schon zurück. Es war noch ziemlich flach, die Wiesen waren weniger feucht als sonst (es hatte im vergangenen Winter wenig geschneit), trotzdem sah man immer wieder schwarze Flecken, wo die Erde bar dalag. Marianne erinnerte sich daran, wie sie als Kind mit einem Korb mit Fleisch, Eiern und Osterpinzen zur Kirche gegangen ist. Ein paar Jahre hatte sie darauf bestanden, dass auch ihre Osterspeisen geweiht werden, in der Kirche. Sie muss acht oder neun Jahre alt gewesen sein, es legte außer ihr in der Familie niemand Wert darauf. Diesem Samstag vor Ostern wohnte eine besondere Erwartung inne. Sie hatte schon eine freie Woche hinter sich, das Draußensein in diesen Tagen war immer noch schöner als sonst, Schneeflecken und die wärmer werdende Sonne, der Bach trat manchmal aus seinen Ufern, wenn viel Schnee gelegen war. Ihre Stiefel waren in der Zeit besonders dreckig, aber die schwere Erde an den Füßen, das gehörte sich so. Der Nachmittag vor dem Osterfest hatte eine übermäßige Feierlichkeit. Marek fegte den Hof (was er eigentlich jeden Samstag machte), die Terrasse wurde in Betrieb genommen, später der Wintergarten, kurz vor Ostern räumte Frau Schwaiger weg, was sich im Laufe des Winters angesammelt hatte. Es war, als würden Kalt und Warm gemeinsam auf einen einwirken. Als Kind liebte Marianne dieses Gefühl, und sie war ein wenig traurig, dass Lukas das nie für sich entdeckt hatte. Da war für sie die Fleischweihe nur ein wehmütiger Gedanke, etwas, das hinter ihr lag, versperrt in ihrer Erinnerung, zugänglich durch einen Spaziergang durch die Schwarzföhren, wo sie das Licht jetzt an diese unbändige Aussicht erinnerte, das war alles. Frühling.

Tatsächlich war der Wintergarten aufgeräumt (aber das war er seit Juttas Begräbnis). Die Pflanzen, die während der Malerarbeiten im Gewächshaus untergebracht waren, standen jetzt hier, so war es einfacher, sie zu gießen. Frau Schwaiger hatte, seit Ilka ihr half, immer wieder Wünsche, die ihr die Arbeit erleichtern sollten. Sie hatte sich nicht nehmen lassen, die Pflanzen weiterhin zu gießen, obwohl Sanja oder Dominik oder jeder aus dem Betrieb es machen hätte können. Marianne dachte, jetzt ist es so weit, sie verhält sich wie die anderen Hausfrauen: Leicht zu putzen soll es sein. Aber das sagte sie Frau Schwaiger nicht. Frau Schwaiger hatte aufhören wollen, für sie zu arbeiten, genau das Gegenteil war jetzt eingetreten. Sie arbeitete nicht weniger im Lex-Haus, oder vielleicht arbeitete sie weniger, sie verbrachte aber mindestens so viel Zeit hier, unterhielt sich mit Ilka, ging ihr zur Hand (wenn sie dazu etwas sagte, dann, dass sie die Neue doch einschulen müsse). Hin und wieder fand Marianne sie in der Küche beim Zeitunglesen, manchmal war ihr dabei der Kopf auf den Tisch gefallen. Jetzt stand sie in der Küche, auf dem Herd ein ziemlich großer Topf mit Eiern. »Lukas kommt morgen mit seiner neuen Freundin, aber das weißt du bestimmt schon, oder?« Marianne griff in ihre Jackentasche, dann ging sie ins Büro, da lag das Handy. Sie rief ihren Sohn an, aber sie landete gleich auf seiner Mailbox. Johanna hatte ihr eine Nachricht hinterlassen, Alina eine SMS geschrieben (*freuen uns auf morgen, LG alina+co*), dann noch eine (*mom kommt vielleicht auch, meldet sich*) und zuletzt auf Band gesprochen.

Der Ostersonntag war nicht so strahlend wie der Tag zuvor, aber es war ein paar Grad wärmer. Marianne spazierte am Vormittag durch die Gewächshäuser, Marek hatte überall die Fenster leicht geöffnet. Marianne wusste, dass sie sich auf ihn verlassen konnte. Sie ging jedes Mal wieder und schaute nach. Als sie auf das Haus zuging, saß eine junge Frau auf einem der klapprigen Gartenstühle zwischen dem Haupt- und dem Gartenhaus und hielt ihr Gesicht in die Sonne. Ein Mädchen. Ein schwerer lockerer Knoten lag auf ihrer Schulter, erst auf den zweiten Blick konnte Marianne erkennen, woraus dieser Knoten bestand: Haare. Einzelne rötliche Strähnen glitzerten in dem Licht, das auf sie fiel. Sie hatte sich den einzigen Fleck auf dem gesamten Anwesen gesucht, der im Sonnenschein lag, es war irritierend, wie sie das Licht an ihre Umgebung wieder zurückzustrahlen schien. Sie hatte die Augen nicht geschlossen, wie es von weitem ausgesehen hatte, aber sie nahm nichts wahr, sie bemerkte Marianne nicht, sie genoss diesen Moment, dieses Licht, die Luft um sie herum. Marianne freute sich, sie war froh über diese schöne Freundin, und gleichzeitig verriet ihr ein Stich in der Herzgegend, dass sie nicht sicher sein konnte, ob ihr Sohn mit dieser Fee, die noch dazu Griselle hieß, glücklich war. Dann sprach sie sie an, aber das Mädchen reagierte nicht. Von ferne hörte Marianne Schlagzeug und Scheppern und Geschrei, Griselle hatte Kopfhörer im Ohr. Marianne stand da, wartete, sie hatte alle Zeit der Welt. Gar nicht erschrocken, aber sehr überrascht wendete ihr das Mädchen nun den Kopf zu, und aus ihrem ungefähren Lächeln wurde ein sehr bewusstes Lachen, und sie stand gleich neben Marianne und streckte ihr die Hand entgegen und stellte sich vor und sagte, wie sehr sie sich freue, dass sie heute hier sein dürfe. Ihre Stimme war viel lauter, als Marianne es noch vor einem Augenblick vermutet hätte, lauter und tiefer. Gleich hatte sich Marianne daran gewöhnt, aber für ein, zwei Momente gehörten die Stimme und dieser zierliche, ein bisschen zu kleine Mädchenkörper gar nicht zusammen. Das dauerte nur einen Augenblick. »Marianne, sag einfach Marianne zu mir, ja?« Erst jetzt nahm das Mädchen die Kopfhörer aus den Ohren, lächelte sie unbestimmt an und schaute einfach. Lukas kam mit zwei großen Tassen Kaffee, übergab sie wortlos seiner Freundin und umarmte seine Mutter. Strahlend. Müde. Er sah zerknittert aus, trug Mariannes alten Parka und darunter ein T-Shirt, die Jeans waren ihm schon wieder zu groß. Er bot Marianne seinen Kaffee an, aber die lehnte ab. So setzte er sich auf einen weiteren Gartenstuhl, holte ein Päckchen Tabak aus der Jacke, drehte sich sehr geschickt eine Zigarette, die er trotz Protestes seiner Mutter anzündete und zum Kaffee rauchte. »Ist das dein Frühstück?!« Griselle, die sich zurückgehalten hatte, sagte, wie um Lukas zu verteidigen: »Er hat gestern ein Konzert gespielt, haben Sie ihn schon einmal gehört, die sind so geil.« Jetzt bemerkte Marianne, dass der Akzent des Mädchens gar nicht so norddeutsch klang, wie sie vermutet hatte, und als sie Griselle darauf ansprach, erzählte sie ihr vom Elsass, wo sie aufgewachsen war, von der Wanderschaft der Eltern, die sich in Wien kennengelernt hatten. Eigentlich sagte sie nur: »Ich komme gar nicht aus Norddeutschland, ich bin im Elsass aufgewachsen und mein Vater ist fast Wiener.« Den Rest dachte sich Marianne selber dazu. Marianne hatte das Gefühl, immer öfter Leute kennenzulernen, die unterwegs waren, die woanders lebten, eine Zeitlang zumindest. Und die *draußen* etwas gefunden hatten. Eine Berufung, die große Liebe, das große Geschäft. Zärtlich sagte Lukas zu seiner Freundin, sie solle seine Mutter nicht siezen, da fühle sie sich gleich unnötig älter. Sehr alt fühlte sich Marianne tatsächlich, als auch sie einen Stuhl heranzog und sich zu den beiden setzte. Aber nicht wegen Griselles Sie, das war ihr gar nicht aufgefallen. Wenn sie jetzt ihren Sohn um einen Zug aus der Zigarette bitten würde, würde sich die Last des Alters nur verstärken, sie ließ es bleiben. Lukas fragte nach Schmerzen, erst wusste sie nicht, was er meinte, ganz weit weg waren diese Tage nach Juttas Begräbnis, als sie mehrmals hintereinander zusammengeklappt war. Es war dann doch nichts gewesen, zumindest war es wieder vergangen, nur sehr selten hatte sie seither Schmerzen in der Magengegend und nur sehr leicht. Ungefähr so, wie sie sich Sodbrennen vorstellte, und das, fand sie, gehörte sich doch fast in ihrem Alter. Schüchtern beobachtete sie die Hand ihres Sohnes, die hin und wieder nach der von Griselle griff, aber sich nicht in deren Schoß niederlegte. Ihr war danach zu erzählen, wie es gewesen war, mit Hanno heimzukommen, sie war bereits schwanger, als Jutta ihn kennenlernte. Aber es tat gut, dass eine Geschichte wie diese in dem Moment, hier in der schwachen Frühlingssonne mit Lukas und seiner neuen Freundin, keine Gültigkeit mehr hatte.

Beim Mittagessen waren sie dreizehn: Marianne, Lukas und Griselle, Alina und ihr Mann, Isa und ein bislang unbekannter Begleiter (Hans), außerdem Margret mit ihrer Enkeltochter Manon und Pia mit ihrer ganzen Familie. Ilka hatte große Platten mit Fleisch, Käse, Brot hingestellt, verschiedene Eigerichte und Aufstriche, was neu war. Frau Schwaiger hätte es wahrscheinlich nicht zugelassen, aber sie musste den Tag zuhause verbringen, wie sie sich ausdrückte. Marianne nahm eine Irritation wahr, bei ihr wie auch bei den anderen; später sagte sie zu Pia und Alina: »Mal was anderes, das ist doch nicht schlecht, findet ihr doch auch?« Ilka konnte sie nicht überreden zu bleiben. »Wenn nur dein Mann –«, Ilka korrigierte sie, sie seien nicht verheiratet, »wenn nur dein Freund nicht so gegen das Arbeiten ist wie der von Frau Schwaiger.« Die junge Frau schaute sie zweifelnd an, ja, dachte Marianne, was für ein Blödsinn. Bei größeren Anlässen war es früher so gewesen, dass Marek mit der Familie gegessen hatte. Jutta gab ihm dann meistens, so, dass es die, die es sehen wollten, sehen konnten, einen mittelgroßen Schein als Extraprämie. Als Jugendliche hatte Marianne diesen Akt entwürdigend gefunden. Das war das sichtbare Zeichen für die Großzügigkeit und die Güte Juttas, die die Kolonialherrin blieb, die sie nie war. Einmal hatte sie ihrer Großmutter hinterhergekeift: »Der Mohr hat seine Schuldigkeit getan«, bis sie gesehen hatte, wie Marek schaute, als er sie das sagen hörte. Da verstand sie, dass sie sich nicht in die Beziehung von Marek und Jutta einmischen durfte, dass sie sie gar nicht verstand. Vor wenigen Jahren hatte er in seinem immer kindlich gebliebenen Deutsch zu Marianne gesagt, dass er das nicht mehr möchte. »Ist mir zu viel, ins große Haus kommen beim Feiern.« Jetzt ging Marianne ins Gartenhaus und klopfte. Marek hatte eine Arbeitshose an, trug dazu ein weißes Hemd, dessen oberster Knopf geschlossen war, wahrscheinlich hatte sie ihn aufgeweckt, es war längst mitten am Nachmittag. »Ich wollte dir nur ein schönes Osterfest wünschen, hat es gepasst, was Ilka dir hingestellt hat?« »Sicher, sicher Mariann, hier ist alles –«, Marek griff sich auf einmal an die Brust und wankte. Ein Herzinfarkt, dachte Marianne und wollte ihn um die Schultern fassen, aber er wich nach hinten aus, er wehrte sie ab. Marianne kam es ganz absurd vor, ein Scherz, dachte sie, aber was sollte das für ein Scherz sein? Als sich ihre Blicke trafen, spürte Marianne die Fremdheit und das Gemeinsame gleichzeitig und in dem Moment dachte sie an die zweihundert Euro in ihrer Tasche, und da griff Marek nach ihrer Hand und drückte sie leicht. »Ein Schwindel«, sagte er, er war ganz bleich im Gesicht, aber er stand jetzt wieder gerade und vor ihr. »Marek«, so streng hatte Marianne vielleicht nicht dreingeschaut, seit Lukas zum ersten Mal, ohne zu fragen, von zuhause weggeblieben war, »du hast mich so erschreckt, rufen wir die Eti, die soll schauen, es war, als hättest du einen Infarkt.« Marek hatte ihre Hand losgelassen, er schob sie zur Tür hinaus, obwohl er sie gar nicht berührte. »Wirklich kein Arzt, keine Sorge, Mariann, keine Sorgen, beim Arzt gewesen im Winter, wir kennen uns.« Marianne war schneller wieder draußen, als sie das gewollt hatte.

Lukas saß auf der Stiege, eine selbstgedrehte Zigarette in der Hand, Peter und Jan waren bei ihm, gerade kam Alinas Mann aus dem Haus. Lukas musterte seine Mutter, und die überlegte, ob er so über die Extraprämie dachte wie sie in seinem Alter, aber er schaute besorgt. Jan wollte Lukas zu einem Fußballspiel überreden. »Könnt ihr gleich«, vorher stoßen wir auf Friedrich und Alina an, »die haben geheiratet.« Die anderen schauten Alinas Mann an, als hätten sie seinen Namen noch nie gehört oder als wäre es eine unangenehme Überraschung, aber Lukas klopfte Friedrich auf die Schultern und sie gingen zusammen ins Haus zurück. Während alle ihre Champagnergläser in die Höhe hielten, versuchte Marianne eine Rede. Sie wollte nicht zu wehleidig wirken, als sie erwähnte, dass die Hochzeit nicht im Lex-Haus gefeiert worden war, dass das noch nachgeholt werden müsse. Erwähnte Jutta, die natürlich gerne unter ihnen gewesen wäre. Friedrich und Alina traten einen Schritt vor, Marianne wich zurück, aber das war vielleicht nur eine leichte Bewegung ihres Oberkörpers. *Alles wie am Schnürchen.* Alina schaute Friedrich tief in die Augen. Der seufzte, erhob sein Glas, bedankte sich bei Marianne, bei der gesamten Familie für die Aufnahme, erzählte, wie er sich auf die gemeinsame Zukunft freue. Er redete geschliffen, wer hätte das vermutet? Alina lächelte. Sie wirkte abwesend und bestimmt. Der Champagner prickelte vor sich hin, auch in Mariannes Glas, als würde der feine Schliff die Perlen noch einmal brechen. Sie sah sich unter dem großen Gummibaum in der Wohnung Hannos liegen, diese monströsen Zimmerpflanzen. Die Erinnerung an die Erleichterung, wenn Bier durch ihre Kehle rann. Das verzweifelt-irre Gefühl, das sie im

Aufwachen hatte, immer noch sturzbetrunken. Sie lag da, natürlich lag sie da, sie hätte nicht aufstehen können, es war erniedrigend und witzig zugleich. Sie zerfloss und wollte noch mehr Alkohol, wenn nur die Pflanzen, diese Scheißpflanzen nicht wären, könnte es gut sein, könnte es gut gewesen sein. »Schöne Gläser!« Das war lächerlich (*Hoch die Gläser!* hatte sie gemeint), alle hatten die Gläser erhoben, die Ansprache des Bräutigams war zu Ende, Marianne versuchte sich zu beruhigen, sie war doch ruhig. Einzig Griselle schaute sie vorsichtig an, schaute ihr genau ins Gesicht, aber in diesem Gesicht waren alle Züge an der richtigen Stelle. Marianne hatte sich im Griff, die anderen wussten das auch, sie würde das Glas nachher irgendwo hinstellen, ohne einen Schluck getrunken zu haben. Sie stießen mit dem Paar an, auch Alina nahm einen Schluck, sie hatte jetzt einen kleinen Bauch, aber der konnte auch vom Essen kommen, sie hatte ordentlich zugegriffen. »Herzlich willkommen in der Familie!« Lukas klopfte Alinas Mann jetzt wieder auf die Schultern, der lachte, jetzt wieder schüchtern, sagte nur: »Nennt mich weiter Fred, ich bitte euch.« Margret und Isa hatten sich wieder auf das Sofa gesetzt, sie würden weiter von *Alinas Freund* reden und fragen: »Wie heißt der, Ferdi?«

Pia hielt sich an den Champagner, die Männer tranken teilweise wieder Bier. In kleinen Gruppen saßen sie im Raum verteilt, als Stefan, ein Freund von Lukas, in der Tür stand, hinter ihm Manuela, als wären sie miteinander gekommen. »Schön!« (Alina und Marianne gleichzeitig.) Pia war gleich bei Manuela, Flasche in der Hand. Manuela umarmte Pia stattdessen, Pia wich zuerst zurück, erwiderte die Umarmung, dann stellte sie erst die Flasche ab und schaute Manuela an, die noch gar nichts gesagt hatte. Stefan schaute sich um, kam sich ein bisschen überflüssig vor, grüßte in die Runde, dann ging er wieder aus dem Zimmer. Margret sagte: »Das ist aber schön, dass du an solch einem Tag nicht an der Bar stehen musst, das ist schön, grüß dich. Und der Gerhard, kommt der auch noch? Den habe ich auch schon lange nicht mehr gesehen, seit dem« – sie machte eine kleine Pause, die zeigen konnte, dass sie sich der Schwere dessen, was sie jetzt sagen musste, vollkommen bewusst war – »seit dem Begräbnis nicht.« Manuela schaute Marianne an, damit die endlich verstand. Marianne dachte: Wieso kommst du zu mir? Und: Unfall? Und: Es ist ungerecht, dass du zu mir kommst, wenn Gerhard etwas passiert ist oder –, und da sagte Manuela: »Der Roman ist tot.«

Ich wollte doch auch ans Meer, haben wir nicht darüber geredet, Tafelspitz haben wir gegessen. Du warst doch immer da. Eingeschlafen, sagen sie, eingeschlafen und deinen eigenen Tod nicht bemerkt. Du warst doch meistens in der Nähe. Und hat deine Freundin denn nicht über deinen Schlaf gewacht? Weil sie so jung ist wie alle anderen und nicht daran denken konnte, dass du gehst? Dass du einfach abhaust, feige sage ich jetzt nicht, aber es ist doch feige. Auf dich konnte ich mich verlassen. Wir haben uns halbwegs aufeinander – das Rascheln der Blätter am Waldboden ist auf einmal das Rascheln in ihren Ohren. Hatte Roman Tinnitus? War das etwas, das man lauter und leiser schalten konnte? Wie sie einmal während eines Klavierkonzertes gedacht hatte: Der Saal hat Tinnitus, da ist doch was. (Und nachher erfuhr, dass der Pianist schwerkrank war. Es fehlte die Konzentration unter den Zuhörern.) Sie bemerkt nicht, dass sie vor sich hinmurmelt, es ist kühler als gestern, sie nimmt den Wald nicht wahr, sie bewegt sich ja nicht einmal von der Stelle. Und was jetzt? Jetzt bleibt es dabei? Du hast doch ein Leben gehabt, das dir gefallen hat. Lehrer, ja, Lehrer ist nicht so schlecht. Mit dem Auto in einer Stunde am Meer.

Du bist doch nicht vor deiner Mutter geflohen? Du wolltest doch auch, dass sie sieht, wie es für dich ist, dass es ganz normal ist, ohne sie zu leben. Wenn du über sie geredet hast, war das immer liebevoll und gemein gleichzeitig, unheimlich. So bist du. So. Liebevoll. Und nervig.

Natürlich ist der Pecher heute nicht da. Es ist Ostersonntag, die Sonne scheint, seit wann ging sie den Weg? Marianne erinnert sich nicht daran, ob sie selbst die paar Kilometer gefahren ist oder ob Lukas sie vielleicht hergebracht hat. Und die anderen? Waren die noch im Lex-Haus? Wieso überhaupt *hergebracht*? Marianne ging jetzt ungefähr den gleichen Weg wie gestern, rannte. Sie rannte ihren Tränen hinterher, sie war so wütend. Es gab nichts zu fragen, es war alles ganz klar. Ihre Großmutter war tot. Sie hatte ihre Asche in einer organischen Kapsel, die ihren Auflösungsprozess mittlerweile begonnen hat, soeben auf dem Friedhof untergebracht. Roman war auf dem Parkplatz vor Gerhards Gasthaus gestanden und hatte geraucht. Hatte er so ein bescheuertes Einstecktuch in der Jacke stecken? Mantel hatte er keinen getragen und es hatte theatralisch gewirkt, wie er da am Parkplatz stand und rauchte. Sie sagte nichts dazu, sie hatte meistens nichts gesagt, weil etwas Dümmeres gibt es wohl kaum für einen Asthmatiker, als zu rauchen. Erleichterung, als sie ihn gesehen hatte. Dass er jetzt da war, nachdem sie ihre Großmutter auf den Friedhof gebracht hatte. Roman hatte von seinem Leben erzählt. Fitnessstudio. Schwimmen im Meer. Zigarren hin und wieder, kaum Zigaretten, aber dass es *Spaß mache zu rauchen*. Das war wohl nicht zu fassen, dass es jetzt egal war, ob er und wie viel er geraucht hatte. Marianne hatte Dreck an den Schuhen, sie schaute auf die flachen Schuhe, die sie sonst nur im Haus trug, matschige Erde überall. Sommer war in diesen Erzählungen, obwohl sie natürlich wusste, dass es auch im Süden Spaniens im Winter kühler war. Kein Platz für schlechtes Wetter in seinem neuen Leben. Für die Sauferei, Abend für Abend oder wenigstens am Wochenende, fühlte er sich zu alt. Wie er das ausmalte, das passte zu ihm, und Rücksicht auf Marianne nahm er nie in dieser Frage. Dass er sich zu alt fühlte, das sollte aus seinem Mund so klingen, als wäre er jetzt so erwachsen wie alle anderen in seinem Alter, jene, die ein Leben hatten, das ihm auch gefiel: Wissen, was man will. Er in einem anderen Land. Wie sie getanzt haben, wie jung sie waren, wie kindisch sie waren, wie sie immer wieder nachhause zurückgekommen sind, und *zuletzt* ist so ein Wort, das sich scheiße anhört für Marianne, zuletzt. Roman trug auf einem der Fotos, die er von seinem Haus, seiner Wohnung, seinen Spaziergängen durch Granada gezeigt hatte, ein Halstuch, manchmal trug er jetzt auch auf seinen Besuchen hier ein Einstecktuch. Wegen des Leichenschmauses, dachte Marianne, hätte sie sich an dem Tag gedacht, wenn es ihr aufgefallen wäre. Einstecktücher! Ihre Wut wurde immer größer, aber der Wald war jetzt überall, wenigstens die Föhren. Romans Mutter wäre mit dem Flugzeug zu ihm gekommen, das Ticket hatte Roman für sie gekauft, er hatte für die Zeit einen Mietwagen gebucht, sie wollte am Dienstag nach Ostern zu ihm fahren. Ostern hätte sie kommen sollen, aber die wollte sie zuhause verbringen. Marianne war wütend auf sie. Natürlich hätte sie seinen Tod, diesen vollkommen bescheuerten Tod, verhindern können, hätte sie nur einmal auf ihr blödes Ostern verzichtet, das sie wahrscheinlich mit ihrer Schwester verbrachte wie seit hundert Jahren. Wochen später würden sie alle erfahren, dass Roman an einer Erregungsleitungsstörung gestorben war, aber Romans Mutter sagte immer *Herzrhythmusstörung*, weil das etwas war, das sie kannte, weil ihr Sohn nicht nur an Asthma gelitten, sondern manchmal auch Herzkammerflimmern hatte, deshalb war sie doch immer so sorgsam gewesen. Dass sie nun Ausreden fand für sein verpfuschtes Leben, für seine von ihr verpfuschten ersten siebenunddreißig oder achtunddreißig Jahre, das war ja kein Wunder jetzt. Aber so redete niemand, das ist nicht wahr. Roman hatte kein verpfuschtes Leben gehabt. Er hatte bis zu seinem 35. Lebensjahr mit seiner Mutter zusammengelebt, er hatte mehrere Studien ausprobiert, keines abgeschlossen. Er hatte keine Freundin gehabt, aber wer weiß das schon, er hatte nie eine Frau mit nachhause gebracht, das war alles, und die meisten hatten sich darüber Gedanken gemacht im Ort, überhaupt als er anfing, Anzüge zu tragen, Hemden und Krawatten. Die Nachbarn und die Leute aus dem Dorf hatten gesagt, dass er *ein eigener Typ* sei. Der Hannes, der Joschi, manche, die mit ihm in der Volksschule waren, nannten ihn so, auch wenn sie nicht besonders oft auf ihn zu sprechen kamen, interessant war sein Leben nicht.

Marianne saß auf dem Waldboden, nackte Erde. Sie kannte diesen Gedanken, sie kannte dieses Gefühl, sie wusste, dass es sich genau so anfühlte. Sie saß mitten im Wald, sie wusste nicht einmal, ob sie mit dem Auto unterwegs war oder zu Fuß. Zu Fuß würde sie sicher eineinhalb Stunden nachhause brauchen. Wenn sie auf dem Forstweg weiterging, wäre sie in zwanzig Minuten beim Kirchenwirt von Schwarz. Sie brauchte etwas zu trinken. Sie würde nichts trinken, natürlich wird sie jetzt nichts trinken, niemand war im Wald, es war still. Sie schaute sich um, ohne den Kopf zu bewegen, fühlte die Rinde des Baums am Hinterkopf und zwischen den Schulterblättern. Sie hatte gar keine Jacke an. Wenn ihr wenigstens kalt gewesen wäre, aber sie spürte nichts. Drückte sich fester an den Stamm, niemand beobachtete sie. Sie wusste, dass es nicht darauf ankam, ob jemand in der Nähe war oder ob sie nach Wien fuhr oder zu einer Tankstelle. Am Ostersonntag würden beim Kirchenwirt

Familien Kaffee trinken und Torten essen um die Zeit. Sie wusste nicht genau, wie spät es war, es war zu spät. Sie war nicht gefahren. Sie hatte sich nicht ins Auto gesetzt und war zu Roman gefahren. Sie hatte weder im Reisebüro nach einem Flug gefragt noch hatte sie den Zettel, auf dem Roman Internetadressen aufgeschrieben hatte, aus ihrer Geldtasche genommen. Ihre Geldtasche hatte sie jetzt nicht dabei. Sie könnte gar nicht zum Kirchenwirt gehen oder an einer Tankstelle ein paar Flaschen Bier kaufen. Bier. Der Champagner zuhause, aber das mochte sie nicht. Klicken im Kopf. Sie würde auch Champagner trinken. Im Kopf. Es war, als hörte sie Wind, aber es war ganz windstill, die Gräser bewegten sich nicht. Die Erde war ganz schwarz, wo sie saß. Ein Specht? Wie der erste Schluck Bier die Kehle hinunterrinnt. Marianne stand auf, sie versuchte, die Schuhe an dem bisschen Gras abzuwischen, ihr kamen Tränen, und sie hatte Bauchschmerzen. Sie ging aus dem Wald hinaus. Ihr Sohn wollte mit seiner Freundin, die ausschaute wie eine Fee, aber mit einer viel zu tiefen Stimme völlig unfeenhafte Sätze sagte, die ein tiefes, auch nicht sehr feenhaftes Lachen hatte und die einen anschweigen konnte, dass man es mit der Angst zu tun bekam, bei Stefan, der nun in Schwarz wohnte, auf sie warten. Jetzt wusste sie es wieder.

In der Osterwoche war es ungewöhnlich warm gewesen, jetzt war der Himmel klar und die Frische der vergangenen Nacht hatte sich den Tag über gehalten. Nachmittags um halb sechs hatte es nur noch zwei Grad Celsius. Marek verlegte sicher schon Schläuche bei den jungen Obstbäumen, die in voller Blüte standen. Wenn die Temperatur unter Null ging, würde er die Blüten die ganze Nacht bewässern, über die Knospen einen leichten Regen ausschütten. Kurz nach neun hatte es minus eins. Vor einer Woche, als die Knospen noch zusammengeklebt waren, hätten sie drei, vier Grad minus ausgehalten, aber jetzt könnten sie in einer Nacht kaputtgehen, dieses Risiko ging Marianne nicht ein. Marek hätte auch durchgewacht, um Mitternacht löste sie ihn ab. Alle außer Lukas und Griselle waren abgefahren, im Haus war es dunkel, zumindest auf der hinteren Seite, die dem Betrieb zugewandt war. Der Rasen zwischen den Apfelbäumen war recht kurz, auch das half gegen die Kälte, weil bei kürzerem Gras die Wärmeabstrahlung nach oben besser war, aber die Über-Kronen-Beregnung war am sichersten. Man musste dafür die ganze Nacht bewässern. In dem Moment, in dem das Wasser die Blüten berührt und gefriert, wird Wärme freigesetzt. Deshalb reicht es auch nicht, die Blüten mit gefrorenem Wasser einzuhüllen, es ist nicht das Eis selbst, das gegen die Wärme schützt. Die Sprinkleranlage lief noch, als es schon hell war. Marianne saß im kleinen Gewächshaus, wo ein kleines Licht brannte, das Radio lief, und sie saß in dem alten Fauteuil, warm angezogen. Sie saß eine Weile da, dann war sie wieder bei den Bäumen. Mit Roman war sie öfters hier gewesen, er hatte ihr vorgelesen, sie hatten Backgammon gespielt, wie heute hatte sie Tee getrunken (schwarzen mit Zucker) und Roman wahrscheinlich Bier, vielleicht auch Whiskey. Was für eine Bilanz, froh zu sein, mit seinem besten Freund nie betrunken gewesen zu sein, nie, wirklich nie? Wenn die Kälte vollständig vom Körper Besitz ergriff, verfluchte Marianne ihren Beruf, diesen Betrieb und Jutta, jedesmal. Dann pfiff sie auf die Schönheit der aufgebrochenen Knospen, die ihr wenige Stunden vorher noch das Herz gewärmt hatte, als sie ganz verliebt gewesen war in dieses Rosa, dieses Pink und Weiß. Die Nacht im kleinen Glashaus und zwischen den Apfelbäumen zu verbringen, es ist eine Zumutung, jedes Mal wieder, das war ungefähr seit ihrem sechsunddreißigsten Lebensjahr so. Eine Zumutung, die sie am nächsten Tag zu Mittag vergessen haben würde. Zu Kunden sagte sie in solchen Fällen: »Es ist schlimm, aber dafür können Sie dann die Ernte genießen.«

Romans Begräbnis fand kurz vor Pfingsten statt, denn jemand hatte ihn abholen müssen aus dem pathologischen Institut des Krankenhauses, in dem man den Grund für seinen unerwarteten Tod gesucht und angeblich auch gefunden hatte. *Erregungsleitung*. Roman hätte sich, soviel war sicher, über dieses Wort lustig gemacht, er war ja kindisch geblieben. Verwandte standen am Grab, Marianne hatte sie noch nie gesehen, dabei gab es zwei, die seine Brüder hätten sein können, aber keinem von ihnen passten ihre Anzüge so gut, wie sie Roman gestanden hätten. Romans Mutter war die Einzige, die weinte, die aufschluchzte, die gestützt werden musste. Wo war seine Freundin? Roman hatte erzählt, wie er Weihnachten mit ihr zu dem Anwesen der Eltern hinausgefahren war, wie ihn ihr Vater in eine Bibliothek geführt hatte, für ein Gespräch unter vier Augen. »Wie im Film, Mara, es war unglaublich.« Roman gefiel die Situation, auch, dass er sagen musste oder konnte, dass er ein *durchschnittlicher Deutschlehrer* sei. Ob er die kleine Wohnung und alles andere, was er einmal erben würde, erwähnt hatte, konnte Marianne nicht einschätzen. Die Rolle des einfachen und ehrlichen und sehr eleganten Lehrers gefiel ihm. »Ans Heiraten denken wir natürlich nicht«, das waren seine Worte, und Marianne dachte wieder, dass seine Spanierin doch hätte hier sein müssen, wo war sie denn? Eine schöne schwarzhaarige Frau, das Haar wallend oder lockig, und dass sie schlank war, mit einem kleinen Bauch. Eine schwarzhaarige Griselle vielleicht, dachte Marianne, es gab keinen Grund für einen solchen Gedanken. Roman hatte natürlich nicht über Sex geredet, er hatte Marianne auch kein Foto gezeigt. Marianne war wirklich davon ausgegangen, dass sie Roman dieses Jahr besuchen würde, und diese Beziehung, diese Liebe, das klang doch so, als würde es den Sommer überdauern.

Ebenso sinnlos wie Romans Tod war sein Begräbnis. Nach der Verabschiedung am Grab las ein Freund Romans zu lange aus einem Text von Thomas Bernhard, und er schloss mit dem Satz *Es ist alles lächerlich, wenn man an den Tod denkt*, Marianne wusste nicht, ob dieser Satz zu dem davor dazugehörte; ihr schien, nicht. Sinnlos war es, weil alle herumstanden und sich fehl am Platz vorkamen, als hätten alle (außer Romans Mutter) ein schlechtes Gewissen, weil Roman nicht alles erledigt hatte, was in einem Leben etwas zählte, weil sich keiner wie der beste Freund fühlen konnte, der mit dem Toten durch dick und dünn gegangen war, Pferdestehlen, Weiber aufreißen, saufen. Doch, einige der Trauergäste hatten mit Roman gesoffen, einige waren mit ihm auf Partys und Festen gewesen, und dann wussten sie nicht mehr, wo sie übernachtet hatten, oder Roman war bei einem von ihnen geblieben, in Wien oder Neustadt, aber er war doch immer wieder zu seiner Mutter nachhause zurückgekehrt, und als Roman noch gelebt hatte, war das ein Grund gewesen, Abstand zu halten. Sie hatten zwar mit ihm studiert, aber er war ihnen doch ein Sonderbarer geblieben. Es war zu spät, und sein Leben und sein Sterben in Spanien waren sinnlos und weit weg von ihrem Dasein als berufstätige Männer, zufriedene, wenn auch desillusionierte Familienerhalter, geschiedene und allein lebende Lehrer, Freizeitboxer und Jungväter. Die meisten hatten ihn seit ein paar Jahren nicht gesehen und standen nur hier, weil Robert, Erzieher in einem Bubeninternat und ihr Verbindungsmann, der mit Roman wieder in Kontakt war, seit dieser unterrichtete, gesagt hatte, sie sollten zum Begräbnis kommen. Robert war traurig, er hatte dem alten Studienkollegen damals einiges an Unterrichtsmaterial zusammengestellt, er hatte jetzt seine Wohnung in Granada aufgelöst und alles für die Mutter erledigt, wozu diese nicht in der Lage war (das meiste). Es war auch traurig zu bemerken, dass er seine Trauer zeigen wollte und dass er an seine augenblickliche Bedeutung dachte. Robert und Roman waren nicht sehr gut befreundet gewesen, aber sie hatten einander geschätzt, Marianne war sicher gewesen, dass Robert in Roman verliebt gewesen war, aber auch das war jetzt nicht mehr wichtig. Wenn Romans Freundin da gewesen wäre, hätten sich die ehemaligen Studienkollegen, die ehemaligen Arbeitskollegen, die paar Nachbarn und die wenigen Verwandten etwas provinzieller fühlen können. Aber so war sein Leben am Meer, sein Aufbruch ins Mondäne, sein Abschied von dem kleinen, überkommenen Kaff nutzlos. Er hatte nichts vorzuweisen außer diesem Herzen, das nicht mitgemacht, das ihm einen Strich durch die Rechnung gemacht hatte, und zwar unerwartet, weil doch Asthma seine Krankheit war, mit der er sich ein Leben lang herumgeschlagen hatte, eben ein Leben lang. Nichts hatte er vorzuweisen, außer ein paar Schachteln mit kopiertem Material für den Deutschunterricht und einer halbfertigen Diplomarbeit in Philosophie. Der Inhalt seines Nachttisches war in einer Schuhschachtel verstaut, und für seinen Computer fand man das Passwort nicht. Außerdem eine kleine Auswahl von Büchern, deutsch und spanisch, die Koffer mit seiner Kleidung und den Anzügen in großen Säcken, die man aufhängen konnte, es waren doch nur vier. In dem fünften wurde er begraben.

6. Oben

Am Tag von Juttas Einäscherung hatte Juliane einen epileptischen Anfall. Obwohl Thomas nicht verstand, was passierte, brachte er sie in die Neurologie, wo sie zwei Tage durchschlief (Medikamente), vielleicht war es auch eine Art Koma. Eigentlich hätte sie in der Woche darauf zu einem Eingriff ins Landeskrankenhaus fahren sollen. Juliane war seit Wochen verärgert, weil sie eine Magengeschichte aus dem Rhythmus gebracht hatte. Sie war ja nie krank. Sie lebte nicht besonders gesund, sie rauchte, trank regelmäßig Alkohol, wenn auch nicht so viel wie andere Schriftsteller, die sie kannte, was vielleicht mit ihrer Vergangenheit als Sportlerin zu tun hatte. Aber krank, krank war sie nie. Das Kopfweh war zuerst aufgetaucht, als Juliane nach einer Lesung in einem Hotel übernachtete. Sie war nach Mitternacht noch einmal hinausgegangen (sie fand die Apotheke auf Anhieb), um sich Schmerztabletten zu holen. Erst in der Früh konnte sie einschlafen. Ein paar Wochen später, während einer Lesung in einem Kulturverein auf dem Land, war der Schmerz wieder da. Sie brach früher als gewöhnlich ab, unterhielt sich kurz und unwirsch mit den Leuten, die auf sie zukamen, verabschiedete sich so schnell wie möglich und saß die ganze Nacht aufrecht auf ihrem Bett oder ging in dem absurd kleinen Zimmer hin und her. Es war unmöglich, den Fernseher einzuschalten, sie telefonierte mit Thomas, was sie sonst nie tat, wenn sie über Nacht weg war, erzählte ihm auch von dem Anfall ein paar Wochen zuvor; sie erinnerte sich an die Schmerztabletten, die sie in ihrer Toilettetasche fand, sie halfen nicht. Ich werde alt, ich kann nicht mehr auswärts schlafen, war, was sie dachte. Am nächsten Morgen war es vergessen, sie war auf dem Heimweg, die Kinder kamen aus der Schule, es ging um Tests und einen unfairen Lehrer, um ein Projekt, das Thomas plante, und vor allem ging es um eine Novelle von Theodor Storm (*Renate*). Wie lange war das jetzt her?

Kurz vor Weihnachten beschloss sie, es sei Zeit für Sport. Sie lief fast eine Stunde durch den Wald, fühlte sich stark, das Laufen in der Kälte war immer schon gut gewesen, sie hatte es nur vergessen, es machte auch nichts, dass kein Schnee lag. Da waren auf einmal die Schmerzen im Oberbauch, die nun nach jedem Essen da waren. Wenn sie Kaffee trank. Auf einmal. Sie ging zum Arzt, erinnerte sich an ihre stummen Gallensteine, die bei einem Ultraschall vor vielen Jahren aufgetaucht waren, uninteressant. Sie vereinbarten einen Eingriff, da ging es ihr bereits besser. So alt zu sein, das musste sie ablehnen. Krankengeschichten widerten sie an. Sie kümmerte sich aufopfernd um ihre kranken Kinder, auch wenn sie zwischendurch zum Schreien oder Heulen nach draußen rennen musste, weil sie schwer damit umgehen konnte, dass sie einer Gefahr ausgesetzt waren. Sie akzeptierte, dass Menschen mitunter nicht gesund waren, sie wollte darüber aber nicht ausführlich informiert werden, und dass sie selber über ihre Schmerzen sprechen würde, über die Komplikationen einer Operation, war für sie gar nicht denkbar. Allein die Wörter *Gallenstein*, *Reizdarm* oder auch nur das technische Wort *Eingriff* lösten bei ihr einen Brechreiz aus und das Bedürfnis, aus einer Unterhaltung, in der diese Wörter vorkamen, zu verschwinden. Dass es etwas mit Schwäche zu tun hatte, die sie nicht aushalten konnte, dass sie einen herrischen Anspruch an sich und die Natur des Menschen hatte – sie machte Notizen, die in diese Richtung gingen.

Jetzt war sie im Krankenhaus, weil eine Infektion die Chemo unterbrechen hätte können. Nachdem der Arzt es ausgesprochen hatte, gab es einen Moment, in dem sie sich erleichtert gefühlt hatte. *Hirntumor*. Als wüsste sie nun, wie das Leben geht. Dass es dafür aber nun zu spät sei, dieser Gedanke kam dann auch gleich. Alles auszuprobieren. Sie würde alle Möglichkeiten einer konventionellen Behandlung ausschöpfen. Sie wurde zuerst operiert, und dann begann die Chemotherapie. Juliane war eine große, starke Frau, jetzt hatte sie mehrere Kilo abgenommen, sie sah angestrengt aus oder streng. Mit ihren neuen Laufschuhen rannte sie durch den Wald, nachdem die Kinder in den Bus gestiegen waren, manchmal schaffte sie nicht mehr als einen Kilometer oder zwei. Dann setzte sie sich an den Schreibtisch, der aufgeräumt war seit ihrer Rückkehr vom ersten Krankenhausaufenthalt. Vor kurzem hatte sie ihn ans Fenster gerückt. Tatsächlich fühlte sie sich wie auf einer Kommandobrücke und wunderte sich sehr, warum sie das nicht schon vor Jahren gemacht hatte. Die Wohnung lag im sechsten Stock. Ihr Haus war das höchste weit und breit, die Aussicht war gut. Wenn man aus dem Fenster schaute oder auf dem Balkon stand, war es gleichgültig, dass es ein hässliches und irgendwie überdimensioniertes Hochhaus inmitten von Einfamilienhäusern und zwei-, dreigeschoßigen Zinshäusern war. Die Zigaretten lagen außen auf dem schmalen Fensterbrett am Balkon. Es wurden nicht weniger. Sie wollte manchmal Alkohol trinken, brachte kaum einen Schluck hinunter, auch Thomas trank viel weniger in diesen Wochen. Nachdem sie den Schreibtisch aufgeräumt hatte, machte sie in ihrem Computer Ordnung, druckte aus, vernichtete Dateien, das dauerte Tage. Sie fragte nicht: Warum ich? Anton flippte zuerst aus, Juliane war froh darüber, er schlitterte an einer Alkoholvergiftung vorbei, das war eine Woche, nachdem Juliane mit ihm und Augusta gesprochen hatte. Hatte *die Kleine*, die sie jetzt wieder war, verstanden, dass Juliane vielleicht nur noch ein paar Wochen, Monate bei ihnen sein würde? Augusta war still. Sie schaute aus dem Fenster. Sie setzte sich neben ihre Mutter, wenn die ihren Platz am Balkon eingenommen hatte. Dann sagte sie manchmal Sachen wie: »Ich habe immer so gerne in unserer Wohnung gewohnt«, oder: »Mama, ich mag mein Zimmer sehr und ich weiß ja auch, dass ich es öfter aufräumen sollte.« Gerade, als würden sie bald ausziehen. Manchmal saßen die beiden da, jede mit einem Buch am Schoß, Juliane schaute nur hin und wieder in ihres hinein, ein Alibi. Aber die Literatur war nie ein Alibi gewesen. Man wusste jetzt nicht mehr genau, was einen wovon ablenkte.

Juliane hörte auf zu kochen. Sie bereitete in der Früh den Kaffee zu, wärmte Milch für Kakao, den ihre Kinder eigentlich nie getrunken hatten, sie stellte ihnen Cerealien hin, Frühstück. Wenn sie hungrig war, ging sie manchmal in das Café beim Altersheim. Abends versuchte sie hin und wieder zu kochen, aber sie schaffte es nicht. Meistens übernahm Thomas, oder die Kinder machten das Essen fertig, dann stand Juliane in der Küche herum und beobachtete ihre Handgriffe, vorsichtig, selbstverständlich, nachlässig oder angeberisch demonstrierend. Immer seltener lief der Fernseher, und als Juliane ihn eines Abends einschaltete, um sich eine bescheuerte Tanzshow anzuschauen, setzten sich Thomas, Anton und Augusta zu ihr aufs Sofa. Sie lachten viel an diesem Abend. Nach einem weiteren Anfall fing sie an, Notizen zu machen. Eine Zeitlang hatte sie Krebs-Statistiken im Internet gelesen, *Krankenberichte von Kollegen* (ihr Begriff) hielt sie selten aus. »Das ist jetzt meine Schreibposition«, so Juliane zu Marianne, »ich stelle mir vor, dass ich schreibe, vielleicht würde ich Kinder- oder Jugendbücher schreiben, Satz für Satz, etwas anderes ist überhaupt nicht mehr interessant, ich habe keine Geduld mehr dafür, ich lese auch nur noch Texte, die Wort für Wort, Satz für Satz geschrieben wurden. Mit der Musik ist es ebenso, mit der Musik war es immer schon so, das hätte mir auffallen können.«

Marianne sah ihre Freundin am Balkon stehen, sie hupte, ein paar Minuten später war sie oben, die Sonne war schon untergegangen, es war gerade noch hell. Thomas stand in der Küche, er hatte ein Bier in der Hand, fragte, ob sie etwas trinken möchte, sie lehnte ab. Marianne sah erst, als sie auf den Balkon trat, dass Augusta am Boden saß, Mutter und Tochter unterhielten sich über Sand- und Kalksteinarten, Augusta hatte eine Taschenlampe in der Hand, oder vielleicht war es auch ein Mobiltelefon oder ein Fahrradlicht, mit dem sie immer wieder in ein dünnes Buch oder ein Heft hineinleuchtete. Erst nach ein paar Minuten verstand Marianne, dass sie lernte und dass Juliane sie abfragte, ihr Details erklärte. Als Augusta aufstand, sah Marianne, dass das Mädchen gewachsen war, seitdem sie einander das letzte Mal gesehen hatten. Sie trug die langen Haare zu einem Knoten, eine Frisur, die man eher von älteren Mädchen oder jungen Frauen kannte, weit oben standen ein paar längere Fransen aus dem runden Haarschopf weg. Ihr Gesicht rot von der Kälte, sie war in dem Moment so hübsch, so schön, sie hatte überhaupt kein Alter. Sie war dünner geworden, sah aus wie ihre Mutter, aber Marianne konnte sich nicht vorstellen, dass Juliane jemals so schön gewesen war, dafür waren ihre Knochen zu grob. Vielleicht hatte Juliane einen ähnlichen Gedanken, als Marianne ihren Blick sah, krampfte sich alles in ihr zusammen.

Juliane drehte sich um und fragte Thomas, der ins Wohnzimmer gekommen war und nach seiner Tochter rief, wo Anton sei. Unten fuhr ein Auto über den Parkplatz, das Geräusch drang leise herauf, der Balkon war groß, viel größer als die einzelnen Zimmer. Marianne hatte immer nur Angst gehabt, ihrem Sohn könne etwas passieren. Wie es ihm damit ginge, wenn sie sterben würde, wer dachte denn an so etwas. Sie folgte Juliane und ihrer Tochter ins Wohnzimmer, die beiden umarmten einander ganz kurz, leicht und fast nebenbei. Augusta ging zur Anlage und drehte die Musik lauter, dann ging sie zu ihrem Vater in die Küche essen, und Juliane verließ mit Marianne die Wohnung. »Du kannst dir nicht vorstellen, wie ich – ich halte die zwei meistens nicht aus. Es ist, sie machen alles so extrem, manchmal würde ich am liebsten abhauen wie in einem schlechten Film. Dann denkt man, man könnte sein Leben in einem Brief abschließen, als würde das irgendwas einfacher machen.« Juliane schlug mehrere Male gegen das Armaturenbrett, schrie auf, weil sie sich wehgetan hatte, lachte blöd und laut, und Marianne konnte nichts sehen, ihr Blick war vernebelt, unscharf. Sie hielt am Straßenrand, Hupen, dann fuhr ein Wagen knapp an ihnen vorbei. Es war jetzt völlig dunkel, aber der Gedanke an den Sonnenuntergang auf dem Balkon, auf dem sie eben noch gestanden waren, war zwischen ihnen, wärmte sie. Sonnenschein. Juliane sagte nichts, Marianne sagte nichts, hin und wieder fuhr ein Auto an ihnen vorbei, im Rückspiegel blitzte es auf. Sie saßen da, vielleicht fünf Minuten, vielleicht eine Viertelstunde. Marianne spürte die Müdigkeit, die von ihnen beiden ausging, der Krampf in ihren Schultern löste sich, und Juliane nahm ihr Käppi von den sehr kurzen Haaren. »Ich schwitze.« Sie fuhr mehrmals mit der flachen Hand über den Schädel. Dann sagte sie wieder eine lange Weile nichts, ihr Käppi auf dem Kopf. Marianne setzte den Blinker, und nachdem sie vier Autos abgewartet hatte, fuhr sie auf die Straße zurück. »Aber wenigstens«, so Juliane jetzt, »kann ich wieder Kaffee trinken. Ist doch was, oder?«

Als sie im Kino ankamen, waren sie gut gelaunt. Juliane besorgte die Karten, Marianne wurde von einer Gruppe von jungen Männern gegrüßt, die wahrscheinlich mit Lukas in der Schule gewesen waren. Auf der Toilette stieß sie mit einer Frau zusammen, die sie auch von irgendwoher kannte. Obwohl sie

Karten für die beste Kategorie hatten, wechselten die Frauen noch während der Werbung einige Reihen weiter nach vorne. Im Saal waren erstaunlich viele Jugendliche, hin und wieder leuchtete das Display eines Handys auf. Der Film ging Marianne ziemlich schnell auf die Nerven. Sonst störten sie das Rascheln der Chipspackungen und der Popcorngeruch, jetzt machte es ihr gar nichts, dass auch Juliane eine Popcornschachtel auf ihrem Schoß hatte. Ein-, zweimal hielt sie sie auch Marianne hin, bis die sie schupfte, um sich dagegen zu wehren; danach ließ sie es bleiben, vergaß aber auch bald, daraus zu essen. Ein weichgezeichneter Mann, der durch die Zeit reiste, wie lächerlich. Jetzt nach Frankreich fahren, von hier aus. Marianne konnte sich kaum im Sessel halten, wie sollte sie jetzt noch eine Stunde oder mehr ruhig sitzen, wie sollte das gehen? Juliane konzentrierte sich auf den Film. Marianne suchte in dem hin und wieder schwach aufleuchtenden Gesicht ihrer Freundin etwas, das ihr weiterhelfen würde, das sie davon überzeugen könnte, den jungen Leuten auf der Leinwand ein bisschen Geduld entgegenzubringen. Die Figuren gingen sie nichts an, egal, aber das war der falsche Film jetzt, es war auch gar keiner, wie sie Juliane sonst aussuchte. Sie war genervt, Juliane schmunzelte vielleicht, aber das war nicht zu erkennen. Marianne war auf einmal draußen und fand sich an der Bar neben dem Buchgeschäft wieder. Vor ihr stand ein Schnapsglas. In ein paar Minuten würde sie wieder neben Juliane sitzen, die wahrscheinlich gar nicht bemerkt hatte, dass sie hinausgegangen war, wie sie selber es ja auch nicht bemerkt hatte. Vielleicht war das auch nicht ihr Schnaps, sie schaute sich nicht um, sie wusste, dass sie die Einzige in der Bar war. In ihrem Bauch hatte sich die Wärme des gestrigen Tages, den sie im Spitzahorn-Quartier verbracht hatte, ausgedehnt, und das war eine Wärme, der kein Kälteeinbruch etwas anhaben konnte.

Gleich ist es wieder vorbei. Sich auf diesen Gedanken konzentrieren und auf den nächsten Schritt. Als würde sie sich vor allem nach Juttas Schlägen sehnen. Als hätten ihr die schon lange gefehlt. Jetzt schaute sich Marianne um. Sie konnte aufstehen, sie konnte neben dem Barhocker stehen und die Situation überblicken, sie hatte alles im Griff. Dass Jutta manchmal ausgerastet war, hatte ihr als Kind keine Angst gemacht. Anfangs war sie weggelaufen, sie war immer schneller gewesen. Was für ein Wort, *ausrasten*. Natürlich hatte Jutta es nicht gerne gemacht. Sie war vieles, aber keine Sadistin. Wer die Stärkere war, kann man das sagen am Ende, nur weil ich überlebt habe, die Jüngere bin? Die kleine Augusta. Sie war nie eine Prinzessin, vorhin wusste Marianne nicht, wie sie darüber dachte, aber jetzt sah sie es. Augusta war immer eine Königin gewesen. Wie ihre Mutter. Andere kleine Mädchen, die meisten eigentlich, waren Prinzessinnen. Zogen sich an wie Prinzessinnen, führten sich so auf. Augusta war immer eine Königin gewesen. Gleich würde sie bereit sein, zu Juliane zurückzugehen, sie würde nur noch dieses Bier austrinken, es war das zweite, aber es waren kleine Biere und nur ein Schnaps. Nur einer noch. Wie ihre Mutter. So war Augusta auch der Großmutter begegnet, die zwei hatten einander gleich erkannt, wann war das? Gusti war wohl kein Baby mehr, vier, fünf Jahre ist das her, in der Schule war sie noch nicht, bestimmt nicht. Aber sie wusste, was sie wollte, sie stellte sich vor die alte Frau hin und forderte sie heraus. Jutta liebte sie ab diesem Moment, weil sie immer die mochte, mit denen sie es schwer hatte. Um die sie kämpfen musste. Augusta war ein Mädchen, das immer wieder ganz anders auf Marianne wirkte. Sie war schon taff, aber sie war manchmal auch so ein Mädchenmädchen, schwer zu durchschauen für Marianne, die ständig von Frauen umgeben war und sich mit ihnen nicht richtig gut auskannte, wenn sie mädchenhaft daherkamen. Der zweite Schnaps stand noch immer vor ihr, den konnte sie stehen lassen, so dachte sie jetzt, das konnte sie, als sie in ihrem Augenwinkel die Freundin den Platz neben sich entern sah. Juliane stellte ihre Tasche auf einen Barhocker, jetzt waren sie zu dritt. Warum hatte sie so eine große Tasche mitgenommen, wo sie doch nur ins Kino gehen wollten? Die Tasche war keine schöne oder modische Designertasche, sie war einfach nur groß. Marianne war froh, dass die Tasche nicht zwischen ihnen saß. Sie lächelte schief, sie schaute ihre Freundin nicht an, wusste nicht, ob sie den Gedanken laut ausgesprochen hatte. Was sie aber sicher sagte, war: »Mir ist das vollkommen egal, wie viele Kinder Eric in diesem Sommer in die Welt setzt oder zeugt. Verstehst du mich?« Juliane schmunzelte nur, sie hatte ein riesiges Glas mit Rotwein vor sich. Neben dem Glas lag jetzt eine Packung Zigaretten und eine Schachtel Streichhölzer mit dem Namen der Bar, ein Feuerzeug. Der Barkeeper sagte nichts, aber er brachte auch keinen Aschenbecher. Ein paar Leute schlenderten draußen vorbei, schmunzelnd oder ins Leere schauend (immer das Gleiche, wenn sie aus dem Kino kamen), wahrscheinlich war der Film jetzt aus. Ein Mann und eine Frau in ihrem Alter bogen in die Bar ab, setzten sich an einen der kleinen Tische seitlich und fingen sofort an, miteinander zu schmusen. Juliane war verschwunden, Marianne schaute in den Spiegel über dem Waschbecken. Hatte Juliane gesagt: »Wenn du willst, fahr zu ihm«? Glasiger Blick, sie versuchte den Gedanken zu fassen, glasiger Blick. Hatte ihre Freundin gesagt: »Aber lass mich mit deiner Liebesgeschichte in Ruhe«? Ein Stich in der Magengegend, aber macht nichts, scheiß Liebesgeschichte. Glasiger Blick, sie schüttete sich Wasser ins Gesicht, es war lauwarm und roch nach einer Pflanze, erinnerte Marianne an früher, und sie musste schauen, ob Jutta in dieser Erinnerung vorkam.

Aber wie ausführlich sie auch in den Spiegel blickte, keine Marianne, keine Juliane, keine Jutta. Wo war denn ihre Mutter, sie wusste es nicht. Wenn ihre Mutter an einem unheilbaren Hirntumor leiden würde? Marianne bekam wieder Boden unter den Füßen, schwankte kaum, als sie die Toilette verließ. Dass sie sie nicht vermissen würde, dachte sie beim Zurückkommen in die Bar. Sie schämte sich nicht dafür, dass sie ihre Mutter nicht vermissen würde: Sie schämte sich nicht dafür, dass sie sie nicht besonders mochte. Sie wusste, dass sie nichts vom Leben verstand. Nur ein Bier noch. Jetzt sah Marianne erst, dass der Kellner hinter der Bar graue Haare hatte, vorhin hatte er viel jünger ausgesehen, sein freundliches Gesicht war jetzt professionell freundlich und er tat so, als hörte er ihr zu. »Ich würde alles organisieren, wenn meine Mutter sich daran machen würde, zu sterben. Aber ihre Inszenierungen würde ich trotzdem hassen.« Irgendetwas zwischen Nicken und Seufzen, er wischte mit einem schmalen Holz den Bierschaum vom Glas, stellte es vor Marianne hin, da zuckte sein Mund, und es war schwer, sehr schwer zu entscheiden, ob das schon die Reste seiner beruflichen Geduld waren. Er ging mit einem kleinen Tablett zu dem Paar. Julianes Zigaretten lagen noch immer neben dem Weinglas, das Feuerzeug war weg. Juliane fehlte ihr jetzt schon, das war die Wahrheit. Marianne legte einen Zwanzig-Euro-Schein auf den Tresen, dann, stirnrunzelnd, suchte sie noch ein paar Münzen aus der Geldbörse und legte sie auf den Schein.

Tonnen auf den Schultern, Dreck auf den Schuhen, sie ging seit einer Stunde über die Wiesen hinter dem Einkaufszentrum, in den Wald, gleich wieder heraus aus dem Wald, der war ihr zu dunkel. Der Parkplatz war immer noch beleuchtet. Man hörte schwach die Autobahn. Marianne hockte sich schon zum zweiten Mal ins feuchte Gras. Wahrscheinlich waren ihre Schuhe vollgepinkelt, einmal blieb sie fast in einem Dreckloch stecken. Wann hatte es geregnet? Dann gab sie es auf. Sie hatte ihre Freundin verloren. Sie hatte sie weggeschickt, sie hatte ihr wehgetan, sie war es, die unfähig war. Die Handflächen taten weh, und der Schädel vibrierte. Vor Kälte, auch. Auf dem Weg zurück verirrte sie sich und kam an einer anderen Stelle heraus. Rampen, an denen Lkws beladen wurden, sie ging einmal um den Parkplatz herum, es war schon egal, es war wirklich gleichgültig, eine Neonleuchte am Eingang zum Einkaufszentrum flackerte. Auch verwirrt. Auch verirrt. Sie hockte sich auf die Rampe und rauchte eine von Julianes Zigaretten, brauchte drei Streichhölzer, um sie anzuzünden, alles war ziemlich feucht. Die Zigarette schmeckte bitter, aber es war die einzige Möglichkeit. Da wusste Marianne plötzlich, wo ihre Freundin war, und ging zurück über den Parkplatz. Hinten war ein Badesee, nicht weit vom Einkaufszentrum, und sie musste vorhin auch schon sehr nahe daran vorbeigegangen sein. Juliane saß auf einem Stapel Holz, sie war angezogen, sie schwenkte ihr Käppi, als sie die Freundin herankommen sah. Dann schubste sie Marianne so stark, dass die beinahe ins Wasser gerutscht wäre. Die wusste nicht, ob sie lachen oder aufschreien sollte. Ließ es bleiben. Juliane wollte keine Entschuldigungen hören. Juliane war nicht im Wasser gewesen, nur mit den Füßen (»schön kalt!«), und jetzt sah Marianne, dass die Schuhe neben dem Holzstapel standen, aber Julianes Zehen steckten in dicken Socken oder Strümpfen, die über den Knöcheln zusammengeschoben waren. Juliane trug einen langen Rock, den sie zwischen den auseinanderfallenden Beinen zusammengerafft hatte. Sie war immer noch eine imposante Erscheinung. Juliane rauchte einen riesigen Joint. »Weißt du, ich habe mir das so vorgestellt, dass wir zwei Mädels ins Kino gehen, und nachher kann ich dir die Ohren vollheulen, weil ich meinen Liebsten gehen hab lassen und nicht weiß, ob mich mein Sohn für eine Plage hält oder sich einfach nur mit mir abgefunden hat, ach, und ich war so darauf eingestellt, dass du dich für das alles interessierst, dieses riesengroße Selbstmitleid, was mich seit Wochen schon begleitet, wie eine Wolke, meine Wolke, Privatwolke. Immer da. Ich seh ja überhaupt nicht mehr durch, aber für die anderen ist sie praktischerweise unsichtbar.« Auf das Dröhnen, innen wie außen, konnte Marianne keine Rücksicht nehmen. Aber das war sie gewohnt. Keine Rücksicht nehmen, auf sich. Sie war erleichtert, und das Sprechen fiel dennoch schwer. Starren. Die Nacht halbwegs dunkel. Die Nacht grau. »Und seit wann kiffst du überhaupt, oder fällt das unter Medizin?« Juliane streichelte ihr ein bisschen über die Wange. »Hör auf, Mara. Hör auf damit. Du hast deinen Spaß gehabt für heute, und ich hab wirklich kein Mitleid übrig, weißt du, gar keines. Willst du?« Marianne wackelte mit dem Kopf. »Keine gute Idee.« Zwischen den Zähnen kam das heraus, sie war ein junges Mädchen, sie war keine Prinzessin. Sie wollte auch keine sein. »Du weißt das jetzt nur nicht, weil du die wenigen schlechten Filme, die du gesehen hast, für bare Münze nimmst und weil du die Toten verklärst. Deine Großmutter ist ja auch nicht grade friedvoller geworden, in ihren letzten Tagen, oder? Siehst du? Roman gilt ja leider nicht. Aber dass der plötzlich Weisheiten verteilt hätte im Angesicht des Todes. Obwohl. Das tat er ja immer, nicht wahr. Nehme alles zurück. Und ich hab tatsächlich null Geduld. Meistens ja nicht einmal mit Gusti oder Anton. Zuerst hatte ich diesen Gedanken, wie alles aufhört, wie die Kinder als Fremde zusammenwohnen, in einer dürftig aufgeräumten Wohnung, die langsam verkommt, weil Thomas mit allem überfordert ist. So ungerecht bin ich. Oder ist das die Rache, jetzt schon? Wir können nur knapp aneinander vorbeireden – existieren – denken und – schauen. Alles andere ist im Mittelmaß möglich, aber sobald es ernst wird, ist auch das vorbei. Sicher. Die großen Gefühle sind in den großen Momenten überhaupt nicht möglich. Absurd, dass ich fünfundfünfzig Jahre brauche, um darauf zu kommen. Du brauchst nur an Abschied denken, nein, ich meine nicht meinen Exitus, da geht man einfach. Nachher glaubt man vielleicht, dass man's verhaut hat. Und überall sonst ist es ja ebenso. Schmerz, Liebe. Alles. Entweder Gefühl oder Artikulation. Deshalb stehen wir ja alle so auf Sex, also zumindest die halbwegs Gesunden. Schau nicht so verzweifelt.« Juliane wischte zwischen ihnen in der Luft herum, Marianne wehrte sie ab, aber ihre Hände trafen sich nicht. So viel Liebe. Dass sie sich immer gegenseitig übertrumpfen wollen und die andere dennoch sein lassen. »Du kannst gar nicht erkennen, wie ich schaue. Dafür ist es viel zu dunkel. Ich schau nicht verzweifelt, ich will nur gerne. Wenn man sich nicht immer alles vorstellen würde vorher, dann könnte man mit dem Leben doch ganz zufrieden sein, denkst du nicht? Eine Zeitlang, zumindest.« Juliane sagte nichts. »Ich hab ja wirklich nicht so wahnsinnig viele Erwartungen gehabt als, sagen wir mal, als Jugendliche. Bisschen mehr als Überleben hätte ich dann aber schon auch in Ordnung gefunden. Ja, ist auch mehr.« Etwas plumpste ins Wasser. »Aber dass die Kinder nicht zählen in der eigenen Bilanz, das hat man mir gut vorgemacht, und es stimmt ja auch.« Von der Autobahn hörte man schon eine ganze Weile nichts. »Vor der OP hatte ich einen Wachtraum, ich sah, wie Thomas und die Kinder zu dir auf den Hof zogen. Mit Sack und Pack, es war ein ziemlicher Zigeunerumzug. Riesenkolonne. Und ich war zufrieden, dann wehrte ich mich gegen die Narkose, weil ich bestimmen wollte, wer in welchem Zimmer wohnt. Ich wollte mitreden. Ich war so zufrieden mit dieser Idee, die eine Lösung für mich war, als gäbe es etwas aufzulösen, als könnten sie nicht ohne mich leben, als wäre es besser für sie, wenn sie ein Teil deiner großen Familie wären. Ich war so besessen von dem Gedanken, dass ich angeblich beim Aufwachen zu einer Schwester sagte: Jetzt sollte die Kolonne doch in Gumpenthal eingetroffen sein.«

Marianne fand den Gedanken tröstlich, sie fragte sich, ob sie und Thomas einander nach Julianes Tod sehen würden. Und zu bemerken, dass sie in der Lage war zu denken: *nach Julianes Tod*, gab ihr noch mehr Trost. Aber dieser Trost hatte nichts mit ihrem Körper zu tun, gar nichts. Roman war nicht da, mit ihm wäre das leichter gewesen. Die Wärme in ihrem Inneren hatte sich längst gegen sie gewandt, ihr Mund war trocken, und ihr Kopf brummte. Marianne fing an, sich auszuziehen, Juliane wollte sie zurückhalten, aber als Marianne schon nackt ins Wasser ging, langsam, mit schweren Schritten, zog auch Juliane ihre Strümpfe aus, den Rock, watete hinter ihrer Freundin her und ging ins Wasser, bis ihre Unterhose nass wurde, dann rannte sie wieder zurück. Marianne tauchte ein paar Meter, das Wasser roch nach Erde, es war so kalt, dass es hinter den Augen wehtat. Sie spürte ihre Beine nicht und hatte keine Fingerspitzen mehr, sie drehte bald wieder um, ein großer Schmerz machte sich in ihrem Kopf breit, und sie meinte, schon im nächsten Augenblick könnte eine Erleichterung über sie hereinbrechen. Als sie wieder auf ihre Beine kam, hatte sie viel feuchte Erde zwischen den Zehen. Sie dachte sich Gänsehaut am Körper, aber sie zitterte nicht. Juliane stand am Stapel oben und trocknete sich die Beine. Marianne nahm ihr T-Shirt als Handtuch, das sie im Auto auf den Rücksitz warf. Im Fußraum des Beifahrersitzes fischte Juliane nach einer halbvollen Mineralwasserflasche, die Kohlensäure war vollständig entwichen, sie tranken beide wie Verdurstende. »Wir sind nicht verdurstet«, sagte Juliane, als Marianne schon den Motor gestartet hatte und den Weg vom Parkplatz Richtung Autobahnauffahrt suchte. »Diesmal sind wir nicht verdurstet.«

Zwei Wochen später war Juliane über Nacht im Krankenhaus, wie jedes Mal nach der Chemotherapie. Anton war auf Sportwoche, und Thomas hatte einen Kunden, zu dem er über zweihundert Kilometer fahren musste, das dauerte länger als geplant. Augusta hatte den Nachmittag bei einer Freundin verbracht, wollte unbedingt zuhause schlafen. Es war Thomas, der mehrmals mit Marianne und zwischendurch mit seiner Tochter telefonierte, die ein eigenes Handy hatte. Marianne holte sie ab und fuhr mit ihr nachhause. Julianes Vogelnest war ungewöhnlich aufgeräumt, und das Mädchen erklärte, dass während Mamas Chemo immer eine Nachbarin zum Putzen käme. »Sie lässt sich nicht abhalten, Mama und Papa zahlen nichts dafür. Ich glaube, Mama findet es gar nicht super, aber sie erträgt es für uns. Schaut gut aus, oder?« Die CD-Stapel waren zurechtgerückt, und die Ablageflächen in der Küche waren völlig leer, bis auf eine Küchenrolle neben der Kochplatte. Während Marianne anfing, Eier und Milch und Mehl für Palatschinken zusammenzumischen, legte Augusta Musik auf, es war ihre neue Leidenschaft. Sie wechselte nach einem Song die CD, die Musik musste schnell und laut sein, ansonsten konnte Marianne keine Gemeinsamkeiten erkennen. Nach dem Essen stand das Mädchen in der Tür, neben ihrer Schultasche stand jetzt ein Seesack: »Wir können zu dir fahren, wenn es dir lieber ist.« Marianne war es nicht lieber, es war ihr egal. Es wäre praktischer gewesen, wenn Augusta von hier aus mit dem Bus fuhr, aber sie in die Schule zu bringen, ging auch. »In Ordnung, natürlich. Möchtest du denn?« Marianne konnte sich nicht daran erinnern, dass sie einmal mit der Kleinen allein gewesen war. Oder mit beiden Kindern. Fast hatte sie sich darauf gefreut, in einer fremden Wohnung zu übernachten, denn fremd war ihr hier alles. Was daran lag, dass Juliane nicht da war, dass die Bücher auf den Fußböden, den Ablageflächen, auf Kommoden und Tischen verschwunden waren. Hätte man Marianne vor einem Jahr gefragt, hätte sie vielleicht gesagt: »Mir wär es zu viel, aber Juliane ist halt Schriftstellerin.« Jetzt bemerkte sie die Unsicherheit, das Unwohlsein, die Ängstlichkeit, die über sie kam, wenn sie bei jedem ihrer Besuche feststellen musste, dass schon wieder mehr Bücher in die Regale gewandert waren. Es stellte sich heraus, dass Augusta sehr gerne bei Marianne übernachten wollte. Sie ging zum Telefon, um ihren Vater anzurufen, es läutete in dem Moment, in dem sie den Hörer abnehmen wollte, und Juliane war am Apparat. Kurzes Gespräch zwischen Mutter und Tochter, die Tochter flüsterte etwas in den Hörer, dann brachte sie ihn Marianne, die sich in die Küche zurückgezogen hatte, sich wunderte, dass es jetzt nicht mehr so sauber und aufgeräumt war, obwohl sie doch alles, es war nicht viel, abgewaschen und weggeräumt hatte. Juliane redete langsam, aber sie sagte, es gehe ihr sehr gut, sie könne sich das eigentlich sparen, das Übernachten im Krankenhaus. Dass sie wusste, dass ihre Tochter morgen eine Stunde später in die Schule musste, weil sie nicht in den Religionsunterricht ging, beeindruckte Marianne, die sich an solche Abweichungen meistens nicht erinnern hatte können. Augusta meinte später im Auto, dass sie auch in die erste Stunde gehen könne, wenn es für Marianne besser sei, sie früher zu bringen. Als sie in den Hof einbogen, war es schon nach acht, das Mädchen hatte auf der Fahrt kein einziges Mal gegähnt. In der Küche tranken sie Saft. Bei Marianne war es auch aufgeräumt, aber das war anders. Manchmal wurde im Wintergarten der Zeitungsstapel etwas größer, der dann aber abgetragen wurde, hin und wieder lagen auf dem Küchentisch ein paar Rechnungen, die ins Arbeitszimmer wandern konnten. Frau Schwaiger oder Ilka kamen vier- oder fünfmal in der Woche. Augusta wunderte sich: »Wenn du nie selber die Wäsche zusammenlegen oder bügeln musst, warum ziehst du dann nicht öfter eine Bluse an oder ein Kleid?« Augusta sagte: »Du zahlst natürlich dafür, dass es immer so schön ist bei dir.« Zur Beruhigung zeigte Marianne dem Mädchen das Büro. Der Schreibtisch war voll, den Computer konnte man noch erkennen, aber die Tastatur musste man suchen. Tassen und ein kleiner Teller, auf dem mehrere ausgetrocknete Apfelbutzen lagen. Außerdem standen mehrere Schachteln mit Samen, die sie zurückschicken musste, neben dem Schreibtisch, und auf dem Sofa lagen Westen und T-Shirts, ein Geschirrtuch. Sie goss die beiden Kakteen aus der Karaffe, die auf dem Fußboden stand. Dann führte Marianne Augusta durchs Haus, damit sie sich ein Zimmer aussuchen konnte. Zuerst gingen sie in Lukas' Reich, es roch ganz leicht nach einer Mischung aus Rasierwasser und Tabak und nach seinen Haaren. Augusta schaute sich die Gitarre an, die beiden Bässe, wie eine Erwachsene blätterte sie einige CDs durch. »Hat einen guten Geschmack, dein Sohn.« Sie lachten beide. Das Zimmer wollte sie nicht. »Zu privat«, sagte sie. Sie schaute die Gästezimmer an und entschied sich dann für jenes, das auf der anderen Seite von Mariannes Badezimmer lag. Gleich begann sie, ihren Seesack auszuräumen, setzte sich an den Bettrand und wartete, bis Marianne das Zimmer verlassen hatte. Als Marianne mit einem frischen Handtuch und einem Buch aus Lukas' Zimmer zurückkam, lag das Mädchen im Bett. Sie schaute aus, als würde sie beten. Auf die Frage, ob Marianne ihr etwas vorlesen solle, sagte Augusta: »Das ist lieb von dir, aber dafür bin ich schon zu groß. Wenn du mir das Buch dalässt, kann ich ja mal reinschauen.« Sie legte es ihr auf den Nachttisch. »Aber einen Gutenachtkuss hätte ich schon gerne, das hat ja mit dem Alter nichts zu tun. Und kannst du die Türen offenlassen, bitte?« Marianne ließ auch das Licht im Vorzimmer brennen. Dann schickte sie Thomas und Juliane die gleiche SMS: *eure tochter ist eine wirkliche dame. und ein schatz.*

Lukas erreichte sie nicht telefonisch, aber als sie in der Küche stand und sich ein Butterbrot machte, rief er sie zurück. »Wir haben lange nicht gesprochen, Sohn.« – »Mama, wie geht's dir! Alles okay?« – »Mach dir keine Sorgen, Lukas. Augusta schläft heute bei mir, da hatte ich auf einmal so ein mütterliches Gefühl, dass ich hören wollte, wie es dir geht. Wo bist du denn?« – »Wo soll ich denn sein?« Unwirsch. Marianne wich zurück, der Schlag traf sie nicht. – »Stör ich dich, wir müssen jetzt nicht reden, ich wollte nur, ich hab nur grade an dich gedacht.« – »Nein, nein, ist schon gut. Schön, dass du anrufst. Wie geht es Juliane?« – »Immer noch die Chemotherapie. Sie können erst am Ende etwas sagen, das ist in sechs Wochen, glaub ich.« Pause. »Und du? Wie geht es dir? Studierst du fleißig?« – »Mama, hör auf, so zu reden. Ich werde drei Seminare abschließen, also alle, in die ich reingekommen bin.« Kurz ist es still. »Ich kann als Fahrradkurier anfangen und sag jetzt bitte nicht, dass ich nicht arbeiten brauche, das weiß ich. Aber ich muss auch selber was verdienen. Wir haben in diesem Jahr zwei Konzerte gespielt, ich meine, ich weiß, dass das nicht viel ist, aber immerhin zwei. Aber da kommt kaum was rein, dafür sind wir zu viele.« – »Es ist toll, dass ihr zusammen Musik macht, und ich würde dir auch nicht verbieten, dein eigenes Geld zu verdienen. Das finde ich gut. Aber du weißt schon, dass ein Teil deines Erbes von Jutta auch dafür gedacht ist, dass du dein Studium zügig durchziehen kannst? Als Fahrradkurier verdienst du doch viel zu wenig, das ist doch eher ein

Ersatz fürs Fitnessstudio, oder? Du hast Zeit, aber ich würde es auch gut finden, wenn du eine Zeitlang so viel studieren würdest, dass du entscheiden kannst, ob es das Richtige für dich ist.« Pause. »Kannst du mir folgen?« – »Geht grade.« – »Und da du ja schon die ganze Zeit zwischen Nord und Süd hin und her pendelst, wäre es wirklich angebracht –« – »Okay, ich kann dir folgen. Ich hab's verstanden.« Marianne nahm sich vor, es nicht anzusprechen, aber einen Augenblick später hörte sie sich sagen: »Kommst du mal wieder nachhause?« Sie bildete sich nur ein, dass ihr Sohn schnaubte, laut atmete, was immer. Als würde auf einmal jemand hinter ihr stehen, das konnten nur sie selber oder sie und Lukas zusammen sein, die sich wunderten, über sie und über ihn. »Ja, sicher, weiß ich noch nicht, ich dachte, dass ich über Pfingsten nachhause –« – »Ja, sicher, Pfingsten ist ja bald.« – »Und Mama, wie wäre es –« Pause. Jetzt kapierte Marianne erst, dass ihr Sohn beim Telefonieren rauchte. »Mama, komm doch mal in die Stadt, wir könnten ja … irgendwas machen oder so.« – »Wir könnten wirklich wieder einmal etwas machen zusammen, du hast recht, Sohn, ach, du hast ja wirklich recht.«

Nachdem sie das Brot aufgegessen hatte, räumte sie die Saftgläser in den Geschirrspüler, warf noch einen Blick ins Büro, aber Marianne hatte keine Lust, sich noch an den Schreibtisch zu setzen, sie war nicht müde. Zuhause, dachte sie, so ist das jetzt. Während sie im Badezimmer war, schloss sie die Tür zu Augustas Zimmer, sie wollte sie nicht wecken, später schaute sie die Bücher auf ihrem Nachttisch durch. *Gehölzschnitt nach den Gesetzen der Natur*, hinten im Register ein Zettel, außerdem ein Buch über Gehölzvermehrung und *Die Vögel kommen zurück*, sie hatte es nicht begonnen. Ganz unten lag Djians *Erogene Zone*, das ihr Manuela zum Geburtstag geschenkt hatte (da war sie noch mit Eric zusammen) und daneben *Französisch in dreißig Tagen*, sie hatte keine Ahnung, wo die dazugehörigen CDs sein könnten. Sie schaltete den Fernseher ein, wenigstens gab es Nachrichten. Das Buch des Spaniers hatte ihr Juliane vor vielen Monaten geborgt, sie nahm es noch einmal in die Hand und stellte gleichzeitig den Fernseher lauter. Proteste der Arbeitslosen in Spanien. Sie schaute auf den Nachttisch, als würde ihr alles auf einmal einfallen: Das Buch war von einem Portugiesen, Roman war weder in Spanien noch in Portugal, und er saß auch nicht in der kleinen Küche seiner Mutter. Da stand Augusta in der Tür. Sie trug ein Nachthemd, ihr Gesicht war ganz weiß. Marianne war so erschrocken, dass sie mit der Fernbedienung noch lauter schaltete, dann schaltete sie aus. Das Mädchen kam zu ihr und schlüpfte unter die Decke. Marianne machte das Licht aus. »Meistens kann von meinem Bett aus die Sterne sehen.« – »Ich weiß, hier ist es ziemlich dunkel. Heute ist der Himmel aber auch voller Wolken, deshalb.« – »Meine Lehrerin, also nicht meine, nicht Sabine, sondern die Religionslehrerin, hat gesagt, meiner Mutter würde es gut gehen, wenn sie auf einem Stern wohnt. Sie ist in der großen Pause vorgestern zu mir gekommen und hat sich zu uns auf den Boden gesetzt. Meine Freundinnen sind ein Stück weggerückt. Die mögen sie auch nicht so, außer die Nihara mag sie, aber die Anna kann sie nicht ausstehen. Sie sind in der Nähe geblieben, aber ich hab nicht mit ihr geredet, ich hab so getan, als würde ich zuhören und darüber nachdenken. Die Mama wohnt bei *uns*. Morgen, wenn ich aus der Schule komme, ist sie wieder da. Vielleicht holt sie mich auch ab, muss sie aber nicht. Als es geläutet hat, bin ich aufgestanden und hab mich verabschiedet. Die Anna und die Nihara sind auch aufgestanden. Anna hat einen Laserblitz auf die Lehrerin abgeschossen, aber den hat nur sie gespürt. Da bin ich noch einmal zur Religionslehrerin und hab ihr die Hand gegeben. Sie hat es falsch verstanden und gedacht, ich will ihr aufhelfen. Wie sie so gestolpert ist, fand ich sie auf einmal lieb, aber ich hab nichts mehr zu ihr gesagt.« Als Marianne glaubte, das Mädchen neben ihr sei längst eingeschlafen, sagte Augusta auf einmal: »Für mich wäre es jetzt sehr gut, wenn du auch meine Freundin sein könntest, geht das?« Sie sagte es leise, vielleicht glitt sie gerade in den Schlaf. »Ja«, flüsterte Marianne, ja.

Ein paar Tage später, am Samstagnachmittag, beschnitt Marianne die Rhododendren. Juliane und Augusta hatten sich telefonisch angemeldet, eine halbe Stunde später waren sie da. Hinter dem Haus saß Isa, trotz Sonne in eine Decke eingewickelt, Marianne war im vorderen Quartier, dem kleinsten, zwischen dem kleinen und dem neuen Gewächshaus, aber sie war kaum zu sehen, so hoch war der Haufen aus abgeschnittenen, knalligen Blüten bereits. Manche waren am Verblühen, aber die meisten standen mitten in der Blüte. Augusta schrie auf, sie rannte zu Marianne, stockte: »Was machst du! Mit den schönen, diese wunderschönen Blüten kannst du doch nicht wegschmeißen.« Juliane war ein paar Meter hinter ihrer Tochter stehengeblieben und schaute. Augusta war mittendrin, im Pink-Violetten, nahm Blüten vom Boden, aber sie hatten kurze Stängel, waren direkt unter den Blüten abgeschnitten, manche Knospen waren herausgedreht, Marianne stutzte die Triebe einen Zentimeter oberhalb der Knospen. Sie zeigte Augusta, was sie machte und dass es darum ging, die Seitenknospen zu aktivieren: »Augen nennt man die, damit diese mit mehreren Trieben wieder austreiben, damit es im nächsten Jahr umso mehr Blüten gibt.« Dann schickte sie Augusta ins kleine Gewächshaus, wo sie eine Kiste suchen sollte, in die schlichtete das Mädchen die schönsten Blüten. Augusta und Juliane wollten den Balkon bepflanzen, was sie noch nie gemacht hatten. Mit Ausnahme von Erdbeerpflanzen hin und wieder oder einem Tomatenstrauch aus dem Supermarkt. Marianne suchte ein paar sehr alte Pelargonienstöcke heraus, die eine beachtliche Größe hatten und nicht umkommen würden, so schnell nicht. »Kein Rosa!« Die Freundin wollte nur rote und verzichtete auf einen wunderbar blühenden Stock, dessen holzige Stiele wahrscheinlich älter waren als Augusta. Als Juliane meinte, die könne sie sich wahrscheinlich nicht leisten, sagte Marianne nur: »Unverkäuflich, die schenk ich dir.« Dann stolperten sie im kleinen Gewächshaus über ein paar Feigen- und Olivenbäume, gut angewachsen, hübsche kleine Bäume, Marianne konnte sich nicht erinnern, wer vergessen hatte, die abzuholen. Sie ließ die beiden zwei aussuchen und holte passende Töpfe. Dann fiel ihr noch ein, dass irgendwo ein Zitronenbaum stehen musste, sie holte Marek. Marek kam in Blauzeug und weißem Hemd, akkurat gebügelt, er hatte vor dem Fernseher gesessen, wie er mit ein wenig Stolz mitteilte, wusste gleich, wo er suchen musste. Marianne erklärte den beiden, wie oft sie sie gießen müssten und dass sie sich im Herbst Säcke zum Einwickeln und Abdecken holen sollten, dann könnten sie sie am Balkon stehen lassen. »Aber es ist wichtig, Augusta, auch im Winter manchmal zu gießen.« *Im Winter.* Juliane schaute woanders hin. Dass Marianne mit der Tochter über den kommenden Winter sprach, nicht mit der Mutter. Die sagte nur auf einmal: »Gilt aber nicht als gepflanzter Baum, oder?« Marianne schaute die Freundin an, es war dieser um Verzeihung bittende und gleichzeitig aufmunternde Blick.

Als sie mit der blühenden Scheibtruhe, in die sie alles geladen hatten, nach vorne fuhren, flatterte Isa über den Rasen. Sie hatte den kleinen Tisch in die Mitte gestellt, eine Teekanne stand auf einem Stövchen, Kekse, die selber gebacken ausschauten, Geschirr, Geschirr. »Wen erwartest du denn, Tante Isa?« – »Schau mal, wer noch gekommen ist!« Auf der steinernen Brüstung hockte Lukas und telefonierte. Griselle konnte sie nirgends sehen. Isa war aufgeregt und gut gelaunt: »Und euch. Ich habe Tee gemacht.« Zu Juliane: »Ihr bleibt doch?« Augusta schaute ihre Mutter an, dann Lukas, der immer noch telefonierte. Sie rannte nicht zu ihm hin, aber es sah aus, als würde sie ihn aus zehn, zwölf Metern Entfernung hypnotisieren. Aber niemand beobachtete sie, auch ihre Mutter nicht, die sagte nur: »Ja, sehr gerne, auf einen Tee.«

Als Lukas von der Brüstung sprang, auf seine Mutter zukam, zu ihnen allen, waren seine Augenlider dick, als hätte er geweint oder wenig geschlafen oder beides. Es gab Umarmungen, er tätschelte Augusta am Kopf, und sie schrak zurück, strahlend. Sie würde ihn keinen Augenblick aus den Augen lassen, aber wenn er sie ansprach, reagierte sie nicht oder erst verspätet. Sie blickte in die Luft, als wartete sie auf etwas. Sie versuchte, nicht hinzuschauen, als ihre Mutter mit ihm über den Rasen schlenderte und sich von ihm eine Zigarette drehen ließ. Später fragte sie ihn nach Bands. Es war klar, dass sie sich in den wenigen Minuten, die sie vor ein paar Tagen mit Marianne in seinem Zimmer war, mehr von seiner Musik gemerkt hatte, als Marianne kannte. Augusta akzeptierte Tom Waits und Bob Dylan, ansonsten tat sie die Musik ihrer Eltern ab wie eine weise Alte, die sich an anderes erinnern wollte. Danach ging sie mit Lukas in sein Zimmer und man hörte Bassläufe, schnellere und langsamere. Einmal sagte Isa. »Mara, ist es nicht ein bisschen so wie damals, als Jutta noch gelebt hat? Die Familie kommt zusammen, Freunde sind da. So ein schöner Sonntagnachmittag – ich weiß schon, Samstag – im Garten.« Marianne wartete auf etwas Bestimmtes, aber Isa wollte nur den Gedanken teilen, von dem sie selbst nicht sicher war, wie gut er ihr gefiel. – »Ja, ich könnte jetzt nach hinten rennen und irgendwas im Glashaus arbeiten, oder Marek rausscheuchen, der hatte auch schon wieder zwei Stunden Feierabend.« Isa lächelte gütig. Marianne fielen die Rhododendren ein, sie musste jetzt auch ein bisschen lachen, weil sie tatsächlich im selben Augenblick aufstehen hatte wollen, um die Scheibtruhe mit den Blüten wegzuräumen. Immer alles sofort. Juliane und Marianne saßen lange auf der Liege aus Holz, unweit von dem Teetischchen. »Mit dir fühle ich mich am meisten wie ein Mensch. Weißt du das?« Marianne wusste nicht genau, wovon die Freundin redete. Juliane war viel ruhiger, sie zuckte kaum noch aus, aber dass Marianne das nicht mitbekam, konnte auch daran liegen, dass sie sie nur noch selten mit Thomas sah. Marianne wusste, dass er sie häufig begleitete, Planungs-CT, MRT, zu den Chemogaben wollte sie alleine gehen. »Ich denke manchmal, Thomas sollte die Tavor-Tabletten oder das Hypericin, das ich anfangs verschrieben bekommen habe, nehmen. Seine Angst ist einfach schwer auszuhalten. Gleichzeitig spüre ich auch, wie sehr er sich bemüht, mich, die Kinder diese Angst gerade nicht spüren zu lassen. Manchmal weiß ich nicht, was besser wäre, wenn er vor Angst auf dem Sofa liegen würde und weinen oder wenn er gar nicht da wäre. Für die Kinder natürlich beides schrecklich. Sicher. Wir mögen uns sehr, bestimmt ist da auch Liebe, aber ich fürchte mich einfach, dass er das alles nicht schafft. Weißt du, ich traue ihm alles zu und er ist ja auch ein viel besserer Vater, als ich den beiden Mutter sein kann. Vielleicht, weil er sich nicht so bemüht wie ich, er ist entspannt und freundlich, er muss sich aber nicht aufgeben für die beiden, das heißt nicht, dass er nicht alles für sie tun würde.« Wo konnte man hinschauen, während eines solchen Gespräches? Ein bisschen war es, als würden sie einander umarmen. »Familienleben und einer stirbt, Marianne, das ist die Scheiße, mit der ich umgehen will.« Sie hatten es beide nicht so mit dem Umarmen, sie konnten einander anschauen, sie schauten in die gleiche Richtung, das ja. »Familienleben und ich sterbe. So sollte ich wohl sagen.«

Marianne tat sich ebenso schwer wie Thomas, über Julianes Hirntumor zu sprechen, es ging fast allen so. Auch diesmal bemerkte Juliane es, als Isa sich zu ihnen setzte und sie fragte: »Wie geht es dir? Wie hast du die Chemotherapie vertragen? Ah, das ist ja sehr gut. Ich finde übrigens, dass das Tuch sehr passabel aussieht. Eine gute Entscheidung, viel besser als eine Perücke.« Und als Juliane meinte, eine Perücke habe sie aber auch zuhause, fragte Isa: »Und, steht sie dir? Hältst du das aus? Weil mit dem Tuch siehst du wirklich gut aus.« Juliane trug die Perücke auf dem Weg zum und vom Krankenhaus, sie trug sie manchmal, wenn sie alleine unterwegs war. Sie hatte gedacht, das wäre eine Möglichkeit, ein letztes Mal lange rote Haare zu tragen, sie hatte gedacht, sie würde gerne eine Andere spielen, aber mit den gehäkelten Käppis und seidenen Tüchern fühlte sie sich ein bisschen weniger verkleidet.

Marianne räumte Geschirr auf ein Tablett und brachte es ins Haus. Sie bewunderte ihre Tante, beim ersten Satz war sie noch innerlich zusammengezuckt, weil sie sich davor fürchtete, wie Juliane reagieren würde, aber die richtete sich auf, schien es für sehr selbstverständlich zu halten, über Nekrosen und Rezidive zu reden, über Sichtfeldausfälle und die Angst, wahnsinnig zu werden. In der Küche traf sie auf Lukas, der Wurst und Käse aus dem Kühlschrank holte. Als sie ihn bat, für alle etwas herzurichten, meinte er, genau das sei sein Gedanke gewesen. Augusta war nicht bei ihm. »Die Kleine«, so Lukas mit einem zärtlichen Schmunzeln, »inspiziert meine Plattensammlung.« – »Geht es dir nicht gut, Lukas?!« – Marianne hatte angefangen, die Teetassen in den Geschirrspüler zu räumen, aber sie nahm sie gleich wieder heraus, Erleichterung, und als sie aufschnaubte, grinste ihr Sohn: »Da hätte aber jemand geschimpft, wenn du die Goldränder weggespült hättest, was?« – »Es ist lieb, dass du lieb bist zu ihr. Ich kann's mir gar nicht vorstellen, wie es ihr geht. Wie es ihnen allen geht.« – »Aber es gibt doch auch Menschen, die lange leben mit einem Tumor, die den Krebs überleben, nicht?« – »Ja, die gibt es. Jetzt müssen wir einmal abwarten.« – »Dagegen sind meine kleinen Schmerzen ziemlich lächerlich, Mama, ich schäme mich ein bisschen.« – Und als Marianne ihren Sohn an der Schulter zu sich her drehte: »Ich will nicht darüber reden, jetzt zumindest nicht, wenn, dann –« – »Ja, ja, Lukas. Ich frag dich nicht aus.« Trotzig schaute er drein. Und sehr unglücklich.

Ab Mitte Juni wohnte Alina im Lex-Haus in einem Zimmer im zweiten Stock. Sie habe sich von ihrem Mann nicht getrennt, aber sie halte ihn gerade nicht aus. Alina war im siebten Monat schwanger. Ihr Bauch war rund und klein, und sie war so dünn, dass man aus einiger Entfernung nicht vermutet hätte, dass sie bald Mutter werden würde. Sie fuhr nach Neustadt zum Unterrichten, kurz nach Mittag war sie bereits wieder in Gumpenthal, wo sie sich einrichtete, als würde sie länger bleiben. Einmal kam Marianne gerade in die Küche, als sie mit Frau Schwaiger besprach, was sie gerne aß und was weniger. Als Marianne sie unterbrach, schauten sie die beiden Frauen überrascht an. »Ach, wir reden doch nur über den abartigen Geschmack der Schwangeren.« Alina war offensichtlich darauf eingestellt, in eine Unterkunft mit Halbpension gezogen zu sein, und auch wenn es tatsächlich so war, dass Ilka eigentlich immer eine Kleinigkeit kochte, ärgerte sich Marianne anfangs fast jeden Tag über Alina. Sie konnte nicht genau sagen, woran das lag. Frau Schwaiger kam häufig immer noch zu Mittag; anfangs hatte es so gewirkt, als würde sie Ilka kontrollieren, aber sie wollte einfach da sein. Ein Umstand, den sie ihrem

Mann gegenüber vertreten konnte, es war jetzt keine Arbeit mehr, für die sie bezahlt wurde. Manchmal aßen sie zu dritt, manchmal kam sie auf einen Kaffee, direkt nach dem Essen, ihr Timing war meistens sehr gut. Einmal sagte sie, sie würde gerne wieder backen und ob Alinas Hochzeit nachgefeiert werden würde oder ob man wenigstens mit einer Taufe rechnen konnte, aber da meinte Marianne nur, sie solle dies alles doch mit Alina selber besprechen. Da wurde Frau Schwaiger sehr ernst: »Marianne. Du bist die Hausherrin, und da musst du auch. Ich meine, auch wenn Alina hier aufgewachsen ist, also immerhin ein paar Jahre hier gelebt hat, auch wenn sie für dich wie eine Schwester ist. Ich denke nicht, dass sie von selber auf die Idee kommen würde, hier Partys zu feiern, sie ist ja doch ein Gast, nicht? Jaja, jetzt geht sie dir ein wenig auf die Nerven. Aber sie ist schwanger, das wird wieder anders werden, ganz bestimmt.« – »Ich mache mir ja nur Sorgen, wir brauchen wirklich nicht noch eine Alleinerzieherin hier.« Partys. Das Jahr der Trauer ist noch nicht herum, so dachte sie. Familienfeiern, großes Essen, Buffet, Zimmeraufteilung koordinieren. Mein Jahr der Trauer. Ihr Gesicht fühlte sich an, als würde sie bitterlich weinen. Sie beobachtete Frau Schwaiger, die ihre Schürze auf der Innenseite der Speisekammertür aufhängte, über die von Ilka. Wie immer. Mit ihren Händen konnte sie Wangen kühlen. Jetzt kam sie auf Marianne zu, als würde sie ihr gleich über die Haare fahren. »Du musst keine Partys machen, nur damit ich ausgiebig zum Backen komme, aber das weißt du doch?«

Den halben Sommer empfand Marianne Alina als extrem prinzessinnenhaft, ständig lag Alinas Telefon irgendwo herum, und ständig läutete es (Friedrich oft, der sich einmal auch blicken ließ, aber niemand wusste, ob sie sich nun wieder verstanden oder nicht). Dann bemerkte Marianne, dass es weniger das Telefon war, das sie störte, als Alina selber, die ebenso häufig irgendwo herumlag. Sie las. Bücher, Zeitschriften, plötzlich auf einem Bildschirm. Verweigerte Ratgeber und machte auch keine Einkäufe für das Baby, das doch in ein paar Wochen kommen sollte. Alina wirkte wegen der Trennung auf Zeit nicht besorgt, eher genervt, sprechen wollte sie darüber nicht. Ihr Bauch wuchs, sie blieb schlank, aß viel, fuhr mit dem Fahrrad ins Schwimmbad. Sie war frühmorgens unterwegs, Spaziergänge, weil sie nicht schlafen konnte, sagte sie, und legte sich am Vormittag hin (und wieder lag das Telefon im Vorzimmer oder in der Küche, oft im Wintergarten, und läutete, es lag aber selten im selben Raum wie Alina). Marianne hatte sich immer wie die große Schwester Alinas gefühlt, weil Alina als Kind meistens die Ferien im Lex-Haus verbracht hatte. Marianne war vierzehn, als Alina zur Welt gekommen war, aber die ersten drei oder vier Jahre bekam sie von der kleinen Cousine kaum etwas mit. Alina lebte mit ihren Eltern bis zu ihrem achtzehnten Lebensjahr in England, dazwischen verbrachte sie ein Jahr in den USA, und als ihre Eltern nach Wien zogen, wollte sie in Gumpenthal wohnen, aber da ihr die Eltern kein Auto kauften und nicht zuließen, dass Jutta das übernahm, mietete sie sich eine eigene Wohnung in der Stadt. Als Gertraud drei Jahre später nach Innsbruck übersiedelte, übernahm sie die größere, schönere Wohnung der Eltern. Matthew, Gertrauds Mann, ein Historiker, zog stattdessen nach Berlin, später wieder nach England. Alles, was Alina begann, schien ihr zu gelingen, wie ihrer Mutter, einer Biologin, die sich in Rechtsmedizin habilitiert hatte und als forensische Molekularbiologin forschte, sich mit Verbrechen und Informationstechnologie beschäftigte und sehr erfolgreich war. Mit dem kleinen Unterschied, dass Alina nicht besonders daran interessiert war, erfolgreich zu sein oder in irgendetwas die Erste. Alina wollte ein gutes Leben führen. Sie studierte eine Weile Architektur, sie hatte Englisch und Russisch inskribiert, sie machte eine Ausbildung zur Yogalehrerin, aber sie unterrichtete es nur kurz. Dann erzählte sie, dass sie Lehrerin werden wolle, das Studium hatte sie bereits begonnen, zwei Jahre später stand sie bereits vor sechsjährigen Kindern. Was ihre Mutter schrecklich fand (»Eine Generation von Grundschullehrerinnen!«). Mit Friedrich war sie vor einiger Zeit am Stadtrand von Neustadt zusammengezogen, gleich hatte sie auch die Schule gewechselt, weil sie zur Arbeit keinesfalls zu lange unterwegs sein wollte. Friedrich bewohnte die große Wohnung nun alleine, ihr Leben mit ihm und die gemeinsame Vorfreude auf das Kind schien sie nicht zu vermissen. Stattdessen führte sie sich auf wie die trotzige, heimgekehrte Tochter, der man nicht zu nahe treten wollte.

An ihrem Geburtstag kam Alina abends mit zwei Stück Torte ins Büro, wo Marianne über Listen für die Buchhaltung saß. Sie brauchten sich nicht zu versöhnen, sie unterhielten sich wieder miteinander. Nicht über die Schwangerschaft, nicht über das, was kommen sollte. Es stellte sich heraus, dass Alina aufregte, dass alle sie warnen, vorinformieren, aufklären wollten. Sätze wie: *Du wirst nie wieder ausschlafen*, *Man kann nicht mehr tun, was man will*, *Vergiss dein Privatleben, ab jetzt gibt es nur mehr Familienleben* usw. brachten sie zur Weißglut. Ebenso Berichte von Geburt, Entwicklungsstadien und Erziehungsratschläge. Oder Ankündigungen, was an Babykleidern, -möbeln und Spielsachen man ihr zur Verfügung stellen könne. Als Marianne fragte, was für eine Beziehung sie und Friedrich zur Zeit hätten, winkte sie ab, es sei sinnlos, darüber zu reden, er gehe ihr einfach auf die Nerven. Sie liebe ihn zwar, aber sie könne sich nicht wirklich vorstellen, mit ihm zu leben (um gleich hinzuzufügen: »*Liebe*, was für ein Wort, kann man das überhaupt gebrauchen in einem vernünftigen Gespräch unter Erwachsenen?!«). Darüber hinaus gab es keine weitere Aufklärung in den folgenden Wochen. Friedrich *durfte* manchmal das Wochenende bei Alina in Gumpenthal verbringen, dann war er wieder nur als nervendes Telefonklingeln im Haus präsent, aber nicht mehr, hatte nirgends ein T-Shirt liegenlassen, nicht ein Paar seiner bunten Leinenschuhe, keine Zahnbürste. Und Alina sprach wieder nicht von ihm, nicht über ihre Beziehung, schon gar nicht über ihre Zeit als Eltern eines gemeinsamen Kindes.

Marianne saß im Wirtshaus und wartete auf Juliane, die zum Abendessen kommen wollte. »I am the walking woman«, hatte sie am Telefon gesagt, später würde Marianne sie nachhause fahren. Das Lokal war halb voll, an der Bar saß Joschi mit einem Bekannten, an den Tischen zwei Familien aus der Umgebung und ein paar Leute, die sie noch nie gesehen hatte. Marianne trank schwarzen Tee und blätterte die Wochenendbeilage einer Tageszeitung durch. Als ihr Telefon läutete, setzte sich Joschi zu ihr an den Tisch. »Wir sind in Neustadt.« Pause. »Es gab einen Unfall.« Thomas klang sehr ruhig am Telefon, seine Stimme tief. Joschi nahm einen großen Schluck von seinem Bier und wandte sich jetzt ganz Marianne zu. Saß ihr gegenüber. Erwartungsvoll. Marianne hätte ihn wegschicken wollen, aber das war nicht möglich, ohne Thomas zu unterbrechen. Anscheinend waren sie auf dem Weg ins Krankenhaus. Marianne fragte in den Hörer, ob sie sich um die Kinder kümmern solle, aber Anton und Augusta kämen alleine zurecht, vielleicht später. (Thomas) »Ja, auch später, egal wie spät es ist.« (Marianne) »Sie können mich immer anrufen, sagst du ihnen das? Oder soll ich –?« – »Neinnein, das ist gut so. Ich melde mich morgen.« »Ist gut, Thomas.« Ist gut. Joschi rückte näher zu ihr hin. Der Mann, mit dem er vorher an der Bar gestanden hatte, war wieder auf seinem Platz. Marianne winkte der Kellnerin und bestellte, ohne in die Karte zu schauen, ein Kalbsschnitzel mit Kartoffelpüree. Joschi bestellte noch ein Bier. Endlich fragte er: »Ich hab mir gedacht, du könntest Gesellschaft brauchen. Brauchst du mich?« Marianne schaute ihn an. Joschi, freundlicher Joschi, sie hatte Lust ihn durchzuschütteln, ihn von der Bank, auf der sie gemeinsam saßen, zu stoßen, das würde jetzt vielleicht helfen. Was dachte sie sich nur? Thomas hatte nicht wirklich gesagt, was geschehen war, oder hatte sie nicht richtig zugehört? Ein Unfall, ein Autounfall? Juliane war doch zu Fuß unterwegs. Vielleicht hatte sie einen Anfall, aber wie würde dann Thomas davon wissen und so schnell bei ihr sein können? Als die Kellnerin das Essen brachte, war Marianne einen Moment lang überrascht. Joschi redete auf sie ein, sie fing an zu essen, und mit dem zweiten, dritten Bissen kam auch der Appetit zurück. Es tat ihr gut. »Eine Bekannte, nein, meinem Sohn geht es gut, den anderen auch, ja.« Joschi interessierte sich gar nicht, was passiert war. Er fragte nach ihrer Mutter, ob es wahr sei, dass sie auf Weltreise sei. Schaute er verächtlich drein, oder war das der Blick eines Wissenden? »Weltreise, das klingt so hochtrabend, das klingt nach Schiffsfahrten und exotischen Briefmarken, findest du nicht?« Jetzt war es Joschi, der wartete, was da noch kam. »Zwölf Monate an zwölf verschiedenen Orten. Du kennst ja meine Mutter, sie ist in allem extrem konsequent, also. Ich wusste zum Beispiel nicht, dass sie jemanden auf Hawaii kennt.« Joschi grinste leicht. »Okay. Ich möchte mir nicht vorstellen, dass mich meine Mutter einen ganzen Monat lang besucht. Und dann kann ich sie nicht rausschmeißen, weil sie sich was anderes vorgenommen hat.« Joschi war ein bisschen betrunken, sein Blick stand leicht unter Wasser. Er wischte mit dem Arm über die Tischplatte. Mariannes Teller war leer, sie hatte alles aufgegessen. Sie überlegte, ob sie zu Juliane ins

Krankenhaus fahren sollte. Joschi wischte schon wieder mit dem Unterarm über den Tisch, ein Tick? So betrunken war er doch gar nicht. Der Mann von der Bar sagte etwas zu ihm, aber Joschi kümmerte das nicht, es war nicht sehr laut und er wahrscheinlich auch nicht auf Antwort aus. »Gehen wir?« Marianne fühlte sich angenehm satt. Sie nahm noch einen Schluck von ihrem Tee, dann standen sie auf. An der Bar legte sie das Geld auf den Tresen. Auf der Straße hängte sich Marianne bei ihrem alten Schulfreund ein. »Alter!«, sagte sie, aber Joschi unterbrach sie. »Wir waren nie in derselben Klasse, warum fängst du immer wieder damit an, Mara?« Sie gingen am Lex-Haus vorbei, setzten sich auf die Bank neben der Bäckerei. »Dein Lieblingsplatz?« – »Nein, ja, wie kommst du darauf?« Pause. »Als Kind mochte ich den Platz gern.« – »Man könnte etwas über Sternenstand oder Mondstatus sagen, würde das helfen?« – »Keine Ahnung, vielleicht. Aber ist uns denn zu helfen?« Sie saßen nebeneinander. Zwischen ihnen hätte noch jemand Platz gehabt. »Wahrscheinlich, weil ich damals immer etwas bekommen habe, die alte Henriette, oder wie hieß die Frau, die immer so laut war, weißt du noch? Henriette?« – »Keine Ahnung, ist mir egal.« – »Frieda hat die geheißen, Fritzi hat die Frau vom Wagner immer gesagt. Die kam heraus und gab mir diese kleinen Topfenbällchen, oder auch so mit Käse überbackene Stangerl, die gibt's heute gar nicht mehr, immer drei oder vier in einem Papiersack.« Geräusche von Skateboards, einem Auto, dann war es wieder still. Marianne dachte an Juliane, sie hätte sich jetzt gerne Trost geholt. Trost von Joschi? »Magst du noch was trinken?« Joschi schaute sie an, er stand sofort auf. »Also, wenn du mich so fragst. Hast du überhaupt was zuhause, ich meine …« – »Ich bin die Einzige bei uns, die keinen Alk trinkt, keine Sorge.« Natürlich war es ihm unangenehm, aber sie kannten sich so lange, sie kannten sich nicht besonders gut, sie mochten sich, aber sie mochten sich nicht besonders gern, bis jetzt jedenfalls war das so.

Alina saß in der Küche über einer Zeitung. »Ich habe mich in deinem Regal bedient, Mara.« Alina zeigte auf die zwei Bücher auf dem Küchentisch, dann musterte sie Joschi. »Hallo, Joschi.« – »Guten Abend. Wie geht's?« – »Es gibt hier kein Leselicht, ansonsten geht es mir gut, danke.« Marianne war in die Speisekammer verschwunden, kam mit einer Flasche Wein zurück, erst dann fragte sie Joschi, was er denn trinken möchte, der schaute auf die Flasche, kam nahe an sie heran und meinte: »Wenn du was Starkes hast oder einfach ein Bier.« Sie stellte den Wein ab, verschwand, kam mit einer Flasche Bier und einer kleinen Schnapsflasche wieder, dann schob sie Joschi Richtung Wintergarten, reichte ihm das Bier, griff in ihre Hosentasche und hielt ihm den Flaschenöffner hin. Mit einer großzügigen Bewegung befreite sie das Sofa von Zeitungen und Magazinen. Joschi saß auf dem Sofa, Marianne auf dem Boden davor, sie hatte ihre Schuhe ausgezogen, der Teppich war kühl. Sie hatten keine Themen, über die sie sich ausführlich unterhalten konnten. Nach ein paar Sätzen brach das Reden über das neue Schwimmbad im Nachbarort, die Anschläge auf einer norwegischen Ferieninsel und ihre Sympathie für die Griechen wieder ab. Joschi hatte sein Bier ausgetrunken, den Schnaps hatte er noch nicht angegriffen. Marianne war ein Stück in seine Richtung gerutscht und hatte ihre Beine von sich gestreckt. Es war irgendwie blöd, dass Joschi jetzt wahrscheinlich sowas dachte wie *lange Beine*. So saßen sie. Nach einer Weile verließ Marianne den Raum. Alina war nicht mehr in der Küche, es brannte das kleine Licht vom Dunstabzug. Marianne nahm ihr Telefon aus der Hosentasche, legte es auf den Küchentisch. Sie ging nach oben, ins Badezimmer, stellte sich unter die Dusche und putzte sich die Zähne währenddessen. Sie duschte lange. Sie erwartete, Joschi in ihrem Bett oder zumindest in ihrem Zimmer vorzufinden, dabei wusste er nicht, wo es lag. Ohne sich richtig abzutrocknen, ging sie nach unten. Joschi war nicht mehr da.

Lukas kam ohne Ankündigung nachhause, er wollte nur ein paar Tage bleiben, bevor er mit Stefan losfuhr, für ein paar Wochen, Richtung Osten ungefähr, aber Meer sollte auch dabei sein. Stefan würde seine Gitarre mitnehmen, das DJ-Set sollte in den Kofferraum, es gab eine Idee und ein paar Kontakte zu Leuten, die sie wahrscheinlich noch nie gesehen hatten. Sie wollten Musik machen, auflegen, Party machen, »aber so, wie wir wollen«. Dann bekam der schlacksige, sehr blasse Sohn hohes Fieber und legte sich für eine Woche mit schwerer Sommergrippe ins Bett. Wie lange er nicht mehr krank war, wie sehr Marianne es freute, ihn verwöhnen zu können. Lukas schlief die ersten drei Tage fast immer und dann immer noch sehr viel, und er war naturgemäß nicht sehr gesprächig, manchmal lief der alte Fernseher, der auf einer Gemüsekiste an seinem Bett stand, aber er schien sich nicht besonders dafür zu interessieren. Marianne brachte ihm Tee, den er nicht anrührte, weil er ihm zuerst zu heiß und dann auf einmal zu kalt war. Marianne brachte ihm die von Ilka zubereitete Gemüsesuppe, von der er ein wenig aß, demonstrierend, dass er mit den veränderten Geschmäckern im Haus nur bedingt einverstanden war. Ilka war nicht bereit, genau so zu kochen wie Frau Schwaiger, die ihr das dezent nahelegte. Jetzt wusste sie nichts davon, aber wenn ein Kind krank war, gab es Hühnersuppe, nicht Gemüse. Marianne setzte sich zu Lukas ans Bett und erzählte aus dem Betrieb, überflüssige, nicht sehr interessante Dinge, dass ihr Sohn dabei häufig einschlief, machte gar nichts. Gegen Ende der Woche, als er schon in der Küche frühstückte und sich mit Zeitung und Computer wieder ins Bett verzog, kam sein Freund mit einem Beamer und vier Staffeln einer amerikanischen Serie und die beiden verbarrikadierten sich für fünf Tage in Lukas' Zimmer. Sie erschienen meistens zum Abendessen. Stefan übernachtete bei Lukas, man sollte vielleicht eher sagen, er *campierte* bei ihm. Marianne, die so froh war über den heimgekehrten Sohn, war nicht ansprechbar, so dämlich fand sie dieses endlose Fernsehen, sie hasste das. Sie hasste sich aber auch für Gedanken wie: Was machen Stefan und Lukas eigentlich miteinander, wenn sie nach sieben Folgen in Serie in einen leichten, verwirrten Schlaf fallen? Das war natürlich Blödsinn. Freunde. Gut so. Sie war überhaupt nicht begeistert von dem Gedanken, dass die zwei mit einem Auto durch Südeuropa kurvten und irgendwo Platten auflegten, aber sie hätte die beiden jetzt gerne rausgeschmissen und in den Sommer geschickt. Einladungen, sich die eine oder andere Folge mit ihnen anzuschauen, kam sie nicht nach. Das war unter ihrer Würde. Unter diesem letzten kleinen Rest. Wie ein Untoter kam Lukas dann aus seinem Zimmer, um zehn Tage, wie er sagte, für seine Mutter zu arbeiten. »Benzingeld?« – »Ja, sure.« – »Was ist eigentlich mit Griselle?« – »Weg, schon lange. Sie wollte das einfach nicht verstehen, dass ich der Richtige für sie bin. Dem Typ, der sie so kaputtgemacht hat für eine Beziehung, hat sie immer noch nachgeweint, ich konnte sie nicht davon abbringen.« – »Schade. Aber zumindest musstet ihr nicht mehr hin und her pendeln.« – »Mama. Du bist. Also sorry, aber manche Sachen verstehst du wirklich überhaupt nicht.« Pause. »Also ich erklär's dir jetzt nicht, dafür musst du dir schon wen anderen suchen.« – Marianne schaute ihren Sohn fragend an. – »Deinen Franzosen zum Beispiel?!« Wieder Pause. »Und übrigens wohnt Griselle schon seit Mai in Wien. Ganz.«

Juliane hatte wieder zu schreiben begonnen. Sie schrieb an einem Buch, das sie vor Jahren ad acta gelegt hatte. »Eine andere Struktur als die der Familie war ja eigentlich auch, was ich immer gebraucht habe, und jetzt ist das noch viel wichtiger.« Die Kinder hatten Ferien und verbrachten die Zeit auf Camps, zuhause, im Schwimmbad und auf dem Balkon; ihre Freunde hielt Juliane in der Wohnung nicht aus, sie stellten sich darauf ein. Thomas arbeitete mehr als in den letzten zwei, drei Jahren. Ging selten in sein Atelier. Als Marianne zum Essen kam, waren die Kinder noch einmal weggegangen, um sich Eis zu holen. Juliane und Thomas saßen in der Küche, sie waren still und wirkten verliebt. Sie erzählten ein wenig von den Tagen am Meer, von den Vorzügen heranwachsender, gut erzogener Kinder und Juliane machte sich darüber lustig, dass Thomas ständig und mit allen möglichen Leuten ein paar Worte wechseln hatte wollen, weil er davon überzeugt war, immer noch exzellent Italienisch zu sprechen. Bevor noch die Schulferien begonnen hatten, hatte Juliane ihr auf die Mailbox gesprochen: »Keinen zweiten Herd gefunden, wir fahren für zehn Tage ans Meer, in die Berge …« Der Rest war von Lärm übertönt worden. Marianne hatte das Gefühl: Es ist überstanden. Juliane und Thomas berührten einander manchmal, ganz zärtlich, nicht selbstverständlich bei den beiden. Strahlen im Blick. Marianne ließ sich anstecken, sie dachte: Es war schrecklich, es war so beängstigend, dass man es nicht in Worte fassen konnte, aber es ist vorbei. Juliane aß ausreichend, so empfand es Marianne, als könnte man immer alles an der Menge des Gegessenen festmachen. Juliane aß, und die zwei sind so vertraut und selig und freundlich zueinander: Jetzt beginnt das Leben nach dem großen Schrecken. Damit hatte Marianne nicht gerechnet, dass es so schnell vorübergehen würde. Nach dem Essen saßen die Frauen auf dem Balkon, sie tranken Kaffee. »Ich jammere jetzt nicht darüber, dass Thomas eine Seite offenbart, mit der nicht zu rechnen war. Es ist so. Nachdem mich dieser Typ niedergemäht hat, konnten sie nichts feststellen, ich bin mir auch sicher, dass es nicht an mir lag, ich habe alles gesehen. Ein Sichtfeldausfall, egal ob total oder teilweise, kommt ganz anders daher. Der Typ hatte einen Sichtfeldausfall, komplett. Sicherheitshalber hat er mich aber angezeigt. Könnte ja sein, dass ich auf der Fahrbahn zu weit innen gegangen bin. Diese Woche war ich zu einem CT, und leider muss Dr. Jekyll schon wieder von einer Raumforderung sprechen.« Marianne schaute nach unten, auf dem Parkplatz erkannte sie ihr Auto. Hier oben war einem der Himmel nahe. Die Wohnung war so klein, dass man auf dem Balkon hören konnte, wenn in der Küche der Geschirrspüler eingeschaltet wurde. Dann wurde die Küchentür geschlossen, und das Geräusch war sofort weg. Juliane redete ganz ruhig. Sie erzählte davon, dass sie einmal einen Essay geschrieben habe über das Ich, das in der Literatur seine Räume ausfüllt, über ein Ich, das zu Raum wird, vielleicht auch zu Ebene, Gegend, Weite. »Das betraf ja zuerst, in erster Linie, nicht mich, nicht mein Schreiben, aber so ist es ja meistens. Man liest, was man kennt, die Erweiterung ist immer eine minimale. Ist manchmal genial, dieser Hundertstelabstand. Man hat das Gefühl, der andere weiß, wovon ich gerne reden würde, hat es aber schon vorher gesagt. Das Fremde, Unmögliche fasziniert einen, aber man beschäftigt sich mit Naheliegendem. Ich konnte immer nur über Räume reden, über Flächen, über Gegenden, weil ich keine Straßen, keine Routen, nicht mal Pfade anzubieten hatte. Sich darauf verteilen, alles was man hat.« Sie redete darüber, wie sich das anfühlte, dass das eigene Ich mehr und mehr an Raum verlor. Beschissen. Dass die Ärzte sich an manchen Tagen konsequent weigerten, das Wort *Tumor* zu verwenden.

Raumforderung. »Zuerst habe ich das Wort persönlich genommen, dabei ist das keine literarische Metapher, keine Interpretation von etwas, das ich noch zu schreiben haben würde. Raumforderung nur deshalb, weil es noch unbestimmt ist. Weil es alles sein könnte.« Es läutete an der Wohnungstür, man hörte, wie sich Thomas vom Sofa aufschwang und gleichzeitig ihre beiden Kinder, den fünfzehnjährigen Anton und die neunjährige Augusta, die sich unten, vor der Haustür, unterhielten.

7. Eine Skizze vom Meer

Abends saß Marianne mit ihrem Laptop am Bett und dachte darüber nach, ob sie Eric eine E-Mail schreiben sollte. Die Lüftung des Computers schreckte sie auf, sie klappte ihn zu und stellte ihn auf die Seite. *Das hast du nicht ernst gemeint.* Während sie auf den Fernseher schaute (dunkle Krimibilder), dachte sie darüber nach, dass sie nie wieder zum Alkohol greifen würde, wenn Lukas auf einmal wieder ganz zuhause lebte. Und: dass das eine Zumutung für ihn wäre. Kein Happy End wäre das, sondern das Ende von allem. Sie konzentrierte sich auf das Geschehen auf dem Bildschirm. Marianne mochte die Krimis, die gehörten zum Sonntagabend. Die Städte in den Krimis waren alle austauschbar, die Räume waren ähnlich eingerichtet. Die meisten Kommissare lebten in stilvoll möblierten Altbauwohnungen und tranken abends Rotwein, während sie noch über den Fall nachdachten oder auf ihre Bücherwände oder auf eine maßvolle Kunstsammlung starrten. Was ziemlich absurd war, dennoch. Die wenigsten hatten, wenn sie aus dem Bett geholt wurden und direkt zum Tatort fuhren, die Nacht vor laufendem Fernseher auf einem Sofa verbracht und blickten beim Aufwachen auf Bierdosen und Pizzaschachteln aus den vergangenen Wochen. So sicher waren sich alle Figuren ihrer Bestimmung, dass es vollkommen egal war, wenn die Inneneinrichtung eines Stiegenhauses von Fall zu Fall nicht mehr stimmte oder sogar in anderen Wohnungen gedreht wurde, ohne dass jemand umgezogen war. Anfangs hatte Marianne sich darüber aufgeregt, mittlerweile wusste sie, dass es darauf nicht ankam. Requisiten. Heute fühlte Marianne sich stark, sie würde ihren Sohn nicht benutzen, um ihre Sucht in den Griff zu bekommen, sie würde auch nicht auf weitere

Männer warten, um sich durch Zuneigung oder Liebe von ihnen abhängig zu machen, und dann deretwegen trocken bleiben.

Das Telefon läutete, eine unbekannte Nummer. Marianne meldete sich mit ihrem vollen Namen, es war still. Es war eine Ewigkeit still. Sie wusste, wer sie da anrief, sie kannte dieses Schweigen, diesen ruhigen Atem. Sie wusste, dass Eric am Apparat war, ihr Bauch krampfte sich zusammen, und ihr Brustkorb ging gleichzeitig weit auseinander, als hätte sie extreme Magenschmerzen und konnte endlich, endlich wieder frei atmen. »Wo bist du?« Als würde er schon zu ihr zurückgekommen sein und ihr gleichzeitig mitteilen, dass er gerade beschlossen habe, eine Familie zu gründen, und sich deshalb für immer von ihr verabschieden. Marianne hatte diesen Anruf längst erwartet. Das Gespräch verlief jedesmal gleich. Sie erzählte vom Tod Juttas und vom Tod Romans, sie berichtete, wie schwer krank Juliane war. Immer redete und redete *sie*, anders als in Wirklichkeit. Sie wollte damit hinauszögern, dass Eric sich von ihr trennte. Wusste sie nicht mehr, dass sie es war, die gegangen war? Dass er darüber nachgedacht hatte, für immer nach Österreich zu ziehen? Für immer. Vor dieser Lüge hatte sie ihn und sie bewahren wollen, deshalb. Für immer und woanders. Auswanderer waren für sie Verzweifelte. Nach diesem Redeschwall konnte Eric nachholen, was sie ihm bei ihrem letzten Treffen und danach verweigert hatte. Dass sie eine schöne Zeit gehabt hatten, aber leider keine gemeinsame Zukunft. Dass es auch ihm schwerfiel, aber sein musste. Jetzt wollte sie das nicht hören. Jetzt wollte sie alles rückgängig machen. Jetzt wünschte sie sich, dass sie damals, ein Jahr ist das jetzt beinahe her, zu ihm gesagt hätte: Komm wieder. Dass sie so unerhörte Sachen ausgesprochen hätte wie: Ich besuche dich in Frankreich, wenn es Juttas Zustand zulässt. Lassen wir uns Zeit. Du weißt, wo du mich findest. Ich bin hier und warte auf dich. So ein Satz war doch nicht möglich! Das waren ungefähr die Gedanken, als sie in die Stille hineinhörte. Sie dachte: Eric. Sie dachte: Weil ich mich nicht leiden kann. Sie sagte gar nichts, aber dann sprach er ihren Namen aus, ganz ruhig, und dann: »Bist du allein, Mariann?« Pause. »Du musst jetzt nicht antworten, aber wenn du gerade mit deinem neuen Mann vor dem Fernseher sitzt und ihr euch vor der scheußlichen Kölner Kulisse in die Kissen kuschelt, beeindruckt mich das gar nicht. Ich will dich wieder haben, ich akzeptiere deinen Rückzug nicht, akzeptiere ich überhaupt nicht. Im September bin ich wieder da und dann kann mich dieser Nachfolger kennenlernen.« Mariannes Lachen brachte ihn ins Stocken, sie hatte Tränen in den Augen und konnte gar nicht aufhören zu lachen, vielleicht weinte sie ja auch, sie überhörte beinahe Erics Heiratsantrag, er sagte: »Heirate mich, Mariann, wenn du willst. Ich will dich heiraten.« Sie hörte auf zu lachen. »Neinnein, nein Eric, nein, ich –«, Eric fiel ihr ins Wort. Es sei ihm egal, ob sie ihn heiraten würde oder nicht, dass er einfach mit ihr zusammen sein wolle und mit ihr leben. Als sie sich wieder korrigierte, »nein, ich meine, ich bin allein, komm her, dann zeig ich's dir –«, sagte er: »Schön wäre das.«

Nach dem Abspann kam eine Diskussionssendung, Marianne fand die Fernbedienung nicht, dachte nicht daran, dass sie einfach aufstehen konnte und den Apparat ausschalten, die Lautstärke runterdrehen, sie wuschelte in ihrem Bett herum, in das sie sich nun Eric wünschte. Sie konnte nicht fassen, dass er bald hier sein würde. Es hatte alles von einem Traum, der eigentlich in Mariannes Repertoire nicht vorhanden war.

Ein paar Wochen später zog Eric ins Lex-Haus. Er hatte die Leitung der Wiener Niederlassung übernommen, ein Karrieresprung, der vor einem knappen Jahr absehbar war, allein der

Zeitraum war damals noch nicht klar gewesen. Es war berührend, Lukas und Eric zusammen zu sehen, wie sie Möbel abluden, Koffer und Kisten und das Motorrad von der Rampe hoben. Altweibersommer. Alina brachte eine Tochter zur Welt und zog zu ihrem Mann zurück. »Ihr seid jetzt eine Familie.« Marianne rechnete damit, dass Alina bald wieder im Lex-Haus sein würde, aber der Gedanke war schön. Juliane saß wieder an ihrem Schreibtisch und schrieb an einem neuen Buch. Nachdem sie ihren Geburtstag gemeinsam gefeiert hatten, saßen Marianne und Eric auf dem Balkon. Man konnte bis zum Wald sehen, der Mond leuchtete vorsichtig durch die Wolken. Nach einer Weile löste Marianne ihre Hand aus Erics, und griff zur Gitarre, begann sie zu stimmen. Eric betrachtete ihre Hände. Arbeiterhände, die jetzt über die Saiten strichen. Marianne fing an zu zupfen, dann schaute sie Eric ins Gesicht und fragte ihn, ob der Heiratsantrag am Telefon ernst gemeint war. Die Stimmung auf dem kleinen Balkon mit seiner hohen Mauer machte sie unsichtbar. »Ja.«

Marianne war eine andere jetzt und genau so, wie er sie manchmal gesehen hatte. »*Ich rauche, als kriegt' ich's bezahlt/ Im Hinterhof schreit eine Katze/ Und darüber sieht der Himmel aus wie gemalt.*« Mariannes dünne Singstimme schob die Melodie ganz leicht vor sich her, gerade noch zu erkennen. »*In mei'm Kopf sieht es aus wie in deinem Zimmer/ Was ich trinken will, fragst du/ das ist mir sowas von egal. Das erste Mal mit dir allein.*« Erics Hand lag auf ihrem Hals. Er hatte nicht gewusst, dass Marianne so ein Lied kannte und konnte. »*Und du wirst mich lieben/ wenn du auch nicht treu bist/ und du wirst mich lieben bis zum Tod.*« Ihre Stimme wurde immer leiser, und dann setzte sie wieder an, und war deutlich zu hören. »*Ich werde dich lieben, ich werde dich lieben/ werde dich lieben über den Tod./ Die Menschen werden sich lieben/ vergessen und lieben.*«

8. Laub (Manche Blätter färben sich rot)

Das Lex-Haus war von einem Tag auf den anderen leer. Nachdem Lukas und Stefan davongefahren waren, tauchte Friedrich auf, und innerhalb weniger Stunden hatten er und Alina einen Urlaub geplant (ans Meer, ans Meer), ein überteuertes Zimmer in einem kleinen Hotel gebucht und waren aufgebrochen. Mit dem Auto, mit dem Zug und mit einer Fähre wollten sie unterwegs sein. Sie würden frühestens in einem Monat zurückkommen, bis zur Geburt dauerte es dann nicht mehr lange. Es war klar, dass Friedrich alles tat, um bei Alina zu sein. Aber eine mögliche Geburt in einem Land, in dem sie sich nicht richtig verständigen konnten? War es nicht einfach eine Laune Alinas? Vielleicht, so Marianne ungefähr, sind sie in zwei Wochen schon wieder zurück.

An einem Donnerstag stand Margret in der Tür zum Büro, als Marianne gerade einen Stapel Rechnungen in Kuverts steckte. Die Tante sah müde aus, grau im Gesicht, und so ging es ihr auch. Sie hätte mit ihren Enkelkindern zwei Wochen in Gumpenthal verbringen wollen, am liebsten mit allen vier: Manon und Mariella und Simon und Jan. Aber alle hatten andere Pläne und sie auf die letzte Ferienwoche vertröstet, von den Töchtern kam keine Unterstützung, sie war niedergeschmettert und fühlte sich nutzlos. Außerdem hatte sie mit ihrer Tochter Pia eine Auseinandersetzung gehabt, weil sie zuletzt mit dem kleineren Enkel *ein bisschen gebetet* hatte. Früher hatte sie mit den Enkeln Gedichte auswendig gelernt. *Kein Tag ohne Gedicht*, so lebte sie schon seit vielen Jahren. Sie liebte Goethe und Eichendorff, sie las immer wieder die gleichen Gedichte, das Auswendiglernen fiel ihr zwar schwer, aber sie gab nicht auf. Dann waren Weisheiten aus aller Welt hinzugekommen, buddhistische Verse und Gebete, aber auch einzelne Suren; und auf einmal bemerkte sie, dass ein Tag nicht gut zu Ende ging, wenn man ihn nicht mit einem Gebet abschloss. Die Gedichte blieben, aber ihnen waren die hellen Stunden reserviert. Wenn es dunkel wurde, fing sie an zu beten, schließlich betete sie doch eher katholisch, und sie wollte den sechsjährigen Jan, der ihr Liebling war, daran teilhaben lassen. Allein, er lehnte das Gebet ab. Er hatte nicht die Pragmatik des großen Bruders, der ein paar Zeilen zur Beruhigung der Oma herunterleierte und auf Nachfragen sich erst gar nicht daran erinnerte. Jan konnte mit dem Dilemma nicht umgehen, die Großmutter zu kränken, weil er alles, was mit Kirche zusammenhing, ablehnte, seit er als sehr kleines Kind ein Kruzifix mit sterbendem Heiland in Lebensgröße gesehen hatte. Dass seine Mutter die Großmutter dafür schimpfte, machte alles nur schlimmer. Sie wurde noch einsamer in ihrer Familie. Dass die Töchter sie meistens nur einluden, wenn sie sie brauchten, das wusste sie, und das machte ihr wenig aus. Dass nun gar niemand mehr bei ihr sein wollte, nicht einmal für ein paar Tage, war schwer zu ertragen. Wie genau sie Bescheid wusste, wurde offensichtlich, als sie die Betreuungszeiten aufzählte, die ihre Töchter untereinander vereinbart hatten. Dass sie wusste, dass sie nur mehr *betreut* wurde, aber nicht mehr besucht, hatte Marianne ihr schon lange nicht mehr zugetraut. Dass das Lex-Haus nun so leer war, machte alles auch nicht besser. Isa war mit einem Mann verreist, den Margret nicht kannte (»Dass die sich überhaupt Urlaub leisten kann!«), mit Gertraud war nie zu rechnen, die kam oder kam nicht, und Johannas Wiederkehr war überhaupt äußerst fragwürdig. Margret und Marianne verbrachten den Abend im Wintergarten. Die Tante redete sich abwechselnd in Rage und verfiel dann wieder in minutenlanges Schweigen. Sie trank ein Bier und musste sich um halb zehn hinlegen. Am nächsten Tag verabschiedete sie sich, nachdem sie mit Ilka, die anfing, die leerstehenden Zimmer zu putzen, Kaffee getrunken hatte. Marek wurde von Sven zum Busbahnhof gebracht, er fuhr zu seinem Bruder. Wie immer in den letzten zwanzig Jahren blieb er drei Wochen bei ihm. Emmi machte heuer wieder eine große Reise mit ihrem Mann, und Andrea war die Ferien über mit den Kindern zuhause, kam aber regelmäßig zum Gießen und Lüften, wenn im August die Baumschule geschlossen war.

Im letzten Jahr war Marianne mit Eric an einen See in den Süden gefahren, wo sie in einem kleinen Haus mit großen Fenstern übernachteten. Eric hatte mit dem Motorrad fahren wollen, also brachte Lukas seine Mutter mit dem Auto und blieb zwei Tage bei ihnen. Sie wollte mehr Gepäck mitnehmen können, als in eine Satteltasche passte. Am Ende dieses verregneten Urlaubs (drei Tage Sonnenschein, fünf Tage Wolken und Nieselregen, Gewitter, Hagel, eine Wanderung, die sie abbrechen mussten) fuhr Eric weiter nach Frankreich, und Marianne, die sich nicht entscheiden konnte, ihn zu begleiten, nahm den Zug nachhause. Sie hatte es genossen und daran gedacht, es einmal zu wiederholen. Einige Jahre hatte sie den Sommer in einem kroatischen Strandbad oder an einem See in Salzburg verbracht, es waren Kinderurlaube für und mit Lukas, manchmal hatte sie ein Mann begleitet, hin und wieder Alina oder sonst jemand aus der Familie. Einmal war sie mit einem Schulfreund ihres Sohnes und dessen Wochenendvater an die Riviera gefahren, das war okay, aber es folgte nichts daraus. Immer wieder hatte sie die Sommer auch alleine zuhause verbracht, es war nichts dabei. Dachte sie jetzt, als die Betriebsferien kamen und sie keine Ahnung hatte, wo sie die kommenden zwei Wochen verbringen würde. Die Aussicht auf ein leeres Haus und die stille warme Luft, die es von den Quartieren über den Rasen wehen würde, brachte sie nicht in Unruhe, aber Freude kam auch keine auf. Manchmal nutzte sie diese Zeit, um Bücher zu lesen, von denen sie meinte, man sollte sie im Laufe eines Lebens gelesen haben. Sie mochte das. Ein paar Stunden im Liegestuhl zu verbringen, sich in die Seiten zu verbeißen, und es war doch alles so leicht, und man konnte auch wieder vergessen, was man gerade gelesen hatte, und dann durch den Wald stapfen, wenn es kühl genug war, oder ins Wasser springen und eine halbe Stunde schwimmen. Seen, Wanderwege, Mittelmeerstrände. Alles war doch verhältnismäßig nah und leicht zu erreichen. Interessierte sie ebenso wenig wie der Gedanke, zu Joschi in die Buchhandlung zu gehen und sich *Moby Dick* oder ein Buch von Dostojewski zu bestellen.

Es blüht noch immer rot auf dem Balkon. Aber dieser Balkon ist viel, viel höher als der von Julianes Wohnung. Blumenblüten auf dem Betonboden verstreut, ein paar nur. Alles dröhnt. Augusta sitzt am Boden, an der Wand unter dem Fenster, wie sie es in den letzten Wochen öfter gemacht hat. Ihr Gesicht ist erwachsen geworden, auf einmal, sie sieht angsteinflößend aus. Einer der Blumenkästen liegt auf dem Boden, die Stöcke sind nicht herausgefallen, nur ein wenig trockene Erde, Wurzeln wie Adern an der Erdoberfläche, sie haben aber gehalten. Schwankt. Kann der Balkon sein, oder aber auch nur die alten Stämme der Pelargonien. Als federten sie noch nach. Wie lange wurden sie nicht gegossen, es ist schwer zu sagen, weil die letzten Tage warm waren. Egal. Dröhnen, Beben, irgendwo ein Wackeln. Natürlich will Augusta, die kleine Gusti, die gerade erst mit dem Gymnasium begonnen hat, nicht über die betonierte Brüstung schauen. Sie hat alles gesehen. Marianne ist einmal im Wohnzimmer, am Fenster neben dem Mädchen, einmal steigt sie unten aus dem Auto und sieht gleich, was passiert ist, und wundert sich nur, dass niemand sonst da ist. Keine Rettung, keine Nachbarn, niemand starrt. Sie spürt den Drang, näher hinzugelangen und wie sie gleichzeitig eine unsichtbare Kraft davon abhält. Vielleicht sieht nur sie es nicht. Als würden sich alle über ein Geländer beugen. Es ist aber niemand da. Ist wirklich niemand da? Sie steigt aus dem Auto. Von da ab immer wieder Loops. Wie konnte Juliane ihrer Tochter das antun? Im Traum, der Mariannes Traum ist, landet die Freundin nicht, denn der Balkon wird immer höher und höher, sodass der Abstand zum Grund immer größer und größer wird. Aber der Körper der Freundin liegt immer schon zerschmettert auf dem Parkplatz vor dem Wohnhaus, auf dem viel weniger Autos parken als sonst. Marianne muss sich entscheiden. Sie muss zwischen der kleinen Gusti und der toten, der sterbenden Juliane, die nicht und nicht aufhört zu fliegen, wählen – und Marianne verdächtigt sie, Spaß zu haben, den Flug zu genießen und würde sie gerne anschreien, zurechtweisen, aufwecken. Möglich ist nur eine Entscheidung. Sie kann also nicht zuerst die Tote auf die Wiese betten und dann zu dem Mädchen gehen, um es zu trösten. Oder umgekehrt. Erschütterung, jetzt wackelt es nur mehr innen.

Mariannes Kopf auf gestärktem Stoff, es knisterte hinter der Stirn. Ihre Hand lag auf ihrem Bauch, auch da der harte Stoff (dazwischen, vielleicht), nur ihr Bein lag unter einer schweren Tuchent. Sie hatte die Augen noch nicht geöffnet, als sie bemerkte, dass sich der Untergrund, ein Bett, wenn es ein Bett war, leicht und langsam bewegte. Sie sah ein Gesicht, die wenigen dunklen Haare strahlenförmig über die Stirn ragend. Sie musste durch diese Tür. Es waren zwei Türen: gut und schlecht oder einfach nur Tor I und Tor II. Es würde nur einen Augenblick wehtun, dann wäre es besser, weil der Körper versorgt wäre. Geistiges also, Hochgeistiges, das war einfach, es war vielleicht noch früh, vielleicht konnte ein Getränk, eines nur, die Zeitspanne überbrücken, bis man an eine Bar gehen konnte, vielleicht gab es jemanden, der einen stützte. Als sie dachte *Bar*, dachte sie auf einmal: Hotel. Ich liege doch in einem Hotelbett. Sie sah Juliane wieder vom Balkon fliegen. War fast schon überzeugt, dass dieses Bild aus einem Traum war. Wie war sie ins Hotel gekommen? Sie sah sich in einem kleinen Modegeschäft, Wasserrauschen, Rauschen, und regnete es jetzt nicht auch? Sie sah sich in dem Modegeschäft, und jemand kam zu ihr in die Kabine und wollte ihr das Kleid wieder nach oben schieben, sie hatte es doch eben übergezogen, auf dem Boden ihre Jeans und das T-Shirt. Sie ließ es zu und dann klingelte es, von der Tür her, und wieder kam so ein Rauschen über den dicken, weichen Teppich, und sie drückte jemanden an sich, ganz schnell ging das alles, und die Stimmen vor dem Vorhang gingen ineinander über, wie Wasserfarben, die man hören konnte und das Wasser rauschte noch nach und der Körper des Mannes, angenehm, an ihrem Körper, fest, Wasserfall und Wasserfarben, und einmal lachte sie auf, nur weil es so gut war, sich zu spüren, sich in dem anderen Körper wiederzuerkennen, ganz schnell ging das und war doch nur – Das Kleid behielt sie an, schlüpfte in schwarze Schuhe, ein schwarzes Kleid, das sie schmaler und zierlicher aussehen ließ, das dachte sie, als sie sich in dem dunklen Spiegel zwischen den Kleiderständern sah, in dem Licht sah man weder Augenringe noch die Fahlheit der Haut. In diesem Licht konnte man sich gefallen. Sie gefiel auch dem Mann aus der Kabine, der jetzt kein Wort sagte. Eine Dame mit goldenem Haar, die bei der Kasse stand, musterte sie, und Marianne konnte nicht anders als sie anzulächeln, und es war ganz einfach, nichts zu sagen. Vielleicht war das Haar der Frau nicht golden, vielleicht war es auch eher gelblich oder curry. Sie hatte ihre Finger auf den Kassentisch gespreizt, und wenn sie wieder weg war, würde die Verkäuferin die Stelle sofort polieren. Jetzt plauderte sie freundlich mit der Alten und schaute verstohlen zu ihr hin und vermied, Mariannes Begleiter anzusehen. Vielleicht war etwas an ihm, vielleicht schaute das Hemd beim Hosenschlitz heraus, oder er war rot im Gesicht oder an der Glatze. Marianne machte die Augen auf, nur sehr kurz. Sie drehte den Kopf vorsichtig nach rechts. Niemand. Waren das Berge? Ein rundes Fenster. Beruhigt oder zumindest erleichtert konnte sie die Lider wieder schließen. Sie war sich nicht mehr sicher, ob sie gerade wieder aufgewacht, ob sie noch einmal eingeschlafen war. Er lag doch neben ihr, es hatte sich doch das Bett bewegt. Es war noch nicht so lange her, dass sie Lukas mit Stefan davonfahren gesehen hatte. Er würde wiederkommen, ihre Sorge war vollkommen unberechtigt. Erst als Marianne bezahlt hatte, sah sie, dass an der fleischigen Hand mit den abgespreizten Fingern eine Leine baumelte, die zu einem curryfarbenen Köter führte. Der Hund stank. Die Frau vielleicht auch. Marianne erinnerte sich an den Geruch des Schweißes von … Der Geruch haftete jetzt an ihr und war nicht unangenehm, aber die beiden Frauen rochen ihn bestimmt auch. Eine Karte neben den wulstigen Fingern auf der Glasplatte. Sie hätte am liebsten eine Flasche Parfüm gekauft, aber dafür hätte sie wieder in ein anderes Geschäft müssen, und deshalb hatte sie wahrscheinlich beschlossen, ins Hotel zu gehen. Ein Hotelzimmer zu nehmen. Sie hatte das Modegeschäft verlassen, das alleine da stand, eher ein Kiosk war. Auf der Straße wenig Verkehr, einzelne Touristengruppen. Russische Familien, immer wieder Frauen mit Perücken. Sie erinnerte sich an die Diskussion mit … Der schon ihr Kleid und vielleicht auch die Schuhe bezahlen hatte wollen, wie absurd. Aber er zog sich schnell zurück, vielleicht dachte er, sie würde es falsch verstehen. An der Rezeption gab es noch einmal eine Diskussion, die sie aber verließ, indem sie vielleicht sagte, ihr sei alles recht, und bevor sie aufs Zimmer ging, wollte sie schnell noch, kurz, an die Bar, von der aus sie ihn sah, ihre Jeans und das T-Shirt in einem großen Papiersack neben sich, wie er an der Rezeption mit dem jungen Mann in Uniform redete und kein einziges Mal in ihre Richtung blickte. Und wie es ihr jetzt gleichgültig war, dass sein Schweiß an ihr haftete, wie sie auf die Flasche zeigte und wenig später, wie organisch, wie gut organisiert, wie menschenfreundlich Hotelbars sein können, ein schweres Glas Whiskey auf dem polierten hölzernen Tresen, die goldbraune Flüssigkeit geschmeidig ihre Kehle hinunterrann und ihrem Kopf Luft verschaffte, wie beim zweiten Schluck, den sie nicht hastig, sondern genussvoll, nicht in Zeitlupe, aber gemächlich, ansetzte, wie bei diesem Schluck sich ihr Oberkörper weitete, die Schultern leicht wurden und das Kribbeln in der Lende wieder kam, wie vorhin, wie in der Kabine mit … Hinter der Bar glitzerten Champagnerkelche. Sich umdrehen, sich auf den Kopf stellen, um sie richtig wahrzunehmen. Kopfüber. Marianne mochte keinen Champagner. Zu viele Spiegel, zu viele. Marianne richtete sich auf und blickte in der Bar herum, in der wenige Tische besetzt waren, die Frauen waren alle blond oder blondiert, und einer hatten den Kragen seines Poloshirts aufgestellt. Sie waren ihr egal. Die Hirschgeweihe an den Wänden passten zu der allgemeinen Geschmacklosigkeit, die dazugehörte wie die Krawatte des Barkeepers und sein kurzärmeliges Hemd. Hier beachtete sie niemand. Marianne spürte, dass ihr Mund ausgetrocknet war, man musste vorsichtig sein. Sie könnte später unter die Dusche gehen. Lukas, wie er in einer serbischen Großraumdisko Streit mit lokalen DJs bekam. Lukas und Stefan, ausgeraubt am Straßenrand, nachdem ihr Wagen hängengeblieben war. Lukas, dem ein hübsches Mädchen nach einer gemeinsamen Nacht in einer beinahe leeren Wohnung, in der über der Abwasch ein dreiteiliger Obstkorb aus Draht hing, Telefon und Geldtasche klaute, und wahrscheinlich auch den Reisepass. Wo war Stefan? Lukas, der übernächtig mit dem Auto aus einer Kurve flog und stundenlang nicht gefunden wurde, weil die Straße zu dem alten Bauernhaus kaum befahren war. Lukas. Solche Sorgen würden ihren Sohn auf die Palme bringen, das beruhigte sie ein bisschen. Sie ließ die Flasche mit dem Roomservice nach oben schicken, ohne ihre Zimmernummer zu kennen. Der Barkeeper ging an die Rezeption und kam noch freundlicher zurück. Sie trank das Glas langsam aus, jemand brachte sie, ohne dass sie danach gefragt hätte, hinaus. Der junge Mann steckte den Schlüssel ins Schloss und öffnete ihr die Tür. 536. Der junge Mann hatte nicht nur sie ins Zimmer gebracht, sondern auch die bestellte Flasche. Marianne überlegte kurz, ob sie auf dem Roomservice bestehen sollte, ließ es bleiben. Auf dem Bett lag … Als wäre es ein tröstlicher Gedanke. Der junge Mann richtete Eis und zwei Gläser und eine Glasschale mit irgendwas zu knabbern auf dem Couchtisch an. Ging langsam aus dem Raum, der nicht so groß war, wie sie es erwartet hatte. Marianne könnte jetzt die Augen öffnen und vergleichen, ob es dasselbe Zimmer war. Sie ging davon aus. Man konnte nie sicher sein. 536. Vielleicht hatte sie schon einmal in einem Zimmer mit dieser Nummer gewohnt. Nicht in diesem Hotel. Sie war noch nie hier gewesen. Um ein paar Tage hier zu verbringen, war das Tal zu eng. Wahrscheinlich häufig schlechtes Wetter. Gestern war ihr das nicht aufgefallen. Gestern? Vielleicht war es ihr nur nicht eingefallen. Es klang so schnell und sportlich alles und war doch das Beste, was sie machen hatte können in diesem Moment. Julianes und Thomas' zärtliche Wiedervereinigung.

Wie lange war es her, dass er es ihr gesagt hatte? Wieder sah sie die kleinen roten Blüten auf dem Balkon verstreut. Darunter waren auch welche in einem dunklen Pink, jener Farbe, die Juliane auf keinen Fall haben wollte, als sie im späten Frühjahr mit Augusta die Stöcke bei Marianne ausgesucht hatte. Auch unter den dunkelroten befanden sich welche in einem dunklen Pink. Das hatte sie jetzt davon. Wie wütend Marianne auf einmal wurde. Sie stemmte ihren Oberkörper in die Höhe und hatte sofort die Flasche im Blick. Aber sie konnte von hier aus nicht sehen, ob sie leer war. Ein Glas stand immer noch auf dem Couchtisch neben der Glasschüssel mit den Erdnüssen. Fast zerriss es sie. Sie hatte sich das zweite Glas eingeschenkt, und die Dusche lief schon. Marianne blickte um sich, um festzustellen, dass dieser Mann tatsächlich nicht in ihrem Zimmer war. Aber der viel zu enge rote Sessel, das kleine rote Sofa: leer. Keine Spur von ihm. Sie konnte sich erinnern, dass er, telefonierend und auf dem Bett liegend, sein Hemd ausgezogen hatte. Da weitermachen, wo sie eben fast aufgehört hatten. Ein angenehmer Gedanke. Marianne entschied sich anders und wollte sich eine Badewanne einlassen. Ihr Glas stand auf dem Badewannenrand, und das Wasser rauschte jetzt noch lauter. Er hatte sein Telefonat offenbar beendet und stand im Badezimmer, mit nacktem Oberkörper, das Telefon in der rechten Hand. Er legte es auf die Ablage beim Waschbecken und fuhr ihr über den Nacken, was sie für einen Augenblick gar nicht antörnte, aber nur für einen Augenblick. Vielleicht hatte sie versucht, sich zu erinnern, wo sie ihn getroffen hatte, da musste sie es doch noch gewusst haben, da musste sie auch noch seinen Namen gewusst haben. Er forderte sie auf, sich auszuziehen, was sie auch tat, und als er seine Hose und die Unterhose abstreifte, machte er den Verschluss der Badewanne wieder auf, wollte mit ihr unter die Dusche, denn um drei, er sagte es auf Deutsch, und Marianne erinnerte sich jetzt auch wieder, dass er nicht besonders gut Deutsch sprach, dass sie sich auf Italienisch unterhalten hatten, aber er sagte jetzt, und sein Schwanz berührte dabei Mariannes Oberschenkel, um drei müsse er am Black-Jack-Tisch sein oder beim Poker, um drei, um drei, und das schien ihn noch mehr zu erregen. Und er redete von ihrem Kleid, dass sie doch dafür gekauft hätten, damit sie mit ihm ins Casino gehen könnte, und er hatte es auf einmal unangenehm eilig, und da drehte sich Marianne um, zur Badewanne hin, er verstand das falsch, sie sagte ihm das, sie wollte ihm das sagen, aber das Whiskeyglas war schon auf den Bodenfliesen zersprungen. Gleich war Blut da, und da machte er einen Schritt zurück und ging aus dem Badezimmer hinaus, eine vollkommen lächerliche Szene, seine Erektion war noch immer da, aber er ging hinaus aus dem Badezimmer, wie hysterisch, fand Marianne, der er nicht fehlte, die es aber gut gefunden hätte, wenn er jetzt hier im Raum gewesen wäre. Wahrscheinlich war er dann noch einmal ins Bad gekommen, um seine Anzughose zu holen. Marianne saß auf dem Klodeckel, oder vielleicht stand ein Hocker in dem Badezimmer, und sie schaute sich das an und traute sich nun nicht mehr in die Badewanne, es war ziemlich viel Blut am Fußboden. Sie bewegte ihr linkes Bein. Sie schaute dem Mann zu, wie er sich mit Klopapier das Blut vom Fuß wischte und wartete, ob es wieder anfing, kein Wort redete er, und als kein Blut mehr kam, schlüpfte er in die Unterhose, dann in seine schwarze, vielleicht dunkelblaue, ein wenig glänzende Hose. Socken lagen keine auf dem Boden. Er machte die Hose zu, öffnete sie gleich wieder und klappte den Klodeckel hinauf, also musste Marianne auf einem Hocker im Badezimmer gesessen sein, denn sie war nicht aufgestanden, um ihm Platz zu machen, wäre keinen Zentimeter gewichen für ihn. Er pinkelte ziemlich lange und sagte noch immer nichts, auch Marianne redete nichts mehr. Es schien vorüber zu sein, obwohl es vorher doch so leicht gewesen war und Marianne, die nicht darüber nachgedacht hatte, hatte wahrscheinlich gehofft, den Tag und die Nacht mit einem Mann zu verbringen, der um einiges älter aussah, als er sein konnte, auf dessen Annäherung sie gleich antworten konnte an der Tankstelle irgendwo zwischen Salzburg und Innsbruck. Und hatte sie sich nicht vorgestellt, er könnte ihr guttun, wenigstens?

Marianne war nach Thomas' Anruf auf die Autobahn aufgefahren. Sie war von einem Termin gekommen, bei dem auch Hanno oder Michaela dabei sein sollten, denn es ging um einen großen Privatgarten, für den sie einen Schwimmteich bauten, und der Gärtner, der für die Gartengestaltung zuständig gewesen war, schien überfordert, pleite, was auch immer, sie sollte einspringen oder ihn unterstützen. Sie wollte davon zuerst nichts hören, was konnte das schon werden, den Pfusch eines Kollegen ausbaden, aber dann fuhr sie doch hin, und der andere Gärtner erschien nicht, war nicht erreichbar, und der Bauherr wollte, dass Marianne sofort alles übernahm. Sie warteten auf Hanno oder Michaela, die Baustelle sah ziemlich wüst aus, der Kollege schien ungefähr alles falsch gemacht zu haben, und Marianne grauste vor dem Auftrag. Da musste sie gar nicht anfangen zu vermessen. Eher alibimäßig schritt sie die Flächen ab, stieg über den Hügelansatz, der angelegt worden war und bereits wieder in sich versank, ging alles ab, vor allem um den Bauherren abzuschütteln, er nervte sie. Alles nervte. Immer diese scheiß Hügel, warum konnten die Leute den Grund nicht so nehmen, wie er war? Wie lächerlich, wie verzweifelt. Mühsam. Nach einer Stunde erst kam Michaela, und sie redeten vage über ein paar Möglichkeiten. Michaela, nicht besonders aufmerksam, war zumindest verwundert, dass Marianne mit dem Bauherrn noch nicht einig geworden war. Als sie auseinandergingen, war der Bauherr zornig wie einer, der es gewohnt ist, dass er bekommt, was er möchte, Michaela verunsichert, weil sie Marianne verstand, den Auftrag aber offensichtlich haben wollte, was wiederum Marianne lächerlich fand, schließlich war er doch auf sie angewiesen. Saß im Auto und versuchte, auf die Erklärung des Radiomoderators zu hören, konnte sich nicht besonders konzentrieren, weil sie verärgert war. Der Tag hatte freundlich angefangen und war auf einmal schal, unbrauchbar. Plötzlich schreckte Marianne auf, denn der Wagen, der auf der Überholspur an ihr vorbeifuhr, war doch der von Lukas und Stefan. Genau konnte sie es nicht sehen, aber sie war sicher, dass niemand am Beifahrersitz saß. Reflexartig schaute sie auf ihr Telefon, beschloss, ihren Sohn später anzurufen. Marianne hatte die Freisprechanlage des Telefons angeschlossen und versuchte sich zu freuen, als sie sah, dass Juliane anrief, aber dann war es Thomas' Stimme, die sagte: »Sie ist tot.« Nachher stand Marianne noch lange am Straßenrand, die Wasserflaschen im Fußraum auf der Beifahrerseite lagen still da, und das Radio hatte sich wieder eingeschaltet, nachdem Thomas oder sie aufgelegt hatte. Sie hatte versucht, Eric zu erreichen. Sie hatte seine Telefonnummer gewählt. Eine mechanische Stimme hatte gesagt: *Dieser Anruf ist leider nicht möglich. Sorry, this call is not allowed.* Und vielleicht war es dieses *allowed*, das sie dazu brachte, auf die Autobahn zu fahren, ihr sollte es nicht erlaubt sein, zu ihm zu fahren, das würde sie ihm schon beweisen, allen, wem auch immer. Mehrmals hatte sie versucht, Lukas zu erreichen, aber immer meldete sich seine Mailbox. Als der Mann mit dem schwarzen Haarkranz sie angesprochen hatte, während sie das Auto volltankte, hatte sie nicht gewusst, ob sie gegen die Leitplanken oder nach Frankreich wollte. Alles vergebens.

Marianne war froh, dass sie alleine in dem Zimmer war, sie war froh, dass es regnete, jedenfalls sah sie breite Schlieren Regenwasser das große Fenster hinunterlaufen, das wie ein Kirchenfenster oben rund war. Schon an den Regen zu denken, beruhigte sie. Sie war doch mit ihrem Auto durch das kurvige Tal in diesen etwas heruntergekommen Ort gefahren und nicht in seinen Sportwagen eingestiegen, wie er es gerne gehabt hätte. Bis eben war sie sich auch ziemlich sicher gewesen, dass sie nicht ein paar Stunden nach diesem lächerlichen Streit im Badezimmer ins Casino hinübergegangen war, wie schmal die Straße an der Stelle war, daran konnte sie sich allerdings erinnern. Alles hatte rosa geleuchtet. Casinos interessierten sie nicht. Marianne war keine Spielerin. Sie hatte manchmal, selten, das eine oder andere Mal, wenn sie meinte, sie müsse ihrem Leben eine andere Wendung geben, sie sei an der falschen Stelle angewurzelt, wenn sie ausbrechen wollte, weggehen, dann war sie manchmal ins Casino nach Baden gefahren. Es war nicht so viel Geld, das sie verloren hatte. Erst als sie nach einem Missverständnis, einer kleinen Szene, für ein Jahr lang das Casino nicht mehr betreten durfte, ließ sie es ganz bleiben. Lange her. Die Flasche auf dem Couchtisch musste leer sein, oder es war eine zweite Flasche, dann, ja, dann bestand eine Möglichkeit. Marianne lag wieder auf dem Bett, die Tuchent inzwischen ganz nach unten geschoben. Die Luft im Zimmer fühlte sich an, als würde geheizt. Vielleicht taten sie das auch wirklich. Auf den Sommer hier war kein Verlass. Hatte sie ihn an einem der Black-Jack-Tische vorgefunden oder war er zu ihr an die Bar gekommen? Dass sie im Casino an einer Bar gesessen war, daran erinnerte sie sich jetzt wieder. Sah die Chips in Silberschälchen neben dem kleinen

Bier und die stark geschminkten Gesichter der anderen Frauen. Manche waren mit ihren Kindern gekommen, schien es. Dass das erlaubt war. Vielleicht war es doch an der Bar, dass sie ihm von dem letzten Jahr erzählt hatte. In welcher Sprache? Hatte sie von all den Toten geredet, von ihrer letzten, ihrer liebsten Toten, von Juliane, die ein taubes Bein und einen tauben Arm zum Anlass genommen hatte, sich eine tödliche Dosis zu spritzen? Die ihren Kindern eine verwirrte, eine tablettenabhängige, eine inkontinente Mutter nicht zumuten wollte? Was wusste sie, Marianne, schon von der Angst aller Beteiligten? Ihr kam es vor wie kriminelle Energie, dabei ging es doch um etwas anderes. Sie fragte sich, ob Juliane denn mit einer Spritze umgehen konnte. Woher sie den Stoff hatte. Julianes Kinder waren jetzt Zurückgelassene wie sie. Marianne hatte kaum in das Hausbuch geschrieben, in den vergangenen Monaten, wie sie es sich vorgenommen hatte. Was hatte sie auch schon zu sagen? So oft verlassen zu werden, das war doch nicht mehr zu ertragen. Immer wieder hatte sie gemeint, es käme nur darauf an, selber den Standort zu wechseln, hin und wieder woanders zu sein, wie es ihr alle vormachten. Wenn sie selber immer gescheitert war mit ihren Ausflüchten, ihren Versuchen, Jutta und dieses scheiß fruchtbare Land zu verlassen, dann hatte das doch auch seine Gründe. Aber dass in dem Moment, in dem sie sich damit abgefunden hatte, ihr alle wegstarben. Frei sein, unterwegs sein, sich nicht festlegen lassen. Das war doch nichts für sie. Johanna, ja. Aber von ihrer Mutter hatte sie bestimmt nicht geredet. Und ihre Cousine Alina, die machte was sie wollte, wo sie es wollte und mit wem. Alina machte nichts falsch. Sie hatte immer mit dem Glück zu tun, das anscheinend gar nichts gegen Launen hatte. Einer wie Eric, der einfach behauptete, er könne seine Heimat verpflanzen, er könne mit einem Mal bei ihr zuhause sein, aber einmal wäre er doch weggegangen, zurück. Das war doch. Nach diesem Bier, nach einem zweiten kleinen Bier würde sie ins Hotel zurückgehen, mit oder ohne ihn. Sie war sich fast sicher. »Ich bin eine Verbliebene.« Er konnte sie nicht verstehen. Dass sie keine gemeinsame Sprache hatten, nahm dem Ganzen die Trivialität, die das doch alles haben musste für einen Unbeteiligten. Als Marianne sich wieder aufrichtete, auf das Fenster, auf die Flasche, auf den Fußboden schaute, stellte sie fest, dass es gar nicht so heftig regnete, aber dazwischen war sie vielleicht auch noch einmal eingeschlafen; dass in dem Glas neben der Whiskeyflasche ein schmaler Rand goldbrauner Flüssigkeit war und auf sie wartete; und dass auf dem Fußboden neben einem kleinen Häufchen schwarzem Stoff noch eine Flasche und zwei Gläser standen. Leer. Sie würde das jetzt ignorieren. Sie konnte das. Aufstehen, das Glas und die Flasche nehmen und den Whiskey ins Waschbecken schütten. Manchmal war sie dazu in der Lage. Auch wenn es ihr nicht gelang, eine vergangene Nacht damit auszulöschen, auch wenn immer etwas übrigblieb, hereinreichte in ihren Alltag, der ebenso banal war. Immer wieder hatte sie das geschafft. Nicht der Rausch, die Beruhigung steht am Anfang. Und nicht Katerstimmung, sondern die Traurigkeit danach. Dann ging es wieder weiter. Sie verdrängte den Gedanken an Juliane, und sie schaute nicht nach, ob ihr Sohn ihr eine Nachricht hinterlassen hatte. Es war nicht möglich, den Gedanken an Juliane wegzuschieben, sie sah auch das Bild der kleinen Augusta aus dem Traum wieder vor sich. Auch Augustas Bruder Anton kam ihr in den Sinn und dass Juliane ohne Freude in der Stimme gesagt hatte, wie überrascht sie sei, dass Thomas alles schaffen würde. Als wäre sie enttäuscht gewesen, dass das Leben ihrer Familie ohne sie weitergehen und nicht im Chaos versinken würde. Ich werde gleich abreisen. Das Badezimmer sah übel aus, aber sie ignorierte die

Flecken am Fußboden und auf den Handtüchern, stieg unter die Dusche. Als sie sich abtrocknete und noch einmal das Zimmer inspizierte, fand sie einen Zettel auf der Kommode unter dem Fernseher, auf dem ihr Autoschlüssel lag. *Bon Viaggo!* stand darauf, die Unterschrift war unleserlich.

9. Laub (Manche Blätter färben sich gelb)

Marianne verbrachte den August im Garten hinter dem Haus und im Schwimmbad, wohin sie am späteren Nachmittag fuhr, fast jeden Tag. An trüben Tagen waren fast nur Einheimische da, und sie konnte sich auf die alten Holzpritschen legen, die immer noch so rochen wie vor dreißig Jahren. Marianne hatte die Zeitung dabei, manchmal ein Buch, las ein wenig, das meiste verschwand hinter ihren Augen, ohne dass sie darüber nachdachte, kein unangenehmer Zustand. Hin und wieder stieß Juliane mit Augusta zu ihr, einmal auch Anton, einmal brachte das Mädchen eine Freundin mit. Marianne hatte vergessen, wie ernsthaft Mädchen reden konnten. Wie viel Platz in der Welt für sie war und wie eng ihnen gleichzeitig alles vorkommen konnte. Juliane wirkte entspannt, wollte einmal plötzlich zurück an den Schreibtisch, also blieben Marianne und Augusta noch länger, abends setzte sie das Mädchen vor der Haustür ab. Es tat gut, die Freundin oben bei der Arbeit zu wissen. Anders als früher erzählte sie manchmal, woran sie arbeitete, dass es ein Roman über ihre Mutter werden würde, eine Geschichte, eigentlich, über eine Reise, die zwei Frauen unternehmen. Wer die zweite Frau war, sagte sie nicht. Beim nächsten Mal fiel sogar das Wort *Road Novel.* »Keine autobiographischen Geschichten mehr«, so die Freundin, die doch auch bis dahin keine geschrieben hatte. »Wenn du jung bist und unterwegs – und dafür ist es nicht so wichtig, wie viele Kilometer an Land oder in der Luft du zurücklegst –, wenn du jung bist und alles auf Anfang steht, dann ist alles möglich. Es ist aber nur eine kurze Zeitspanne, ein Augenblick eigentlich, in dem sich das meiste entscheidet. Scheint so. Sicher. Aber das stimmt nicht. Du gehst, gehst weiter, und es gibt doch immer wieder

Möglichkeiten. Richtungen, andere Wege. Wenn die eigene Haltung nicht durch dauernde Meinungen zu allem und jedem relativiert würde, würde man häufiger ankommen.«

Wenige Tage nach Mareks Abreise kam ein Anruf von seinem Bruder. Marek hatte einen schweren Unfall gehabt und war im Krankenhaus. Für den Bruder war klar, dass Mareks *Dienstverhältnis*, wie er sagte, und es klang vorwurfsvoller, als es gemeint war, hiermit beendet war. Marianne solle ihn in Pension schicken, er würde sich demnächst um den Hausrat des Bruders kümmern. Marianne fuhr am übernächsten Tag zu ihm. Sie wollte mit ihm sprechen. Nicht, weil sie meinte, der Bruder bestimme über ihn, vielleicht hatte es etwas mit Abschied zu tun. Sie war den halben Tag unterwegs und kam hungrig in einer Kleinstadt an, die an den meisten Stellen unfertig wirkte, unaufgeräumt. Mareks Bruder Michael war größer, aber vielleicht war es seine Statur, er war nicht so eingeknickt wie Marek, der ja immer kleiner geworden war. Aus einem stark gebräunten Gesicht mit weißen Bartstoppeln leuchteten ihr zwei Bubenaugen entgegen, es blitzte und funkelte, und Marianne erinnerte sich erst später wieder, dass Marek der Jüngere der beiden war. Michaels Haus war unverputzt, aber alles war ordentlich, beinahe adrett. Sein Deutsch war fast fehlerfrei, er hatte in Deutschland gelebt und als Maler und Anstreicher gearbeitet und war seit drei Jahren wieder hier. Aufgewachsen waren sie in einem Nachbardorf, das Haus der Eltern hatte eine Nichte übernommen. Michaels Sohn lebte in Deutschland, und dieses Haus, von dem Marianne nichts gewusst hatte, hatte er für sich und seinen Bruder gebaut. Marek lag in einem kleinen Zimmer, das ein Fenster auf eine Wiese hatte. Er richtete sich ganz auf, als Marianne eintrat, es war ihm unangenehm, dass sie ihn im Unterleibchen antraf. Es war ihm nicht recht, dass sie ihm helfen wollte, er schickte sie zuerst in den Garten, damit sie sich die Obstbäume anschauen konnte, und erst als sie die jungen Zwetschken- und Apfelbäume, die bereits Früchte trugen, lobte, durfte sie sich hinsetzen und ihm zuhören. Der Gips reichte ihm bis zur Lende, natürlich zeigte Marek sein eingegipstes Bein nicht, erzählte, wie er von der Leiter zum Dachboden gefallen war und sich nichts dabei gedacht hatte, natürlich. Erst als er nicht mehr aufstehen konnte, wusste er, »gibt ein Problem«. Wie verpflichtet er sich ihr gegenüber immer noch fühlte. Marianne hatte dem doch gar nichts entgegenzusetzen. Natürlich konnte er in Pension gehen, schließlich hatte er über vierzig Jahre gearbeitet. Alt und gebrechlich schaute er aus. Vierzig Jahre! Im Vorbeigehen bemerkte Marianne, dass das Zimmer des Bruders identisch eingerichtet war. Kleine blaue Punkte auf der Bettwäsche. Die Reisetasche mit seinen Sachen hatte sie im Wohnzimmer stehen lassen, der Bruder solle nachschauen, ob noch etwas benötigt werde. Auch ihm war es unangenehm, dass Marianne so schnell gekommen war. Natürlich brauchte Marek nichts von dem, was sie die vierhundert Kilometer hierher geschafft hatte. Nur einander brauchten die beiden, das war Marianne bald klar. Im Obstgarten waren ihr die Tränen gekommen, als sie daran dachte, wie lieb und distanziert sie und der alte Mann zueinander waren. Er gehörte doch zu ihr, in ihre Landschaft, in ihren Garten. Wenn Lukas jetzt da wäre, dann hätte er ihn drücken oder ihm auf die Schulter klopfen können, bei Marianne ging das nicht. Aber Marek tätschelte ihr beim Abschied ein bisschen länger die Hand. Sie wusste, dass er nicht mehr nach Gumpenthal kommen würde, wenn es nicht wegen irgendwelcher Formalitäten notwendig war. Dann saß sie beim Bruder im Wohnzimmer und aß Wurst- und Käsebrote, die Flasche Bier rührte sie nicht an. »Wir kochen nicht. Wir gehen in die Kneipe. Ich gehe in die Kneipe, seit meine Frau gestorben ist. Ich bin kein Macho, entschuldigen Sie, ich kann nicht kochen.« Die Brote schmeckten ihr, als hätte sie seit Tagen nichts gegessen. Sie wollte schnell wieder zur Tür hinaus, so heimelig kam ihr alles vor. Sie versprach wiederzukommen, dann mit Lukas, für den Marek doch ein Großvater war. Der Bruder nickte nur, als wüsste er alles. Wahrscheinlich wusste er mehr über sie als Marianne über Marek. Über der Couch, die so hart war, dass man gut darauf sitzen und essen konnte, hing neben Hochzeitsfotos und Kinder- und Jugendbildern auch eines von Lukas in der Sandkiste. Hinter ihm Marek. Im Rahmen steckte ein Passfoto von Lukas, das nicht älter als ein oder zwei Jahre sein konnte, Marianne hatte es nie gesehen. Als sie noch einmal zu Marek ins Zimmer schaute, war er eingeschlafen. »Wir sind hier zuhause«, so sein Bruder, als er sie zum Auto brachte.

Nachdem Marianne zweieinhalb Stunden im Auto gesessen war, überlegte sie, ob sie in einem der Hotels an der Autobahn übernachten sollte. Sie war müde. Sie hatte das Gefühl, seit einer Ewigkeit mit niemandem gesprochen zu haben. Dieses Land kannte sie auch nicht. Die Puffs abstoßend, aber man hatte davon schon gehört. Schöne Landschaft immer wieder, der Mohn blühte noch und die gelben Rapsfelder hatten etwas Freundliches. Als sie zum Tanken auf eine Raststätte fuhr, trank sie im Shop einen Kaffee, ging auf die Toilette, setzte sich dann wieder hinter das Lenkrad. Nachhause fahren, sie wollte nicht nachdenken. Sie wollte nicht in einem Hotel übernachten. Hotels! Unerbittliche Orte. Man musste immer mehr darstellen, als man sein konnte. Ein anderer sein am besten. Mit Zielen und einer Aufenthaltsdauer. Wenn sie alleine im Hotel war, fiel es ihr schwer, nicht ins Sinnieren zu kommen, alles wurde dann so existenziell, dabei waren die Fernsehbildschirme in den Zimmern mittlerweile fast so groß wie Kinoleinwände. Wenn sie müde würde, konnte sie auf einen Rastplatz fahren und eine halbe Stunde im Auto schlafen, aber es war dann gar nicht nötig. Auf dem restlichen Heimweg las sie Straßen- und Nummernschilder, schaltete den Tempomat ein und aus, ein und aus. Ihr Telefon lag die ganze Zeit in ihrer Tasche, der Akku war leer. Manchmal trank sie einen Schluck lauwarmes Wasser.

Das Glioblastom ist der häufigste Hirntumor. Es tritt in der Regel bei Erwachsenen auf, bei Kindern sind Glioblastome eher selten. In den meisten Fällen sind die Betroffenen zwischen 45 und 70 Jahre alt. Glioblastome entstehen meist primär, d. h. sie sind keine Metastasen anderer Tumoren. In der Regel bilden sie auch keine Metastasen außerhalb des Nervensystems. Die Prognose bei Glioblastomen ist eher ungünstig, da die Tumoren schnell wachsen und umgebendes Gewebe infiltrieren. Hat der Tumor sich bereits stark ausgebreitet, kann er bei einer Operation nicht oder nicht vollständig entfernt werden. Trotz zahlreicher Bemühungen ist es der medizinischen Forschung bisher nicht gelungen, gegen diesen Hirntumor effektive Behandlungsmöglichkeiten zu entwickeln. Ein paar Wochen nach der zweiten Operation hatte Juliane von Überlebenschancen und -statistiken, von mindestens vier klinischen Studien erzählt. Da war es noch Frühling gewesen. Langzeitüberlebende, das hieß in dem Fall drei bis fünf Jahre. Juliane verständigte sich mit ihren Ärzten in Monatsabständen, auch das hatte sie Marianne gesagt und dann, erhobener Zeigefinger: »*Thou shalt not google!*«

An einem ihrer freien Tage hatte Marianne Juliane mit nach Neustadt nehmen wollen, aber das Handy war ausgeschaltet, zuhause hob niemand ab. Der Tag war lau, Marianne hatte morgens Himbeeren geerntet, sich dann mit der Zeitung ins Büro gesetzt und später darüber nachgedacht, ob sie sich ein Kleid kaufen sollte, sie brauchte natürlich keines und sah auch keinen Anlass für ein Kleid, trotzdem. Der Sommer ging dahin, mittlerweile waren die Kleider, die es noch gab, bestimmt im Abverkauf. Danach könnte sie mit Juliane in die Buchhandlung gehen, doch noch Sommerlektüre besorgen, und später könnten sie irgendwo essen, vielleicht noch eine Runde schwimmen. Probierte die Nummern wieder durch, wählte dann die von Thomas, bei ihm läutete es nur zweimal, danach schaltete sich die Mailbox ein. Ein paar Minuten später bekam sie eine SMS. *Rezidiv gefunden. Operieren morgen.* Seither saß sie an ihrem Computer und las sich durch Lexika-Einträge und Krankengeschichten. Erst nach zwei oder drei Stunden schickte sie Thomas eine Nachricht zurück, ob sie kommen dürfe oder solle. Wie schrecklich es war, fremde Krankengeschichten zu lesen. Musste man nicht immer vergleichen? Konnte man Mitleid haben, Wünsche für andere, denen es besser oder eben bereits viel schlechter ging? Welche Vergleiche waren denn überhaupt notwendig (möglich?), wenn es um Leben und Tod ging? Es läutete gleich, Thomas war mit Anton und Augusta bei Juliane im Krankenhaus, sie hatte ein Einzelzimmer und war sehr ruhig, er bat sie, abends vorbeizuschauen. Er würde dann die Kinder heimbringen und mit ihnen zuhause bleiben. Marianne wunderte sich, dass sie ihn überhaupt verstand. *Tonlos* nannte man das wohl.

Die Krankenschwestern schickten Marianne in den vierzehnten Stock, sagten ihr, welchen der Notausgänge sie nehmen musste. Die Freundin saß auf einem Plastiksessel. Daneben ein Tischchen mit einem alten Porzellansuppenteller, in dem ein paar Zigarettenstummel lagen. Am Eck stand eine Krankenschwester und rauchte. Erst als sie an ihr vorbei ins Haus ging, sah Marianne, dass noch eine zweite Schwester bei ihr war. Juliane trug eine weiße Seidenbluse über schwarzen Leggings, sie sah überhaupt nicht aus wie eine, der man am nächsten Tag den Kopf aufschneiden würde. Es war schwer, sie in ihrem Gesicht zu erkennen, sie zu finden. Vielleicht war sie nicht mehr da. »Jetzt, wo meine Mutter aufgebrochen ist, stelle ich erst fest, dass sie gar nicht in den Norden wollte. Das finnische Temperament, dieser ganze Alkohol, aber vor allem natürlich das Licht, das fehlende Licht, die spärliche Sonne, das alles war überhaupt nichts für sie. Die wollte meinen Vater oder uns nie verlassen, für ein finnisches Abenteuer, das sollte in ihrem Kopf bleiben. Es ging niemanden von uns etwas an, und es war auch nicht in Ordnung, dass ich das alles ausgegraben habe. Darüber zu schreiben, das wäre etwas anderes gewesen. Wenn die OP morgen nicht wieder der Auftakt ist zu weiteren Operationen, könnte ich sie noch in die andere Richtung schicken, in den Süden fahren lassen. Ich weiß es nicht, ob ich noch daran arbeiten werde.« Marianne fragte sich, wie viel die Freundin von diesem Buch schon geschrieben haben mochte. Wenn sie davon erzählte, klang es nach viel, ausufernd, wuchernd. Es konnte auch sein, dass Juliane im Erzählen noch einiges ergänzte. »Ich kann mich ja schließlich nicht immer nur auf die Kleinen konzentrieren, das ist doch fürchterlich für sie.« Marianne lehnte schräg vor ihr, stützte sich auf die breite Balkonmauer. Sie dachte an ihren Traum, Julianes Flug und die dunkelroten und altrosa Blütenblätter auf dem kleinen Balkon bei ihr zuhause. Sonst wusste sie kaum noch etwas, auch nicht mehr, wann sie ihn geträumt hatte und wie sie hatte wissen können, dass es nicht vorbei war, wo doch alles darauf hingedeutet hatte. »Und jetzt«, Marianne hatte einen oder zwei Sätze Julianes verpasst, »jetzt bin ich gespannt, ob ich noch Augustas ersten Schultag im Gymnasium erleben werde.« Marianne hatte sich schon zu ihrer Freundin umgedreht, als die ihre Hand nahm. So standen und saßen sie da. Im Augenwinkel wäre zu sehen gewesen, wie ein Pfleger oder eine Schwester sich von innen gegen die schwere Notausgangstür lehnte und im letzten Augenblick abließ. Sicher gab es noch einen zweiten Raucherbalkon. Marianne und Juliane bekamen davon nur den kurzen scharfen Luftzug mit, als sich die Tür wieder schloss. Als wären sie noch viel, viel weiter oben. Im Zimmer drückte Juliane ihr die Patientenverfügung in die Hand. »Bitte lies dir das in Ruhe durch. Du weißt ja schon, was ich machen werde.« Marianne ging ohne ein Wort, aber das machte gar nichts.

Der Briefträger winkte mit einem Kuvert, vielleicht freute er sich einfach nur, dass er seinen ersten Arbeitstag nach dem Urlaub mit einem Brief krönen konnte. Marianne kam ihm über den Rasen entgegen und fragte nicht, wie es im Urlaub gewesen war, er war es gewöhnt, verzog keine Miene, ging halblaut vor sich hin redend wieder durch das Tor. Hinten stand nur *Lukas*, der Brief war in Belgrad abgestempelt. Seine Schrift war viel größer, als seine Mutter sie in Erinnerung hatte. Ihr Sohn schrieb davon, im Herbst nach Berlin zu gehen, wohin er alle Instrumente und einiges mehr mitnehmen wolle. Ob sie ihn bringen würde. Dass er es mit zwei Freunden aus dem Musikkollektiv jetzt ernsthaft versuchen wolle, sich an der Uni einschreiben werde, aber nicht studieren. Wie viele neue Songs in seinem Kopf herumzwitscherten (sieben bis zehn, je nach Entwicklungsstadium). Dass er sich in ein Mädchen aus Buenos Aires verliebt habe, »Verá lebt auch in Berlin, vielleicht ziehe ich zuerst zu ihr in die WG, natürlich nur vorübergehend«, dass er erst Ende September zurückkommen wolle, sich aber noch einmal melden werde. Marianne lehnte auf der Steinbrüstung, Lukas' Lieblingsplatz, wenn er sich zurückziehen, aber nicht allein sein wollte. Freute sie sich, war sie besorgt? Es war rührend von ihm, einen Brief zu schreiben statt einer E-Mail. Warum, dachte sie gleich, sollte sie sich um

Lukas Sorgen machen? Er war noch keine fünfundzwanzig und wusste noch nicht, welchen Beruf er einmal ausüben wollte. Wahrscheinlich konnte er sich überhaupt nicht vorstellen, je einen Beruf zu haben. Da ging er dahin. Jedenfalls würde er sich nicht mehr beschweren, dass sie ihn so selten besuchte. Natürlich würde sie ihn nach Berlin fahren. Möbel konnte er dort kaufen. Die Gitarren und sein Equipment. Das war doch sicher ein guter Ort für junge, kreative Menschen, warum nicht? Siri fiel ihr ein, aber die lebte ja nicht mehr in Berlin. Vielleicht sollte sie probieren, ob deren Telefonnummer noch funktionierte. Das wäre vielleicht eine Gelegenheit, das wäre vielleicht *die* Gelegenheit für ein Wiedersehen. Sie war nicht traurig. Sie war überhaupt nicht traurig. Da ging er hin. Marianne konnte sich diese Argentinierin nur als Tangotänzerin oder Sängerin vorstellen, konnte nicht wissen, dass sie beides war. Ein Jahr später würde sie einen Auftritt von ihr miterleben, zusammen mit Lukas' Musikkollektiv, in dem Wirtshaus, in dem sie Eric kennengelernt hatte. Brechend heiß wird es sein, und wenige Minuten, nachdem sich die vierundvierzig Hochzeitsgäste zum Essen setzen, geht ein Wolkenbruch nieder, die Türen zum Innenhof sind offen, bis es das Wasser hereinschwemmt. Regenbogen zum Dessert und später in das Gartenhäuschen zum Konzert. Verá, die ein paar Jahre älter ist als Lukas, wird das erste Lied singen, zu dem sich das Brautpaar über den freien Platz vor der Bühne im Kreis dreht, erst langsam, dann schneller und schneller, und irgendwann wirbelt er sie …

Marianne sagte ihrer Mutter, die sich den Fuß gebrochen hatte, ab. Sie werde sie nicht in Zürich abholen. Sie wollte nicht wegfahren, solange es Juliane so schlecht ging. Alina hatte angerufen und ihr erklärt, dass sie gerne mit Kind und Kegel in Gumpenthal wohnen möchte. Nicht vorübergehend, sondern länger (sie sagte am Telefon: »Für immer.«). Friedrich würde natürlich bei ihr wohnen wollen und sie war sicher, dass sie ihr Kind in Gumpenthal aufziehen und aufwachsen sehen wollte.

An einem Sonntagnachmittag stand Joschi in der Küche, als Marianne gerade Tomaten und ein Butterbrot essen wollte. Wie scheiße er es immer gefunden habe, dass sie kein einziges Mal nach ihrer Rückkehr auch nur eine ungefähre Entschuldigung für ihn gehabt hatte, irgendwas. Ganz unvermittelt redete er los. Hatte nicht einmal auf ihre Begrüßung reagiert. Dass sie nicht *einmal* nach seiner Rückkehr ein einziges Wort darüber verloren habe. »Darüber?!« Joschi redete sich in Rage, wie verliebt er in sie gewesen sei. Marianne hatte die Tomaten geschnitten und ging an ihm vorbei an den Kühlschrank. Butter. Sie schüttete Wasser in die Kaffeemaschine, tauschte den alten Filter gegen einen neuen aus, füllte Kaffee nach. Joschi redete von der Schule. Er erzählte von einem Nachmittag im Schwimmbad, hinten bei den Trauerweiden. Sie strich Butter aufs Brot, sie konnte sich erinnern. Ob sie einander wirklich leidenschaftlich geküsst hatten, wie er es behauptete, konnte sie nicht mehr genau sagen. Aber dass das Oberteil ihres Bikinis nass war, dass sie das spürte, als er auf ihr lag, und dass sie dann, warum auch immer, damit aufgehört hatten. Marianne hatte vergessen, dass sie ein paar Wochen lang gedacht hatte, der Joschi, der Joschi, vielleicht ist der Joschi ein cooler Typ. Vielleicht ist der Joschi lässig. Sie mochte ihn, sicher. Sie hatte ihn immer gemocht, irgendwie. Was nachher passiert oder nicht passiert war, beschrieb er so: Sie habe nichts mehr von ihm wissen wollen, ohne Grund und von einem Tag auf den anderen. Sie habe die Schule gewechselt und an einem Wochenende im September habe sie zu ihm gesagt: Mal schauen. »Das war's. Jahrelang Funkstille.« Sie hörten das Glucksen der Kaffeemaschine, und Marianne redete endlich auch.

»Funkstille. Du spinnst ja! Was reimst du dir denn da zusammen? Es war doch nie etwas, außer die Schmuserei im Schwimmbad. Wir haben uns doch Jahre, jahrelang nicht gesehen. Du warst doch gar nicht in Gumpenthal, als ich schwanger wieder hier eingezogen bin.« Auf seinen Einwand, dass er regelmäßig nachhause gekommen sei, als er das von ihr gehört hatte, fing sie an zu lachen. »Das ist mir zu blöd, Joschi Buchberger, das kannst du doch gar nicht ernst meinen? Hast du Leichen im Keller? Hast du eine Frau vergewaltigt? Wofür brauchst du denn jetzt diese blasse Story?« Aber da wurde sie selber ruhig, die Kaffeemaschine rülpste ihr noch einmal hinterher, dann war es ganz still. Wie er sie anschaute. Joschi hatte schon die Tür aufgemacht. Er hatte viele Gemeinheiten auf Lager, aber jetzt ging er einfach wieder, wie er gekommen war. Unerwartet. Marianne aß das Brot und trank den Kaffee erst, als er schon fast kalt war. Sie hatte ihn immer gemocht. Irgendwie. Später fuhr sie zu Juliane, die einen halbwegs guten Tag gehabt hatte. Sie lag auf dem Sofa, Thomas ging zweimal durchs Wohnzimmer auf den Balkon (anscheinend hatte er wieder zu rauchen begonnen), die Kinder sah Marianne gar nicht. Auf dem Couchtisch lag ein Aufnahmegerät, über das Juliane wie zufällig eine Zeitschrift legte. Sie erwähnte es nicht. Jetzt war es anders. Marianne erzählte: Juliane hörte zu. Marianne redete über Lukas' Pläne und dass Marek in Pension gegangen war und dass Alina eine Tochter zur Welt gebracht hatte, Marijana, am Meer. In einem Krankenhaus am Meer. »Jetzt müssen sie noch ein paar Wochen in Kroatien bleiben, ich weiß gar nicht, wie Friedrich das mit seiner Arbeit macht.« Julianes Augenlider waren schwer, immer wieder gingen sie fast zu. Fast zu. Auf einmal schaltete sich der Bildschirm ihres Computers ein, kurz blitzten bunte Strahlen über den schwarzen Schirm, dann implodierten die Farben. Marianne schaute wieder zu Juliane, die nichts bemerkt hatte, dann durchs Fenster, wo Thomas auf dem Balkon stand, überlegte, ob sie ihn rufen sollte, aber sie ließ es bleiben. Marianne fuhr besänftigt nach Hause, ihr Vorhaben, Joschi nie mehr wieder zu grüßen, kam ihr lächerlich vor. Im Büro blätterte sie in dem Stehkalender und schrieb in das Feld unter dem zweiten Oktobersamstag *Erntedankfest*.

22. Oktober
Vor zwei Wochen habe ich Lukas nach Berlin gebracht. Er ist nicht, wie er es im Sommer noch angekündigt hatte, zu seiner neuen Freundin in eine Wohngemeinschaft gezogen, sondern hat mit zwei anderen eine Art Genossenschaftswohnung gemietet. Einen von ihnen kannte er schon aus Wien, er hat manchmal mit ihm in der Band gespielt (sie nennen sich *Kollektiv*), der dritte lebt schon länger in Berlin und hat die Wohnung aufgetrieben. Die könnte man eventuell auch kaufen, was vielleicht keine schlechte Lösung ist, wenn er tatsächlich länger bleibt. Er wirkt fröhlich, ich kann mich nicht erinnern, wann ich ihn zum Schluss so gesehen habe. Die Fahrt dauerte über acht Stunden, viele Kilometer in Richtung Marek, aber wir haben ihn nicht besucht, Lukas wollte nicht, was mich ein bisschen überraschte. Dafür haben wir einen anderen Umweg gemacht.

Die Fahrt war auf einmal anstrengend, es hatte zu regnen begonnen, der Himmel war ganz dunkel und würde es bleiben. Lukas schaute seine Mutter an, vielleicht herausfordernd, vielleicht lässig, sie wischte den aufkommenden Stress weg, als hätte sie auch in ihrer Wahrnehmung nur den Scheibenwischer einschalten müssen, um klar und deutlich zu sehen. Die drängenden Autos wirkten jetzt wieder harmloser, obwohl sie knapp an sie heranfuhren, manchmal aufblinkten, bevor sie überholen konnten. Marianne konnte nicht ständig auf die rechte Spur wechseln, wo die kleinen Pkws mit den zaghaften Fahrern unterwegs waren, denen der Regen wirklich etwas ausmachte. Marianne kannte die Angst vor Aquaplaning, obwohl mit dem Kleinbus kaum Gefahr bestand. Die Angst kam immer dann, wenn sie das schlechte Wetter als einen persönlichen Angriff auffasste. Auf der rechten Spur konnte sie nicht bleiben, die Geschwindigkeit war zu niedrig, ungefähr um so viel, wie die Autos auf der Überholspur zu schnell fuhren. Sie wechselte ständig die Spur. Lukas stellte die Musik immer lauter, so dass sie ihn kaum verstand, irgendwann war der Akku des iPod leer. Lukas erzählte, wie er seine Freundin kennengelernt hatte. Er klang verliebt und vernünftig. Marianne sah immer nur grell geschminkte und nicht mehr ganz junge Frauen in knappen Tops und kurzen Röcken in breiten Fußgängerzonen herumgehen, in einer Hand das Telefon, in der anderen ein Handtäschchen, zu klein, zu lächerlich, und gleichzeitig ging etwas Bedrohliches davon aus. Für eine argentinische Künstlerin war in dieser Vorstellung kein Platz. Marianne stellte sich dicke Frauen in Schürzenkleidern und mit Kopftüchern am Straßenrand vor, und wie die Fußgängerzonen über imaginäre Ränder hinunterbrachen. Die Schaufenster leergeräumt oder vollgestopft mit grotesken Haushaltswaren, die keiner brauchte: Ventilatoren und Stapel billigen Papiers, kaputte Elektrogeräte. Fußballstadien, Massengräber, Hochhausblocks mit Wohnungen, in denen Mädchen gegen ihren Willen festgehalten wurden, und die dann doch auf die Straße gingen, in zu knappen Tops und ausgeleierten Jogginghosen, die Nägel neonfarben lackiert. Die ihrer Gefangenschaft entkamen für ein Eis oder harte Getränke, die Dose mit dem Energydrink in der einen, einen Plastiksack mit Hygieneartikeln in der anderen

Hand. Die Bewacher waren jünger als die Mädchen oder uralt. Sie wusste, dass ihr Sohn nichts damit zu tun hatte. Wenn Lukas von Partys erzählte, auf denen er aufgelegt hatte, sah sie Großraumdiskotheken in verfallenen Supermärkten und auf dem Parkplatz dahinter alte Mercedes Benz und BMWs und Pick-Ups. Männer in Militärstiefeln an den Eingängen, manche von ihnen bewaffnet, die meisten mit Aknenarben im Gesicht, unter den kurz geschorenen Haaren. Glatzen und Lederjacken. Lukas redete vom Süden, sie dachte: Osten. Wie froh sie war, dass er wieder hier war.

Sie kam aus einer Gegend, in der sie sich gut eingerichtet hatte. Neben den Kieferwäldern und dem Fluss mochte sie vor allem ihre eigenen Quartiere. Die Überschaubarkeit von jungen Büschen und wie die Apfelbäumchen in die Höhe trieben, und die alten Rosenstöcke. Das Land rundherum war eben da, nichts dagegen zu sagen, auch nicht so viel dafür. Wo sie eben herkam. Wie es Lukas nun in einer Großstadt gehen würde, konnte sie sich nicht vorstellen. Für ihn war der Umzug bereits selbstverständlich, seine Aufregung zeigte er, indem er immer wieder von Clubs und Konzertmöglichkeiten sprach, er sagte: »Ich stelle es mir ein bisschen so vor wie New York früher. Nur halt deutsch.« Marianne hatte Fernsehbilder im Kopf. Menschen, die über die Mauer kletterten, Massen, die sich über die breite Straße durch den Tiergarten schoben. Love Parade. Sie hatten in Wien keinen brauchbaren Stadtplan bekommen und jetzt hatte Lukas verschiedene Stadtteile, die er aus dem Internet ausgedruckt hatte, auf seinem Schoß liegen.

Berlin! Die Autobahn in die Stadt hinein kostete mich den letzten Nerv, schließlich sind wir angekommen. Als erstes besorgte ich mir eine genaue Karte. Der Laster kam in eine bewachte Tiefgarage, weil wir erst am nächsten Tag ausladen konnten.

Lukas' Wohnungskollege hatte den Schlüssel nicht hinterlegt und war nicht erreichbar. Ich wäre am liebsten wieder nachhause gefahren. Die Instrumente, die Anlage – das alles über Nacht im Auto zu lassen, und das in einer Stadt wie Berlin! Lukas wollte mich beruhigen, indem er mir die Stadt zeigte. Wir waren am Fernsehturm, im Mauermuseum und am Brandenburger Tor, das viel kleiner ist, als ich es mir vorgestellt hatte. Wahnsinnig viele Menschen. Mit den Bildern von 89 hat die Stadt allerdings nicht mehr viel gemein. Schicke Einkaufsstraßen, Horden von jungen Menschen. Die Straßen sind breit und die Gehsteige voll mit Schanigärten, überall sitzen Leute und frühstücken den halben Tag. Im Botanischen Garten habe ich mir die Welwitschie angesehen: eine skurrile Pflanze, die in Afrika heimisch ist und nur ein Blattpaar ausbildet, nicht besonders schön ist, auch weiß man nicht, wofür es sie überhaupt gibt. Dafür gibt es männliche und weibliche Pflanzen. Die *Welwitschia mirabilis* ist alt, eigentlich der Quastenflosser unter den Pflanzen. Dass sie mit anderen Nacktsamern, also Fichten oder Tannen, verwandt sein soll, ist ihr tatsächlich nicht anzusehen. Ein Österreicher hat sie im 19. Jahrhundert entdeckt.

Nach dem Abendessen holte Verá Lukas ab, Marianne nahm nicht den kürzesten Weg zurück ins Hotel, sondern spazierte durch Kreuzberg. Wie extrem unterschiedlich die Straßenzüge ausschauten. Das Hotel lag in einer schönen Straße, gleich in der Nähe war ein Kanal. Nur ein paar hundert Meter davon entfernt, rund um eine U-Bahn-Station, standen hässliche, heruntergekommene Hochhäuser, aber überall waren Menschen auf der Straße, auch abends waren die Gehsteige voller Leute, dichter Autoverkehr außerdem. Marianne blieb stehen, als sie türkische Frauen auf Küchenstühlen und Hockern sah, die

Kaffee tranken und plauderten. Gleich wurde sie von einer älteren Frau angesprochen. Eine jüngere mit Kopftuch unterbrach sie, bot Marianne einen Stuhl an. Zuerst redeten sie über Kinder, dann über die Möglichkeiten, die sie haben, und dann aber auch über die Ungerechtigkeiten: dass die Mieten jetzt um so viel teurer geworden sind und immer noch weiter steigen. Wo man doch schon so lange hier wohnt und so weiter. Die meisten Frauen waren keine Zugezogenen, sie waren Berlinerinnen. Sie waren aber auch Türkinnen. Was Marianne erzählte, kam ihnen ganz selbstverständlich vor. Dass sie ihren Sohn hierher chauffiert hatte, und dass er jetzt in Berlin leben würde. In Berlin zu leben, war für sie das Selbstverständlichste. Dass man dafür die Mutter verlassen müsse, sei *heftig*, sagte eine jüngere Frau in perfektem Deutsch. Auch sie trug ein Kopftuch. Ein paar schwärmten von der österreichischen Landschaft, das Landleben war den meisten wohl ebenso fremd wie Marianne eine türkische Metropole. Dass sie ihren Sohn alleine großgezogen habe, mit Unterstützung der Großmutter, wunderte niemanden, ebensowenig wie die Tatsache, dass sie zum ersten Mal in Berlin war. Sie kämen ja auch nirgendwo anders hin. Was Marianne in Berlin besonders gefallen würde, fragte sie die alte Frau, die sie zuerst angesprochen hatte. Da stellte sich heraus, dass einem Berlin nicht gefallen muss, um hier zu leben. Der Kaffee schmeckte bitter und süß. Die Menschen auf der Straße kümmerten sich nicht um die Frauen auf ihren Hockern, auch um Marianne nicht. Sie war in dieser Stunde eine von ihnen. Eine türkische Mutter beim Kottbusser Tor. Wie hatte sie sich die Stadt denn vorgestellt? Hochhäuser, und dass man den Unterschied zwischen Ost und West noch deutlicher sehen würde, immer noch. Meistens hatte sie an diesem Tag in Berlin aber gar nicht daran gedacht, ob sie nun im Osten oder im Westen war.

Auf dem Weg ins Hotel wusste ich auf einmal: Ich fliege nach Frankreich. Ich muss jetzt zu Eric nach Marseille. Lukas half mir, ein Flugticket zu buchen und Erics Adresse herauszufinden. Er druckte mir die Adresse der Firma aus, auch noch Telefonnummern von Hotels, falls irgendwas nicht klappen sollte. Aber davon war doch auszugehen. Keine Ahnung, was ich mir gedacht habe. Nicht überlegt. Gar nicht ausgedacht, was sein, was eher nicht sein würde. Am übernächsten Tag fuhr ich mit dem Taxi vom Flughafen in die Innenstadt, habe ihn gleich angerufen. Ich saß am alten Hafen und schaute aufs Wasser. Mir war schlecht, ich hatte in der Nacht kaum geschlafen vor lauter Aufregung. Was konnte jetzt kommen? Was würde geschehen? Ich rechnete damit, dass man mir in seinem Büro erklären würde, er sei nicht für mich zu sprechen, er sei im Ausland, er arbeite hier nicht mir, er sei leider bei einem Motorradunfall umgekommen und so weiter. Auf dem Schoß die Pläne, die Lukas ausgedruckt hatte. Seine Fürsorge ging so weit, dass er oben auf dem Ausdruck die französische Vorwahl notiert hatte. Eric meldete sich, und nachdem ich ihn begrüßt hatte und nach einer kleinen Pause sagte er: »Bist du hier?« Eine halbe Stunde später war er bei mir. Ich konnte mich nicht von der Stelle bewegen. Was war jetzt überhaupt passiert? Am Vormittag hatte mich mein Sohn mit meinem Lieferwagen zum Berliner Flughafen gefahren und sich überschwänglich von mir verabschiedet, nachdem er darauf bestanden hatte, mich noch zum Einchecken zu bringen, noch einen Kaffee mit mir trinken musste und sich ordentlich bemühte, seine Freude nicht zu stark zu zeigen. Als wäre ich ein kleines Kind, das sich trotzig noch einmal anders entscheiden könnte, wenn es bemerkt, dass die anderen gut finden, was es macht. Dabei hatte ich mich doch schon entschieden. Vielleicht schon, als ich zu Marek gefahren bin. Als könnte ich mich doch bewegen. Wir gingen in seine Wohnung. An der Oper vorbei und in einer kleinen, sehr französischen Gasse liegt seine Wohnung im zweiten Stock. Man hört die Möwen vom Meer. Ich bin eine Woche geblieben, habe mit Andrea telefoniert und Hanno gebeten, das dubiose Projekt für mich abzusagen. Eric konnte sich nicht freinehmen, dennoch ging er jeden Tag erst gegen zehn ins Büro und war am frühen Nachmittag wieder zuhause. Manchmal ging ich zu Mittag in eines der Cafés in der Nähe seiner Wohnung, trank Kaffee, aß ein Sandwich. Dann fuhren wir mit seinem Auto aus der Stadt hinaus, spazierten in die Berge oder am Meer entlang, er musste manchmal telefonieren, das machte nichts. Einen Ausflug zu seinen alten Eltern, die über zwei Stunden entfernt von Marseille leben, habe ich abgelehnt. Zuerst dachte ich, auch Eric sei erleichtert, dass ich uns, ihm das nicht angetan habe. Und dann. Es ist alles ganz einfach. Fragte mich, ob ich ihn heirate. Ende des Jahres wird er nach Gumpenthal ziehen. Die Position als Leiter der Österreich-Niederlassung hat jemand anderer bekommen, woran ich schuld bin, zumindest indirekt, aber er wird etwas finden. Kann sich noch nicht vorstellen, für mich zu arbeiten.

Zum Erntedankfest ins Lex-Haus kamen alle: Lukas mit seiner Freundin im kleinen Lieferwagen, direkt aus Berlin. Johanna, die von Gertraud in Zürich abgeholt und hierher chauffiert wurde, wollte bleiben und genesen. Sie wohnte im Gartenhaus. Es war zwar unter ihrer Würde, in Mareks ehemaliger Wohnung zu übernachten, die noch nicht vollständig ausgeräumt war, aber so konnte sie sich ein bisschen bewegen. Ihr Projekt *zwölf Länder in zwölf Monaten* wollte sie nur unter-, keinesfalls abgebrochen haben. Es war allerdings möglich, dass sie kein Geld mehr hatte, und Marianne wollte ihr die Weiterreise nicht finanzieren. Gertraud war diesmal alleine gekommen, nicht nur, weil sie das Taxi für die Schwester spielte, sondern auch, weil Matthew eine neue Frau hatte und nicht mehr zur Verfügung stand. Sie wirkte gar nicht geknickt oder enttäuscht, sah aber erleichtert aus. Die Freude über ihr Enkelkind war nicht besonders groß, aber sie konnte auch früher wenig mit Babys anfangen. Alina dagegen war selig, traumwandlerisch glücklich. Wenn Marianne es nicht besser gewusst hätte, hätte sie gesagt, diese Frau hatte noch nie etwas anderes als Kinder gewollt. Freundlich zu Friedrich, der keine schlechte Figur machte, eine richtige Familie. Sie wollten tatsächlich nach Gumpenthal ziehen, nahmen aber Mariannes Vorschlag, sich das Gartenhäuschen herzurichten, zurückhaltend auf. Es musste einiges umgebaut und renoviert werden, im nächsten Sommer würden sie einziehen können. Marianne rechnete damit, dass sich alles noch einmal änderte. Die größte Überraschung lieferte Tante Isa: Sie kam mit einem jungen Mann, so alt wie Alina, also Mitte zwanzig, und Onkel Paul wie aus dem Gesicht geschnitten. Das sagten jedenfalls seine Schwestern; Johanna, Margret und Gertraud waren sich einig und hielten es kaum aus. Der junge Mann hieß wie sein Vater – Paul. Isa und er trafen einander schon seit einem knappen Jahr, seit er in Wien lebte. Die Geschichte war nicht ganz klar, aber offenbar hatte Paul kurz vor seinem Tod eine Affäre mit einer deutschen Malerin oder Kunststudentin gehabt, und Isa, die sich ja selber unbedingt Kinder gewünscht hatte, wollte ihn damals verlassen. Tat sie nicht, weil er bald, nachdem sie es herausgefunden hatte, krank wurde. Tatsächlich erzählte Isa, sie hätte ihren *Stiefsohn* gerne für sich alleine behalten, aber gemeinsam hätten sie jetzt doch beschlossen, dass er und die restliche Familie das Recht hatten, einander kennenzulernen. Der neue Paul fühlte sich wohl auf dem Fest, freundete sich mit Lukas an, unterhielt sich mit allen, spielte mit den Buben Fußball. Angeblich hat Jutta von seiner Existenz gewusst, erzählte mir Paul. Sie habe Alimente bezahlt, er habe sie nie gesehen, erst vor ein paar Jahren hatte ihm seine Mutter die ganze Wahrheit erzählt. Wenn er auch nicht wegen seiner unbekannten Familie nach Wien gezogen war, gefiel ihm das Zusammentreffen doch. Ich erinnerte mich an das Sparbuch, das auf sein Geburtsdatum lautete, und traf mit dem Losungswort ins Schwarze: *Paul.*

Das war das erste Fest, das Ilka ganz alleine betreute. Frau Schwaiger war mit Mann und Kindern, Schwiegertochter und Enkelkind auf Urlaub gefahren. Sie hatte es sich zum Geburtstag gewünscht. Frau Schwaiger ist in den vergangenen Wochen immer seltener hier und war letztens verwundert, als sie das Haus ganz leer vorgefunden hatte. (Ich habe Ilka Bescheid gesagt, aber nicht ihr, das ist wahr.) Hanno, Michaela und ihre kleine Tochter sind gekommen und auch Walter, der in manchen Augenblicken fast einen dementen Eindruck machte. Mario hatte seine Frau mitgebracht, und am Nachmittag kamen noch ein paar Freunde von Sanja, Dominik und Sven. Die Mitarbeiter, also die jüngeren eigentlich, verzogen sich zwischendurch in ihren Gemeinschaftsraum. Hinter dem Haus standen die Tische mit den Bänken, es war ein warmer Oktobertag.

Eric ist da.

Augusta war da (ich habe alle eingeladen, Thomas und Anton wollten nicht, brachten die Kleine vorbei), aber kurz nach dem Essen fand eines der Mädchen von Katharina sie weinend auf dem Sofa im Büro, und ich brachte sie nachhause. Unten auf dem Parkplatz brauchte sie noch ewig, bis sie sich wieder beruhigen konnte, dann rief ich Thomas an, der sie abholte. Ich war nicht in der Lage, zur Haustür zu gehen, anzuläuten. Ich habe mich geschämt.

4. November
Juliane ist tot. Vor drei Tagen hat ihr Herz zum letzten Mal geschlagen, da waren Thomas und Augusta und Anton bei ihr. Nach der Operation war es ihr wieder besser gegangen, sie hatte aber bald und immer wieder epileptische Anfälle. Zum Schluss brauchte sie Morphium, um zu atmen und die Tage und die Nächte zu überstehen. Wie schnell es gehen kann, wie schnell es gegangen ist. Heute standen Nachrufe in zwei Zeitungen. Ich wusste nicht, wie berühmt sie war. In Wirklichkeit weiß ich gar nicht, wofür und wogegen sie am meisten gekämpft hat. Zuerst hat sie gesagt, dass sie nichts mehr schreiben wolle, hat alles weggeschmissen und sich nur mehr mit Augusta beschäftigt. Erst nach einiger Zeit kam ihr auch ihr Sohn wieder in den Sinn. Sie schien ihre Beziehung zu Thomas geklärt zu haben, und danach redete sie wieder davon, dass sie dieses eine Buch, dieses *Mutterbuch* noch schreiben wolle. Ein Buch kann aber den Menschen nicht ersetzen, wenn – Trotzdem: Das wollte sie noch fertigschreiben.

Sie war die Dichterin.

Sie saß jeden Tag am Schreibtisch und ließ sich von Thomas und mir versichern, dass das Buch nicht erscheinen dürfe, wenn nicht ENDE auf der letzten Seite stand.

Teil II

10. Seen

Der Peugeot 205 stand in der Birkenallee, vorne saßen Wilhelm und Hedwig, auf dem Rücksitz ihre beiden Töchter. Hellblau glänzend, hatte Siri oder Gina gesagt, als sie ihn zum ersten Mal sahen, mittlerweile wussten sie, dass die Farbe Azur Metallic genannt wurde. Der Straße sah man die Kälte an. Sie waren von der Seebadallee her eingebogen, an der Kirche vorbei, alles wie immer, an der Feuerwache, über die Bahngleise. Neu waren die Plakate mit Zigarettenwerbung an der Abfahrt und jetzt wieder mitten im Ort. Im Westen waren ihnen die Kamele nicht aufgefallen, Werbung. Sie waren vom Berliner Ring abgefahren, auch das wie immer. Sie fuhren über die Transitautobahn, das Schild, das sie vor dem Betreten der DDR warnte, sollten sie erst später lesen, in der Nähe von Potsdam. Und jeder von ihnen erinnerte sich dabei aus anderen Gründen an das Gefühl, das er hatte, beim Einfahren in ihre Straße, in die Birkenallee. Unbehaustheit in einem auskühlenden Auto, das den ganzen Weg über nicht richtig warm geworden war. Die Heizung funktionierte nicht besonders gut, die Kälte war ihnen in die Glieder gekrochen. Was taten sie noch hier? Gina war die Erste, die aussteigen wollte, hinten gab es keine Türen, sie tippte ihrer Mutter auf die Schulter. »Mir ist so kalt.« Was taten sie wieder hier? Hedwig legte ihre Hand (im Handschuh) auf die ihrer Töchter, die andere lag auf dem Oberschenkel ihres Mannes. Auf den Namen Egon Wilhelm getauft, verweigerte er schon als Kind seinen ersten Namen, und die Stimmung musste sehr ausgelassen oder brisant sein, wenn ihn seine Frau oder eine der Töchter mit Eeegon, Ergü oder Egü riefen. Wilhelm mochte auch seinen zweiten Namen nicht, aber sich umzubenennen, wie es ihm seine

Töchter vorschlugen, das wäre ihm umständlich, auch irgendwie unmäßig oder anmaßend vorgekommen. Dass man ihn Will oder William nannte, daran hatte er sich gewöhnt. Der Spitzname hatte etwas mit Ergué-Gabéric, einer kleinen Stadt in der Bretagne zu tun, eine Geschichte aus seiner Schulzeit, er hatte sie manchmal, er hatte sie immer wieder erzählt, aber die Töchter, die kein Französisch in der Schule hatten, kürzten sie gerne ab. Ihre Version ging so: »Das kommt von ›die große Kante‹, weil unser Väterchen so locker um die Hüften ist, ihr wisst schon: ein großer Schwofer, und auch sonst eine heiße Socke. Womit sie sich lustig machten über die Steifheit, die er manchmal an den Tag legte und die ihm zu schaffen machte (jedenfalls glaubten sie das, Wilhelm glaubte es nur, solange er meinte, sich jung fühlen zu müssen). Sie hörten gerne Geschichten von ihrem Vater, ihrer Mutter, aber längst waren ihre eigenen Geschichten aufgekommen, und die waren ebenso wichtig, mindestens. »Schau, Ergü, alle Bäume sind noch da. Vielleicht ist gar nichts passiert.«

Sie saßen immer noch im Auto. Hedwig war die Erste, die etwas sagte, sofort war wieder Pause. Was taten sie hier? Siri schaute auf den Atem vor ihrem Gesicht, war sich aber gleich nicht mehr sicher, ob sie sich das einbildete. Sonderbare Verzweiflung in dem kleinen Auto. Über Hedwigs Kopf zog sich ein Riss im graubraunen Himmel des Autos bis zu der Stelle, wo sich Siri nach vorne beugte. Der Stoff der Bespannung hing ein paar Zentimeter herunter, und Siri spürte kalte Luft aus dem Loch strömen. Sah so der Anfang aller Veränderungen aus? Vor dem Anhänger, der meistens vor dem Gartenzaun der Familie Bergmann stand, parkte ein Motorrad, das sie noch nie da gesehen hatten. Der Anhänger hatte immer draußen gestanden, weil ihn regelmäßig jemand ausborgte. Mal gab es Fliesen, dann einmal Holz oder Ziegel, da musste es schnell gehen. Der Anhänger stand da, wo er immer gestanden war. Oft waren natürlich auch die Bergmanns selber unterwegs, weil sie was brauchten, weil es etwas gab. Man musste sich einigermaßen organisieren. Wie verlässlich war das Gefühl: zurückkommen? Wie würden sie funktionieren? Die Familie in dem kleinen Peugeot bestand aus einem vierzigjährigen Finanzkaufmann, Spezialisierung Versicherungen, der Mitarbeiter der wissenschaftlichen Arbeitsorganisation in der staatlichen Sozialversicherung gewesen war, seiner gleichaltrigen Frau, Kinderärztin und Hobbymalerin, und den beiden Töchtern, Siri, sechzehn (das wurde manchmal mit Cindy verwechselt, kein Wunder in einem Land, in dem Mädchen in ihrem Alter Sandy oder Mandy genannt wurden, dabei hatte es mit einer finnisch-russischen Urgroßmutter zu tun), und die um drei Jahre jüngere Schwester Gina (immer Gina, nie Regine, wie es in der Geburtsurkunde stand). Zurückkommen? Es war vielleicht mehr ein verzögertes Gefühl von: Ich will nachhause, denn sie waren ja quasi da. Das Motorrad war groß und protzig und hätte sich über den Trabant auf der anderen Straßenseite leicht lustig machen können, aber das hatte es wahrscheinlich nicht nötig. Hedwig sah sich und ihre Familie wie in *High Noon* die Straße hinuntergehen. Ihr trockener Humor war häufig gegen ihren Mann gerichtet. Sie sagte: »Unsere Colts haben wir vergessen.« Nachhause. »Gehen wir gleich nachhause oder schauen wir, ob der See zugefroren ist?« Sie hätten nicht gedacht, dass solche verbalen Lockerungsübungen nötig sein würden. Die ganze Fahrt über hatten sie nicht besonders viel gesprochen, schon gar nicht über Heimkehrrituale, über Erwartungen und darüber, was sie empfangen würde. Im Sommer waren sie im See geschwommen, im Winter waren sie auf dem Eis gewesen. Fast immer. Wilhelm und Hedwig waren Eissegler, Siri und Gina liefen Schlittschuh.

Der See fror früher zu als andere, weil er nicht besonders tief war. Die Mädchen hatten zuhause Weihnachten feiern wollen; Hedwig weigerte sich, obwohl sie da schon beschlossen hatten zurückzugehen.

Seit Oktober bewohnten sie eine Wohnung im Kölner Stadtteil Zollstock, zwei Zimmer, 56 Quadratmeter. Und starrten vor dem Fernseher bald auf die Massen, die durch die offene Mauer drängten, das war schwer zu glauben. Saßen da oben und tranken Sekt. Obwohl der Unterschied nicht besonders groß war, fielen den Mädchen die wirren Frisuren vor allem der jüngeren Leute und der Frauen auf. Sie sagten eigentlich *irre Frisuren*, Hedwig korrigierte sie, freundlich: »Ja, schon ein bisschen wirr, habt ihr Recht.« Vielleicht wurde ihnen in diesen Tagen bewusst, dass sie immer nur daran gedacht hatten, das eine Land, ihr Land, hinter sich zu lassen, ohne sich bewusst zu sein, in welchem Land sie ankommen würden. Sicher, die Mädchen könnten nach einer Weile, und wenn sie mit der Schule fertig waren, überall leben. Dass Gina nach Frankreich ginge oder nach Amerika, das konnten sich die Eltern vorstellen, oder dass Siri eine Asienreise machen würde. Die Möglichkeit, sich solche Gedanken zu machen, war ein Grund für ihren Aufbruch gewesen. Als sie aufgehört hatten, sich und das Leben, das sie führten, zu entschuldigen. Sie hatten sich darüber aufgeregt, sie hatten sich lustig gemacht. Lange hatte es gedauert, dass sie sich alles Mögliche ausmalen konnten.

Dass das Land, aus dem sie endlich, aus dem sie einmal abhauen würden, sich kurz danach auflösen könnte, wie es nun geschah, war doch nicht denkbar gewesen, auch wenn sie nie an das Land *geglaubt* hatten, wie manche nach dem ersten Taumel sagten. Die Verwirrung darüber, dass der Sozialismus, als man ihn verändern hätte können, nicht mehr vorhanden war.

Über solche Aussagen ärgerten sich Wilhelm und Hedwig, häufig wechselten sie dann den Sender, auch später noch, als sie zurück waren. Ihre Versuche, in einer neuen Umgebung Fuß zu fassen, wurden durch die Rasanz der Veränderungen ganz bodenlos. Sonst lebten sie einen Alltag mit kleinsten Versuchsfreuden. Bahnschranken, die sich gleich wieder öffneten, nachdem der Zug durch war. Geöffnete Grenzübergänge und neue Reiseregelungen. Die automatische Tür zur Kaufhalle. Demonstrationen für freie Wahlen und die Entschuldigung der Volkskammer für die Beteiligung der DDR-Armee an der Niederschlagung des Prager Frühlings. Sie konnten sich kaum, wenig, manchmal ein bisschen bewegen. Dass sie laut Verfassung und mit ihren neuen Pässen dazu in der Lage gewesen wären, erheiterte sie ebenso wie die Tatsache, dass sie über wenig Geld verfügten. Sie hätten überallhin reisen können, wenn sie Bargeld gehabt hätten oder Zugriff auf ihr Konto oder den Wunsch dazu. Sie wollten nachhause und nichts verpassen. Zugleich trauten sie ihrer eigenen Neugierde kaum, ihrem Aufbruch und dem ihres Landes ebenso wenig. Selbstverständlich wurden sie von den neuen Verwandten zu verschiedenen Weihnachtsfeierlichkeiten eingeladen. Ihre Ablehnung war einhellig, ohne dass sie darüber ausführlich diskutieren mussten. Dann sprachen Siri und Gina es aus. Bei einem Frühstück sagten sie, sie könnten jetzt doch wieder zurück. Wie schön es wäre, Weihnachten zuhause zu feiern. Wo doch jetzt bald alles anders wäre. Sie reisen würden können. Hedwig wieder als Ärztin arbeiten könne und Papa vielleicht auch in einem Beruf, der ihm Spaß machen würde. Hedwig war die Einzige, die das starke Gefühl, woanders hinzugehören, dabei sein zu wollen, kaum aushielt. Gerade sie, die so fremd gewesen war in dem Land, in dem sie aufgewachsen, erwachsen und immer trauriger geworden war. Die sich von ihrer Kirche zurückgezogen hatte, weil sie enttäuscht war von den Kompromissen, die eingegangen wurden, und weil die Pfarrer auch nicht in der Lage waren, ihren Töchtern eine anspruchsvolle Zukunft zu verschaffen. Dass die Kirche mit der Stasi geredet hatte, daran wollte sie trotzdem lange nicht glauben.

Sie dachten nach über eine Rückkehr, redeten mit niemandem darüber. Den neuen Verwandten erzählten sie, dass Hedwig Dienst habe; sie, als Kernfamilie, wollten so tun, als wären sie jetzt hier zuhause. Im Westen. Gerade zu Weihnachten. Dafür hatten alle Verständnis, aber die Kortners lehnten sogar den Weihnachtsschmuck ab, der ihnen zur Verfügung gestellt wurde. Siri bestand darauf, Rainer und Joachim, die Cousins, hätten ihr gegenüber von Undankbarkeit gesprochen, »zumindest so indirekt«. Siri übte seit ihrer Ankunft im Westen *die indirekte Rede*, wie sie sagte. Dass sie die Leute hier nicht verstand, war auch einer der Gründe, warum sie nicht in die Schule gehen wollte. Es war ihr nicht möglich, sie ging über einen Monat hin und dann wieder ein paar Tage vor Weihnachten, litt sehr. Das Leiden übertrug sich ein bisschen auf Gina, die sich aber in ihrer Klasse wohler fühlte als die große Schwester. Die Kortners hatten der Cousine Hedwigs und den Verwandten gegenüber, die nahe Suhl und Meiningen lebten, kein schlechtes Gewissen wegen Weihnachten. Die *Suhler Verwandten*, wie sie sie nannten, obwohl sie ja nur in der Nähe lebten und noch dazu auf der anderen Seite der Grenze, waren Kinder und weitschichtigere Verwandte von Wilhelms Halbbruder Karl, der im Westen zur Welt gekommen war; er war wenig jünger als Wilhelm. Sie kannten einander kaum, hatten von der Existenz des anderen gewusst, das war alles. Die komplizierten Verhältnisse hatten damit zu tun, dass Wilhelms Vater über ein paar Jahre hinweg im Osten und im Westen Frau und Kind hatte (jeweils), bis er sich für den Westen entschied und den

Kontakt zu seiner Ostfamilie abbrach. Wilhelms Mutter hatte nie um ihren Mann kämpfen wollen. Es seien, so sagte sie, die Voraussetzungen zu unterschiedlich gewesen, außerdem war sie zu stolz. Wilhelm vermutete, dass sie ohne diese Trennungs- und Betrugsgeschichte selber in den Westen gegangen wäre, aber seine Mutter bestritt das. Wilhelms Vater und auch die Mutter seines Halbbruders waren schon einige Jahre tot. Damals benachrichtigte Karl die Verwandtschaft im Osten und war verwundert, dass niemand zum Begräbnis kommen wollte. Trug ihnen dies einige Jahre nach, war nun schon lange kein Thema mehr. Dass Wilhelm seinen Halbbruder kontaktierte, geschah bald, es war eine Selbstverständlichkeit, eine Frage der *Information*, wie er es nannte, auf die nichts folgte. Verwandtschaft eben. Die Euphorie dieser Menschen, die sie noch nie gesehen hatten, von denen sie nichts wussten, bis gerade eben, machte sie unsicher. Die Töchter belauerten ihren Vater in dieser Sache. Bei Wilhelm musste es anfangen, dann konnte es bei ihnen vielleicht weitergehen, so sahen sie das. Ohne ihren Vater waren sie nicht zuständig, ohne ihn wollten sie keinen Kontakt, schon gar keinen engen, zu den Suhler Verwandten pflegen. Aber dann meldeten sich ein Sohn von Karl und eine Nichte oder Großcousine, es wurde bald unübersichtlich, und sie flüchteten sich in Ausreden. Sie würden diese Verwandten später kennenlernen, nachdem sie angekommen waren, vielleicht. Vielleicht lag es an den Schwierigkeiten, die Wilhelm mit seinem Halbbruder hatte, dass sie ihm bei aller Hilfsbereitschaft in erster Linie aufdringlich vorkamen. Wofür er sich auch schämte.

Mit der Cousine von Hedwig (Beatrix) war es ein bisschen einfacher, weil manchmal Briefe hin und her geschickt worden waren, man sich auf dem Laufenden gehalten hatte, ungefähr. Immer wieder waren Einladungen gekommen und angenommen worden, die Besuche wurden dennoch immer hinausgeschoben. Aber jetzt waren sie da, die Kortners aus dem Osten, und alle hatten ihnen geholfen, sie standen in ihrer Schuld, so war es eben. Sie waren verwandt, auch wenn Siri und Gina von dieser Verwandtschaft bisher noch niemanden gesehen hatten und Hedwig und Beatrix das letzte Mal, als Hedwig noch gar nicht in die Schule ging. Sie konnte sich nicht mehr an die um viele Jahre Ältere erinnern, nur an die Fotos, aus jedem Jahrzehnt ein paar markante Bilder. Versicherungen gelebten Lebens, einzelne Punkte in der Vergangenheit. Mehr war das auch nicht. Die Kortners wollten ihre Hilfe auch gar nicht zu sehr beanspruchen. Dass ihnen ein Grundstück und ein Haus zustanden, davon erfuhren sie erst viel später (ein weiteres Haus aus der Familie von Wilhelms Halbbruder sollten Siri und Gina Jahre nach Hedwigs Tod erben, ohne dass sie das Erbe antraten, weil die *Bruchbude* nicht mehr zu retten und obendrein stark belastet war).

Bevor sie in die Wohnung in Zollstock zogen, waren sie in einer Einliegerwohung von Betratix' Sohn untergebracht, und am Beginn ihres Aufenthalts im Westen hatten sie eine Woche in einem Notaufnahmelager in Gießen und einige Nächte in einer Unterkunft des Roten Kreuzes in der Nähe von Salzburg übernachtet. Alles war besser gewesen als die schäbige Pension in Wien, in der sie ihre erste Nacht verbracht hatten. Nachdem sie versehentlich in einem Puff inklusive Papagei und rotem Samt abgesetzt worden waren.

Sie waren alle überrascht gewesen, dass sie das Visum für den Ungarn-Urlaub ohne weiteres bekommen hatten, und in der ersten Augustwoche gefahren. Sie hatten weniger Kleidung und Zeug mitgenommen als in ihren Sommerurlauben zuvor, die sie in Tschechien, in Ungarn und an der Ostsee verbracht hatten. Sie wollten nicht im Balaton schwimmen, aber jeder hatte einen Badeanzug eingepackt, nur einen. Ein paar Pullover, kurze Röcke, Hosen. Einen Korb mit Lebensmitteln, Wasserflaschen. Jeder hatte eine kleine Reisetasche oder einen Koffer (Hedwig). In Prag sprachen sie mit einem jungen Paar, das es alleine über die Grenze schaffen wollte. Die Situation in der Stadt war beängstigend, überall behelmte Polizisten. Das war am Vorabend zum 21. Jahrestag der Niederschlagung des Prager Frühlings. Ein sehr warmer Tag. Sie trauten sich nicht in die Botschaft und fuhren zur Grenze, ohne mit jemandem darüber zu sprechen. Ihr Haus hatten sie zurückgelassen, als würden sie in einer Woche wiederkehren: Fenster geschlossen, die Blumen und Pflanzen ausgiebig gegossen, die Betten gemacht. Hedwigs Gummistiefel standen neben der Haustür wie meistens, außerdem ein Paar Holzpantoffeln, die alle trugen und die immer vor der Tür standen. Die einzige Person, die von ihrem Aufbruch wusste (sie gesehen hatte), war die Nachbarin Martina, die an ihrem Auto vorbeimarschierte, als sie gerade einstiegen. Sie war am See gewesen und an den Kanälen (Kleinvenedig), manchmal kam sie dann spontan vorbei, trank Tee mit ihnen. Wilhelm sagte: »Jetzt fahren wir doch für ein paar Tage nach Usedom zu Hedwigs Freundin«, und wusste nicht, wohin er schauen sollte. Der Nachbarin und Freundin in die Augen zu schauen, gelang nicht. Martina lächelte unbestimmt und hatte ihre Hände in den Hosentaschen, Wilhelms Reflex, sie umarmen zu wollen, sich richtig zu verabschieden, hatte sie entweder nicht bemerkt oder ignorierte sie. Was hatte Martina geantwortet? Ihnen eine gute Reise gewünscht wahrscheinlich, Wilhelm konnte sich nicht mehr erinnern. Nachdem er eingestiegen war, ging sie zuerst los, um dann wieder stehenzubleiben, als das Auto an ihr vorbeifuhr. Siri warf im letzten Augenblick noch einen Blick auf die Straße vor ihrem Haus, den Holzzaun, einen Aschenkübel am Nachbargrundstück. Martina strich sich eine Strähne aus dem Gesicht, dann ließ sie die rechte Hand wieder in der Hosentasche verschwinden und ging langsam weiter. Andeutung eines Winkens oder selbstverständliche Geste. Martina war Musikerin. Ihr Mann war von einer Westreise nicht mehr nachhause gekommen, und danach hatte sie darüber nachgedacht, *Ständige Ausreise* zu beantragen und weiter mit ihm zu leben, vor über zehn Jahren war das gewesen. Ihre Kinder hatten am Ende Abitur machen können, jetzt waren sie längst ausgezogen. Bestimmt hatte auch sie im Westfernsehen die Berichte über die DDR-Bürger in der westdeutschen Botschaft in Prag gesehen. Auf der Fahrt erwähnten sie Martina nicht, Gina dachte an sie: Kann eine so müde Frau denn wirklich unsere Freundin sein? Und wenn sie nicht unsere Freundin ist, wird sie uns verraten? Wenn sie über Martina gesprochen hätten, hätte Gina eine solche Frage stellen können, und beide Eltern hätten, voneinander leicht abweichend, ausführlich Antwort gegeben, über Freundschaft gesprochen, über Loyalität, über das Vertrauen und die Fremdheit zu den Nachbarn und dass man sich auf sich selbst verlassen können sollte, das ja. Dass Hedwig Wilhelm nicht anschrie oder beschimpfte, ja, ihn nicht einmal fragte, warum er gelogen hatte, ohne Not, ob es Absicht gewesen sei oder ein Versehen, drückte die Stimmung bis nach der tschechoslowakischen Grenze.

Als Hedwig, Gina, Wilhelm und Siri ins Wasser stiegen, hatten sie nur ihre Kleider am Leib, Ausweise, ein paar D-Mark. Sie sind über die Grenze geschwommen und gewatet, ohne zu wissen, ob sich hier tatsächlich die Grenze befand. Der Fluss mäanderte dahin, aber das alles konnte man weder genau sehen noch überblicken. Es war dunkel, und sie standen am Ufer. Hedwig sah die Scheinwerfer und das Flutlicht und am

Wachturm sich etwas bewegen, dabei war es dunkel, und das Wasser war nicht so kalt, wie sie vermutet hatten, und sie kamen schnell voran, und nie ließ Hedwig die Hand von Gina aus, und Wilhelm und Siri hielten einander fest und niemand sprach. Der Atem der anderen war zu hören, der eigene Atem (wie sich ein Brustkorb heben und senken kann), als sie durch das Wasser schwammen und wateten, mehr latschten als schwammen eigentlich. Als sie aus dem Wasser stiegen und nach wenigen Metern in einem Maisfeld standen, in dem es knisterte wie elektrisch, und als sich der Geruch von trockenem Gras und feuchtem Holz auf einmal mit dem Geruch von nassem Leder mischte, war es um sie herum dunkel und still, immer noch still. Gina war ohne Schuhe unterwegs, weil sie Angst gehabt hatte, dass die sie nach unten ziehen würden. Das bemerkten die Eltern erst, als sie aufstampfte und sich einen Schrei verkniff, weil sie die Maisstängel und -blätter in den bloßen Fersen stachen. Das Wasser tropfte von ihnen herunter, Hedwig hockte am Boden, niemand sagte ein Wort. Siri war die Erste, die wieder aus dem Maisfeld heraustrat und sich wunderte, vielleicht, dass niemand schoss oder schrie. Vielleicht wunderte sie sich über die Stille auch nur so. Neben dem Maisfeld wuchsen Zuckermelonen in Reih und Glied. Wilhelm fragte flüsternd, ob sie vielleicht immer noch in Ungarn waren, weil der Fluss hier eine Biegung machte und sie nicht genau wussten, wo sie waren. Siri und Gina beschwerte nur das Gefühl von Freiheit auf der Brust, das sich ausgebreitet hatte, als sie aus dem Wasser gestiegen waren. Immer noch war es da. Unfassbar, dass Freiheit etwas so Schweres sein konnte. Vielleicht war es auch Angst, aber Angst wollten die Mädchen nicht fühlen, das konnten sie den Eltern nicht antun, das nicht auch noch. Dann fuhr ein Auto nahe an ihnen vorbei, dessen Fahrer sie wohl gar nicht sehen konnte, und erst als sie Richtung Straße gingen, stellten sie fest, dass es mehrere hundert Meter waren. Auf dem Weg gingen sie weiter nach Westen, was sonst. Sie gingen über ein Feld, auf der Wiese lag Tau, obwohl es ein heißer Tag gewesen war. Der Tag hatte in der DDR begonnen, nein, das war ein anderer Tag, das war gestern, dieser Tag hatte nach wenigen Stunden Schlaf im Wartburg begonnen, in Ungarn, einem Land, das nach ihrer Wahrnehmung so viel näher an der DDR lag als an Österreich, wo sie jetzt angeblich waren. Noch sahen sie nur die Umrisse von Bäumen, spürten das hochgewachsene Gras, dann den feuchten Boden des Waldwegs, alles in einem Niemandsland, und nach einer Weile waren sie gar nicht mehr sicher, dass hier ein Auto entlanggefahren war. Der Waldweg mündete in einen ebenso schmalen asphaltierten Weg. Nach wenigen Minuten kam ihnen ein Wagen entgegen. Er verlangsamte, als wollte sich der Fahrer vergewissern, dass sie das waren, die den Abholservice bestellt hatten. Das Auto hielt, ein Mann öffnete erst die Beifahrertür und stieg dann aus. Er schaute die vier an und bat sie gleich einzusteigen. Der Mann sprach einen harten und kaum verständlichen Dialekt, winkte ab, als Wilhelm darauf hinwies, dass sie die Sitze nass machen würden. Er brachte sie in das nächste Wirtshaus, wo jemand für sie die Polizei rief, wo man ihnen Essen hinstellte (Suppen, die sie nicht kannten und auch kaum hinunterbrachten) und Bier, Kaffee, Tee anbot (in dieser Reihenfolge), dann wurden sie abgeholt. »Dass Kürbisse so riechen können«, wunderte sich Hedwig in der Pension in Wien, aber Siri und Gina waren überzeugt, dass es Zuckermelonen gewesen waren. Worüber die Eltern gelacht hatten, um sich später zu wundern. Niemand von ihnen hatte bisher eine Zucker- oder Honigmelone gesehen. Melonen in Österreich, wer hätte das gedacht.

Die Straßenkarte mit der dick mit Filzstift eingezeichneten

Route direkt nach Westdeutschland. Die Menschen vom Roten Kreuz waren freundlich, alle anderen auch, sie starrten sie ein bisschen an, was die Mädchen nicht wunderte. Manche von ihnen, vor allem die jungen Männer mit langen Haaren, sahen aus wie die Jugendlichen bei ihnen, nur ihre Jeans saßen etwas besser, und sie waren rundlich, ein paar hatten sogar in der Nacht rote Backen. Die Mädchen hielten sie für Bauern. Richtige Bauern, wie sie sich das für ein Land wie Österreich vorstellten. Sehr idyllisch. Da standen sie in schäbigen Kleidern aus der Kleiderspende, denn die wenigen Sachen, die sie getragen hatten, waren vollkommen durchweicht gewesen. Die Mädchen waren davon überzeugt, dass diese freundlichen Bauern wollten, dass sie so schnell wie möglich wieder aus ihrem Land draußen waren. Die rote Linie führte von der ungarischen Grenze zu einer kleinen Stadt auf der westdeutschen Seite der österreichisch-deutschen Grenze, dahin sollten sie sich so schnell wie möglich verziehen. Mit Österreich verbanden sie eigentlich gar nichts. Und von Westdeutschland hatten sie keine genaue Vorstellung. Die Bilder aus dem Westfernsehen und was man beim Blick aus den großen Panoramafenstern des Reisebusses sah, der sie mit anderen Flüchtlingen diese rote Linie entlang gegen Westen chauffierte, waren nicht leicht zu vergleichen. Alles war weniger bunt, was sie etwas erleichterte, ihnen auch Sorgen machte. Sie wussten so wenig von all dem, was nun vor ihnen lag. Die aufgekratzte Stimmung im Bus, später im Flüchtlingslager, teilte vor allem Wilhelm. Er war es, der sich ständig mit den anderen unterhielt, Pläne schmiedete, mit den Verwandten telefonierte, die Zugkarten besorgte und Entscheidungen traf, zu denen Hedwig sich nicht durchringen konnte. Zuhause hatten sie alles gemeinsam geplant, entschieden, unternommen. Die Mädchen und auch seine Frau hätten sich um ihn gesorgt, wäre ihnen aufgefallen, dass er kaum schlief in den ersten Wochen. Seine Frau dagegen konnte sich gar nicht oft genug hinlegen. Als müsste sie die Müdigkeit der letzten vierzig Jahre wegschlafen.

Nachdem der zweite Ausreiseantrag negativ beschieden worden war, kündigte Hedwig ihre Anstellung. Vielleicht würden sie, wenn sie nicht mehr Ärztin war, eher ausreisen können. Dann kam die Zeit, in der sie in einem evangelischen Feierabendheim als Hilfsschwester arbeitete, Toiletten putzte wie zwanzig Jahre zuvor in der Ausbildung, die alten Menschen wusch, Wäsche sortierte, die Böden wischte. Sie gewöhnte sich daran, nur die Spätdienste, in denen sie Wurstplatten herrichten musste, Tee kochen und abwaschen, die machten sie fertig. Wenn sie Medikamente nach Indikation und nicht, wie in dem Heim üblich, nach dem Alphabet geordnet hatte, wurde sie von den neuen Kolleginnen zurechtgewiesen. Sie gab sich optimistisch, sagte: »Sie haben mich schon akzeptiert, sie wissen, dass sie mit mir reden können, und meistens ziehen wir an einem Strang.« Wilhelm machte sich große Sorgen um seine Frau. Es war eine Übergangssituation, einerseits, aber gleichzeitig gab es weiterhin keine Anzeichen für eine Bewilligung ihrer Ausreise, mit der sie aber jederzeit rechnen mussten (und wollten), um die Tage einigermaßen gut hinter sich zu bringen.

Siri wusste nicht, ob die Großmutter gewusst hatte, dass sie nicht wiederkommen würden. Hatten sie es gewusst? Zwar hatten sie darüber gesprochen, aber bis zum Aufbruch, bis zu dem Moment eigentlich, in dem sie bis zur Brust im Wasser standen, war es nur eine Vorstellung, eine Idee gewesen. Natürlich kein Wort zu irgendwem außerhalb der Familie. Zu Hause blieb alles so wie immer, sie würden, wenn die Flucht nicht klappte, einfach zurückkommen. Einfach zurückkommen? Konnten sie das? Einmal sagte Wilhelm, er hoffe, Martina sei nicht belastet und Hedwigs Freundin in Usedom habe keine Probleme bekommen wegen seiner Kopflosigkeit. Da lebten sie schon in der Einliegerwohnung von Beatrix' Sohn. Es war für die ganze Familie eine ungewöhnlich sprachlose Zeit, die paar Monate im Westen. Auf der Postkarte, die Wilhelm aus Gießen an seine Mutter sandte, stand: *Liebe Großtante, wir alle würden Dich gerne wiedersehen. Hoffentlich bist du gesund, Joachim und Rainer und den Töchtern sowie Joachims Frau geht es gut. Deine Geburtstagswünsche sind auch angekommen, vielen Dank. Von Herzen, Beatrix.* Hedwig war davon überzeugt, dass die Schwiegermutter seine Schrift erkennen und alles verstehen würde. Und so war es auch. Die Großmutter, Oma Helene, rief bei Beatrix an und wünschte allen Kindern das Allerbeste, und niemand solle sich um sie sorgen oder irgendwelche Rücksichten nehmen, sie sei nicht bereit, Kompromisse zu machen, sie lasse sich auch nicht einschüchtern. Oft konnte man nicht telefonieren. Ferngespräche mussten angemeldet werden, kamen meistens nicht zustande, und dann musste ja auch auf der anderen Seite der Leitung jemand zuhause sein. Die Kinder wussten von Oma Helenes Sturheit, sie wussten aber auch, dass zurückgebliebene Verwandte mit allen möglichen Problemen rechnen mussten. Da beruhigten sie die Eltern, dass sie schließlich die Oberschule längst hinter sich habe, dass sie im Betrieb nicht mehr schikaniert werden könne und so weiter. Wie es aussehen würde, wenn es der Siebzigjährigen einmal nicht mehr so gut ginge wie heute, darüber konnten sie im Moment nicht nachdenken, für diesen Fall fiel ihnen keine Beruhigung ein.

Als sie den Mietvertrag in Köln-Zollstock kündigten, hingen im Kassenbereich des Supermarktes immer noch die Zettel mit Wilhelms Mathematik-Nachhilfeangebot, auf das sich bisher niemand gemeldet hatte. Gina vergaß eine Plastiktasche mit Turnkleidung in ihrem Pult. Hedwig hatte den Spind im

Krankenhaus ausgeräumt, billige Gesundheitsschuhe und ein Kittel. Die Wohnung sah fast noch so aus, wie sie sie drei Monate zuvor bezogen hatten, sie hinterließen nicht viele Spuren. Das Stockbett im Kinderzimmer war bis auf die Matratzen nackt, und sie steckten die alte Bettwäsche von Beatrix in einen dieser Kleidercontainer. Die Ausziehcouch im Wohnzimmer zusammengeschoben, das Muster des Bezugs war blasser, wenn die Sonne direkt darauf schien. Am Küchenfenster stand der kleine Ficus, seit dem Einzug nicht gewachsen. Hedwig hatte ihn in einem warmen, von Sonne beleuchteten Moment groß und erwachsen vor sich gesehen, aber er hatte in diesen Wochen nur Blätter verloren, keines war ihm gewachsen. Der Besitzer der Zollstocker Wohnung zuckte nicht mit der Wimper, als sie nach so kurzer Zeit ihre Schlüssel abgaben. Offensichtlich rechneten die meisten Menschen, mit denen sie zu tun hatten, mit ihrer Rückkehr. Aber die Verwandten wagten nicht, sie geradeheraus zu fragen. Es sprach doch alles dagegen. Dass sie vielleicht darüber nachdachten, empfanden manche von ihnen als Torheit, als Naivität, einige auch als Kränkung. Anfang Dezember stolperte Oma Helene in ihrem Stiegenhaus in Berlin-Prenzlauer Berg und verbrachte den Rest des Jahres im Krankenhaus. Sie würden sie zu sich nehmen, so könnten sie sie leichter versorgen.

Jetzt standen sie in der Birkenallee, es war so kalt, wie sie vermutet hatten. Die Rollläden am Haus der Familie Bräuer waren heruntergelassen, es wirkte unbewohnt. Gegenüber bei Schultz bewegte sich die Gardine. Fast wie immer. Ihre Koffer blieben im Kofferraum, nur Gina nahm eine Stofftasche mit, darin Bücher, ein Schal und ein Stofftier. Wie ein Baby, dachte Siri, und gleichzeitig: Sie hat's gut. Ihr Haus war viel kleiner als das große Gutshaus, zu dem es früher gehört hatte, kleiner als die Villa der Verwandten im Saarland und auch kleiner als das Haus von Wilhelms Halbbruder in einem Ort in Bayern, der Waldfensterer Forst hieß. Wilhelm hatte ihn alleine besucht und nach seiner Rückkehr fast nur von den Dingen erzählt, die er abgelehnt hatte, Kleider von der Exfrau für Hedwig. Einiges davon würden auch Siri und Gina tragen können. Karl wollte ihm alles Mögliche schenken. Er war besessen davon, dem Bruder seine *Altlasten* zu vermachen, wie es Wilhelm formulierte. Eine Schlafzimmereinrichtung zum Beispiel, die seit unbestimmter Zeit in der Garage lagerte. Nichts davon wollte er, und nichts davon brachte er mit. Wie einsam der Halbbruder lebte und dass das Haus vor sich hin moderte, überhaupt: ein beeindruckendes Anwesen. Ihr Haus war dagegen ein Häuschen, aber es war immer wichtig gewesen, schön zu wohnen, schließlich gab es draußen nichts, wenig. Aber ein Haus ist kein Grund für eine Rückkehr. Wegen des Lebens hier, das nun möglich sein würde, wegen des Sees und der Schulfreundinnen, wegen ihrer Freunde und natürlich auch wegen Oma Helene waren sie wieder da. Zitternder Gedanke, vielleicht vorschnell in die Tat umgesetzt. Aber wieder warten, das ging einfach nicht mehr. Der Boden vor dem Haus war gefroren, Wilhelm war überrascht, dass der Rasen so kurz war, Hedwig zog die Augenbrauen hoch. »Wohnt schon jemand da?«, er grinste über die Schulter, und weil er den Hausschlüssel vorhin seiner Frau in die Hand gedrückt hatte, sah man nicht, dass seine Hand zitterte. Ihr Haus war alt, es stammte aus den 1890er Jahren. Früher hatte ein riesiges Grundstück dazugehört, auf dessen hinterem Teil braun-graue Häuschen standen, die keine dreißig Jahre alt waren, aber aussahen, als würden sie jeden Moment in sich zusammenfallen. Jeder von ihnen hatte ein eigenes Zimmer, die Möbel im Wohnzimmer neben der Küche waren Erbstücke, eigentlich zu groß für den Raum. Altneubau und Schrankwände und andere Einbaumöbel hatten Hedwig und Wilhelm nie interessiert. Sie wohnten seit über zehn Jahren in dem Haus in Vehlinsee. Die beiden hatten erst geheiratet, als Hedwig zum zweiten Mal schwanger war. Ein anderes Leben hätte sie haben wollen, es stehe ihr zu, da war sie sich sicher. Das war damals, als sie das ehemalige Kutscherhaus des Gutshofs fanden, zwei Jahre später war es so weit instand gesetzt, dass man darin wohnen konnte.

Wenn dieser Herbst anders verlaufen wäre, würden sie nun nicht hier stehen. Wenn Berlin immer noch eine geteilte Stadt wäre, würden jetzt vielleicht schon Kerstin und Thomas mit ihren Kindern hier leben. Denn so hatten sie es vor einiger Zeit vereinbart: Wenn die Kortners das Land verlassen würden, sollten ihre ältesten Freunde die Schenkungsurkunde über das Haus und all sein Mobiliar geltend machen. Das Verfahren war kompliziert, aber es war ja klar, dass sie enteignet würden, wenn sie sich davonmachten. Gina war die Vorstellung, dass ein anderer Dreizehnjähriger in ihrem Bett schlafen und in dem Schaukelstuhl am Fenster sitzen und in die hohen Birken schauen könnte (ihr Zimmer ging nach vorne hinaus), ein Graus. Die Töchter jammerten nicht über den Verlust ihrer Bücher, Platten und Kleider, aber der Gedanke, dass jemand ihren Platz einnahm, gefiel ihnen gar nicht. Das hatte nichts damit zu tun, dass sie die Kinder von Kerstin und Thomas nicht gemocht hätten, sie waren zusammen aufgewachsen.

Der Schlüssel passte. Sie waren wieder da. Hedwig öffnete endlich die Tür und ging hinein und hinter ihr Siri und Gina, und dann kam auch Wilhelm, der einmal ums Haus herumgegangen war und nach ihnen die Küche betrat. Eine kurze Zeitschleife, dieses Hineingehen ins Haus: Türen öffnen, noch einmal, auf die Klinke greifen, der Schlüssel im Schloss, Hedwig macht den ersten Schritt, Vorzimmer, sie öffnet die Tür, hinter ihr Siri, die kurz stehenbleibt, der Schlüssel im Schloss, die Tür ist offen. Siri, die den Kopf zur Seite dreht, warum auch immer, ist nicht zu erkennen. Auf sie folgt Gina, um ihr Armgelenk einen Stoffbeutel, und dann, langsamer, auch Wilhelm. Wie ein Einzelbild aus einem Film, bevor er reißt: Alle sind im Haus. Eine kleine Küche, wie eigentlich alle Räume des Hauses klein sind. Gina stieß die angelehnte Wohnzimmertür auf, mit der Fußspitze und so, als wollte sie nicht ankommen an dem Holz. Wilhelm ging zur Haustür zurück und suchte etwas an der Tür, am Schloss. Leise sagte er: »Keine Einbruchsspuren?« Wilhelm ging hinaus, er stand hinter dem Haus und schaute auf den Schuppen, auf das Holz, das an der vorderen Wand geschlichtet war. Es fiel ihm nichts Besseres ein, als ein paar Holzscheite ins Haus zu tragen. Siri und Gina saßen auf der obersten Treppe. Sie redeten nichts, schauten ihn nicht an, als er wieder ins Haus kam. Jetzt sah Wilhelm den hellen Fleck an der Wand, wo die Garderobe gewesen war, und die Löcher für die Schrauben, eines war ausgebrochen. Am Fußboden neben dem Telefon lag Hedwigs Regenmantel. »Das Telefon funktioniert.« Das war Siri. Wilhelm war ein langsamer alter Mann, dessen einziger Gedanke war, das Haus zu heizen, mit dem Ofen im Wohnzimmer würde er beginnen. In der Küche fehlten die Thonet-Stühle, vier unterschiedliche Originale, außerdem das Service aus dem Küchenkasten, im Wohnzimmer fehlten die Möbel und die Bilder an der Wand. Ein Kleiderhaufen lag im Schlafzimmer der Eltern, weil vom Schrank nur noch ein Schatten an der Wand übrig war. Fehlte jedes Stück, dass ein bisschen Patina hatte? Erst viel später erkannte Hedwig, dass einzelne Kleidungsstücke weg waren. Jene, die eine Freundin für sie genäht hatte. In Siris Zimmer stand der Plattenspieler auf dem Boden, die Nadel saß auf der äußersten Rille. Als hätte jemand festgestellt, dass der Tonabnehmer sehr alt und unsauber war, und wirklich hatte sich Siri seit fast einem Jahr eine neue Nadel gewünscht, und seither keine Platten mehr gehört. Die nun alle fehlten. Alle außer *Peter und der Wolf*, die auf dem Plattenteller lag. Sie hatte sie für Kathrin aufgelegt, die kleinere Schwester von Maik, einem Freund oder ihrem Freund, das war nicht klar gewesen. Nach ihrere Abreise hatte sie manchmal an Maik gedacht wie an einen Freund. Ihre Sehnsucht war eine nach den Nachmittagen, die sie mit ihm und Gina und Maik verbrachte hatte, am See oder bei den Kanälen oder im Flugzeugschuppen, wohin sie seit letztem Sommer gingen. Sie saß immer noch mit ihrer Schwester auf der obersten Treppe und rechnete damit, dass auch das Knirschen der Treppe und des alten Dielenbodens im Vorzimmer nicht mehr da wäre, aber das Knarzen war das einzige Geräusch in dem Häuschen, langsam und verloren wie Wilhelms Schritte. Hedwig lehnte in der Tür zur Terrasse und schaute auf die vertrockneten Zimmerpflanzen. Alle Übertöpfe, die gewöhnungsbedürftigen, ihre geliebten Meißner Töpfe waren weg.

Im Auto hatten sie versucht, sich auszumalen, was das für eine Heimfahrt wäre. Verlängerter Urlaub oder Rückkehr nach einem Wochenendausflug zu den Hertels. Wie wenn tags darauf wieder Schule wäre und sie am Sonntag nach dem Mittagessen bei der Großmutter in Herberts Atelier hängengeblieben wären, und, keine Lust mehr nachhause zu fahren, dort übernachtet hätten. Dann wäre Wein getrunken worden und es wäre getanzt worden. An solchen Montagen mussten sie schnell nachhause, Schulsachen holen und wieder los. Schlaf in den Knochen, die Eltern verkatert und davon überzeugt, dass sie nie wieder eine Zigarette anrühren würden. An solchen Morgen konnte das Haus einladend sein, wenn schon die Sonne schien und sich der Sommer ankündigte und man sich lieber in einen der Gartenstühle hinters Haus setzen wollte oder ausgiebig frühstücken bei offenen Fenstern, und die Vögel rufen herein, dass auch bei ihnen alles in Ordnung ist. Dann wollten sie nicht in die Schule, Wilhelm wollte nicht in die Versicherung, an seinen Schreibtisch, nur Hedwig konnte meistens zuhause bleiben, weil ihre Schicht erst Stunden später begann. Bei Frühschichten hätte sie darauf bestanden, noch abends zurückzufahren, und sie hätte den Wein nicht angerührt, so war sie, wenn sie arbeitete. So eine Rückkehr ungefähr hatten sie sich vorgestellt, als sie Vehlinsee immer näher kamen und so tun wollten, als wären sie nur kurz weg gewesen, uneins, ob das gut war oder ganz und gar verkehrt. Wilhelm scheute sich davor, den Kachelofen im leeren Wohnzimmer zu heizen, aber das Haus musste warm werden, es half nichts, und dieser Ofen war am leichtesten zu heizen. Als sie um den Küchentisch herumsaßen (Siri und Gina auf der Bank, die sonst auf der Terrasse stand, Wilhelm auf dem Küchenhocker und Hedwig auf einem Stuhl, der da geblieben war, auch der ein Bugholzstuhl, aber klapprig und nicht so schön wie die Originale) und Tee tranken, war es bereits dämmrig. Von nebenan hörten sie das Holz im Ofen knistern und zischen, aber die Wärme machte sich noch nicht breit. Wilhelm und Gina hatten alle Öfen geheizt, Siri hatte Kohlen in die Zimmer geschleppt und Hedwig wollte ein wenig Ordnung in die Zimmer bringen, sie verzweifelte gleich wieder. Auf dem Tisch die Box mit den angebrochenen Lebensmitteln aus Zollstock.

Wo waren sie gelandet? Was war hier? Zwischendurch hatte Hedwig versucht, ein paar Leute zu erreichen. Oma Helene würden sie morgen besuchen. Von dem Plan, dass sie bei ihnen wohnen sollte, war am Telefon noch kein Wort gesagt worden. Zuerst hatte Hedwig mit ihr gesprochen, dann Siri.

Wilhelm, der gerne aus der zweiten Reihe oder überhaupt von weiter weg an Telefongesprächen teilnahm, sagte nichts, und Gina war währenddessen wieder in ihr Zimmer gegangen. Als wollten sie die alte Frau nicht spüren lassen, dass ihr Haus unbewohnbar war. »Es ist ein bisschen anders hier, es fehlt –« Da unterbrach sie ihre Schwiegertochter: »Haben sie euch geplündert?« Gleich wollte Hedwig sie beruhigen, vielleicht würde sie dann auch selbst ruhiger werden. Oma Helene regte sich auf, sie tobte ein bisschen. Schien sich über die Rückkehr ihres Sohnes und dessen Familie zu freuen. Und auch wieder nicht. Ob es wohl das Rechte war, zum richtigen Zeitpunkt?

Thomas und Kerstin wohnten nicht mehr in der Wohnung in der Nähe von Potsdam, das erfuhr Hedwig vom Nachmieter, aber eine Adresse wollte er ihr nicht sagen. Er hörte sich jung an und war unfreundlich, vor allem, als Hedwig nach der ersten Auskunft noch einmal anrief, weil sie das alles nicht verstehen konnte. Draußen ging der Sonntagnachmittag zu Ende, es fuhren wie immer kaum Autos vorbei, und auch sonst ließ sich niemand sehen. Gina wünschte sich Schnee. In ein paar Häusern konnte man Licht erkennen, die meisten Fensterläden waren zu. Bis auf das Motorrad war das immer noch die Straße, auf der sie vor einem halben Jahr aufgebrochen waren.

Hedwig marschierte zu Martina hinüber und klopfte an das Küchenfenster der Erdgeschoßwohnung. Sie sah einen Schatten durch die Gardine und einen Funken, der gleich verschwand, dann erlosch das Licht, und wenig später ging die Haustür auf. Martina stand mit einer brennenden Zigarette in der Hand in der Tür, sie war dick angezogen und in Stiefeln. War einen Augenblick enttäuscht, dann überrascht. Sie umarmten einander, zum ersten Mal in ihrem Leben. »Das wusste ich gar nicht, dass wir so gut befreundet sind. Oder sind *alle* weg?« Martina bat Hedwig in die Wohnung, die lehnte ab.

Sie nahm eine von Martinas Zigaretten, Martina zündete sich mit demselben Streichholz auch noch eine an, dann sagte sie: »Natürlich hast du das gewusst. Und vielleicht seid ihr deshalb zurückgekommen, ins gelobte Land der Freundschaften.« Man sah nicht viel, aber die Frauen schauten einander an. Keine verschränkte die Arme. Sie rauchten, als hätten sie gerade eben sehr viel geleistet und belohnten sich für ihre rechtschaffene Erschöpfung. Martina war ganz feierlich zumute, sehr deutlich spürte man das, nicht nur in dem, was sie sagte. »Und wenn es nur eine Freundschaft gegen das Eingesperrtsein, gegen das Kollegium am Sonntag im Fernsehen oder gegen die faulen Kellner, die unfreundlichen Verkäuferinnen war.« Martina konnte gar nicht aufhören. Hedwig kamen die Tränen, und zugleich musste sie lachen. Noch einmal umarmten sie einander, jetzt war es Martina, die Hedwig in die Arme nahm, nachdem diese gefragt hatte, ob sie etwas gesehen habe, Möbeltransport oder so. »Ach herrje«, sagte Martina und zündete sich noch eine Zigarette an, »ach herrje«, Hedwig beschwichtigte: »Es sind nur Kleinigkeiten, nun, die ganz alten Schränke sind auch weg, aber es wird sich aufklären, oder?« Dann ging sie nachhause. Nachhause also, wo sie ihre Familie am Wohnzimmerboden vorfand. Vom Ofen ging jetzt vorsichtig eine Wärme aus, das Zimmer war aber noch nicht richtig warm. Siri lag, immer noch im Mantel, am Boden, den Kopf in die Hand gestützt. Gina hatte den langen Pullover an, den Siri im vorletzten Winter gestrickt hatte. Der Anblick dieses Pullovers hätte doch ein Gefühl von Zuhause vermitteln können, und auch, wie Wilhelm an seiner Zigarette zog. Im Haus zu rauchen hatte immer etwas Besonderes. Jetzt waren sie wieder da und weit weg von allem.

Wenige Tage nach ihrer Rückkehr stellte der ADAC ihren

Wartburg, der vor einer ungarischen Polizeistation zurückgeblieben war, vor ihre Tür. Unversehrt. Es fehlten nur die Bücher, die auf der Hutablage gelegen waren und die Praktica, mit der Wilhelm und Hedwig seit fünfzehn Jahren Fotos machten. Außer dem Auto bekamen sie nichts zurück, auch ihre Freunde Thomas und Kerstin nicht. Die waren in eine große Vierraumwohnung in Feldberg-Heide gezogen. Das berichtete ihnen Hannah, die Frau von Herbert Hertel, dem alten Malerfreund. Aber zuerst erzählte sie von sich selbst. Hannah war aus der gemeinsamen Wohnung ausgezogen, es war keine drei Wochen her, die neue hatte sie bereits vor über einem Jahr gemietet, ihre Krise dauerte schon viel länger. Hannah war die einzige Tochter eines Funktionärs, eines jener Männer, die nach dem Zweiten Weltkrieg in die DDR gekommen waren, um hier die Welt zu verändern. Sie hatte als Journalistin gearbeitet, auch sie hatte an dem Staat mitarbeiten wollen. Sie war jung, als sie Mutter wurde, noch jünger, als sie nach einer Setzerlehre in die Redaktion wechselte. Wo sie ein paar Jahre brauchte, bis sie verstand, wie sie zu arbeiten hatte. Da zog sie sich zurück, in eine Depression und in die Rolle als Malergattin und Mutter. Als sie wiederkam, war sie eine, die ihren Job machte. Herbert bestärkte sie darin, den Journalismus hinzuschmeißen, selbst zu schreiben, für Eigenes Verantwortung zu übernehmen. Die Auseinandersetzungen zwischen ihm und Hannahs Vater waren legendär, seit Jahren sprachen sie nicht mehr miteinander. Herberts Vater war zufällig im Osten gelandet, er war ein alter Nazi gewesen, ein kleines Rädchen, nach außen geläutert, in sich gekehrt und gewalttätig gegen seine Kinder. Der Sohn wollte früh schon Kunst machen, von niemandem wollte er sich etwas sagen lassen, vom Staat nicht und vom eigenen Vater sowieso nicht. Die Systemtreue seiner schönen Frau, die doch so klug war, viel klüger als er, machte ihn wahnsinnig. Sein Ketzertum brachte sie zum Verzweifeln. Sie wollte sich selbst entscheiden, aber er wollte, dass sie sich vom Vater lossagte. Theaterdonner lag ihr gar nicht. Jetzt wohnte sie im Haus gegenüber und konnte mitansehen, wie eine junge Studentin in ihrer alten Wohnung einund aus ging und Herbert noch mehr trank, als er vorher schon nicht vertragen hatte. Sie wirkte gefasst. In den kommenden Tagen, Wochen, Monaten würde sie lernen, ihr neues Leben zu lieben. Allein sein, Bücher schreiben, Geschichtestudium in Ost-, bald Westberlin. Sie wusste nicht, ob sie reden sollte, und noch weniger, wie weit sie Kerstin und Thomas verteidigen konnte. Hatte aber auch kaum Kontakt zu ihnen, denn dass da etwas nicht richtig war, war ihr schon klar. Die Erläuterungen waren mit Überlegungen verbunden, ob man das Land wirklich verlassen sollte, was sie ja nicht getan hatte. Sie hätte eher noch weiter daran gelitten, dafür gekämpft. Hertel, den sie immer noch miteinbezog, wäre auch nicht gegangen, aus Selbstgefälligkeit. Noch einmal von vorne anfangen, das konnte er sich nicht zumuten. Sie hatten die letzten Jahre nur noch versucht, sich den Staat vom Leib zu halten, damit waren sie nicht alleine unter ihren Freunden. Hannah machte ihnen jetzt keine Vorwürfe, im Gegenteil. Wie sehr sie an diesem Staat hing, verbarg sie gut, aber sie war sich dessen bewusst. Für sie gab es viele Arten, hier zu leben. Mitmachen war die eine. War es auch möglich, ein bisschen mitzumachen? Man konnte sich wehren, man konnte sich ein bisschen wehren. Ob Kerstin und Thomas nach Vehlinsee ziehen hatten wollen, schließlich, das wusste sie nicht. Auf die Frage Hedwigs, warum die Freunde sich nicht bei ihnen meldeten, wusste Hannah keine Antwort. Sie wich aus. Sie treffe sie kaum noch.

Zweieinhalb Wochen später fuhren sie mit den beiden Töchtern nach Feldberg-Heide, sie parkten den Peugeot vor dem

Haus. Auch andere gemeinsame Freunde und Bekannte waren ähnlich zurückhaltend wie Hannah, die ihnen aber gleich die Adresse genannt hatte. An der Tür von Kerstin und Thomas hing ein Block, bei dem man das Papier von einer Rolle zog, ein Bleistift baumelte an einer grünen Schnur. Wahrscheinlich hatten sie in der neuen Wohnung noch kein Telefon. Wilhelm war ein paar Tage zuvor da gewesen, hatte niemanden angetroffen. *Den weiten Weg umsonst aus Köln-Zollstock … Meldet euch doch!!* Davon war nur ein Strich vom W übrig, der Rest war abgerissen. Neben der Papierrolle in Kinderschrift und bunten Lettern auf gewelltem A4-Blatt: *Willkommen!* Und eine von Uli signierte Zeichnung, die Eltern und Kinder zeigte, vorne eine kleine Kugel, die das kleine Baby darstellen könnte, Ulis kleine Schwester. Der Block an der Wohnungstür und die Kinderzeichnung taten so, als lebten die Bewohner schon ewig hier. Wilhelm klopfte. Kerstin und Torsten oder Uli waren zu hören, dann war es still, jemand schaltete ein Radio ein, hinter einer Tür, die geschlossen wurde, verschwand das Geräusch wieder. Familienleben, fast Feierabend. Kerstin und Thomas hatten mit ihren drei Kindern Uli, Torsten und Malina lange in einer Wohnung gelebt, die ziemlich klein war. Thomas war mit Wilhelm in der Schule gewesen, sie kannten einander ihr ganzes Leben. Es gab wenig, was sie nicht übereinander wussten. Thomas arbeitete in einer Druckerei, Kerstin war Lehrerin. Die Zwillinge Uli und Torsten waren mittlerweile vierzehn, Malina eine Nachzüglerin, die gerade in die Schule gekommen war. Sie waren alle zusammen im Urlaub gewesen, in den Ferien hatten Uli und Torsten häufig im Garten in Vehlinsee gezeltet. Freunde eben.

Es roch nach Essen, obwohl die Tür noch zu war. Der Geruch hier war anders als in Gießen oder Köln, das war Hedwig schon am ersten Tag aufgefallen. Eigentlich Gestank. Als

Kerstin die Tür öffnete, kam Malina ums Eck gelaufen, sie wollte sehen, wer da war. Das Mädchen grinste Wilhelm entgegen, aber in das lachende Gesicht kamen mit einem Mal Falten. Als verstünde sie im Moment alles, was die Erwachsenen noch gar nicht begreifen konnten. Kerstin stand in der Tür. Sie nickte. Willkommen zurück, Rotkäppchen ist eingekühlt, lautes Lachen (Kerstin lachte laut, wenn sie sich keine Gedanken machte, so kannten sie ihre Freunde). Hurra, ihr seid wieder da, Malina springt Siri an den Hals, um sie zu umarmen. Eine Tür, die aufgerissen wird, um die Freunde einzulassen, Rufe nach Uli und Torsten, Thomas, die herbeikommen und in Freudenschreie ausbrechen. Überhaupt, Umarmungen, Durcheinanderreden. Sich mustern, lachen. Aber nichts davon, Malina schaute ihre Mutter von der Seite an, die jetzt breitbeinig in der Tür stand und endlich etwas sagte: »Ich denke mal, ihr holt euren Schlüssel.« Das hatte sie gesagt? *Ich denke mal* … Kerstin schaute sie nicht an, sie schaute zwischen ihr und Wilhelm durch, ganz unbestimmt. Stand immer noch da, Hand auf dem Kopf der Tochter, die andere jetzt an der Türklinke. Ihr Blick sagte: Den kriegt ihr schon, den Schlüssel, den kriegt ihr schon. Siri, die sich aufrichten wollte, die Schultern nach hinten zog, was ihr immer noch einiges abverlangte, seit sie derart schnell und vor allem in die Höhe gewachsen war, die Hand ihrer Mutter auf ihrem Arm jetzt. »Habt ihr …« Hedwig unterbrach sie sanft. »Können wir kurz hineinkommen, Kerstin?« Sie konnte nicht glauben, dass sie das sagen musste, aber so war es. »Es passt jetzt, Hedwig, grade gar nicht.« Rätselhafter Dialog. Den Korb mit Wein und Käse und Süßigkeiten hatten sie im Auto, zuerst wollten sie ihn gar nicht mitnehmen, die Geschenke sollten schließlich feierlich überreicht werden, wenn alle da waren. »Kerstin, was?« Wilhelm, der sich jetzt zu seiner Frau umdrehte, ohne ihr in die Augen zu schauen. »Ja, wie, was?

Frage ich mich auch.« Nahm Malina an der Hand. »Ich hole euren Schlüssel.« – »Sie holt unseren Schlüssel?« (Wilhelm) Kerstin hatte die Tür angelehnt, jetzt standen sie da. Hätte sie die Tür ganz zugemacht, hätte man dagegen hämmern können. Drinnen, gleich beim Eingang, die kleine Kommode, auf der ihr Telefonapparat einmal gestanden war. Es war zu hören, wie die Schublade vorsichtig herausgezogen wurde, die Schiene klemmte, offenbar war Kerstin schon damit vertraut. Malina flüsterte etwas, das sie auf dem Flur nicht verstanden, keine Antwort von Kerstin. Die ging den schmalen Gang Richtung Toilette und schaute durch das Loch in der Wand in die Nachbarwohnung. Das Schulterzucken konnte man draußen weder hören noch sehen, auch nicht, dass Thomas den Durchgang zur Nachbarwohnung verspachtelte. Auch nicht die mit Stoffen und Decken verhüllten Möbel in dem Zimmer, das an ihr Schlafzimmer grenzte, in das nicht besonders viel Licht gelangte, obwohl die Wohnung ganz oben lag. Hedwigs Blick wanderte auf dem Fußboden herum, Gina drückte ihre Hand und verzog das Gesicht, als sich die Wohnungstür wieder öffnete, diesmal ein bisschen weniger als zuvor. Malina war nicht mehr an Kerstins Seite. »Hör mal, Kerstin, wir wissen nicht, was das hier ist, aber wir würden gerne mit dir und Thomas reden.« (Wilhelm) Kerstin war offenbar eine andere Frau, die ihr lautes Lachen gegen die Angewohnheit eingetauscht hatte, die rechte Augenbraue nach oben zu ziehen. Sie hielt Wilhelm den Schlüssel hin. »Da wüsste ich jetzt nicht, worüber wir uns unterhalten sollten.« Sie betonte jedes Wort, Hedwig fragte sich, wie das überhaupt ging. »Ist eine andere Zeit jetzt. Hat sich einiges verändert, aber –« – »Kerstin.« Hedwig machte einen Schritt auf sie zu, Kerstin wich zurück. »Das glaube ich nicht, dass wir reden müssen, nee.« Sie drehte den Kopf und rief nach Uli und Torsten und rief »Essen« und ein bisschen leiser: »Thomas, kommst du?« Immer noch hielt sie den Schlüssel in der Hand, Wilhelm nahm ihn, hatte vielleicht damit gerechnet, dass sie ihn vor ihm fallen ließ. Er hatte dieses Bild, dass er sich erniedrigen müsse, um den Schlüssel wiederzubekommen. Er dachte dabei vielleicht an jenes Silvester vor vier Jahren, als er und Kerstin in der Tür ihres Badezimmers zusammengestoßen waren und wie es kam, dass sie einander küssten, ein paar Minuten vor Mitternacht. Es war Schrecken und Freude zugleich, ein Kuss, auf den nie etwas folgte, im neuen Jahr waren sie befreundet wie im alten. »Wegen der Wohnung?« Hedwigs Stimme war auf einmal heiser. »Ich meine, unser Haus und die Sachen, die nicht mehr da sind.«

Kerstin war dabei, die Tür zuzumachen, und Hedwig kamen die Tränen, als sie im Auto sagte, sie habe sich gewünscht, Wilhelm hätte seinen Fuß in den Türspalt gerammt. »Ist das nicht grauenhaft?« Wilhelm machte auch tatsächlich eine Bewegung, aber ein Schritt war es nicht. Kerstin zog wieder ihre Augenbraue hoch. Sie lachte nicht. Gina klopfte mit ihrer rechten Schuhspitze gegen das Geländer. Aus der Nachbarwohnung, das war die, in der Thomas arbeitete, war Wasser zu hören, als ob es mit hohem Druck in ein blechernes Gefäß abgelassen wurde. »Wir können über euren Ausflug reden, sicher. Oder ihr wollt uns was vom Westen erzählen, sicher sehr interessant. Westgeld, Westauto, ach, und Lebensmittel. Sicher alles sehr interessant. Neue Jeans, Gina? Welche denn, ach, tut mir leid, ich kenn die ganzen Marken noch gar nicht …« Es war Siri, die aufstampfte. »Aber Kerstin!! Kerstin, was ist denn –?« Jetzt öffnete Kerstin noch einmal die Tür, so weit, dass sie ganz heraustreten konnte, und sagte auf der Schwelle stehend: »Welche Sachen, Hedwig? Wie kann es sein, dass du mit mir über Sachen reden willst?« Offensichtlich wollte sie, dass alle die schmale Kommode im Vorzimmer sehen konnten, aber nur Hedwig stand so, dass sie auch ihre bunten Übertöpfe sah. »Und Thomas?« Wilhelm hätte jetzt wirklich am liebsten einen Schritt in die Wohnung hineingetan, aber er wusste, dass Thomas irgendwo hinten stand oder saß und sich das unwürdige Schauspiel anschaute, was wehtat, schon die Frage war zu viel. Jetzt kam die Andeutung eines Lächelns in Kerstins Gesicht. »Thomas.« Sie sagte es leise. Dann wandte sie sich Hedwig zu: »Thomas will sich auch nicht über deine Sachen unterhalten. Aber ihr seid ja wieder da. Wissen wir jetzt.«

Wie war es möglich, dass Wilhelm und Hedwig sich schämten? Sie schämten sich, darüber würden sie, wenn auch nicht ausführlich, mehr in Andeutungen, Jahre später miteinander reden. Immer wieder würde einer von ihnen diesen Moment erwähnen. »Weißt du noch, auf dem Flur vor Kerstins neuer Wohnung?« Kerstin machte die Tür zu, draußen standen Wilhelm, Gina, Siri und Hedwig. Jetzt war es im Haus bis auf ein Knarzen irgendwo ganz still. Die Familie Kortner ging die drei Treppen hinunter, setzte sich ins Auto und fuhr nach Vehlinsee zurück. Wilhelms Mutter wohnte seit ein paar Tagen bei ihnen, aber nur vorübergehend, sie wollte nicht einziehen. Vielleicht merkten die Eltern und die Töchter in diesen Tagen, dass sie hier auch nicht wohnen wollten.

Wilhelm kaufte sich einen Computer, der auf einer Kiste im Schlafzimmer stand. Weil er in dieser Position bald Kreuzschmerzen hatte, baute er einen Turm aus Kunstkatalogen und arbeitete in einer hockenden Position am Boden. Er besuchte Informatikkurse an der Universität in Karlsruhe, später am Campus in Schöneberg. Fast ein Jahr verbrachte er viel Zeit im Zug, aber an seinem Vorhaben hielt er fest. An den Studienwunsch Rechentechnik, für den er rund zwanzig Jahre zuvor keine Zulassung bekommen hatte, dachte er anfangs manchmal, er wusste aber auch ohne Reminiszenzen, dass dies jetzt das Richtige war, das, was er zu tun hatte. Ein eifriger Student war er. In den Krankenhäusern im Osten fehlten Schwestern, Ärzte, Pfleger, und in den Unfallabteilungen gab es auf einmal mehr Patienten. Zuerst nahm Hedwig eine Stelle in einem Krankenhaus in Potsdam an, eineinhalb Jahre später wechselte sie nach Westberlin. Für Monate ernährte sie alleine die Familie. Wilhelms *Seniorenstudium*, wie in der Familie gescherzt wurde, und die Fahrten und dass er manchmal übernachten musste, war alles nicht billig, aber sie waren froh, wieder die Kontrolle über ihre Gegenwart übernommen zu haben. Sie wehrten sich gegen die Arbeitslosigkeit und kamen gar nicht so schlecht weg dabei. Wie anstrengend das für sie gewesen war, sollten ihre Töchter erst nach vielen Jahren verstehen können. Wilhelm erzählte von den Kommilitonen, mit denen er in Seminaren saß. Deren Alter, ihre Jugendlichkeit, die mit einer Behäbigkeit daherkam, die er so nicht kannte, irritierte ihn mehr als ihre Westherkunft. »So viel Herkunft ist da gar nicht«, meinte Wilhelm einmal. »Sind ja fast nur Jungs in der Informatik, viele von denen schauen nicht rechts noch links.« War beeindruckt von der Klugheit mancher, die sie mehr so beiläufig zeigten. *Spionagetätigkeit* nannte Wilhelm diese Studienausflüge auch. Für wen er spionierte? Für seine Töchter, für sein Land, für die Männer seines Alters, die nun gefordert waren, ein neues Leben zu beginnen. »Bin natürlich ohne Auftrag, aber sollte mich einmal einer fragen, bin ich bereit.« Wenn er zurückkehrte, schien es, als wüsste er nicht, worauf die Menschen in seiner Umgebung warteten. Was seine Frau bestritt, weil sie eingebunden war in einen Alltag aus Überstunden und Fortbildungen, konfrontiert mit neuen Geräten und neuen Schulkollegen ihrer Kinder und den Beschwerden von Schwestern und Kollegen über die Unübersichtlichkeit von Versicherungen, Schulplänen und Lehrstellen und darüber, dass jede Entscheidung selbst getroffen werden musste. Manche von ihnen hatten einfach nur Angst. Vor der Veränderung, vor Drogen, Angst vor Ausländern und Neonazis. Aber am meisten wahrscheinlich davor, dass ihre Erwartungen enttäuscht werden würden. Nach drei Semestern machte sich Wilhelm als Programmierer für Buchhaltungsprogramme selbstständig. Das Studium schloss er nicht ab, aber er besuchte weiterhin Kurse. Ein ehemaliger Studienkollege, gerade einmal zwanzig, arbeitete für ihn und mit ihm. Wilhelm hielt ihn für höchstbegabt. Nach zwei Jahren ging das junge Genie in die USA, blieb auch dort, was Wilhelm so hörte. Alles Graue, das Wilhelm angehaftet hatte, war verschwunden, sogar seine Schläfen schienen wieder dunkler. Oder waren sie gar nicht meliert gewesen? Hatten sie sich das nur eingebildet? Sie wussten aber gut genug, wie ihr Leben ausgeschaut hatte, was zu sehen war, Horizonte und Ränder. Er hatte, das würde er Jahre später einmal einer Freundin von Siri sagen, den langweiligsten Beruf im langweiligsten Land der Welt gehabt, bevor er sich um die Buchhaltung der Hauptstadt kümmerte, »dann, ja, dann wurde es richtig spannend.« Die Frau lächelte ihn unbestimmt an, war nicht sicher, ob sie tatsächlich verstanden hatte, und erzählte bald von Obst und Rosen und, dass das Ziehen von Bäumen und Sträuchern für viele ja auch eine langweilige Beschäftigung sei, »nicht intellektuell und so«. Von seinen Ausflügen in den Westen brachte Wilhelm manchmal Kleider mit, was ihm die Frauen bald verboten. Schals waren erlaubt, Strümpfe, aber sie wollten keine Sweatshirts oder Jeans, die ihr Vater ausgesucht hatte. Hedwig wollte überhaupt keine neuen Klamotten in dieser neuen Zeit. So kaufte er für sich selbst sehr bunte Hemden und Pullover. Die meistens wirkten wie ein abgeschwächtes

Zitat des psychedelischen Jahrzehnts. Bunt und geometrisch. Er würde sie die nächsten zwanzig Jahre tragen, die sehr langsam ausbleichenden Kleidungsstücke erinnerten alle, die daran denken wollten, an seine glücklichste Zeit. Er liebte seine Arbeit in diesen Jahren. Immer war er der Meinung gewesen, dass er etwas Besseres verdient habe, aber er hatte kaum darüber geredet. Vielleicht, weil er nicht sagen konnte: Ich verdiene etwas, das ein wenig besser ist. Will gar nicht viel, ein Satz, für den ihn die pubertierenden Töchter auf Jahre hin verachtet hätten, und die eigene Frau wollte es noch weniger hören, obwohl sie es natürlich wusste. Seine größten Kunden waren Buchhaltungsabteilungen, die mit digitalen Programmen arbeiten wollten, manche davon aus dem öffentlichen Dienst. Nach ein paar Jahren verkaufte er seine kleine Firma an eine größere Firma, die für die Stadt, die bald Hauptstadt werden würde, arbeitete, da übernahm er dann die Leitung der Abteilung.

Nach rund fünfzehn Jahren landete Wilhelm als Weißer Elefant in einem Kämmerchen mit verstaubten PCs, die ihn an Karlsruhe erinnerten. Da sollte er die letzten Jahre bis zu seiner Pensionierung verbringen. Nach einem dreiviertel Jahr würde er den nun nicht mehr goldenen Handschlag annehmen.

Siri und Gina gingen jetzt im Westen in die Schule, der Bezirk, in dem sich die neue Schule befand, war ihnen bald ähnlich vertraut wie der Kiez ihrer Großmutter. Dennoch endeten die Schultage häufig wie Besuche in einem fremden Land. Siri stieg in eine neunte Klasse ein, zwanzig Westberliner und vier Schüler aus der DDR, einer kam aus Polen. Bald folgte Maik aus Klein Grieben, ihr aller Freund. Die Frage, wie die anderen einen fanden, was sie von einem hielten, begleitete sie ständig, obwohl sie es nicht wollten. Ihre ehemaligen Lehrer waren zwar großteils ausführende Organe gewesen, aber die Lehrer im Westen kamen nicht mit jener Vehemenz auf die Schüler zu. Nun gab es einen anderen Druck, dem Siri schwer standhielt und dem sich die westdeutschen Klassenkollegen auf wundersame Weise entziehen konnten. Sie lernte sehr viel, besorgte sich viele neue Bücher und holte so ziemlich alles auf, auch im Fach Geschichte. Nicht, dass es bei den anderen keine Lücken gab. Siri lernte bald, immer zwei Perspektiven einzunehmen, zwei völlig verschiedene Standpunkte, und sich dann für keinen zu entscheiden. Nur in den Diskussionen mit ihrem Vater konnte sie sich auf eine Seite stellen, meist war es die gemeinsame. Mitschüler stritten um politische Positionen mit den Lehrern, das gefiel ihr, auch wenn nur die wenigsten aufs Ganze gingen. Im Osten war das Schulsystem auf seine Weise klar gegliedert gewesen, die eigene Perspektive berechenbar. Jetzt gab es diese auffällige Diskrepanz zwischen dem, was man ablieferte, und der eigenen Einschätzung davon. Dennoch fiel es nicht weiter auf, dass sie in ein paar Fächern keine rechte Ahnung hatte, aber bald darin geübt war, über fast jedes Thema anschaulich zu reden. Hatte sie sich bereits derart angepasst, oder war sie immer schon so gewesen und man hatte es nur nicht sehen können? An die Mischung aus Neugierde und Mitleid der anderen konnte sie sich gewöhnen. Es wurde ohnehin meist Desinteresse daraus. Auf rätselhafte Weise stieg sie im Ansehen ihrer Mitschüler und blieb gleichzeitig eine verschrobene Außenseiterin.

Einmal fragte Bernd, Sohn von schicken Westberliner Hippies und braver Pubertierender, der sich am Wochenende in einen gemäßigten Punk verwandelte und montags pünktlich in der Klasse saß, ob sie mit ihm ausgehen würde. Siri war gerade siebzehn geworden. Sie war sehr alt und sehr jung. Sie gingen ins Kino. Sonne, die durch den Regen scheint. Die blühenden, gefällten Bäume. Etwas öffnete sich in ihr, Siri spürte es vielleicht, trug Akira Kurosawas *Träume* jahrelang in sich, bis sie eines Tages selber nach Japan fuhr. Nach dem Kino gingen sie in ein Café im ersten Stock, dessen Wände schwarz ausgemalt waren; sie waren mit Abstand die Jüngsten, wussten aber beide nicht, ob sie zu früh oder zu spät waren. Um den letzten Bus zu erreichen, der sie zum Zug brachte, verabschiedete sie sich bald. Sie sah sein Zimmer vor sich: voller Poster von Popstars und -sternen, und mit einer schmalen Matratze am Fußboden, zu der man eine zweite legen konnte und die dennoch durch vieles (Gerümpel) von seiner Matratze getrennt sein würde, so weit weg, dass es ungefährlich war, sich im Schlaf auf die Seite zu drehen. Es kam nicht infrage, es hätte alles zerstört. Nur was? Sie wusste nicht einmal, ob es daran lag, dass er eigentlich sehr nett war oder dass sie ihm das nicht abnahm. Bernd brachte sie zur Haltestelle, er redete nichts auf dem Weg dorthin und drückte ihr zum Abschied einen Kuss auf den Mund, den sie wollte und mit dem sie nichts anfangen konnte. Sie verstanden sich weiterhin gut und interessierten sich füreinander, aber sie gingen nicht mehr miteinander aus. In einem anderen Leben würden sie einander vielleicht kennenlernen. Das war etwas, was Siri manchmal dachte, wenn sie überlegte, was nicht stimmte damit, zurückgekommen zu sein, und warum es auch nicht richtig gewesen wäre wegzubleiben: *in einem anderen Leben.*

Maik und Siri wurden auch jetzt kein Paar, obwohl und weil sie beinahe jede Minute zusammenwaren. Wieder verbrachten sie Zeit am alten Flughafen, manchmal streiften sie bei den abgebauten Grenzanlagen herum, Holz und Betonteile, die teils geschlichtet und gestapelt, teils durcheinander auf den Brachen herumlagen. Tageweise zog Maik zu ihnen, dann schlief er auf einer Matratze in Siris Zimmer, zwischen Zeug und nahe genug am Bett der Freundin, um ihren Atem in der Nacht zu hören, falls sie früher einschlief als er, aber zu weit, um einen Arm nach ihr auszustrecken. Was Maik wahrscheinlich nicht gemacht hätte. Wilhelm und Hedwig wollten nicht detailliert über das Verhältnis zwischen ihrer Tochter und dem Klassenkameraden informiert sein, was die Freundschaft der beiden vielleicht noch mehr entspannte. Hatten die jungen Freunde ihrer Töchter, die ab dem Sommer 1990 regelmäßig bei ihnen ein und aus gingen, die erwachsenen Freunde abgelöst? War das ein Trost? Vielleicht. Es war wieder ein offenes Haus, die Birkenallee 15, das mochten die Eltern, die nach dem Bruch mit Kerstin und Thomas auch andere Freunde nur noch sehr sporadisch und bald gar nicht mehr sahen.

Ungefähr mit den Kortners kamen auch ganz andere Menschen nach Vehlinsee, wie zum Beispiel der junge Mann aus Süddeutschland, der sich in einer Wohnung in der Seebadallee niederließ und alles Mögliche kaufen wollte: den alten Flughafen, die Kapelle, das Theater. Sein Bruder, angeblich angehender Rechtsanwalt, wollte sich den Einheimischen unentbehrlich machen und redete von Restitution und komplizierten Besitzverhältnissen, half aber seinem Bruder, den sie im Ort den *Tiroler* nannten, bei seiner Firma, die etwas mit Ticketsystemen, Veranstaltungsorganisation und -management zu tun hatte. Warum waren sie hier und nicht in Berlin? Es hieß, der Tiroler sei, nachdem er die ersten Bilder von Menschen auf der Mauer gesehen habe, mit einem Kleinlaster voller Feuerwerkskörper losgefahren und habe damit sein erstes Geschäft gemacht. Kein unsympathischer Kerl, sehr gewieft, ein paar Frauen aus Vehlinsee, vor allem ältere, sagten: »Ein junger Mann mit Schmiss!« Der Bruder war den meisten unheimlich. Nach kurzer Zeit wohnte der Tiroler aus Bayern mit seiner

Freundin, einer jungen Frau, einer Randberlinerin wie die Kortners, dem Bruder und zwei Hunden schon in einer der heruntergekommenen Villen in der Seebadallee. Er gab über zwanzig Vehlinseern Arbeit, aber nach knapp zwei Jahren meldete er mit seinen Firmen Konkurs an, kündigte allen und zog weiter nach Süden, angeblich. Der Tiroler war zu dem Zeitpunkt noch nicht einmal fünfundzwanzig Jahre alt, den Bruder hatte man schon zuvor länger nicht mehr in Vehlinsee gesehen. Die Büroräume seiner drei Firmen standen leer, bis das alte Hotel, in dem sie untergebracht waren, dem neuen Golfplatz weichen musste.

Über die Rückkehr der Kortners waren in dem beschaulichen Ort nicht alle so erfreut wie Martina. Die Kortners waren abgehauen, und jetzt, jetzt schleimten sie sich also wieder ein. Und richteten es sich. Frau Schultz, die Nachbarin von schräg gegenüber verbrachte den Großteil der Zeit im Garten damit, vor sich hin zu schimpfen. »Zuerst, da lassen sie alles stehen und liegen, gerade, dass sie die Kinder mitgenommen haben. Und dann, dann bin ich wieder da, und jetzt will ich meine Wohnung zurück.« Einer Schwester aus dem Feierabendheim, in dem Hedwig ihre kurze Karriere als Pflegerin beendet hatte, ohne sich zu verabschieden, fiel es schwer, die ehemalige Kollegin zu grüßen, aber sie blieb hart. Auch Hedwig ließ es nach ein paar Wochen bleiben.

Als der See im Winter nach der Unterzeichnung des Einigungsvertrags endlich zufror, holte Hedwig ihren Eissegler hervor. Am Eis traf sie auf Susanne, Mitglied im Yachtclub, und eine ältere Frau, die sich als Annette vorstellte. Die Frauen hatten Schlittschuhe an, wollten gerade runter vom See. Susanne und ihr Mann waren die Ersten gewesen, die Hedwig und Wilhelm kennengelernt hatten, nachdem sie nach Vehlinsee gezogen waren. Etwas Unangenehmes verband sich mit dem Gedanken an diese Bekanntschaft, aus der nie eine

Freundschaft geworden war. Sie waren eher über den Verein miteinander in Kontakt gestanden, aber dass sie seit ihrer Rückkehr vor einem Jahr kein einziges Mal miteinander gesprochen hatten, erschreckte Hedwig, wie ihr auch die Auskunftsfreudigkeit Susannes auf einmal unangenehm war. Die sprach von ihrem Sohn, der die Schule hingeschmissen, von ihrem Mann, der die Arbeit verloren hatte und dem ein Neuanfang nicht zuzumuten sei. Hedwig setzte ihre Mütze auf, zog die Skibrille über ihre Augen, zurrte am Segel herum. Dann fuhr sie hinaus, der See war so glatt, dass man nicht sagen konnte, ob Wasser oder Eis. Es war viel los, und Hedwig wunderte sich, wie wenige Leute sie kannte oder erkannte. Wunderte sich über die Begegnung eben, vergaß sie gleich wieder. Hin und wieder hob sich eine Hand. Der Wind trieb sie hinaus. Sehen konnte man ihn nicht, weil kein Schnee am Eis lag. Sie genoss die kalte Luft, der Schlitten war klapprig, Wilhelm hatte ihn mit den Freunden aus dem Segelverein zusammengebaut, die Bremse war aus einer Astschere, die Kufen müssten geschliffen werden. Trotzdem war sie zwischendurch sehr schnell, fast zu schnell für ihre Begriffe. Laut waren der Wind und die Kufen. Die Undeutlichkeit des Lichts knapp über dem Eis und die ehernen Töne, wenn kein Wasser auf dem Eis schwamm: als wäre das Echo immer gleichzeitig da. Der Mast neigte sich, einmal stellte es die rechte Kufe auf, sie war zu schnell unterwegs. Sie mochte es. Die letzte Fahrt. Als Hedwig wieder zurückfuhr, schrie Tonio, ein ehemaliger Berufsfischer, vom Ufer her nach ihr. Er winkte ihr wild, sie fragte sich, ob er sie wirklich erkannt hatte. Wurde schon wieder dunkel. Sie nahm sich vor, ihn demnächst einmal zu besuchen. Als sie ihm das zurufen wollte, sprudelte ihre Antwort so verwirbelt aus ihr heraus, als hätte sie tagelang mit niemandem gesprochen. »Das letzte Mal am See also.« Der Satz war einfach da. Sie nahm das hin. Erwähnte den Satz weder Wilhelm noch den Töchtern gegenüber, aber ein paar Wochen später besichtigte sie Grundstücke und Häuser.

In Vehlinsee, in diesem einigermaßen schönen Dorf, sorgten sich jetzt einige, dass Abwässer in den See abgelassen wurden, und andere wollten in ihren Positionen bestätigt werden. Häuser, eigentlich eher Häuschen am Kanal, wurden verkauft, aber mit den Renovierungen ging es sehr langsam los. Neue Läden machten auf, alte wurden übernommen, wenige hielten sich. Wer sich über die Auflösung des Landes grämte, schrie es hinaus oder sagte lange Zeit gar nichts mehr. Die Kortners hatten vielleicht gedacht, in ein Land zurückzukommen, dass sich verändern würde, nicht nur die Grenzen öffnen, was ja nicht wenig war. Sie wurden von Leuten, die sich beim Neuen Forum und den Grünen engagierten, ermuntert, sich ihnen anzuschließen. Jetzt, da sie wieder da waren. Sie schätzten deren Einsatz, aber irgendwann fielen Bezeichnungen wie: *gute Bekannte*, *Freunde von früher*, und das war meistens der Moment, in dem man einander nicht mehr einlud, und in dem die Anrufe eher ausblieben. Anders als in ihrer ersten Zeit in Vehlinsee wollten weder Wilhelm noch Hedwig den Bekannten oder Nachbarn beweisen, dass man mit ihnen reden konnte. Man konnte mit ihnen reden, aber mit vielen wollten sie es nicht mehr.

Man sollte sich an alles gleichzeitig gewöhnen, und dennoch hatten so viele Menschen mit sich selber zu tun. Das war neu. Viel davon handelte vom Verstecken oder Entdecken. Und dabei hatten die Kortners gedacht, die übelste Zeit liege hinter ihnen.

11. Gewebe (Prince of Persia)

Hier war alles größer. Die Siedlung bestand aus einigen Villen und Häusern aus den dreißiger Jahren. Die Neubauten dazwischen ein bisschen protzig, aber die meisten waren nicht gänzlich geschmacklos. Das Haus der Kortners war das kleinste von allen, es lag auf einem schmalen Grundstück etwas nach hinten versetzt, und das Grundstück am Ende eines nur als Zufahrt genutzten Uferwegs.

Das neue Haus war schmuck, es war auch groß. Es sah nicht nur größer aus, es war mehr als doppelt so groß wie ihr altes. Es gab viele Fensterflächen, und das Holz, die Fußböden waren sehr hell, bläulich oder gräulich, je nachdem, wie das Licht einfiel. Eine großzügige Treppe führte in die erste Etage. Die Küche war in Weiß gehalten, und vor den Fenstern hingen karierte Stores. Die Fliesen im Badezimmer der Eltern erinnerten an ein Spanien, das niemand von ihnen noch gesehen hatte. Filigrane Gartenmöbel auf der Steinterrasse hinter dem Haus. Hedwig liebte den Landhausstil, und auch Wilhelm gefiel das alles sehr. Die Töchter fanden das schwedisch, sie mochten vor allem den neuen Komfort. In dem kleinen Garten gab es bald einen Teich, wo Enten zu Besuch kamen, Libellen und Kröten einzogen. Daneben ein Gartenhaus für die Geräte und einen neuen Rasenmäher. Sie waren in wenigen Minuten am Weiher, in kurzer Zeit konnte man mehrere Seen und Flüsse erreichen. Zu Fuß, mit dem Fahrrad oder, manchmal, im Auto. Der Eissegler war im Gartenhaus verstaut, ihr altes Boot hatten sie Constantin geschenkt, es war in Vehlinsee geblieben, wo sie noch einen Bootsplatz im Yachtklub hatten. Wilhelm und Hedwig hatten keine Lust mehr zu schwimmen, sie spazierten zum Wasser, sie gingen in den nahegelegenen Wald, sie schauten den Libellen im Garten zu.

Nach dem Sommer an der Ostsee und dem Umzug nach Mühlenberg Mitte September stellte sich schnell ein Alltag ein. Als hätten sie immer hier gewohnt und nur die Wände frisch gestrichen, endlich neue Möbel besorgt. Die neuen Nachbarn wurden nicht zu Freunden, aber das waren auch in Vehlinsee die wenigsten gewesen. Martina besuchte sie hin und wieder. Man wusste ungefähr die Berufe der Leute, denen man auf dem Weg zur Arbeit begegnete und mit denen man hin und wieder über Sachen sprach, die jeden angingen. An die Situation beim Frühstücken in der neuen Küche würde sich Siri erinnern, wenn sie amerikanische Fernsehserien schaute. Es gab einen offenen Kamin. Die Mädchenzimmer im ersten Stock waren um einiges größer als in Vehlinsee. Vor dem Fenster in Siris Zimmer stand auf einer Weinkiste ein kleiner Macintosh Classic. Wilhelm hatte ihn bald nach dem Einzug gekauft, er wollte, dass sich seine Töchter mit der neuen Technik beschäftigten. Die Schwestern arbeiteten beide darauf.

Die Fenster offen, zwischen Polstern auf der Fenster- oder Lesebank oder am Boden davor sitzt Siri. Tetris und ein paar andere Computerspiele. Siri ist der Abenteurer, der aus dem Gefängnis entkommen muss, um die Prinzessin zu retten, bevor eine Stunde um ist. Der machtgierige Wesir hat die Prinzessin gefangengenommen, wenn sie ihn nicht heiratet, wird sie sterben. Siri muss Fallen und Wachen überwinden, Untoten entkommen und ihr eigenes Spiegelbild besiegen, das versucht, den Helden zu überlisten. Sie muss den Wesir töten, um Persien von seiner Tyrannei zu befreien. Dann kann sie die Prinzessin retten und heiraten. Dann wird sie zum Prinzen von Persien. Das Spiel kann erst ab dem dritten Level abgespeichert werden. Bis dahin muss man immer wieder von vorne anfangen. Die Zeit läuft ab, die Zeit vergeht, aber Siri wird immer besser.

An einem verregneten Frühlingstag fuhren Hedwig und Siri nach Hannover, sie wollten bei einem Händler, der ihnen auf einer Messe empfohlen worden war, einige Teppiche anschauen. Hedwig fuhr ein größeres Auto als ihr Mann. Vor einem halben Jahr hatte sie die Leitung ihrer Abteilung übernommen. Sie arbeitete viel, sie machte Fortbildungen, und liebte es wieder, Ärztin zu sein. Als sie in Mühlenberg eingezogen waren, hatte sie sich um den Gemüsegarten gekümmert, während Wilhelm Rosen züchtete, stutzte, über die Putzigkeit des Gartens gerührt schien. Hedwig verlor nach und nach das Interesse, und die Beete wuchsen immer mehr zu. Wilhelm übernahm und pflanzte Stauden und Blumen darin. Im nächsten Garten sollte nur noch blühen, was sich selber anpflanzte. Wilhelm kümmerte sich um sein Gemüse, um die Kräuter und Gewürze. Hedwig war für die Inneneinrichtung zuständig.

Siri hatte in der Woche zuvor Prüfungen gehabt, es war ganz gut gelaufen. Sie begleitete die Mutter auf solche Touren immer wieder. Sie interessierte sich so sehr für alles, was Gestaltung und Ausstattung betraf, dass sie eine Weile darüber nachgedacht hatte, ob sie nicht Design studieren sollte. Oder vielleicht Architektur? Aber sie hatte nie darüber gesprochen, es war eine Leidenschaft, die sie mit ihrer Mutter teilte, das genügte. Sie redeten über Siris Jurastudium, wurden dabei manchmal von den Verkehrsnachrichten aus dem Radio unterbrochen. Siri war abgestoßen davon, dass Büffeln wichtiger sein könnte als etwas zu verstehen und zu begreifen, und dass das, was sie auswendig lernte, für und gegen jeden und alles eingesetzt werden konnte. Hedwig sagte auf einmal: »Du kannst ja etwas anderes ausprobieren, aber ich finde, das solltest du bald machen.« Pause mit Radiogemurmel. »Ich finde ja immer noch, du solltest überlegen, ob du Biologie, Neurobiologie, machen willst. Schau dir das doch einfach einmal an, was spricht dagegen?« Siri suchte nach Argumenten, vielleicht überlegte sie aber auch, ob sie Argumente suchen möchte. »Mami, ich glaube nicht, nur weil ich in dem Fach immer gut war in der Schule – Es ist auch nicht so, dass es mich nicht interessieren würde. Aber ich sag mal so: Für ein ganzes Studium oder für ein Berufsleben, also ich weiß nicht.« – »Jaja«, Hedwig winkte ab. »Ich mische mich nicht ein. Ich zahle immerhin.« Pause. »Vielleicht willst du ein Praktikum machen, du kannst auch ein oder zwei Semester aussetzen und die Arbeitswelt kennenlernen. Glaub mir, auch das ist immer noch möglich.« Im Auto war es warm, Siri betätigte immer wieder den elektrischen Fensterheber, um frische Luft hereinzulassen. Es wurde dunkler, es begann zu regnen. Sie hörten der Stimme aus dem Radio zu, die über einen Roman von Milan Kundera sprach, darüber, dass die Zeiten nicht so gut sind, wie sie es sein könnten, wenn man sie mit alten Filmen verglich. »Aber die Zeiten sind nicht so.« Was für ein abgeschmackter Satz, dachte Siri.

In Zierschrift stand *Orientteppiche Direktimport* auf der Auslage. Das Geschäft sah geschlossen aus, aber das lag daran, dass es nicht beleuchtet war. Ein feines Klingeln begleitete das Öffnen der Tür. Hinter unzähligen hohen Stapeln aus Teppichen stand im hinteren Teil des Raumes ein kleiner Schreibtisch, an dem eine Frau saß. Von noch weiter hinten Radiomusik. Die Frau blickte zuerst auf, dann wieder in ihr Heft oder Buch, legte den Kugelschreiber auf den Schreibtisch, ihre Augengläser daneben, stand auf und war bei ihnen. Nach ein paar Floskeln zur Begrüßung fragte sie die beiden, was sie über Teppiche wüssten, und als sie gesagt hatten, was sie ungefähr haben wollten, stellte sie sich vor. »Ich bin Daryaa.« Sie erzählte von Orientteppichen aus der Gegend um Isfahan, woher sie selber stammte: über 500.000 Knoten pro Quadratmeter, mit floralen Mustern, Ranken, großen und kleineren Blüten, von den Farben, und dass Grün, die Farbe des Propheten, selten sei, auch weil die Kunden die Farbe nicht wollten. Von den Amaleh-Teppichen, die Quashgai-Halbnomaden herstellten, besonders hochwertige Teppiche, die sehr klar, sehr fein gewebt seien. Hedwig und Siri waren die einzigen Kunden. Daryaa hatte, so schien es, alle Zeit der Welt. Konnte man das ein Verkaufsgespräch nennen? Als sie ihnen einen größeren Teppich mit drei vertikalen Hexagon-Medaillons als Grundmuster zeigte, lernten Hedwig und Siri die Bedeutung des Wortes *Dessinierung* kennen. Tiefrot, königsblau, ein dezentes Grün. Besonders schön entfaltet. Die Perserin blätterte in den Teppichen wie in ungewöhnlich großen, reich geschmückten Büchern. Sie las ihnen vor. Einmal ein sehr blauer, sehr kurvenreicher Nain-Teppich mit einer Million Knoten, Seideneinschlüssen, sehr dünn. Dann Teppiche mit typischen Herati-Motiven, Rauten: Bidjar-Teppiche, die alle mögen, weil sie pflegeleicht sind. »Konservativ, so mögen es die Deutschen. Dabei schauen sie gar nicht auf die Ecken, die wunderschönen Eckmotive.« Die Frauen tranken Tee, nahmen süßes Gebäck von dem bronzenen Tischchen vor dem Schreibtisch. Daryaa erzählte von der Wolle, die verwendet wurde, von Seide im Teppich, wurde ausführlich, als Siri nach den Webstühlen fragte. Erklärte zuerst den Unterschied zwischen Weben und Knüpfen, dann jenen zwischen vertikalen und horizontalen Knüpfstühlen. Erzählte von den Taschen, Säcken und Wandbehängen für die Zelte der Nomaden, die als Vorläufer der Webtechnik galten. »Die Kettfäden sind in der Längsrichtung des Webstuhls aufgespannt, die Schussfäden verlaufen quer dazu. Ein Gewebe herzustellen heißt nichts anderes, als Kett- und Schussfäden miteinander zu verknüpfen.«

Hedwig und Siri wollten gegenüber etwas essen. In dem Lokal entschieden sie sich für Nudeln, Salat und Kuchen und währenddessen für einen Loribaft, über dessen Preis sie noch verhandeln müssten. Wie fröhlich sie waren. Sie hatten noch nie eine derart schöne Frau gesehen. Als sie zurückkamen, war auch der Mann der Verkäuferin im Laden. Omid. Den beiden gehörte dieses Teppichgeschäft, und es war nicht ihr einziges, auch wenn sie hier die meisten ihrer Schätze lagerten. Omid und Daryaa waren energisch, einander immer wieder zugeneigt, liebevoll redeten sie jetzt über das Geschäft, über ihre Ware. Hedwig sagte später im Auto: »Was für eine energetische Frau.« Sie hatte den Draht, der vom ersten Moment, nachdem sie den Laden betreten hatten, von dieser Frau mit den schwarz glänzenden Haaren zu ihrer Tochter verlief, gleich gespürt. War verwundert, irritiert. Vielleicht auch einen Augenblick besorgt, aber Sorge war nicht Hedwigs Stärke. Hedwig hatte sich heftig in einen Nain-Teppich mit elfenbeinfarbigem Grundton und einer Knotendichte über 700.000 verliebt. Daryaa hatte ihnen die Signatur buchstabiert (Habibian). Und obwohl er gar nicht so groß war, konnte Hedwig sich diesen keinesfalls leisten. So fuhren sie mit einem Teppich nachhause, der ihnen auch sehr gut gefiel und das geplante Budget um einiges überschritt, aber doch ein Kompromiss war. Zuvor verabredeten sich Omid und Daryaa für zwei Wochen später mit Siri in Berlin, wo die beiden ein Lager hatten, das sie zu einem Geschäft ausbauen wollten. Siri könnte ihre erste Berliner Mitarbeiterin werden.

Am Ende des Sommersemesters legte Siri lediglich eine Prüfung ab. Sie hatte die letzten Wochen auf Antiquitäten- und

Möbelmessen und in Schöneberg in einem 33 Quadratmeter kleinen Lager verbracht oder bei Kunden in großen und teuer eingerichteten Wohnungen. Noch in diesem Jahr sollte sie mit Omid in den Iran reisen, wenn er neue Ware einkaufte. Sie sollte die Farben des Landes sehen und seine Gerüche riechen, die Düfte, die Gewürze. Das persische Ehepaar wollte, dass Siri das Land von einer anderen Seite kennenlernte, die nichts mit Nachrichten zu tun hatte. Das Geschäft ging gut in diesen Monaten. Als hätten die Diskussionen um das Atomwaffenprogramm und die Gefahr eines weiteren Golfkriegs das Interesse an Orientteppichen noch verstärkt. Es war allerdings unwahrscheinlich, dass sie ein Visum bekommen würde. Siri arbeitete gern für die beiden, sie lernte so viel Neues kennen, auch Menschen, die ganz anders waren als alle ihre Bekannten und Freunde. Sie war einigermaßen selbstständig, auch wenn sie täglich mit Daryaa telefonierte. Sie redeten meist über Geschäftliches, aber hin und wieder erzählte Daryaa von sich. Von den Veränderungen nach der Revolution vor rund fünfzehn Jahren. Hier nannten sie es Wende, dazu sagten sie Revolution. Wie unpassend die beiden Begriffe waren. Lag es hinter ihnen? Wie alt war Daryaa damals? Siri fragte nicht nach. Sie fragte auch nicht, warum sie und Omid keine Kinder hatten. Die Perserin führte ein perfektes Leben oder eines, in dem alles funktionierte, sie war erfolgreich, sie wirkte glücklich, froh. Aber sie bestand darauf, hier im Exil zu sein, nicht zuhause. Und war nicht Siri auch in einer Art Exil? Der Vergleich war nicht erlaubt, Siri wusste das, aber sie konnte nicht anders. Verstärkte sich das alles nicht gerade mit diesem Job? Daryaa mochte Siri aber aus ganz anderen Gründen. Sie konnte verhandeln, die Menschen interessieren und dazu bringen, einen zweiten, einen dritten Blick auf einen Teppich zu werfen. Wenn einer mit ihr einen Schritt ins Lager machte, dann hatte er eigentlich schon gekauft. Sie hatten auch vor Siri gutes Geschäft gemacht, aber mit ihr stieg der Umsatz in Berlin noch. Siri war so spaßig und ernsthaft zugleich. Sie hörte stundenlang zu und plapperte auf einmal drauflos, als hätte sie viel mehr gelernt, als Daryaa ihr hätte beibringen können. Daryaa wäre es lieber gewesen, Siri würde nicht alle Aufgaben so perfektionistisch erfüllen wollen. Vielleicht würde eine Reise in den Iran mehr Tiefe in Siris Begeisterung bringen. Ihre äußere Verwandlung erstaunte am meisten die Menschen, die sie am kürzesten kannten. Siri trug jetzt meistens Bluse und Rock, manchmal einen Hosenanzug. Es gefiel ihr, dass die Schnitte gut ausgeführt waren, die Sachen standen ihr, obwohl sie nicht so dürr war wie ihre Schwester Gina. Am Institut hätte man sie in dem Outfit für eine Gastdozentin aus der Wirtschaft gehalten, aber sie ging nicht mehr besonders oft hin.

Einmal traf sie Hannah Hertel an der Uni. Erst im zweiten Moment hatten sie einander erkannt. Hannah, die einen pubertierenden Sohn hatte und mittlerweile an der Freien Universität studierte, sah noch jünger aus als zuletzt. Siri hatte dagegen etwas Gesetztes in ihrer dunkelgrauen Bluse und dem schmalen Rock, sie hatte nachher noch einen Termin. Die Wiedersehensfreude war eher verhalten, sie gingen in ein Kaffeehaus am Hohenzollerndamm. Sie redeten über die Uni, Hannah würde bald ihr Studium abschließen, dann Dissertation, Habilitation, Forschung, kuratorische Arbeit. Dabei würde es immer um ihre Geschichte, um die Geschichte ihrer Familie und ihres Landes gehen, von dem gesagt wurde, dass es nicht mehr existierte. Siri erzählte von einer Ostberlinerin, der sie einen Teppich verkauft hatte. Die Frau hatte während ihres Archäologie-Studiums an der Humboldt-Universität ein Semester in Kabul verbracht. Aber anstatt mit ihren Kommilitonen nach Berlin zurückzufliegen, flüchtete sie mit einem Mudschahedin über die Berge nach Pakistan. Unter falschem Namen konnte sie nach Westdeutschland einreisen. Ihre Kindheit hatte die Frau im Irak verbracht, wo ihre Eltern in der Botschaft angestellt waren. Mit der Rückkehr der Familie nach Ostberlin hatte sie sich nie abfinden können. Jetzt lebte sie in Westdeutschland, nach Afghanistan würde sie nicht zurückkehren, das wäre eine zu riskante Herausforderung ihres Schicksals, und der Irak kam gar nicht für sie infrage. Die Stimmung im Kaffeehaus war harmlos. Hannah hörte sich die Geschichte von der verschleierten Flucht an, wie die Studentin trotz Burka als Ausländerin erkannt wurde. Dass die ostdeutsche Botschaft Straßensperren in Kabul errichten ließ, brachte die zwei Frauen bei Kaffee und Kuchen zum Lächeln. Hannah rauchte jetzt nicht mehr so starke Zigaretten wie früher, oder nicht mehr so viele. Sie sah überhaupt sehr gesund aus, frisch. »Das kann schon eine schwierige Frage sein, vielleicht: Wo bist du zuhause?« Ihr haftete die Vergangenheit ihrer Familie nicht mehr wie ein Ausschlag an, dass es sie juckte, dass es wehtat, weil sie immer das Gute hervorheben wollte. Das war nicht mehr die Frau, die immer versucht hatte, die Position ihres Mannes mitzudenken, und dennoch die Einschätzungen ihres Vaters nicht außer Acht lassen wollte, der doch Großes geleistet hatte. Und der Ziele kannte und Utopien, Ideale. Das war vorbei. Ob sie eigene Ideale hatte? Ziele bestimmt. Sie setzte sich mit dem großen Ganzen ihrer Vergangenheit auseinander. Es war richtig für sie. Siri war auf einmal sicher, dass Hannah für ihre Kommilitonen eine beängstigend kluge und fleißige Studentin sein musste. »Glaubst du denn wirklich, es ist der richtige Zeitpunkt, wegen Teppichgeschäften nach Teheran zu fliegen?« Siri kannte den Iran aus einem Buch mit persischen Märchen, das die Eltern ihr vorgelesen hatten, als sie klein war. Siris Eltern hatten nicht so mit ihr gesprochen, die waren ein bisschen besorgt, dass aus ihr eine Verkäuferin werden, dass sie zu viel Geld verdienen könnte. Ob sie sie abhalten würden, in ein Flugzeug in den Iran zu steigen? Siri bemerkte nur, dass die Eltern auch ein wenig stolz waren auf ihre Tüchtigkeit. Was sie da machte, war ganz anders als alles, was sie in ihrem Leben unternommen hatten. Sie wollte ihrer Mutter einmal jenen Nain-Teppich schenken, der ihr so gut gefiel. Es war nicht angenehm gewesen, im Westen ohne Geld zu leben. Dachten Hedwig und Wilhelm, dass deshalb eine Geschäftsfrau aus ihr werden würde? Empfanden sie sich als Versager? Sie würde das Studium auch gar nicht abbrechen, aber im Moment kam es ihr vollkommen uninteressant vor. Darüber sprach Siri nicht mit Hannah, nur über die Chance, ein fremdes Land wie den Iran kennenzulernen. Hannah unterbrach sie. Ihr ging es nicht darum, ob Siri fahren würde, sondern warum gerade in ein Land wie dieses.

An diesem Abend fuhr Siri nicht in das schmucke Elternhaus, sondern übernachtete im Lager in Schöneberg. Nachdem sie den Teekocher eingeschaltet und die mitgebrachten Kekse aufgegessen hatte, bereitete sie sich ein Lager auf einem Teppichstapel. Wusste weder, ob sie das Licht ausschalten oder anlassen sollte, noch, ob es eine gute Idee war, mit Omid zwei Wochen in den Iran zu fliegen. Sobald sie das Visum hatte, würde er die Flugtickets kaufen. Wie sie jetzt dalag, in Rock und Bluse unter einem harten seidenen Teppich, musste sie schon eher wieder lachen über sich, über das Bild einer Geschäftsfrau. Sie schaute auf *Die Kupplerin* von Vermeer, auch in Hannover hing ein solcher Kunstdruck im Geschäft. Wegen des wertvollen Ushak-Teppichs, der darauf zu sehen war. Die Geräusche von der Straße und vom Hof waren so nahe, dass Siri mehrmals aufstand, um die Türen zu kontrollieren. Überall war abgeschlossen. Zwei Grundstücke weiter wurde ein Kaufhaus gebaut. Jetzt war die Baustelle leer, alles in der Straße war dreckig und unübersichtlich, und man begegnete nicht vielen Menschen, wenn man zu ihr ins Lager wollte. Einmal würde es hier freundlicher sein, schicker, belebter, im Moment war es ein billiges Lager in einer zentral gelegenen Straße. In der kleinen Küche hörte man den Lift, viel häufiger als sonst, tagsüber war ihr dieses Geräusch vielleicht nur nicht aufgefallen. Später fing es an zu regnen. Siri suchte nach Stiften und fand im Schreibtisch eine Dose voller Kugelschreiber, ein paar Bleistifte mit abgebrochenen Minen, keinen Anspitzer. Dafür ein Buch über florale Muster in der Teppichknüpfkunst der Schiiten. Sie legte sich wieder hin und las in dem Buch über den kurvenlinearen Stil der persischen Künstler der Safaviden-Zeit, der im Zusammenhang mit spirituellen oder mythischen Szenen erlaubt war. Eine Vorstellung vom Paradies, moralische Auffassungen. Jetzt saß sie auf ihrem Lager und fing an, mit den billigen Kulis in ein altes Rechnungsbuch Blumen und Ornamente von dem Vermeer-Teppich abzuzeichnen. Sie zeichnete die halbe Nacht, nein: länger. Zeichnete, bis die Geräusche von der Straße wieder lauter wurden. Kochte noch einmal Tee. Auf die Blumen, die wucherten und zu Girlanden zusammenliefen, setzte sich bald der erste Vogel. Ein kleiner Eisvogel, dachte sie. Kobaltblauer und oranger, orangebrauner Vogel, sie wusste gar nicht, was sie über den Eisvogel wusste. Zeichnete blau. Glänzte metallen. Kurzer Schwanz. Dann einmal mit Wurm im Schnabel, den nächsten zeichnete sie mit einem kleinen Fisch. Das waren doch eigentlich tropische Vögel, die den Winter im Norden verbrachten und kaum Nahrung fanden, wenn in einem langen Winter die Gewässer zufroren. Siri hörte sich summen: »*Vöglein, Vöglein mit den Schwingen, mit den Äuglein schwarz und klein, lass uns miteinander sin-*

gen, lass uns liebe Freunde sein!« Und dann wieder: »*Vöglein hüpfte auf den Bäumen, endlich es mit Sang begann.*« Sie pfiff eine Weile, weil sie dachte, den Text verloren zu haben, zeichnete weiter, dann auf einmal: »*Du kannst nur von Freiheit träumen, du … dich seh ich … hm.*« Wieder weg. Dem dritten Vogel fehlten die Füße, dem vierten wuchsen besonders lange, buschige Schwanzfedern. Plusterte sich auf. Spannte die Flügel. Im Flug.

Tage später las Siri über Paradiesvögel, das Buch war ihr in einem Antiquariat in die Hände gefallen. Da wusste sie, sie hatte Göttervögel, wie die malayischen Händler jene getrockneten Vogelbälger nannten, deren Schönheit sie gar nicht fassen konnten, gezeichnet. Weil diese Vögel keine Füße und keine Flügel hatten und man nichts über sie erfahren konnte, waren sie für die Portugiesen Sonnenvögel; die Holländer gaben ihnen den Namen Paradiesvogel, *Avis paradiseus.* Der Entdecker Jan van Linschoten behauptete, sie hätten immer in der Luft gelebt, sich immer der Sonne zugewandt, und nicht einmal zum Sterben hätten sie sich auf die Erde herabgelassen.

Siri arbeitete noch den ganzen Winter für Omid und Daryaa. Omid half ihr mit der iranischen Botschaft wegen der entstandenen Kosten, nachdem sie ihren Visa-Antrag zurückgezogen hatte. Sie war froh, nicht zu fahren, kehrte nicht an die Uni zurück (hatte sie sie überhaupt verlassen?), zeichnete. Wusste jedes Mal wieder, wenn sie einen Kugelschreiber in die Hand nahm, dass sie in der verregneten Nacht im Perserlager in die Nähe des Geheimnisses gelangt war. Sprach nicht darüber, war sich sicher. Aber konnte ihr das wieder gelingen? Konnte man das erzwingen? Vielleicht waren die Zeichnungen, die sie hervorbrachte, doch nur das banale Gekritzel einer Frau, die sich gerade wie ein Zwerg fühlte, aber wuchs, wenn sie daran dachte, was die Zeichnungen vermochten. Vielleicht war das Jurastudium ja doch eine Möglichkeit, ein Ausweg, vielleicht sollte sie etwas Ordentliches machen. So dachte sie, nicht die Eltern, die sich in dieser Sache zurückhielten. Würden sie heute nicht ein einfacheres Leben führen, wären sie vorgestern mit uns Kindern nicht abgehauen? Hatten sie es wirklich für sich selbst getan, wie sie behaupteten? Früher ging es ihnen schlechter, beruflich und überhaupt, auch wenn sie sich nichts vorzuwerfen hatten. Ja, sicher. Aber war der Kreis ihrer Freunde nicht größer gewesen, lustiger, bunter? Wie viele Informelle Mitarbeiter auf sie angesetzt gewesen waren, würden sie nie erfahren, weil sie ihre Akten nicht einsehen wollten, da waren sie sehr bestimmt. Das Studium abschließen, in halbwegs gut sitzenden Kostümen jeden Morgen in ein Anwaltsbüro in Charlottenburg oder in Mitte gehen, sich einsetzen für andere, dabei gutes Geld verdienen: Das war doch auch nicht die schlechteste Option, oder? Das Mühlenberger Haus wurde schnell warm, das machte die Zentralheizung. Aber es kam nur mehr selten jemand spontan oder zufällig vorbei, um Tee zu trinken oder zum Essen zu bleiben. Die Eltern wirkten nicht unglücklich, wenn sie von einem Spaziergang zurückkamen. Gar nicht.

Siri zeichnete. Verpasste im Frühjahr die Fristen für Aufnahmeprüfungen an Kunsthochschulen in Berlin und München. Sie redete sich ein, dass sie nur eine Pause vom Jurastudium brauchte. Stieß zufällig auf ein Austauschprogramm für junge Kunststudenten, unterhielt sich mit einigen Menschen, telefonierte viel, ließ sich Formulare schicken und war auf einmal selber Kunststudentin, die ihr Studium im Bundesstaat Ohio beginnen würde. War es tatsächlich so, dass der untergegangene Staat alles tat, um seine Schäfchen im Trockenen zu behalten, indem er die Studenten für eine neue oder wieder gegründete Universität mithilfe des imperialistischen Auslandes rekrutierte oder war alles ganz korrekt abgelaufen? Das Studium in Weimar war aber noch weit weg, das Fine Arts and Design Institute in Cloud, Ohio, noch viel weiter. Der Atlas zeigte ihr, wo sie hinfliegen würde. Nachdem sie ihr Flugticket im Reisebüro abgeholt hatte, war sie für einen Augenblick nicht sicher, ob es einen Staat wie die USA wirklich geben konnte. Dabei hatte sie in den letzten vier, fünf Jahren doch einigermaßen aufgepasst. Ein Amerikaner, mit dem sie sich ab sofort traf, um sich mit ihm auf Englisch zu unterhalten und der noch nie in Ohio war, warnte sie vor dem flachen Land. Er behauptete, Massachusetts hätte mit Ohio noch weniger zu tun als Frankreich mit der untergegangenen DDR. Siri hatte das Gefühl, einiges aufholen zu müssen. Ihr Nachhilfelehrer machte sich ständig lustig über seine Landsleute, wenn sie ihn richtig verstand, aber ihr war nicht zum Lachen zumute. Seine Anwesenheit beruhigte sie trotzdem ein wenig im Hinblick auf das Abenteuer, auf das sie sich einlassen würde, *per accident*, das hatte sie schon gelernt. Aber was er erzählte, war für sie ganz und gar nicht einzuordnen. Dass er es nicht fassen konnte, wo sie gewesen war, als die Mauer fiel, wunderte sie wiederum. Und auch, dass das Wort *Zollstock* aus seinem Mund mindestens so komisch klang, wie wenn sie versuchte, *schedule* auszusprechen.

Siri büffelte in diesem Sommer Englisch, im Kino, mit Lernbüchern, Videokassetten.

Viel Sonne draußen, auf dem Terrassenboden lag ein CD-Walkman, an den ein Lautsprecher angeschlossen war. *Agree, disagree.* Im Wohnzimmer plätscherte zwischen dem kleinen Bücherregal und dem Beistelltisch ein Zimmerspringbrunnen, den Hedwig von einem Feng-Shui-Vortrag mitgebracht hatte. Zuhause angekommen war sie unsicher, ob das nicht vollkommener Quatsch war, aber Wilhelm war begeistert, wollte den

Springbrunnen für sein Büro haben, was sie nicht zuließ (»Die erklären dich zu einem Vollidioten.«), also installierten sie ihn im Wohnzimmer. Alle Familienmitglieder fanden den Brunnen potthässlich, mochten aber das Geräusch. Gina stand in einem T-Shirt und Shorts, wahrscheinlich ihre Pyjamahose, in der Tür zur Terrasse, in der Hand ein Glas Orangensaft. Es war Sonntagmittag. Eher schon Nachmittag. Am Boden lagen kugelschreiberblaue Vögel auf dickem, stark strukturiertem Papier, ein Dutzend mindestens. Siri zeichnete den Schopf eines Vogels, der eine flügelartige Bauchflosse hatte, von dem eine gedrehte Schnur wegführte. Gina verschwand wieder, kam mit einem Joghurt zurück, nahm am Tisch Platz. *There are many reasons for …* Siri sprach die Texte nach, manchmal auch mit. Fragender, ausholender Tonfall. Sie hörte die CD nicht zum ersten Mal. *There is no doubt about it that …* »*There is no doubt about it that …*« Gina stand auf, *I simply must agree with that*, war dann mit einem Löffel im Mund wieder auf der Terrasse, setzte sich auf die oberste Stufe, sprang aber mit einem Schrei gleich wieder auf. *I completely agree with …* »Voll heiß, äh!« *It is only partly true that … I can agree with that only with reservations.* Gina saß wieder am Tisch, öffnete ihr Joghurt, Siri legte zwei Blätter auf die Seite, sie zeichnete immer noch am Schopf. *That seems obvious, but …* Siri: »Obvious! Obvious? Scheißwort!« Gina: »That seems obvious. Birds! That is not necessarily so. Was wird'n dit?« Sie deutete mit dem Löffel auf den CD-Player. *Under certain circumstances …* »*Under certain circumstances …*« – »Willst du so die Vorlesungen an der Uni überstehen?« Siri ließ sich nicht beirren. *I very much doubt whether …* Sie wiederholten es beide. Gina verschluckte sich. Dann: »*O wie lallt das Kind so faul! Hat den Brei noch nicht verschluckt.*« Prusteten los. »*Den ihm die Mutter strich ins Maul.* Du kannst das noch!« Siri kam aus ihrer knieenden Haltung hoch, der Rücken schmerzte vor Lachen. »Can you please bring some water?« – »Of course my dear sister.« Als Gina zurückkam, war der Walkman ausgeschaltet und man hörte wieder das Plätschern aus dem Wohnzimmer. »What is even worse«, Siri trank einen großen Schluck, »kannst du dir vorstellen, wie ich in AMERIKA bin?! In Amerika aufwachen, in ein Atelier gehen oder zu Seminaren, in Vorlesungen, in amerikanische Supermärkte und so: Ich sollte froh sein, dass ich von dem amerikanischen Gerede nichts verstehen werde.« Pause. »Und Wasser gibt es weit und breit nicht in Ohio. Kein Meer, kein See, kein gar nichts.« – »Ach was, wahrscheinlich erwartet dich das Gleiche wie hier. *Mit deinen smaragdgrünen Blättern, mit deiner duftig kühlen Nacht, zu nahn dir auf des Schiffes Brettern, dran hab ich als Kind schon gedacht!*« – »He!« Siri erstaunt, erfreut: »Isses das: *Amerika, du Land der Träume, du Wunderwelt* « – Gina stimmte ein, gleich wurde es richtig laut, gerade so, als wären sie noch immer die kleinen Schwestern. – *so lang und breit, wie schön sind deine Kokosbäume, und deine rege Einsamkeit!*« Weiter wussten sie nicht, nur den Titel, klar: *Amerika*. Sie hatten viele dieser Gedichte auswendig gelernt, weil sie sie immer wieder gelesen hatten und vorgetragen. »*Stürmisch finstre Nacht, Kind im Grab erwacht, seine schwache Kraft jäh zusammenrafft.*« – »*Machet auf geschwind, ruft das arme Kind* – Schrei nicht so!« – »*Sieht sich ängstlich um: Finster ist's und stumm.*« Sie lachen. »*Endlich stirbt das Kind, froh die Engel sind.*« – »Es könnte sein, dass es da nur Schweinefarmen gibt. Zwei von den sechs Studis, die in dem Programm sind, habe ich letztens getroffen. Und da sagte die eine: Wenn's wenigstens New York wär oder L.A. Dabei kommen die aus einem Kaff bei Bielefeld.« Gina schnaubte verächtlich: »Oder L.A. … Ach, das wird schon. Wo sind denn die Eltern?« – »Keine Ahnung, vorhin waren sie noch da. Vielleicht haben sie sich hingelegt.« Wilhelm war unterwegs. Er joggte. Er joggte drei, manchmal vier Mal die Woche. Es war

Hedwig, die sich hingelegt hatte. Sie sollte den ganzen heißen Nachmittag verschlafen.

Aus dem Geplänkel der Schwestern wurde eine spontane Abschiedsparty für Siri. Zuerst hatte Meinhard angeläutet, ein ehemaliger Studienkollege, und wenig später saßen auch Constantin und Matze im Garten. Das mitgebrachte Bier war im Teich eingekühlt. Maik kam mit seiner neuen Freundin. Siri umarmte zuerst sie, dann ihn. Sie hatten einander, nachdem Siri eine Zeitlang regelmäßig in Maiks Berliner Wohngemeinschaft übernachtet hatte, ziemlich lange nicht mehr gesehen. Ganz bei ihm einziehen wollte sie nicht, weil ihr die Stadt immer wieder zu viel wurde, die Hysterie, die immerzu flirrende Stimmung, weil ständig neue Menschen da waren, für die alles frisch war und billig, die sich ausbreiteten und einem auf den Pelz rückten. Maik war Punk, lebte in einem besetzten Haus und arbeitete als Gärtner. Sie waren ein skurriles Paar gewesen, obwohl sie nicht zusammen waren. Warum genau sie sich zerstritten hatten, wusste Siri bald schon nicht mehr, aber es war nicht der erste Streit gewesen, sie gab vor, wütend zu sein, weil er Marihuana verkaufte, er hielt sie für zickig. Vielleicht waren aber auch die vielen gemeinsam begonnenen Nächte dafür verantwortlich, dass sie einander auf einmal nicht mehr sehen konnten. Maik und Siri unterhielten sich lange miteinander, und nicht einmal seine Freundin, deren Hand er fast die ganze Zeit in seiner hielt, bekam mit, worum es dabei ging.

Siri telefonierte mit Daryaa, um sich zu verabschieden. Fast kränkte sie die anderen, indem sie von denen sprach, die nun nicht da waren, ob man sie einladen sollte. Dann ließ sie es wieder bleiben, redete von Amerika. Kokett, aufgeregt und ohne Unterbrechung. Eine Nachbarin schneite herein und blieb auch noch, nachdem Wilhelm sich wieder zurückgezogen hatte, sie war eigentlich zu alt für die Runde.

Constantin erinnerte daran, wie er und die zwei Schwestern das Sommerhaus seiner Eltern gehütet hatten, während die zum ersten Mal in Florenz waren. Damals wollte Gina Schauspielerin werden, Siri Anwältin und er Dichter. In seinen Gedichten waren Wörter wie Blut und Grund vorgekommen, Beile, Grashalme. In der Zwischenzeit hatte er zwei Theaterstücke inszeniert, aber kaum Gedichte geschrieben. Gina lachte, als würde sie die Erinnerung daran weglachen wollen. Sie war auch ein bisschen gekränkt, dass er sie noch nie gefragt hatte, ob sie eine Rolle übernehmen wollte. Constantin hatte sich immer wie der kleine Bruder gefühlt, er hätte sich jederzeit für die Schwestern geprügelt, es war aber eigentlich nie notwendig gewesen. Damals redeten sie über Liebe und Sehnsucht, über Revolution. Gina probte Tschechows Mascha, bestand immer wieder darauf, den anderen etwas vorzutragen. Constantin ging häufig angeln und sie kochten in der kleinen Küche immense Menüfolgen. Sie lasen viel und schwammen im Meer. »Damals bist du die ganze Zeit zwischen den Dünen gesessen und hast gezeichnet. Schilf, Halme, jeden Muschelrest hast du abgemalt. Hast du die Bilder noch, die du in dem Sommer von den alten Leuten am Strand gemacht hast?« Siri glaubte nicht, dass diese Portraits noch irgendwo waren. Hatte sie sie nicht verschenkt? Hatten die Portraitierten sie überhaupt haben wollen? Dass sie so viel gezeichnet hatte. War das so? Vielleicht übertrieb Constantin. Siri betrachtete ihre Freunde und ihre Schwester, die sich auf Terrasse und Wiese verteilt hatten und vom Licht, das aus dem Wohnzimmer in den Garten fiel, ein wenig beleuchtet wurden. Sie schaute das Bild an wie eines, in dem sie schon nicht mehr vorkam, aber die Stelle, ihre Stelle, war noch zu sehen.

12. It doesn't exist

In einem Kleinbus brachte Carole die Studenten aus Germany, Europe, vom Flughafen nach Cloud, Ohio. Die Fahrt dauerte ungefähr eine Stunde. Sie saßen zwischen riesigen Tramperrucksäcken, Seesäcken und Koffern. Carole war höflich, sie ließ die schweigsamen Ankömmlinge in Ruhe, redete ruhig vor sich hin, über Detroit und die untergehende Autoindustrie der Gegend, über die Unterschiede zwischen Michigan, wo sie herkam, und Ohio. Die Nachricht, dass das Studentenheim, in dem Siri und ihre Kommilitonen eigentlich untergebracht sein sollten, nach einem Brand vor zehn Tagen unbewohnbar war, überbrachte sie ebenso beiläufig. Vielleicht wusste sie auch nicht, dass die Deutschen noch nichts davon wussten. Siri war müde hinter den Augen. Zuletzt waren sie mit einer kleinen Propellermaschine über den großen See geflogen; sie saßen nicht auf den vorgegebenen Plätzen, sondern mussten das Gewicht im Flugzeug verteilen, was einigen von ihnen Sorge bereitete. Aber der Flug war ebenso ereignislos wie die ganze Reise zuvor.

Lena und Siri sollten in einem Verbindungshaus unterkommen, Melly und Romana würden in einer Hausgemeinschaft wohnen und die beiden Burschen in einem zwölfstöckigen Studentenheim, dem höchsten Gebäude am Campus und wahrscheinlich der ganzen Gegend, die *Dayton Towers* genannt, nach den berühmten Söhnen der Stadt. Vom Campus selber sahen sie an diesem Abend nicht mehr besonders viel. Erstens war es dunkel, zweitens dämmerten sie alle vor sich hin, und drittens wussten sie gar nicht, dass all die kleinen und größeren Kästen, die Siri und Lena an eine russische Kleinstadt denken ließen, zum Universitätsgelände gehörten. Umso mehr mussten die beiden lachen, als sie nach zwölf Stunden Schlaf aus dem Studentenhaus traten. Vielleicht waren es auch die Ausläufer ihrer Hysterie, die sie so von sich nicht kannten. Dass sie auch einander nicht kannten, war ebenfalls nicht beruhigend. Siri und Lena hatten ein Doppelzimmer in der Schwesternschaft Lambda Zi bekommen. Beide wussten nicht, was eine Schwesternschaft war, und die zwei sehr blonden Mädchen, die sie gegen vier Uhr morgens Wodka trinkend in der Küche vorfanden, konnten ihnen auch nicht wirklich erklären, wo sie gelandet waren. »Vielleicht ist unser Englisch zu schlecht«, meinte Lena, die bisher Kunstgeschichte in Dresden studiert hatte. »Vielleicht sind die Frauen einfach zu betrunken.« Auch Lena und Siri tranken Wodka, sie frühstückten dabei die Reste ihres Proviants, unterhielten sich mit den Mädchen, drehten eine Runde auf der Wiese vor ihrem Haus, dann gingen sie wieder ins Bett. Der Spaziergang über den Campus am ersten Vormittag (mit einem Abstecher ins Office for International Relationships) war bis auf weiteres die einzige gemeinsame Unternehmung von Romana, Melly, Lena und Siri. Beschlossen wurde dieser Ausflug von einem Mittagessen in einem Restaurant *downtown*. Sie aßen Burger und Hotdogs mit verschiedenen Kartoffeln und fanden alles unerträglich fett. Nur Melly bekam, weil sie explizit gesagt hatte, dass sie keine Pommes wolle, eine Schüssel Chips zu ihren Würstchen. Siri hatte nach dem Essen das Gefühl zu stinken, es war anstrengend. Auch dass es kein Mineralwasser gab, sondern nur sogenannte *Softdrinks*. Sie würden das Zusammengehörigkeitsgefühl nicht weiter pflegen, dafür waren sie zu unterschiedlich. Manchmal besuchten sie ihre männlichen Kollegen in deren Studentenheim, um in der Lobby Billard zu spielen, aber niemand legte Wert darauf, als Gruppe aufzutreten.

Das Fine Arts and Design Institute, kurz Art Institute, war in einem flachen, eingeschoßigen Bau hinter der Bibliothek und dem Recreation Center untergebracht. An einem Vormittag in ihrer ersten Woche stieß Siri auf Studenten in Uniformen, die vor der Bibliothek Wehrsportübungen absolvierten. Nur Melly und Romana waren erstaunt, die Ostdeutschen hatten die eine oder andere Erinnerung, die Lächerlichkeit der Uniformen war vergleichbar, aber diese Studenten schienen es wohl irgendwie freiwillig zu machen. Handgranaten. Neben dem Eingang zum Art Institute lag ein Teich, der soeben angelegt worden war. Das Gebäude war das jüngste am Campus, noch war die Erde am Ufer braun, nur an manchen Stellen spross ein wenig Gras. Auch wenn die Pflanzen fehlten, die Farben, und eigentlich viel zu viel Platz war, große Steine und viel Luft rundherum, erinnerte der kleine Teich Siri an zuhause. Es gab eine Druckwerkstatt, zwei Ateliers, die allen zur Verfügung standen, einen Veranstaltungsraum, der auch der Hörsaal war, und sechs kleine Kammern, in denen man stundenweise arbeiten konnte, außerdem eine Dunkelkammer. Die Mitbewohnerinnen von Lena und Siri waren allesamt Angehörige der Verbindung und studierten Fächer wie Mathematik, Russisch, Japanisch und Economics, nur ein Mädchen war am Art Institute eingeschrieben, aber die war das ganze Semester krank. Die anderen interessierten sich anfangs für ihre Gäste, aber die Gespräche verebbten bald wieder, weil sich ihre Fragen auch an ehemalige Insassen eines Gulags hätten richten können und Lena und Siri schnell die Lust verging, darauf zu reagieren. In den ersten Tagen fiel es Siri schwer, nicht aufzulachen, wenn einer sagte: *Wish you a great day.*

Lena arbeitete die meiste Zeit in ihrem Zimmer, traute sich überhaupt nicht viel nach draußen. Am frühen Nachmittag ging sie in die Mensa, also ungefähr vierzig Meter über den kurzgeschnittenen Rasen, aß dort meistens allein an einem Tisch mit anderen, die sie nicht kannte, nicht kennenlernen wollte, weil sie sich niemals getraut hätte, jemanden anzusprechen. In Gesprächen mit Siri stellte sich heraus, dass Lena vor allem über ihre eigene Courage perplex war. Dass sie es bis hierher geschafft hatte. Dann erzählte sie aber von Nachtspaziergängen, von den Obdachlosen, die sie dabei kennenlernte, von den Gesprächen mit einer halbwegs verwirrten Frau, die ein Haus am anderen Ende der Stadt bewohnte, und die sie demnächst zu einem Fluss mitnehmen wollte, der so schmutzig sei, dass er manchmal in Flammen aufging. Siri glaubte ihr anfangs nicht, hielt die Berichte für Erfindungen. Lena malte hyperrealistische Portraits der Studierenden, mit denen sie in der Mensa saß, aber auch Bilder ihrer Nachtgestalten, sie war so produktiv, dass das gemeinsame Zimmer kaum noch bewohnbar war. Siri und Lena gingen die Trinkgelage der Studentinnen auf die Nerven. Die liefen meist in Jogginganzügen herum, die perfekt manikürten Fingernägel der meisten passten ebenso wenig dazu wie die sorgfältig geschminkten Gesichter. Nur am Wochenende glichen sie Make-up und Outfit einander an, dann trugen viele von ihnen Schuhe mit hohen Absätzen und superkurze Miniröcke. Wenn sich Lena manchmal spätnachts aus ihrem Kühlschrankfach ein Bier holte, setzte sie sich zu den Mädchen, die Fratzen, die sie sah, tauchten dann in ihren Bildern auf.

Am Institut fanden wöchentlich Atelierabende statt, an denen einzelne Studenten ihre Arbeiten vorstellten. Die Gäste aus Deutschland sollten für den dritten Abend eine Gruppenpräsentation zusammenstellen. Amanda, selber Malerin, Fotografin und gerade mal dreißig Jahre alt, war die Professorin am Institut. Sie arbeitete die ganze Woche mit der kleinen Truppe, besorgte Overhead-Projektoren, einen VHS-tauglichen Videorecorder, denn einer der beiden Studenten wollte auch einen Kurzfilm zeigen, in dem es um Farben ging. Lena würde ihre Portraits ausstellen, sie hatte bereits so viel gemalt, wie andere in einem ganzen Semester nicht schafften. An den Wänden hingen Siris Schnappschüsse, Polaroids von den *göttlichen Vögeln*, die Zeichnungen jeweils von den Ornamenten der Teppiche eingerahmt. Sie hatte die Vogelzeichnungen im Sommer auf den Teppichen liegend fotografiert. Jetzt erzählte sie die Geschichte eines Eisvogels, der im Frühling aus dem Süden zu seinem heimischen Gewässer zurückkehrt, der sich aber aus einer kindischen Ungeduld heraus zu früh auf den Weg gemacht hat, und dann im Anflug feststellen muss, dass das Wetter, eigentlich das Klima, ein ganz anderes ist, als er es in Erinnerung hatte. Und während er um den See herumfliegt, frierend, verzweifelt, überlegt er, dass er ja darauf geachtet hat, sich wie ein Vogel seiner Art zu verhalten. Dass er doch bisher nicht so viel falsch gemacht hat in seinem Leben. Oder doch? Im Weiterfliegen bilden sich seine Füße zurück, bald sind sie verschwunden, die Flügel aber werden länger und wuchernder. Der Vogel weiß, er wird nicht mehr auf die Erde zurückfliegen. Im Raum war es ruhig, Siri wusste nicht, ob die anderen sie überhaupt verstanden hatten. Sie hatte ziemlich geübt, schließlich hatte sie noch nie auf Englisch über ihre Arbeit geredet. Dass sie auch auf Deutsch bislang kaum darüber gesprochen hatte, fiel ihr gar nicht ein. Dann fragte einer: »Is it about the lose of the communistic system?« Darauf konnte sie nicht groß antworten. »So«, sagte sie zuerst auf Deutsch, korrigierte sich dann und fuhr nach einer kleinen Pause in Englisch fort: »Ich würde mich eigentlich nicht als sehr politischen Menschen bezeichnen. Also nicht mehr, als das System uns immer abverlangt, nun ja, schon. Aber.« Amanda wollte lieber über Technik sprechen, über das Papier, die Stifte, und fand die Bezeichnung *Book of Receipts* als Titel für die Serie überlegenswert. Romana und Melly, die begonnen hatten, Computerprogramme zu benutzen, von denen Siri noch nie gehört hatte, und die mit Paul, dem Grafikdozenten am Institut, zusammenarbeiteten, zeigten eine Skulptur im virtuellen Raum. Und Simon, der Letzte in der Runde, warf Projektionen von Ölmalerei an die Wand. Er wollte in den kommenden Monaten *ein Werk* schaffen (O-Ton), das mit dem flachen Himmel, der ihn höchst überrascht habe, zu tun haben werde. Sandor, der einen Film hatte zeigen wollen, erschien nicht zur Präsentation. Wie sich später herausstellte, fuhr er mit einem amerikanischen Studenten, den er eben kennengelernt hatte, nach Detroit. Er fotografierte leerstehende Häuser, Crack-Dealer, Kinder auf der Straße.

Die amerikanischen Studenten schienen nicht sonderlich interessiert an der deutschen Sicht auf ihren Himmel, aber Simon redete noch lange weiter. Auch Romana und Melly brachten sich in die Diskussion ein, und sogar Lena wusste einiges zu sagen, als sie nach ihren Bildern gefragt wurde, wenn auch stockend und ständig auf der Suche nach passenden Vokabeln. Alle hatten so viel zu sagen, und Siri war beschämt ob ihrer kleinen Bildchen. Die anderen Deutschen, Lena vielleicht ausgenommen, schienen ähnlich zu denken und ignorierten Siris Arbeit für den Rest des Semesters.

Nachher feierten sie eine Party, bei der Siri Chiyo und Yukiko kennenlernte. Mit den beiden Kunststudentinnen aus Tokio, die in der darauffolgenden Woche Töne aus den Transiträumen verschiedener Flughäfen vorspielten, fuhren Siri und Melly im Bus nach New York, um Galerien und das Guggenheim Museum und das Museum of Modern Art zu besuchen, im Central Park Hotdogs zu essen, und sich über die Kakerlaken im Bad des Hotelzimmers zu erschrecken. Plakate mit *Camel*-Werbung und *wall paintings* (*Genuine Taste*) in Manhattan lösten ein Déjà-vu in Siri aus. Sie sahen *Brezlmen* und Frauen in Pelzmänteln, manche trugen keine Strümpfe, obwohl es kalt war. Menschen mit Sonnenbrillen, obwohl der Himmel bewölkt, und außerdem ja irgendwie Winter war, auch wenn auf einen kalten Tag ein sonniger folgte, der das Leben in der Stadt schlagartig veränderte. Auch Chiyo schien ein Déjà-vu nach dem anderen zu haben, ständig zitierte sie Filmtitel und Szenen, die genau in dieser oder jener Straße spielten, manchmal stieß sie spitze Schreie aus, so fasziniert, erschrocken, beglückt war sie die ganze Zeit. Siri staunte, weigerte sich bald, zu staunen, mochte auch irgendwann nicht mehr schauen. Die gelben Cabs und die gelben Shorts der Mädchen. Riesige Wortteile auf Fassaden, all die Lettern (*Nail Files, American Industries, Papaya King*). Melly verbrachte den ganzen Tag am Times Square und fotografierte Schilder, Buchstaben, Reste von Werbung. Immer wieder musste sie neue Filme für ihre Spiegelreflexkamera besorgen. Sie wirkte zwischendurch so, als wäre sie schon öfter in New York gewesen und nur zufällig in Bielefeld, Deutschland, zuhause. Siri rechnete damit, dass Melly auf einmal einen Bekannten treffen, sich plötzlich verabschieden könnte, das machte es für Siri ein bisschen leichter, nicht ständig auszuflippen. Nachdem sie mit Chiyo in einem Superstore war, wollte sie zurück in ihr Kaff. Wie ein kleines Kind, dem man die wesentlichsten Dinge zu erklären vergessen hat. Wenn sie sich in ihr durchgehangenes Bett fallen ließ, konnte sie kaum schlafen, obwohl sie komplett fertig war, überdreht. Von allem zu viel und dann auch noch die Eindrücke der anderen. Yukiko, die von ihren Wanderungen frühmorgens zur Central Station erzählte und am zweiten Tag die Erste war, die mit dem Lift das Empire State Building hinauffuhr. Träumte sie das, verwechselte sie das mit Lenas Nachtwanderungen? Menschen, die eine lange Schlange bildeten, um in ein Lokal zu kommen, solche Bilder erschreckten Siri immer noch. Dann musste sie darüber lachen, aber es trug nicht dazu bei, die Welt besser zu verstehen. Selbstverständlich aßen sie meistens in einem der Noodle Shops um den St. Mark's Place. Siri und Melly mochten das japanische, manchmal chinesische Essen. So wussten sie immer, wo sie essen würden, es war ganz einfach. Keine lange Suche nach einem Lokal, auf das sich alle einigen konnten, kein Streit, wenn sich jemand durchsetzte oder weil eine vor Hunger fast kollabierte. Aber am letzten Abend wollten sie fein essen gehen, hatten sich für die Studentengegend um den Union Square entschieden, dann lange gesucht und überhaupt nichts gefunden. Die Absurdität, mitten in New York im Dunkeln zu tappen, fanden sie erst noch lustig, dann begaben sie sich nach über einer Stunde in ein Kellerlokal, in dem sie überteuert Toast mit Steaks und Ananas aßen. Es war natürlich alles ganz anders, aber Siri musste immerzu an Vehlinsee denken, an die HO-Wirtschaft. Was ihr einigermaßen den Abend verdarb, der sowieso nicht besonders gelungen war, weil sie so lange gesucht hatten und Yukiko nicht mitgekommen war, nachdem sie mit Melly gestritten hatte. Zuletzt waren alle drei so hungrig gewesen, dass sie einander nur noch anschweigen konnten, und als sie dann in dem dunklen Raum saßen, hatten sie das Gefühl, in einem Bordell gelandet zu sein. Darüber konnten sie lachen, aber die Stimmung war nicht mehr zu retten. Chiyo sagte, sie sei eigentlich froh, dass sie am nächsten Tag wieder nach Cloud zurückfahren würden, sie könne ansonsten nicht garantieren, je wieder in diesen Bus zu steigen. An dem runden Tisch redete ausschließlich Chiyo, die sich auf ihre Arbeit und Cloud freute, auch wenn draußen nur Felder, Fastfood-Lokale und zwei schäbige Clubs warteten. Immerhin gab es auch ein Programmkino und ein Kaffeehaus mit Buchhandlung, wo man immer jemanden fand, mit dem man sich unterhalten konnte. Ihr gefiel auch das. Im Bus zurück träumte Siri von den Ratten im Park und im Hotelzimmer und von dem Radfahrer mit dem spacigen Helm auf der Brooklyn Bridge.

Cloud hatte abseits des Universitätsgeländes kaum etwas zu bieten. Das sogenannte Zentrum bestand aus einer Kreuzung zweier Straßen (Main Street und Ridge Street), einzelne Häuser erinnerten an Westernkulissen, aber die meisten waren schmucklose Kästen, in denen ebenerdig undefinierbare Geschäfte untergebracht waren oder Fastfood-Lokale, Pizzaläden und Secondhandshops. Oben waren Wohnungen. Die Stadt war überhaupt nicht verfallen, aber sie hatte etwas Lebloses, Leeres. Viele der Einfamilienhäuser mit hölzernen Veranden, die über das gesamte Stadtgebiet verstreut waren, wurden von Studenten bewohnt. Ganze Straßenzüge bestanden aus solchen WG-Häusern, oft waren die Vorgärten nicht besonders ordentlich. Wenn die Garagentore offenstanden, sah man oft eine unglaubliche Ansammlung von Gerümpel und Gerät. Da stapelten sich Sofas, Motorräder, Gartengeräte, Maschinen, Spielzeug. Auch, wenn der Garten gepflegt war und blühte. Es gab also nichts zu sehen in Cloud, aber die Einheimischen legten keinen besonderen Wert darauf, dass man sie oder ihren Alltag fotografierte. Austausch zwischen den Studierenden und den Eingesessenen gab es kaum. Leute aus der Gegend konnte man als Studentin nur in dem Kaffeehaus in der South Main Street kennenlernen. Das *Grounds for Thought* war nicht nur ein Coffeeshop, sondern auch ein Buchgeschäft, in dem man neben gebrauchten Platten und Büchern auch Comics erwerben konnte. Außerdem konnte man, so lange man wollte, an einem der großen Tische sitzen, lernen, lesen, sich unterhalten. Hier arbeiteten Studenten, aber auch junge Leute aus der Stadt selber, manche von ihnen gingen noch zur Schule. Yukiko las hier einige der Comics, die sie Melly und Siri als Mangas vorstellte. Melly las die New York Times, und auch Siri schaute manchmal in den unglaublich dicken Packen Papier, aber New York war für sie so weit weg wie Mühlenberg oder Bielefeld, sie konnte wenig damit anfangen. Die Leute, die man hier kennenlernte, machten ihre Sachen: Musik, historische Studien, Poems, Kleider, wie das Mädchen, das Designerin werden wollte, zuhause schneiderte und sich keine Sorgen machte, dass sie in der Provinz keine Chance haben würde. Die jungen Leute waren nicht verzweifelt, dass sie hier lebten, die älteren hatten ein differenziertes, aber entspanntes Verhältnis zu diesem Nirgendwo. Waren ihren Nachbarn gegenüber dennoch streng. Es passierte auch, dass jemand sich unangekündigt verabschiedete und am nächsten Tag die Stadt verlassen hatte. Wenn dann Ortsnamen wie *Arkansas*, *New Orleans* oder *Texas* fielen, konnte man schon das Gefühl haben, jemand hätte den Kontinent gewechselt.

Der Kaffee kam aus einer eigenen Rösterei in der Nähe des Stadtparks. Manchmal wehte der Geruch bis in die Napoleon Street, wo Chiyo und Yukiko wohnten. Siri hatte bisher selten so guten Kaffee getrunken, bislang überhaupt nicht besonders viel Wert darauf gelegt. Natürlich war ihr das Gegenteil prophezeit worden, und die Geschichten von dem herausragenden amerikanischen Kaffee nahm ihr auch kaum jemand ab. Sie sollte erst viel später davon erzählen, verunsichert, ob es denn tatsächlich die Wahrheit war. Siri verbrachte gerne und viel Zeit in einem der drei Diners (*D'Diner*, *Coleman's*, *Waffle House*) mit den roten Lederbänken, wo einem von Kellnerinnen in sehr kurzen Röcken permanent grauer Kaffee aus Thermoskannen nachgeschenkt wurde, wo man Waffeln essen konnte, Pancakes oder spät in der Nacht frühstücken. Schlechter Kaffee, oberflächliche Menschen. So war das also. Sie trank literweise Kaffee und zeichnete oder las. Diese vollständige Abwesenheit von Natur, die sie in Cloud empfand, obwohl die Wiesen am Campus lange grün blieben und rundherum nur Gegend war, wenn auch ohne Wälder (fast ohne Bäume), Hügel oder gar Gebirge, war eine gute Voraussetzung für ununterbrochenes Zeichnen und Skizzieren. Dann schlug ihre Stimmung um, und sie borgte sich ein Fahrrad und fuhr die North Ridge Street so weit hinaus, bis sie zu einem kleinen Fluss gelangte. Oder sie machte mit Carole einen Ausflug an den nächstgrößeren Fluss, hin und wieder noch weiter, bis an den Lake Erie. Mit einer Fähre hätte man auf die Insel übersetzen können, aber das war ihnen zu teuer. Der See war ziemlich dreckig und verbaut, man konnte an manchen Stellen auf den Ufermauern entlangspazieren, hätte darin nicht schwimmen wollen. Hie und da waren noch Ruinen der Erdölindustrie zu entdecken, deren Boomzeit an die hundert Jahre vorbei war. Hier war alles flach. Die Gegend, die Häuser, der Himmel und das Wasser. Siri mochte das, auch wenn es ihr nicht besonders gefiel. Carole nahm sie einmal mit in die Stadt, in der ihre Eltern lebten, woher sie aber nicht stammte. Plötzlich war sie in einer urbanen Umgebung, die sie an Europa erinnerte, und sie fragte sich und Carole, warum sie nicht in Ann Arbor studierte, wo es eine Innenstadt gab, in der Menschen auch zu Fuß unterwegs waren. Es gab italienische, griechische und arabische Lokale, aber in den meisten wurden irgendwie alles serviert. Carole gefiel es zwar auch in der Stadt, die viel eher für Studenten gemacht schien als Cloud, aber sie studierte gerne bei Amanda, und irgendwann werde sie sowieso verschwinden, auswandern nach Europa oder Asien, dann werde es keine

Rolle mehr spielen, ob sie die paar Semester in Michigan oder Ohio verbracht habe. Gleichwohl war sie regelmäßig auf Besuch bei ihren Eltern. Der erste Wald nach zwei Monaten, aber die Natur war einfach anders. Im *Coleman's* konnte Siri gerade wegen der Tristesse um sie herum arbeiten. Wenn sie aufschaute, sah sie vor den Scheiben das langweiligste Leben, das möglich war: ein- und ausparkende Autos.

Das Weihnachtsfest feierten die deutschen mit den japanischen Mädchen in dem Haus in der Napoleon Street, wo Siri auch regelmäßig wohnte. Nur Romana traf sich mit ihren Eltern in Chicago. Einmal waren sie mit zwei amerikanischen Studenten, die die Ferien ebenfalls auf dem Campus verbrachten, bei Paul und seiner Familie eingeladen, die restlichen Tage wollten sie zeichnen (Siri), malen (Lena) und meditieren bzw. im Tonstudio verbringen (Chiyo). Manche ihrer Aufnahmen hießen *Langeweile* (auf Deutsch) oder *Pain after Toothbrushing*, und archivierten zum Beispiel die Stille in ihrem Zimmer. Melly und Yukiko unternahmen einen Trip nach Niagara und wollten danach in Upstate eine Frau besuchen, die sie in New York kennengelernt hatten. In Cloud war der Schnee kurz vor Weihnachten wieder davongeschmolzen, bald wurde es klirrend kalt. Wie weit weg Mühlenberg war! Siri hatte seit ihrer Ankunft nicht besonders viel Kontakt mit den Eltern. Sehr regelmäßig kamen Briefe von ihrer Schwester, die unerwartet witzig den Alltag zuhause beschrieb, sich natürlich über Antworten von Siri freute, aber nicht abbrach, wenn die wieder einmal zögerte oder zauderte oder den Weg zur Post hinausschob, sodass ein paar Briefe recht lange liegen blieben, dann gleichzeitig weggeschickt wurden. *Fremd sind jetzt die Westverwandten*, die in der Zeit, als Siri in Ohio war, ins neue Haus auf Besuch kamen, schrieb Gina in einem Brief. *Die Erwachsenen verstehen sich präch-*

tig. Und: *Sie tun jetzt so, als wären sie verwandt. Jetzt wissen sie endlich wie es geht und es klappt prima.* Den Abstand zu den Eltern hatte sich Siri niemals derart weit denken können. Über längere Zeitstrecken hinweg fiel es ihr richtig schwer, sich mitzuteilen. Ein paar Sätze ins Telefon geplappert, damit hätte sie kein Problem gehabt (dachte sie), telefonieren war aber zu teuer. Ihr Leben hinschreiben, in ganzen Sätzen, die Bestand haben sollten, das gelang ihr meistens nicht, obwohl sich nicht ständig alles veränderte, im Gegenteil. *Es geht mir gut. Ich zeichne viel. Ich fühle mich wohl hier.* Solche Sätze hinzuschreiben, in Briefen an die Eltern, wäre ihr vollkommen falsch vorgekommen. Vielleicht, weil sie nicht genau sagen konnte, was darunter lag, was dahinter steckte, vielleicht wollte sie das auch gar nicht. Vielleicht wollte sie auch so weit weg sein von Wilhelm und seinem neuen Leben, das ihr geglückt und verzweifelt zugleich vorkam, und von Hedwig, die immer noch so sehr darauf bedacht war, das Richtige und Gute zu tun, dass man ihre Gefühle dazu schwer einschätzen konnte.

Siri hatte den Entschluss der Eltern, sie über die Weihnachtsferien nicht zu besuchen, zwar verstanden, aber es machte sie auch wütend. Verunsicherte sie. Hedwig und Wilhelm verreisten überhaupt nicht mehr gemeinsam. Urlaub machten sie zuhause. Hedwig fuhr auf Möbelmessen, sie besuchte wie früher ihre Freundin an der Ostsee, reiste zu Ausstellungen in westdeutsche Städte, aber nie mit ihrem Mann zusammen. Wilhelm unternahm hin und wieder Dienstreisen, auch er fuhr in den Westen, einmal war er in Oslo gewesen auf einem Computerkongress. Siri und Gina waren davon überzeugt, dass die Eltern ihr Haus nicht alleine lassen wollten, was ihnen lächerlich vorkam. Einerseits. Hatten sie sich nicht danach gesehnt zu verreisen, all die Jahre? Andererseits hatte niemand von ihnen jenen kalten Nachmittag im Januar vergessen. Am Haus selber konnte es dennoch nicht liegen. Die Schwestern machten sich Sorgen um die Beziehung der Eltern. Möglicherweise war die Weigerung, gemeinsam etwas Neues kennenzulernen, ein Indiz für eine drohende Trennung. Siri hatte der Gedanke gefallen, dass die Eltern in ein Flugzeug steigen und zu ihr um die halbe Welt fliegen würden. Sie hätte sie mit einem Mietauto abgeholt, und man hätte herumfahren können, sich die großen Seen anschauen oder andere zugefrorene und eingeschneite Landschaften. Sie hatten der Tochter erst spät gesagt, dass sie nicht kommen würden. Nicht besonders stolz auf ihre Feigheit. Dass es finanziell ein bisschen schwierig sei und Gina gegenüber unfair. Sie redeten so dahin, zurückhaltend. Wo war denn ihr Entdeckergeist geblieben? Vielleicht waren sie müde. Vielleicht war dies auch tatsächlich der erste Moment, in dem Siri so etwas wie Heimweh empfand, aber er dauerte nicht lange.

Vielleicht war sie verliebt. Es war ein ganz selbstverständlicher Gedanke. Am Silvesterabend hatten die Mädchen die Zwillinge Richard und Adam zum Essen eingeladen, später würde es eine große Party geben. Siri hatte Richard schon öfter gesehen, an den Mittwochvormittagen machte er im Kindergarten gegenüber vom Lambda-Zi-Haus ein Praktikum. Kindergärtner. Wie ihn die anderen kennengelernt hatten, wusste sie nicht. Richard wirkte einigermaßen kindisch, aber den anderen gefiel das, Siri war unentschieden. Adam, der irgendetwas Technisches studierte, war auch nett, ihn hatte Siri bisher einmal gesehen, aber es war klar, obwohl sie einander doch so ähnlich sahen, dass sie sich, wenn, nur für Richard interessierte. Die Zwillinge kamen betrunken oder spielten Betrunkensein, Sushi aßen sie dennoch. Yukiko und Chiyo hatten mit Melly zusammen den ganzen Nachmittag daran gearbeitet. Carole kam und noch ein paar Leute vom Art Institute. Den ganzen Abend lief Surfsound von Melly, bis ein Fotografiestudent mit eigenem Plattenspieler und Platten kam, als hätte man ihn für den Abend gebucht, um aufzulegen. Es war heiß und schnell und lustig, eine gute Party, die ein paar von ihnen erst weit nach Mitternacht verließen, um zu den Dayton Towers zu gehen, weil man dort vom zwölften Stockwerk einen guten Ausblick auf die ganze Stadt, übers Land und in das neue Jahr hatte. Richard hatte begonnen, Siri immer wieder auf die Tanzfläche zu ziehen, das war der Platz in der Küche, wo sie nach dem Essen den Tisch weggeräumt hatten. Ging mit ihr auf die Veranda, wo er ihr seinen Pullover umhängte und von seinem kleinen Bruder erzählte, der fünfzehn Jahre jünger war als er und Adam. Er redete, redete. Von dem Trip durch Europa, direkt nach dem College, mit Adam. Was ihm am besten gefallen habe (Spanien, Italien, Prag – in dieser Reihenfolge), wie schockiert er von Ostberlin gewesen sei, und dass er trotzdem gerne noch einmal hinfahren würde. Siri hätte eine perfekte Dramaturgie in seiner Erzählung wittern und damit rechnen können, dass er sie im nächsten Moment, kurz nach der Erwähnung Ostberlins, küssen wollte. Aber sie witterte nichts. Und Richard versuchte nicht, sie zu küssen. Es fiel kein Schnee, aber es war kalt. Ein paar Häuser weiter grölten ein paar Leute. Richard holte Bier. Siri hatte mit den anderen Mädchen die Gewohnheiten der amerikanischen Studentinnen und Studenten besprochen, mehrmals, fragte sich nun, ob dies ein Date war. Blödsinn. Diese Frage schien ihr aus verschiedenen Gründen wichtig zu sein. Was wäre, wenn ich ihn küssen würde, wenn er wieder kommt? Unmöglich, bestimmt. Würde es mir gefallen? Richard hatte seine Jacke angezogen und eine Decke mitgebracht, die er Siri um die Schultern legte. Sie gingen die Napoleon Street hinauf bis zu den Bahngleisen. Alle gingen an dieser Stelle mit dem großen roten Verbotsschild über die Gleise, auf die ein ausgetretener Pfad zuführte. Es gab drei Bahnübergänge in der Stadt, aber die waren eigentlich nur über Umwege zu erreichen. Richard fing an, von den großen Beatpoeten zu schwärmen, *The Howl* und Ginsberg, Kerouac. Siri verstand nicht immer genau, was er sagte, sie fühlte sich aber sehr wohl. »Was wäre das Existenziellste, das du jetzt tun könntest?« Richard war auf einmal sehr ernst. Siri setzte sich auf das Gleis, breitete ihre Decke wie ein Leintuch über die Bohlen. Richard stellte seine Bierflasche auf den Boden, man hörte es glucksen, er nahm Siri und zog sie zu sich hoch, und dann küssten sie einander. Zart, dann steckte er ihr die Zunge weiter in den Mund hinein und umschloss sie kräftiger, sie hielten einander fest, küssten weiter. Ganz hinten im Kopf hörten sie beide das Pfeifen des herannahenden Zuges. Richard griff nach unten und zog die Decke weg von den Schienen, legte sie wieder über Siris Schultern, und bald gingen sie Hand in Hand zurück in das Haus in der Napoleon Street, wo die Party noch im Gange war.

Das war vor ein paar Tagen, sie hatten einander seither nicht gesehen. Chiyo war ganz begeistert gewesen, als sie am 1. Neujahrstag über das Fest redeten, weil es in Japan üblich war, seinen Partner zu Silvester kennenzulernen. Manchmal war es wirklich nicht leicht einzuschätzen, ob sie sich über ihre Herkunft lustig machte oder es ernst meinte. Auch die anderen hatten die zwei verschwinden gesehen, hielten sich zurück mit Einschätzungen. Yukiko hatte einen Freund, der in Japan lebte, den sie nach dem Studium heiraten sollte. Er sei ihr angemessen, solche Sachen sagte Yukiko manchmal. Sie konnte es auch gar nicht fassen, dass Chiyo mit glänzenden Augen von Paul erzählte, dessen Frau und Kinder sie alle schon kennengelernt hatten, von ihm schwärmte und offen sagte, dass sie es genoss, länger alleine mit ihm in einem der Ateliers oder seinem Büro zu sein. Selber allerdings ging sie seit einiger Zeit regelmäßig wegen eines jungen Kellners in den Coffeeshop. Jetzt kicherten aber weder Yukiko noch Chiyo über ihre Männergeschichten, es war ruhig im Haus. Siri büffelte englische Vokabeln, zwischendurch schlief sie ein wenig und probierte, zwei Kurzgeschichten zu übersetzen, die sie in einem Buch über Kurosawas Film *Rashomon* gelesen hatte, um sie besser zu verstehen. Chiyo hatte irgendwann Misosuppe gekocht und sie hatten über den *Rashomon-Effekt* gesprochen. Schon als sie den Film im Clazel, dem Programmkino in der Main Street, gesehen hatten, hatten sie darüber diskutiert. Gab es eine objektive Wahrheit? Oder war sie immer auch von der Wahrnehmung abhängig und eigentlich nur eine Teilwahrheit? Was war mit Objektivität? Der tatsächliche Tatbestand ließ sich nicht rekonstruieren, weil alle Beteiligten und Augenzeugen ihre eigene Geschichte erzählten. Um ihr Gesicht zu wahren? Ging es nur um einen gesellschaftlichen Aspekt? Zwei behaupteten, der Mörder zu sein. Der Geist des Toten sagte, er habe sich selbst getötet. Erinnerung oder Erfindung? Wie viele Anteile von dem einen und wie viele von dem anderen? Chiyo allerdings beendete das Gespräch damit, dass sie die Geschichte abtat als Lügengespinst. Waren dies einfach nur unterschiedliche Perspektiven? Was passierte mit der Geschichte da, wo diese Perspektiven einander berührten? Diese jeweils kleinsten gemeinsamen Nenner hatte sie erst beim Lesen und abermaligen Lesen bemerkt. War daraus etwas Gemeinsames zu konstruieren? Und wohin führten die Sichtweisen, die voneinander abwichen? War wirklich kein endgültiges Urteil möglich? Den Toten gab es. Aber beim Wiederlesen stellte sie fest, dass es gar nicht sicher war, wer nun der Tote war. Chiyo wollte sich auf keine weitere Diskussion einlassen. Das kam öfter vor. Sie beendete ein Gespräch, indem sie sich ein wenig auf die Seite drehte, ein Buch aufschlug, das Zimmer verließ. Als würde es ihr gar nicht auffallen. Anfangs war Siri darüber perplex gewesen, der neuen Freundin gefolgt oder sprach sie bei der Rückkehr darauf an, wollte das Gespräch fortsetzen. Mittlerweile akzeptierte sie die Eigenart. Meistens.

An einem Abend in den Weihnachtsferien borgte sich Siri von Chiyo das Fahrrad aus. Das war ein roter Rennflitzer, halbwegs gut in Schuss, mit einem Fahrradkorb an der Lenkstange, aber Licht hatte es keines. Sie wollte ins Clazel fahren, wo ein Film von Orson Welles gezeigt wurde. Die amerikanischen Filmtheater, diese abgewrackten kleinen Tempel, gefielen ihr gut. *St. Mary's*, *Washington Court House*, *Midway Drive-In*, *Chibo's* oder *Au-To-Rama-Twin-Drive-In* und wie sie alle hießen. In jeder Kleinstadt zu finden, man musste gar nicht suchen. Manche spielten neue Filme, andere Klassiker des amerikanischen Kinos. Siri hatte mit Carole und den anderen Filme in Autokinos angeschaut, sie waren in Nachbarstädte gefahren, um ins Kino zu gehen, sie ging ins Kino am Campus. Weil sie den ganzen Tag drinnen verbracht hatte, bemerkte sie erst an der Haustür, dass die Straße angezuckert war. Die Straßenlaternen waren schon eingeschaltet. Zu Fuß wäre sie in fünfzehn Minuten beim Kino gewesen, aber sie wollte noch bei Lena vorbeischauen, sie überreden mitzugehen. Hatte nach wenigen Metern das Gefühl, das jedes Kind kennt, Schnee, hurra! Dachte an Wilhelm, der gesagt hätte, dass er den Schnee gerochen habe, am Vormittag schon. Die Napoleon Street lag ruhig da, in gedämpftem Orange, hier hatten die meisten auf Weihnachtsbeleuchtung verzichtet. Am anderen Ende der Stadt, wo mehr Häuser das ganze Jahr über bewohnt waren, blinkte und blitzte es ordentlich. Am Gehsteig war in die Tritte von zwei Menschen und einem Hund wieder Schnee gefallen, man sah die Spuren gerade noch. Siri kurvte langsam Richtung Campus, über die Bahngleise beim Übergang. Hier musste man manchmal sieben, acht Minuten warten, weil die Gütertransporte so lang waren. An der Kreuzung bog sie rechts ab, um sich gleich wieder links einzuordnen. Ein, zwei Autos näherten sich, verlangsamten, sie blieb stehen. Das Prinzip, dass alle an der Kreuzung hielten, um dann in der Reihenfolge ihres Eintreffens weiterzufahren, mochte sie. Überhaupt, diese Übersichtlichkeit. Die meisten schüttelten zwar den Kopf über die wenigen Radfahrer, aber Siri war gerne mit dem Rad unterwegs. Als kein Auto mehr in Sichtweite war, querte sie die Straße, die einigermaßen rutschig war. Den Ford, der aus dem Norden gekommen sein musste und sie rammte, so dass sie nach einem Flug über die Fahrbahn an der gegenüberliegenden Straßenseite landete, konnte sie gar nicht sehen. Würde sich auch nicht mehr daran erinnern, ob sie ihn gehört und, wenn ja, was sie sich dabei gedacht hatte. Ob die Lenkerin sie nicht sehen konnte, weil Siri ohne Licht oder weil der Wagen zu schnell unterwegs war, war nicht einfach zu klären. Siri würde sich in den folgenden Tagen an kaum etwas erinnern können. Ob sie sich nun den Film angeschaut hatte, und wenn ja, welchen. Ihr fiel nur der Name des Regisseurs ein, nicht der Titel. Sie würde auch nicht mehr wissen, ob sie Lena schon abgeholt hatte oder wie die zu ihr ans Krankenbett gekommen war. Später stellte sich heraus, dass das Auto ins Rutschen geraten war, weil die Lenkerin eine Vollbremsung machte, als sie plötzlich jemanden auf einem Fahrrad sah, der aber sonderbar langsam unterwegs gewesen sei. Siri war kurz bewusstlos gewesen. Die Frau war schreiend aus dem Wagen gestiegen, fuchtelte mit den Händen herum, wollte andere Autos aufhalten. Offensichtlich war sie geschockt und besorgt, dass ein weiteres Auto die gestürzte Radfahrerin anfahren könnte. Aber es waren gar keine Autos auf der Straße. Vom Campus her kam ein Mann, schien sich wie in Zeitlupe auf die Szenerie zuzubewegen, ohne sie gleich zu sehen. Er hatte über einer Kappe unter der Kapuze Kopfhörer, die zu einem Discman gehörten. Als er sie herunternahm, hörte man laut das Rauschen seiner Musik. Er sah die beiden Frauen, berührte die ältere kurz am Arm, und sie hörte auf zu schreien. Als Siri aufstehen wollte, hielt er sie zurück, redete mit ihr, half ihr dann auf, führte sie zum Wagen, der immer noch mitten auf der Straße stand, und setzte sie auf den Beifahrersitz. Er brachte die Frauen ins County Hospital. Die Lenkerin, eine nicht sehr große Frau mit einer großen Pelzkappe, wie sie in den siebziger Jahren modern war, stellte sich als Frau des Professors Yeets vor. »Wie der Dichter?« (Siri) – »Nein, nicht wie der Dichter, mit zwei E.« Dass sie für eine Kirche und eine NGO arbeitete, erzählte sie im Auto zum ersten Mal und auch später im Krankenhaus, Siri würde es nicht behalten. Während der Autofahrt war irgendwann das Hintergrundrauschen verschwunden. Siri würde erst von Carole erfahren, dass der kräftige Mann und die kleine Frau mit der Pelzkappe gar nicht zusammengehörten. Er sah älter aus, weil er einen Vollbart trug, war aber in Siris Alter. Vielleicht hatte sie ihn für den Sohn der kleinen Frau gehalten, sie würde es nachher nicht mehr wissen. Das Krankenhaus wurde gerade umgebaut und renoviert. Bis zur Aufnahme lag Siri auf einem schmalen Bett in einem Flur, der mit dünner Plastikfolie abgehängt war. Wenn jemand an dem einen Ende des Ganges eine Tür öffnete oder schloss, raschelte die Folie am anderen Ende ganz leicht. Dunkel erinnerte sie sich später daran, dass sich der bärtige Bär und die kleine Frau von ihr verabschiedet hatten. Wie froh sie war, weil das Schreien im Krankenhausflur plötzlich wieder da war. Sie hatte keine Ahnung, ob sie zehn Minuten oder zwei Stunden dort lag. Untersuchungen, Liegen und Warten, sie schauten ihr in den Kopf, zwischendurch flackerte das Deckenlicht. Außer einem leichten Schädel-Hirn-Trauma, ein paar Prellungen und Blutergüssen war sie unversehrt. Fühlte sich sehr versehrt. Dann noch leicht benommen. Als hätte sie den Nachmittag über starken Alkohol getrunken, wild gefeiert und bei Einbruch der Dunkelheit einen unerträglichen Kater. Sie konnte von dem Abendessen, das sie Stunden nach den anderen bekam, nichts zu sich nehmen. Wunderte sich, dass es hier nicht so stank wie in Hedwigs Krankenhäusern. Sie dämmerte den nächsten Tag im Halbschlaf vor sich hin, wachte immer nur kurz auf, orientierte sich (Chiyo am Krankenbett, Lena und Carole), schlief wieder ein. Zu Mittag des übernächsten Tages kam es ihr absurd vor, im Krankenhaus zu liegen. Sie fühlte sich fit und war unruhig. Die Ärzte wollten sie noch nicht entlassen, gaben ihr einen Packen Formulare zu unterschreiben, so dass sie verunsichert in ihrem Bett blieb. Am dritten Tag bemerkte sie nach dem Aufwachen, dass überall Gerüste angebracht, Leitungen freigestemmt und mit Folie abgehängt waren. Aber war da kein Staub? Wie konnte das sein? Vielleicht arbeiteten sie heute nicht. Aber der Unfall war an einem Sonntag gewesen, und heute musste Dienstag, nein, Mittwoch sein. Später, als sie schon vollständig bekleidet mit einer der Schwestern beim Getränkeautomaten auf Carole wartete, nahm sie der Frau den Kaffeebecher aus der Hand. Sie wusste im selben Moment auch nicht, warum sie es tat. Steckte ihre Nase in den Becher, von dem kaum Dampf aufstieg, obwohl der Becher warm war. Die Krankenschwester lächelte sie an, ein bisschen verwirrt. Fragte, was los ist. Nannte immer Siris Namen. Der Kaffee schmeckt nicht nach Kaffee, das hatte sie sich gestern Morgen schon gedacht, absurd. Absurd natürlich, was für ein Gedanke. Als sie den Kaffeebecher zurückgab, schnüffelte sie vorsichtig an der Schwester. War unsicher, *scent, smell.* Die Krankenschwester lächelte wieder, trank von ihrem Kaffee. *I lost my sense of smell.* Siris erster in Englisch gedachter Satz, auf einem eingestaubten Krankenhausflur in Cloud, Ohio. Als würde sie träumen. Wusste gleichzeitig, dass sie sich nicht täuschte, dass sie nicht übertrieb, dass dies eine ernste Geschichte war.

Als die Semesterferien zu Ende waren, konnte Siri immer noch nichts schmecken. Sie roch auch nichts. Wenn sie jetzt im Club gegenüber vom Kino mit ihren Freundinnen Bier trank, stank es im Lokal für sie nicht mehr nach Rauch, aber das konnte sie nicht recht beruhigen. Sie hatte kaum noch Lust zu essen, verlor ziemlich schnell viel Gewicht und wog bald so viel wie zuletzt mit vierzehn oder fünfzehn. Das hätte ihr eigentlich gefallen können. Ihre Freundinnen waren besorgt, auch Amanda und Paul fragten sie ständig, ob es ihr nicht gut ginge. Über das Fehlen des Geruchssinns mochte sie mit ihnen nicht reden, fast war es, als schämte sie sich dafür. Zwei Wochen nach dem Unfall läutete das Telefon zweimal in einem leeren, ungeheizten Haus am Uferweg in Mühlenberg. Das eine Mal, weil Hedwig und Wilhelm auswärts aßen, und das andere Mal, weil sie den Abend getrennt voneinander verbrachten. Auf die zwei Gänge zum Postamt, wo Siri telefonierte, folgte kein dritter. Sie zog sich zurück, wollte nicht mit Hedwig oder Wilhelm reden. Wusste, die Mutter würde darauf bestehen, dass sie gleich nachhause komme. Siris Vater hatte vom amerikanischen Versicherungssystem nicht unbedingt ein größeres Detailwissen als irgendein Konsument, aber er hatte natürlich für Siri eine Versicherung abgeschlossen, weil er der Kreditkarte nicht traute. Soweit Siri alles verstand, hatte sie den Unfall offiziell gemeldet. Zumindest war sie ein paar Tage danach auf der Polizeistation gewesen, Carole hatte sie begleitet, und sie hatte auch einiges unterschrieben. Die Frau mit der Pelzmütze hatte darauf bestanden, ihren Krankenhausaufenthalt zu bezahlen, obwohl dafür bestimmt die Versicherung aufgekommen wäre, aber Siri war froh, nicht noch mehr Formulare ausfüllen zu müssen. Sie sollte ihr auch eine Summe nennen, die sie entschädigen könnte. Siri meldete sich daraufhin nicht mehr bei der Frau, weil sie keine Ahnung hatte, wie viel Geld sie verlangen sollte, weil ihr das überhaupt unangenehm war, dass jemand sie bezahlte, weil er einen Moment unaufmerksam gewesen war. Die Frau mit der Pelzmütze stand ein paar Mal vor dem Lambda-Zi-Haus, dann im Wohnzimmer in der Napoleon Street. Sagte, dass sie für Siri beten würde, dass Siri noch einmal ins Krankenhaus müsse, zur Nachkontrolle. Dabei wusste sie gar nicht, dass Siri nichts schmeckte. Paul schickte sie, nachdem er von dem Unfall erfahren hatte, ins Büro für ausländische Studierende, wo sie einen Packen Formulare abholte, die sie bereits am nächsten Tag wieder zurückbringen sollte. In Deutschland hätte sie Anspruch auf einen zehnprozentigen Behindertenstatus gehabt, wenn sie zur richtigen Zeit bei den richtigen Stellen richtige Anzeigen gemacht hätte. Sie brachte die Papiere nicht zurück, sie wollte ihren Aufenthalt nicht abbrechen. Sie sagte zu Paul, alles sei wieder in Ordnung, zwang sich zu essen, um nicht noch mehr Gewicht zu verlieren. Sie hatte in diesen Wochen so ein Gefühl, als hätte es eine Bedeutung, irgendeine, was sie machte. Dabei zeichnete sie die ganze Zeit, fotografierte die Zeichnungen, verfremdete die Fotografien. Kleine und große Vögel weiterhin. Fing an, sich für Draht zu interessieren, denn die Zeichnungen müsste man doch in den Raum stellen können.

Nach dem Unfall wurde sie von Amanda und Paul öfter eingeladen, meist gemeinsam mit Chiyo und Carole, manchmal zusammen mit den anderen Deutschen. Weil dabei viel aufwändiger gekocht wurde als vor ihrem Unfall, dachte sie, die anderen wollten ihren Geschmackssinn trainieren. Aber das

Steak in ihrem Mund hätte genauso gut ein Stück Karton sein können. Sie war fehl am Platz, und es machte keinen Spaß zu essen, wenn man nicht schmeckte, was man zu sich nahm. Nur wenn sie zeichnete, war das taube Gefühl auf der Zunge, die Leere in einem Teil ihres Gehirns nicht bemerkbar. Wenn sie kochte, endete das meistens in einem kleinen Desaster, obwohl die anderen behaupteten, es sei gelungen. Einmal brannten die Kartoffeln an, weil sie sie vergessen hatte. Sie war allein im Haus und roch den Brandgeruch nicht. Was sie aß, hatte mit ihrer Erinnerung nichts zu tun. Auf die Erinnerung konnte man sich nicht verlassen.

Eines Nachmittags wartete Richard vor dem Institut auf Siri. Er war am ersten Tag des Jahres zu seinen Eltern gefahren und einige Zeit geblieben, hatte nicht gewusst, ob es übertrieben gewesen wäre, ihr das zu sagen, war unsicher, sprach davon aber mit Bestimmtheit, so dass Siri zuerst glaubte, er wolle sich über sie lustig machen. Richard redete über seine Gefühle, er hatte ein paar deutsche Wörter gelernt, alles prickelte, und Siri stellte erstaunt fest, dass er in sie verliebt war. Gerade noch hatte er sie gefragt, ob sie mit ihm Pizza essen gehe, da küssten sie einander. Er zieht sie an sich, vielleicht auch umgekehrt. Sie küssen einander auf den Mund, sie stehen vor dem Institut, beim Wasser, es macht ihr nichts aus. Jetzt aber war etwas weg. Fehlte etwas. Als könnte die Sehnsucht, die sie doch gespürt hatte, sich in ihrem Körper nicht ausbreiten. Der leichte Geruch seines Rasierwassers oder Shampoos und ein bisschen Schweiß. Sie dachte daran, als seine Hand in ihr Haar griff, aber sie erinnerte sich nicht wirklich an den Geruch vom Silvesterabend. Auf einmal war es unerträglich, ihn weiter zu küssen und geküsst zu werden, weil sie überhaupt nicht wusste, wer dieser Mensch war. Sie schob ihn weg, strich über die paar

Barthaare auf seiner Wange und fragte, ob sie mit zu ihm kommen könne. Was sie ihm in seiner Küche zu erklären versuchte, war ihr indes selbst nicht klar. Sie sprach von einem Geruch, der an nasses Leder erinnerte. Dass sie vor kurzem noch in den Iran hatte fahren wollen, um Safran und trockenes Gras und Berberitzen kennenzulernen, weil sie schließlich Teppiche verkauft hatte, deren Geruch sich ja vor allem durch seine Trockenheit auszeichnete, an denen man aber auch das Holz des Knüpfstuhls riechen konnte, wenn man sich wirklich anstrengte oder wusste, was man riechen wollte. Sie redete von dem flüchtigen Duft nach künstlicher Birke, der von den sehr langen blonden Haaren ihrer Schwester ausging. Sie hätte auch noch erwähnen wollen, wie sehr sie Maiks Mief vermisst hatte, in den letzten Tagen, aber das ließ sie bleiben. Für Richard waren sie ab diesem Tag im Januar und der darauffolgenden Nacht, die Siri bei ihm in seinem schmalen Bett verbrachte, ein Paar. Sex hatten sie erst Anfang April miteinander. Was vielleicht damit zu tun hatte, dass Siri so lange brauchte, um mit Richard darüber zu reden: über ihre sexuelle Abstinenz bis dahin. In dem Moment, in dem sie sich dessen bewusst wurde, wurde ihr auch das Unerhörte daran klar. Später war es nicht mehr so bedeutsam, auch wenn es wider alle Beteuerungen doch dazu führte, dass Richard ein bisschen länger darüber nachdachte, ob es eine gute Idee war, mit diesem deutschen Mädchen zu schlafen. Am Ende würde aber er der Verlassene sein, mitten im Nirgendwo, wie Siri immer wieder betonte, an einem Ort, der möglicherweise gar nicht existierte. Das beruhigte ihn. Ihr Körper war anders, als er ihn sich vorgestellt hatte, gespürt hatte, in der Silvesternacht. Sie war jetzt so dünn, und sie war schüchtern und hatte gleichzeitig überhaupt kein Problem, sich zu zeigen. Richard war ein bisschen kleiner, er war sehr drahtig, hatte Muskeln, deutlich sichtbar an seinen

Oberarmen, auch die Bauchmuskelpartie war ziemlich ausgeprägt. Es war aber nicht einfach sein Körper, der Siri Lust machte, es war mehr als das. Gleichzeitig war alles zu wenig. Manchmal war sie nicht sicher, ob es ihr nicht so viel bedeutete, weil das immer schon so war oder weil er keinen Geruch hatte. Nichts an ihr hängenblieb von ihm, wenn er das Zimmer verließ. Wenn er ins Recreation Center ging, um Gewichte zu stemmen, um zu schwimmen, oder wenn er Basketball spielte mit seinen Freunden im Park, wenn er mit seinem Bruder auf den großen Spielplatz neben der Grundschule ging, um sich mit Baseball die Zeit zu vertreiben, dann kam er ihrem Klischee eines Amerikaners schon ziemlich nahe. Nur dass er die ganze Zeit über Witze machte und blödelte, sich um seinen kleinen Bruder sorgte und sehr ernst und amüsiert gleichzeitig von den Kindern erzählte, die er in seinen Praxisstunden betreute. Außerdem mochte er amerikanische Literatur und konnte ganze Passagen auswendig hersagen. Er kümmerte sich liebevoll um Siri. Manchmal hätte sie weinen können, dass sie ihn nicht riechen konnte. Richard interessierte sich für ihre Herkunft, für ganz spezielle Details ihrer *nationalen Vergangenheit*, wie er das nannte. Wollte mehr über die Baader-Meinhof-Group wissen, sie konnte ihm aber nicht viel erzählen, außer dass die Stasi die westdeutschen Terroristen geschützt hatte. Siri mochte nicht über Politik sprechen, weil sie meinte, sich nicht verständlich machen zu können. Einmal wollte er mit ihr einen Zeitungsartikel besprechen, der sowohl die RAF als auch die Folgen von Oklahoma City behandelte. Das Schlimmste nach dem Bombenanschlag auf das Murrah Federal Building, so las er vor, sei die große Panik, die die Gesellschaft traf und tatsächlich verletzte. Die abnehmende Toleranz sei eine Bedrohung für die Freiheit aller. Sie wäre der wirkliche Sieg, den die Terroristen erlangen würden. Der Bombenanschlag führte dazu, dass alle die TV-Geräte einschalteten, und immer wieder lag die New York Times in ihrem Wohnzimmer. Da verstand sie zum ersten Mal, wie groß dieses Land war. Im Atlas war Oklahoma City nicht so weit weg, und auch in den Diskussionen der anderen lag die verwundete Stadt viel näher an Cloud, aber als sie die Entfernung ausrechnete, waren es fast 1500 Kilometer.

Richard war bei Siri, als die Frau mit der Pelzmütze wiederkam, diesmal hatte sie ein Kuvert dabei, bestand darauf, dass Siri es nahm. Jetzt ging es ein bisschen leichter, vielleicht half seine Anwesenheit. Nun lag so viel Geld vor ihr auf dem Tisch, dass Richards Idee, nach Semesterende noch in den Staaten herumzureisen, verwirklicht werden konnte. Grand Canyon, Yellowstone, San Francisco, L.A., Rocky Mountains, New Mexico. Mexico? Sofort schwirrte ihr der Kopf. Im Reisebüro sagte man ihr, dass es kein Problem war, ihren Rückflug umzubuchen. Jetzt war es doch notwendig, die Eltern zu benachrichtigen, schon bei dem Gedanken an die Herumfahrerei wurde ihr Heimweh spürbar. Diesmal telefonierte sie mit Gina, die leicht ungehalten war, offen zugab, die Schwester zu beneiden, sie gleichzeitig bestärkte. Über den Unfall redeten sie nicht sehr ausführlich, auch nicht darüber, was er ausgelöst hatte und warum sie nun so viel Geld zur Verfügung hatte. Gina erzählte kurz von einem Praktikum, das sie gerade beim Radio absolvierte, und dass die Eltern jederzeit eintrudeln würden, zumindest Wilhelm, der sei beim Sport. Siri meldete sich eine Stunde später noch einmal. In der Zwischenzeit hatte sie im *Grounds for Thought* Kaffee getrunken und überlegt, ob sie einen der köstlich aussehenden Donuts essen sollte, sich aber dagegen entschieden, weil sie ja nicht nur mit den Augen aß. In den Reiseführern geblättert, die Melly ihr geborgt hatte. Ein bisschen Aufbruchsstimmung war auch auf Siri übergegangen. Sie erzählte Wilhelm einigermaßen begeistert von ihrem Glück, kam dann aber doch auf die Ursache zu sprechen, was den Vater verstummen ließ, bevor er um ein Vielfaches schneller redete als sonst. Die Sache mit dem Unfall schien er zuerst gelassen hinzunehmen, was bestimmt auch daran lag, dass Siri die Tatsache, dass sie seit rund vier Monaten nichts riechen und schmecken konnte, zuerst noch herunterspielte. Als sie dann aber die dreitausend Dollar erwähnte, wurde er auf einmal laut, man hörte ihn atmen, man hörte ihn denken und schnaufen. Sie solle ihm alle Unterlagen ins Büro faxen, er wolle, er müsse sich um die Formalitäten kümmern. Verschob das Gespräch auf den nächsten Tag. Bis dahin hatte er sich mit Hedwig ausführlich über den verlorenen Geruchssinn unterhalten, wofür es nun auf einmal einen Namen gab, der es zu einer Krankheit werden ließ, größer machte und schwieriger. Es war für die Eltern nun völlig undenkbar, dass Siri mit einem solchen Handicap in einem Land herumreisen würde, in dem sie die Gebräuche nicht kannte und dessen Sprache sie nur halbwegs beherrschte. An der Stelle protestierte Siri und verwies auf die vergangenen Monate.

Siri gab den Plan der Amerikareise auf, weil sie nicht in der Lage war, die Sorgen der Eltern auszublenden. Stattdessen fuhr sie mit Richard nach den Abschlussprüfungen vier Tage nach Chicago, wo sie ihren Abschied feierten. In einem Museum sah Siri zum ersten Mal bewusst Bilder eines schwarzen Künstlers. Foto-Übermalungen von Willie Middlebrook, dessen Namen sie nicht vergessen würde, obwohl er für sie nur an einem Sonntagnachmittag im Mai Bedeutung hatte. Lebte sie tatsächlich am Ende des 20. Jahrhunderts? Die Frage stellte sie sich, Richard sah es weniger eng. So als wären sie da oder eben nicht. Außerdem sah sie Bilder von Moholy-Nagy, der Siri als Bauhaus-Künstler bekannt war, ohne dass sie gewusst hatte, dass er in Chicago gelebt hatte, hier gestorben war. Schon am zweiten Tag wollte sie das Hotelzimmer nicht mehr verlassen, weil ihr auf einmal bewusst wurde, dass sie niemals wissen würde, wie diese Stadt roch. »Es ist, als würde deine gesamte Existenz in Frage gestellt. Wofür lebt man. Wozu ist man auf der Welt. Unter Menschen? In der Natur. Der ganze Dreck hier, das alles. Wenn einer den anderen verlässt. Wenn ein Mensch aus dem Zimmer geht, dann bleibt für ein paar Momente sein Körpergeruch zurück. Da ist immer noch etwas, auch wenn man selbst nicht mehr da ist. Und ich?«

In der Napoleon Street feierten sie wie zu Silvester ein großes Fest. Außer Sandor, von dem man nicht einmal wusste, wo er sich gerade aufhielt, waren alle Deutschen da, und natürlich Yukiko und Chiyo. Paul kam mit seinem Sohn vorbei, Amanda blieb bis zum Schluss, Carole natürlich und Adam und Richard und einige andere vom Art Institute, ein paar Jungs, die im Nachbarhaus wohnten. Sie eröffneten das Fest mit einer Ausstellung der Werke, die sie in Cloud geschaffen hatten (die Sound-Installationen liefen im Loop auf der Veranda), Amanda hielt spontan eine Rede. Es war ein schönes, ein sentimentales Fest. Richard hatte Siri Blumen geschenkt. Die waren so bunt, dass sie vermutete, er hatte am Ende doch verstanden, was es bedeutete, nichts zu riechen. Richard war traurig, sie vielleicht auch. Sie schlief auch die letzte Nacht bei ihm. Er hatte sich daran gewöhnt, dass sie ihn oft fragte, ob sie schwitze. Sie duschte mindestens zweimal am Tag. Seitdem sie in Chicago gewesen waren, hatte sie häufiger diese Angstanfälle gehabt, die auf einmal da waren, ganz unvermittelt. Er wusste, dass sie sich jetzt darauf freute, nachhause zu fahren.

13. Störfelder

Als würde sich Siri die Ohren ganz fest zuhalten. Sie betrat die Eingangshalle. Keine Geräusche, aber auch keine Schatten, keine Gefühle. Das war nicht ihr Haus. Siri betrachtete das kleine Grundstück hinter dem Haus von der Terrasse aus. Es regnete wieder stärker, das Wasser prasselte auf Blüten und Blätter. Jede Menge Pflanzen waren dazugekommen, viele waren in die Höhe geschossen, das Blattwerk dicht. Schon ein paar Tage später würde ihr der Garten nicht mehr wuchernd vorkommen wie in diesem Moment, sondern einigermaßen ordentlich. Gegen das Haus in der Napoleon Street war das Haus ihrer Eltern steril. Es war leer und still. Das war nicht der Ort, an dem die Geschichten aus der Kindheit aufgehoben waren. War die Küche immer so sauber gewesen? Ja, schon. Aber im alten Haus sorgten die Möbel und alles, was herumstand, herumlag, für Behaglichkeit. Die Anordnung von Öl- und Essigflaschen, Salz- und Pfefferstreuern, Gewürzgläsern und Halterungen für Küchenrollen und so weiter hatte etwas Grafisches. Im Zeitungsständer steckte ein Magazin. Eines. Siri zog es heraus, es war von letzter Woche. Sie hatte nicht damit gerechnet, dass die Zeit stehengeblieben war, aber ein paar Hinweise, dass sie hier ohne sie ein bisschen langsamer vergangen war, hätte sie sich gewünscht. Die Platzdeckchen aus Plastik auf dem Küchentisch, ein Fehlkauf, weil niemand daran ankommen mochte. Wilhelm bemühte sich, ob der neuen Kaffeemaschine kein Aufhebens zu machen, freute sich aber, als Siri um eine zweite und noch eine dritte Tasse bat. Sie hatte es sich nicht abgewöhnt, Kaffee oder Tee vor sich hin zu trinken, obwohl sie manchmal gar nicht wusste, ob sie Kaffee trank oder Tee.

Aus Filzstiften sollte sie Schnittlauch, Zwiebel, Fichte und Pfefferminze riechen. Olfaktometrie. Im Schmecken war sie nicht so schlecht. Süß, salzig, bitter ging fast immer, nun, meistens. Konnte sein, dass sich das sogar ein wenig gebessert hatte. Der Arzt schien eher enttäuscht, dass sie Umami erkannte. Was Hedwig, die sie begleitete, mit dem Amerika-Aufenthalt ihrer Tochter erklärte. Siri fühlte sich wie ein kleines Mädchen, das mit seiner Mutter zum Arzt geht. Das fand sie angenehm. Dass ihre Mutter neben ihr stand und ihr teilweise die Antworten abnahm, war aber auch ein bisschen sonderbar. Sie musste schmunzeln. »Von einer Studienkollegin, Japanerin.« Dass sie in dem Kaff in Ohio keine ausgefallenen Geschmäcker hätte kennenlernen können, erzählte sie schon nicht mehr. Die öffentlichen Gebäude hatten nach Reinigungsmitteln gerochen, auch manche Büros auf dem Campus und manchmal sogar das Atelier morgens. Aber wie hätte sie diesen Geruch jetzt beschreiben können? Scharf? Chemische Zitrone? Wie roch Zitrone? Das Problem hatte jetzt, sechseinhalb Monate nach dem Unfall, einen Namen: *Anosmie*, vollständiger Riechverlust. Eine erste Untersuchung in Dresden, darauf Behandlungen in Berlin, weil sie nicht ständig im Zug sitzen wollte oder in ihrem alten Auto. Kernspintomographie und Nasendurchfluss-Messungen. Zwischendurch drängte Lena sie, wenigstens ihre Mappe nach Weimar zu bringen, wo sie nach dem Auslandsjahr aufgenommen war. Die junge Universität kam ihren Studenten ziemlich entgegen, auch eine Beurlaubung war sofort möglich. Kortisonhaltige Nasensprays und abwarten. HNO-Arzt No. 3: »Geruchssinn kommt wieder oder auch nicht.« Klassische Homöopathie, nach der sie manchmal das Gefühl hatte, etwas Modriges zu riechen. Sie machte Akupunktur, probierte Zink und gab dann auf.

Seit ihrer Rückkehr hatte Siri kaum jemanden wiedergetroffen. Constantin und Matze nicht ein Mal zurückgerufen. Meistens verkroch sie sich in ihrem Zimmer im ersten Stock und schaute auf den Garten, dem man die Jahreszeit ansah. Spielte *Prince of Persia*, manchmal *Tetris*. War das in Cloud auch so gewesen, dass sie den Wechsel vom Winter zum Frühling nicht mitbekommen hatte, nicht gerochen? Ja, sicher, der Duft aus der Kafteerösterei war auf einmal weg gewesen, aber war es wirklich so schlimm? Sie schaute von ihrem Fenster aus ihrem Vater zu, der nach der Arbeit und am Wochenende im Garten Gras ausriss, Äste schnitt und pflanzte. Von oben sah Siri seine Zufriedenheit, aber sie hatte zu seiner Tätigkeit keinen Zugang. Er joggte regelmäßig im Wald, verbrachte Abende in einem Fitnessstudio. Siri ging wenig aus dem Haus, erledigte Einkäufe mit dem Auto, fuhr selten zu ihrer Großmutter in die Stadt. Hedwig wurde zu einer Art Krankenschwester-Coach-Motivationstrainerin ihrer Tochter. Oft rastete sie aus, zwischendurch gab sie auf. Sie machte Siri mitverantwortlich dafür, dass der Heilungsprozess nicht in Gang kam. Das *Problem*, von dem Gina ihrer Schwester am Tag ihrer Rückkehr ausführlich berichtet hatte, hatte sich in Luft aufgelöst. Sie war um die Beziehung der Eltern besorgt gewesen. Die zwei unternahmen kaum noch etwas miteinander, schoben Dienste vor (oder hatten sie Affären?), gingen ständig joggen oder in irgendwelche Ausstellungseröffnungen. Wenn Hedwig im Erdgeschoß herumwanderte und vor sich hin fluchte, weil ihre Tochter nicht *mitspielte*, nach draußen ging und den Teich anschrie, beruhigte sie sich meistens sehr schnell, wenn Wilhelm bei ihr stand, ihr die Hand auf die Schulter legte. Was auf einmal wieder möglich war. Viel später konnten sie darüber reden: über die Müdigkeit aneinander, die immer lähmender geworden war, wie sie, ohne darüber zu sprechen, beide geglaubt hatten, es sei vorbei.

Siri saß in ihrem Zimmer und zeichnete, meist mit feinen Federn, die ihr Yukiko geschenkt hatte. An sie und Chiyo schrieb sie hin und wieder Briefe, obwohl Wilhelm ihr ein E-Mail-Konto eingerichtet hatte. Nachdem sie den japanischen Freundinnen davon berichtet hatte, antworteten die ihr elektronisch. Sie überprüfte den Posteingang nie, schickte manchmal noch einen Brief, Kommunikation war ein Jammer. Wenn sie die Großmutter anrief, um ihren Besuch anzukündigen, dachte sie gleich an alles Mögliche: der säuerliche Geruch beim Öffnen des Kühlschranks, der Geruch im Schlafzimmer, der sie an frische Bügelwäsche erinnerte. Ganz Berlin hatte Siri durch die Fenster der Großmutterwohnung gerochen. Und weil sie das alles vermisste, besuchte sie sie immer seltener, telefonierte auch immer weniger mit ihr. Einmal schleppte sie Lena mit nach Weimar, wo sie Termine für Zimmerbesichtigungen ausgemacht hatte. Sie fuhren in Siris Peugeot los, gingen ins Büro der Inskriptionsstelle, wo sie die Formalitäten zu bewältigen versuchten, und machten sich dann auf den Weg. Zimmer Nummer Eins lag in der Belvederer Allee, ihnen gefiel der Name der Straße. Obwohl die Adresse nicht Belvederer Allee lautete, das Haus lag nur in der Nähe der großen Straße. Es war vollgeräumt mit Devotionalien, Gerümpel, Geweihen. Nur ein schmaler Gang zum Balkon war freigeräumt. »Iwan Iwanowitsch Schischkin!« Lena inspizierte das verblichene Gemälde, das neben der Balkontür hing. Die Baumstämme und der Waldboden, der vollständig mit Moos überwachsen war, waren nur mehr in Grautönen vorhanden. Die Studentin, die sich als Agnese vorgestellt hatte, sagte: »Sie nennen es Afrika.« – »Die Schischkin-Kopie?« (Dass die um vieles kleiner war als das Original, wusste Lena nicht.) – »Nein. Ihr Wunschzimmer. Was alles möglich ist.« Siri war angetan von Agneses italienischem Akzent, von der Zahnlücke zwischen ihren Schneidezähnen, ihrem Strahlen, das kein Ende hatte. Aber weder sie noch Lena verstanden, wovon die Italienerin sprach. Ihr Deutsch war perfekt. Agnese redete weiter, strahlend. »Wunschzimmer. Ein Zimmer für alle Möglichkeiten, für Ideen. Sie verleihen es auch, wenn nötig.« – »Und die Notwendigkeit liegt jetzt aber eher darin, dass jemand die Miete bezahlt und vorher noch das Zimmer entrümpelt …?« Siri war perplex, Lena hielt sich zurück, aber Agnese schien die Situation Spaß zu machen, sie war geduldig. »Es ist nur dafür da, den Bewohnern zu zeigen, was alles sein kann.« Aber warum sie hier war und nicht einer der Bewohner, sagte sie nicht. »Sie nennen es Afrika.« Vielleicht hatte es etwas mit den exotischen Geweihen zu tun. Lena: »Gut. Aber es gibt irgendwie kein Bett.« Agnese wies in eine Richtung, da stand ein altes Sofa, vollgeräumt. Zimmer Nummer Zwei lag in einem Haus gleich ums Eck und wirkte um einiges herrschaftlicher, allerdings nur von außen. Aufgerissene Böden, wackelige Möbel, aber die Gemeinschaftsküche war einigermaßen aufgeräumt. Eine Studentin, die sich ihnen nicht vorgestellt hatte, nannte den Mietpreis, der die Kosten für eine Putzfrau enthielt, und wandte sich wieder dem Telefon zu, das an der Wand neben dem Kühlschrank hing, sie führte ein begonnenes Gespräch fort. Verärgert verließen sie die Wohnung, die Tür fiel lautlos ins Schloss. Dann schauten sie sich am Institut für Architektur und Kunst um, wo sie sich für Freie Kunst eingeschrieben hatten. Der heruntergekommene Bau lag unweit des Zentrums, wie alles. Sie trafen immer wieder auf die gleichen Leute, als sie durch die wenigen Straßen der Innenstadt spazierten, auch auf Agense, mit der sie sich für später verabredet hatten. Das Zentrum war im Vergleich zu anderen Städten in einem halbwegs guten Zustand, nur das Schloss schien zusammenzufallen. Der Park war großteils verwildert, aber er gefiel ihnen. Agnese erzählte ihnen von den vielen Studentenfesten, von einer Kneipe mit Programmkino, den Ausstellungen in ehemaligen Fabriken, leerstehenden Wohnungen. Siri dachte auf einmal wehmütig an Cloud, nein, sie dachte an Richard. Als sie abends zurückfuhr, blieb Lena in Weimar. Sie übernachtete bei Agnese und mietete dann das Zimmer, Afrika.

Am nächsten Morgen begann Siri ihre Sachen zu packen. Zwei Kisten voller Zeichnungen standen in ihrem Zimmer. Dann räumte sie einen Großteil wieder aus. War sie in jener Nacht im Lager von Daryaa und Omid wirklich in die Nähe eines Geheimnisses gelangt? In Ohio, an diesem unscheinbaren, unbekannten Kunstinstitut, das keine bekannten Künstler hervorgebracht hatte, war sie doch auf dem richtigen Weg gewesen, oder? Auf einem Weg. Und jetzt? Sie war doch gar nicht in der Lage, sich den Lehrern in Weimar und all den anderen Sudierenden zu stellen. Freie Kunst. Was wollte dieses Studium von ihr? Und war das nicht lachhaft, sich für das Fach Freie Kunst einzuschreiben, Kurse zu belegen und Scheine für bestandene Prüfungen zu sammeln, Stück für Stück einem Abschluss entgegen, war das ihr Weg? Gestern noch war ihr das alles realistisch erschienen, und heute beim Frühstück hatte Hedwig erzählt, dass sie Künstler aus der Nähe von Weimar kannte. Ein Komponist sei mit einer Studienkollegin von ihr verheiratet, die lebten dort in einer großen Gemeinschaft (oder hatten dort gelebt, bis vor einigen Jahren). War nicht ihr Studium in Cloud eine Art Ausnahmezustand gewesen? Die Selbstsicherheit der Studenten, die Überzeugung Chiyos und Yukikos. Manchmal war ein Betrachter gerührt von ihren Paradiesvögeln. Das konnte doch genauso gut ein Argument gegen ihre Kunst sein. Sie wollte aber keinen Kitsch produzieren. Und das Zeichnen war doch kein Hobby. Neurobiologie? Wollte ihre Mutter, dass sie am Ende Medizin studierte? Und wenn sie nach Weimar zog, es dann nicht schaffte, das Studium, das Leben in einer Kleinstadt, was wäre dann?

Es ging auf Weihnachten zu, als Hedwig ihre Tochter aufschreckte. Siri vermied es länger schon, Fragen zu stellen oder Wünsche zu äußern. Als wäre sie nie zuhause angekommen. Als hätte dieses Haus in Mühlenberg nichts mit ihr zu tun. Wenn sie alleine im Haus war, wanderte sie manchmal in den Zimmern ihrer Eltern und ihrer Schwester umher, schaute sich das Wohnzimmer an, stand in der Küche wie ein Eindringling. Dann verzog sie sich wieder in ihr Zimmer. Computerspielen half noch am ehesten gegen dieses Gefühl, dass einem nie mehr warm werden würde. Hedwig hielt Siri, die in ihrem Zimmer am Boden saß und Zeitungen sortierte, die sie gehortet hatte, den Autoschlüssel hin. »Du bist in einer Stunde bei der TCM-Frau angemeldet. Hat William dich gar nicht erinnert?« Hedwig war Schulmedizinerin (»Was wäre denn sonst möglich gewesen, früher?«), sie hatte aber zuletzt angefangen, sich für alternative Heilmethoden zu interessieren, auch wenn eine gewisse Skepsis blieb. Wütendes Gesicht, kurz vor dem Ausbruch. »Wenn du den Termin verpasst, wartest du noch einmal ein halbes Jahr, und das willst du mir, das willst du nicht einmal dir antun, oder?« Siri nahm den Schlüssel entgegen und ging nach unten, ihre Mutter hinter ihr her. Dann wühlte sie in ihrer Handtasche und fand ein Post-it mit einem Namen drauf. Über den Küchentisch gebeugt, suchten sie im Stadtplan die Adresse. Siri trug eine uralte Strickweste über einem T-Shirt, außerdem eine alte Jogginghose von Wilhelm, sehr ausgeleiert. Das T-Shirt hatte Flecken, die Weste hing vorne bis an die Knie herunter, an den Ärmelbünden löste sie sich auf. Im Vorraum schlüpfte sie in die Halbschuhe ihres Vaters und als sie ihre Mutter, die jetzt nicht mehr wütend war, sondern nur mehr verblüfft, darauf aufmerksam machte, stieg sie aus den

Schuhen, zog auch die dicken Socken aus und schlüpfte in ein anderes Paar. Siri ging über die Wiese zum Auto, die Mutter rief ihr hinterher: »Tanken! Sonst bleibst du liegen!«

Im Shop der Tankstelle hatte eine Frau Siri an die Kasse begleitet, und zu ihr gesagt: »Ich erzähle dir jetzt zwei Geschichten.« Die erste Geschichte handelte von zwei Brüdern, die in den zwanziger Jahren zufällig entdeckt hätten, dass ein örtlich wirkendes Betäubungsmittel, intravenös verabreicht, Migräne heilen konnte. Als die Frau davon berichtete, stand sie schon wieder auf dem Platz neben dem Kaffeeautomaten, wie zuvor, als Siri den Shop betreten hatte. Siri hatte bezahlt und war ihr gefolgt. Wer war das? Was für eine Frau war das? War sie jung, war sie alt? Ihr Kleid war sauber und lang, sehr bunt. Das Lokalanästhetikum unterbreche einen schmerzhaften Regelkreis, der durch Störfelder aufrecht erhalten werde. Entzündete Zähne, Gifte, aber auch Narben und Knochenbrüche konnten das sein. Die Frau, die zwei, nein, drei ineinander gesteckte Kaffeebecher in ihrer Hand hielt, schaute Siri jetzt zum ersten Mal direkt an. Siri wandte sich ab. »Du hast doch ein Problem mit dem Geruchsnerv.« Siri, bisher stumm, schaute in leuchtende Augen, kleine Signale unter braunem, angegrautem Haar, das lang und ein bisschen strähnig über die Schultern fiel. »Es ist wichtig, dass der Riechnerv freigelegt wird.« Sie machte eine Pause, dann senkte sie ihren Blick. Siri überlegte sich, ob sie sich auch einen Kaffee herunterlassen sollte. Die Frau redete. Zeigte ein Foto. »Meinem Sohn ging es ähnlich.« Auf dem Foto war ein vielleicht Sechzehnjähriger zu erkennen, das Bild war sehr abgegriffen. »Ich schmecke nichts, weil ich nichts rieche«, war das Erste, was Siri zu der Frau sagte, die gleich zu nicken anfing, nicht gerade eifrig, aber doch. »Und die zweite Geschichte?« Die Frau lächelte ein wenig, gerade so, dass man die Grübchen um ihre Lippen erkennen konnte. Der Mensch, fuhr sie nach einer Pause fort, bestehe nicht nur aus seinem Körper, sondern auch aus Gefühlen, Intellekt und Geist. Siri könne sich nur um ein einziges Störfeld kümmern. Sie brauche aber, das sehe die Frau, einen Therapeuten, der sich ihr zuwende und nicht nur einen Krankenschein im Auge habe, Behandlungsmethoden, Diagnosen für irgendjemanden, der jeder sein könne und niemand. Dass Siri bestimmt schon einmal gehört habe, dass sie eine Lichtarbeiterin sei, ein Engel, und ob sie nicht meine, es sei an der Zeit, eine dauerhafte Verbindung zu ihrem größeren oder höheren Sein aufzunehmen? »Navajato«, sie zeigte wieder auf das Foto, und Siri dachte an den Typ Student, den sie in Cloud immer wieder am Campus gesehen hatte: Männer in karierten Hemden, darüber Pullover, manchmal ärmellos, Seitenscheitel. An den Wochenenden waren sie so besoffen, dass man ihnen nicht begegnen wollte, und wenn sie ihre Eltern zu Besuch hatten, grinsten sie blöd und ließen sich von ihren Müttern über den Scheitel streichen. Navajato habe nach einem Schädelbasisbruch nichts mehr riechen können. Ihre Reise, so die Frau, ihre Reise ins Innere habe da schon begonnen, aber sie habe noch eine Weile gebraucht, um zu verstehen, dass er selber dazu bereit sein müsse. Sie standen jetzt draußen beim Auto, Siri hatte ihren Schlüssel in der Hand, aber sie konnte noch nicht einsteigen. Sie dachte an Hedwig. Fast war sie verwundert, dass die Frau nicht um das Auto herumging und bei ihr einstieg. Sie ging stattdessen auf einen großen schwarzen Wagen zu, das gleiche Modell wie das, mit dem Siri unterwegs war, das Auto ihrer Mutter. Siri folgte ihr. Die Frau gab ihr einen Zettel. »Woher wissen Sie das alles?« Die Frau lächelte sie an, sie lächelte jetzt zum ersten Mal. »Du trägst selber die Lösung in dir.«

Die TCM-Frau war eine Allgemeinmedizinerin, die mittlerweile auch Traditionelle Chinesische Medizin praktizierte. Sie war keine Chinesin, sondern aus Südtirol, lebte aber schon sehr lange in Westberlin. Sie war zuversichtlich und optimistisch, was Krankheitsverlauf und Heilchancen betraf. Akupunktur und speziell für Siri zusammengestellte Tees. Es wirkte alles viel vernünftiger als es klang. Inzwischen trug Siri bereits wieder gebügelte Kleidung, wenn sie das Haus verließ. Fünf Wochen, nachdem sie die Therapie begonnen hatte, hatte sie im Anschluss noch einen weiteren Termin. Das Gespräch mit der Frau an der Tankstelle hatte ihr keine Ruhe gelassen, sie dachte immer wieder an sie, sprach mit niemandem darüber, weil es ihr sonderbar vorkam oder aus einem anderen Grund, den sie nicht bestimmen wollte. Die halten mich doch für verrückt. Konnte aber nicht anders. Irgendwann wählte sie die Telefonnummer, eine sonore Männerstimme meldete sich: »Fischer?«. Zweimal hatte sie wieder aufgelegt, jetzt war sie auf dem Weg zu ihm. Sie war zu früh dran, parkte den Peugeot am Straßenrand und stieg aus, um sich den roten Streifen Himmel anzuschauen, der ihr aus dem Rückspiegel entgegenleuchtet, sie geblendet hatte. Benzin. Das war keine Erinnerung, sie wusste es gleich. Das war echt. Genau so roch frisch gezapftes Benzin. Sie schaute auf Wohnhäuser und einen Supermarkt, eine breite Straße in Charlottenburg, keine Fußgänger waren hier unterwegs, doch, ein alter Mann. Aber dann sah sie auf der gegenüberliegenden Straßenseite, wo der Gehsteig ein Stück nach hinten versetzt war, an der Einfahrt zu einer Tiefgarage eine einzelne Zapfsäule. Sie hatte sie noch nie bemerkt, obwohl sie in den letzten Wochen immer hier vorbeigefahren war. Warum auch? Sie dachte an die Frau von der Tankstelle. Sie blieb so lange stehen, bis der Benzingeruch aus ihrer Nase verschwunden war.

Siri steuerte ein Reihenhaus im Westen Berlins an, alles ein bisschen bieder, sehr ordentlich. Die Häuser machten sich kleiner, wie um zu verbergen, dass hier Menschen in Wohlstand lebten. Neben der Klingel stand *Navajato Fischer*. Ein Mann in einem dunklen Anzug mit einer Jacke im Mao-Stil öffnete ihr. Edler Stoff. Er stellte sich vor. Grau melierte Schläfen und mindestens vierzig, wahrscheinlich älter. War er der Sohn der Frau, die so viel von ihr wusste? Sie gingen gemeinsam ins Haus, durch einen schmalen Gang in einen kleinen Raum, von dem eine Balkontür auf ein Rasenstück führte. Der Garten war beleuchtet, im Zimmer war es beinahe dunkel. Der Mann ging auf die Balkontür zu, schloss sie, zog einen Vorhang vor. Jetzt war es fast vollständig finster. Er schob einen Paravent zur Seite, und schaltete die Lampe ein, die da hervorkam. Ein Deckenfluter. Er zeigte auf die Sitzkissen am Fußboden, Siri setzte sich und schaute hinauf. Die niedrige Decke war vollständig beleuchtet, nur die Ecken auf zwei Seiten waren etwas dunkler. Auch sie saß im Halbdunkel, sie gewöhnte sich schnell daran. Dann setzte sich der Mann ihr gegenüber. In seinem Blick war nichts Abwartendes, er schaute sie nur an. Siri fing sofort an zu erzählen, dass sie soeben seit längerer Zeit wieder etwas gerochen habe. Jetzt sei es zwar wieder vorbei, aber immerhin, und dass seine Mutter (hier entstand eine Pause, in der sie versuchte zu verstehen, weil sie vielleicht auch erwartete, dass er endlich etwas sagen würde): »Ihre Mutter hat mir gesagt, dass Sie auch an Anosmie gelitten haben und geheilt wurden.« Er lächelte. Es war kein großes Lächeln: Er schaute sie an, und dann war es für einen Moment, als würde er auch sich anschauen, in sich hinein und von ihnen beiden weg. Ab jetzt würde er immer lächeln, wenn Siri ihn sah, mit ihm sprach, ihm zuhörte, ihn beobachtete. »Ich denke nicht, dass du mit meiner Mutter gesprochen hast.« Er machte eine Pause.

»Cathrine, die dir meine Nummer gegeben hat, nun, du wirst sie wiedersehen und dann kannst du mit ihr darüber reden.« *Mutter.* »Wenn du das möchtest.« Viele Wörter in den Sätzen waren so betont, als würden sie weitere Sätze beinhalten: *Wir duzen einander; wir leben in einer großen weiten Welt, und alles ist gleichzeitig sehr nah; ich kenne deine Zukunft, du etwa nicht?* Fast still redete er weiter, er schien für sich zu sprechen, schaute sie kaum an. »Ein Lehrer ist ein Mensch, der in der Lage ist, Energien an andere Menschen abzugeben. Das ist natürlich ein Geben und Nehmen, und deshalb muss man eine Therapie, an die man nicht glaubt, erst gar nicht beginnen.« Er redete davon, dass der Mensch doch meistens nach Lösungen suche, wo doch gar keine Kenntnisse gebraucht würden, sondern Weisheit, nicht Urteile, sondern Mitgefühl und tiefes Verständnis. Er redete davon, dass das Bewusstsein immerzu zwischen Gut und Böse, Weiblich und Männlich, Krank oder Gesund unterscheiden müsse. Immerzu werde getrennt, aufgetrennt, auseinandergeschnitten, was doch zusammengehöre, wodurch man sich den Zugang verwehre zu der Einheit aller Phänomene, die hinter allem läge. Siri hatte Organisatorisches erwartet, den Terminkalender, in den sie nach vielen Wochen wieder etwas eingetragen hatte, nämlich die Termine bei der TCM-Frau, hatte sie in der Tasche. Sie hatte damit gerechnet, dass er sie ausfragen, dann eine Art der Behandlung vorschlagen würde. Stattdessen redete er über die Fallen des Herzens und des Willens, über das Herzchakra, jene Brücke zwischen Himmel und Erde, zwischen höheren und niederen Energiezentren, und den Solarplexus, über das Ungleichgewicht und den Übereifer im Heilen und Helfen. Er ging zur Balkontür, öffnete den Vorhang und die Tür. Er zog die kalte Luft ein. Dann setzte er sich hinter Siri, legte ihr eine Hand auf die linke Schulter. »Wollen wir eine Meditation machen, bevor du nachhause fährst?« Siri spürte einen Stich. Als würden Tränen in ihr aufsteigen. Sie schluckte. Nickte und senkte das Kinn, um das Wasser hinter den Augen verschwinden zu lassen. Er nahm die Hand von ihrer Schulter, fragte, ob sie bequem sitze. Sie antwortete leise, als hätte sie seit einer Ewigkeit nicht gesprochen. »Ja.« Ihr waren die Füße eingeschlafen, und sie konnte die Beine nur mit Mühe ausstrecken, winkelte sie in einer leicht veränderten Position neu an. Dann sagte sie noch einmal kräftiger: »Ja.« – »Konzentriere dich auf die Schultern, auf die Nackenmuskulatur. Lass los. Entspanne den Nacken, lass die Schultern fallen. Der Druck weicht. Komm zu den Bauchmuskeln, achte nicht auf deine Atmung, atme. Die Arme werden lang und frei. Konzentriere dich auf deine Beine, alles wird locker.« Siri fühlte sich, als würde er über ihren Körper streicheln, sonderbar, angenehm. Sie versuchte sich wieder zu konzentrieren. »… bis in die Füße, die Zehen, spüre deine Verbindung mit der Erde. Spüre, wie die Erde dich trägt, sie ist deine Sicherheit. Atme in den Bauch hinein.« Siri war auf einmal einsam. »Lass dich zu dem Punkt zurückführen, wo du dich unglücklich und niedergeschlagen gefühlt hast. Geh hinein. Spüre, wie du dich innerlich gefühlt hast.« Ihre Eltern vor ihr im Stiegenhaus vor Kerstins und Thomas' Wohnungstür. »Frage dich, wie du damals herausgekommen bist. Was half dir am meisten? Ob die heilende Energie von dir selber kam oder von jemand anderem, spielt keine Rolle. Betrachte einfach die Energie, die dich vom tiefsten Punkt emporgehoben hat.« Auf einmal hatte sie den Faden verloren, aber dann war sie wieder in dem Raum, die kalte Luft wehte sie leicht an, das war sehr angenehm. »Denke an jemanden in der Gegenwart, der dir lieb ist. Der dir Sorgen bereitet … deine Mutter oder deine Schwester …« Irgendetwas war in ihrem Körper, sie wusste nicht was. Es fühlte sich verheerend an, sie war besorgt deshalb, aber so etwas wie

Besorgtheit war viel zu harmlos für all das, was hier passierte. Nur was war das? »… Spüre die Antwort … So ein Strömen … in die Gegenwart zurück.« Er stand an der Balkontür und schloss sie. Siri versuchte zu verstehen, sie spürte ihre Beine nicht, aber es war eher so, als würde sie sie im Moment gar nicht benötigen. Sie hatte das Gefühl, sehr deutlich zu sehen, was jetzt kommen würde. Sie verabschiedete sich von ihrem Lehrer. Das dachte sie: *mein Lehrer*, und dass sie ihn das nächste Mal fragen würde, was sein Name bedeute.

In der Woche darauf besuchte Siri nach langem wieder ihre Großmutter, die möglicherweise Demenzerscheinungen zeigte, großartige Geschichten von alten Freunden und Bekannten erzählte, die sie bisher niemals erwähnt hatte. Wochenpost-Redakteure, Ostpreußen, Buchdrucker und Setzer, Menschen, die in Konzentrationslagern umkamen, die KZs überlebten, in den Westen gingen. An den Mauerfall schien sie sich in solchen Momenten nicht erinnern zu können. Siri hörte zu, kaufte ein und räumte auf. Manchmal saßen sie nur da, und der Fernseher lief. Zu der Zeit schickte die Firmenleitung, der ihr Vater die Firma vor Jahren verkauft hatte, ihn in Rente. Er war noch lange nicht sechzig. Gina und Siri machten sich noch einmal Sorgen, dass dieser neue Zustand die Ehe ihrer Eltern ernsthaft gefährden könnte, aber das Gegenteil war der Fall. Ihr Vater wirkte nicht so, als hätte er die größte Niederlage seiner Karriere hinter sich, war ausgeglichen, geschäftig, aber nicht hektisch. Gina war in diesem Jahr kaum zuhause, sie arbeitete viel. Siris Geruchssinn kam peu à peu wieder. Zuerst roch sie ungefähr eine Viertelstunde, immer um dieselbe Zeit, nachmittags gegen halb fünf. Dazwischen an einzelnen Tagen gar nichts, und nach einem weiteren Monat konnte sie plötzlich wieder so gut wie alles riechen. Innerer Jubel. Sie empfand ihr Leben als reich in diesen Monaten, genau so dachte sie über ihren Zustand. War einmal in Weimar bei einem Professor, der sie ersuchte, ein paar ihrer Arbeiten zu schicken. Siri hatte es vor. Ihre Gesundheit sollte durch diese Heilung auf allen Ebenen wieder hergestellt werden. Was getrennt schien, zusammengeführt. Vom Unfall spürte sie kaum noch Schmerzen, ihr Immunsystem war gestärkt, und sie hatte das gute Gefühl, wieder nach draußen gehen zu können, in der Welt zu sein. Wenn sie mit den Eltern über Energiefelder sprach, wurden sie ungeduldig und nannten es Humbug. Handauflegen oder Fernheilung, egal, was sie ihnen berichten hätte können: Sie reagierten unwirsch und ungläubig, ihnen war im Moment nicht zu helfen.

Cathrine und Navajato gehörten zusammen, sie waren nicht miteinander verwandt, aber was für eine Art von Beziehung sie hatten, konnte Siri nicht verstehen. Auf Cathrines Visitenkarte stand: *Astrologie, Horoskope, Feng Shui, Reiki.* Sie hatte noch eine zweite Karte mit *Channeling / Beratung.* Cathrine war einmal Schauspielerin gewesen, vielleicht war sie es ja noch. Sie beschützte Navajato, der durch sie zum Heiler geworden war, und wenn er eine Zeitlang verschwunden schien, konnte oder wollte auch Cathrine nicht sagen, wo er sich aufhielt. Cathrine hatte sich und Navajato ein Mobiltelefon geschenkt, die beiden waren die ersten Bekannten Siris, die solche Telefone besaßen. Einmal erzählte Navajato von einer Kommune in der Nähe von Berlin, in die seine Mutter mit ihm und seiner Schwester gezogen war. Woher auch sein Name stamme, der nun zu ihm gehöre, obwohl er deren Rituale ablehne. Ob es die Kommune noch gab, ob es seine Schwester noch gab, darüber redete Navajato nicht. Siri verbrachte viel Zeit bei den beiden, besuchte Cathrine in einer schwindelerregend kitschigen Wohnung in Tiergarten, kam zu Meditationen in das Reihenhaus von Navajato. Navajato hatte Siris Problem, das Kunststudium in Weimar aufzunehmen, auf eine *höhere Ebene* geholt, wie sie es nannten, und vielleicht in diesem Zusammenhang hatte Cathrine vorgeschlagen, dass Siri wieder ins Teppichgeschäft von Daryaa und Omid einsteigen sollte. Sie waren in der vollständig mit Holzpaneelen verkleideten Küche gestanden und hatten Cava getrunken. Fast ausgelassene Stimmung. Beide Frauen redeten viel. Das Fenster zeigte auf einen typischen Berliner Hinterhof, aber diese Wohnung war nicht in Berlin, hier war ein Ort außerhalb von Zeit und Raum, das Wohnzimmer mit der Empore, die Löwenköpfe auf Wandteppichen, an der Schlafzimmerdecke das Sternbild aus hunderten kleinen Lampen. All das Glas, Silber, Murano, Kristall. Der Gedanke, dass Siri in dieser Wohnung Kundschaft empfangen könnte, kam ihr einigermaßen bizarr vor. Cathrine war es auch gewesen, die sie immer wieder darauf aufmerksam machte, wie wichtig es war, mit beiden Beinen im Leben zu stehen, Pragmatismus und Alltag und so weiter. Die Unverschämtheit dieses Vorschlags kam Siri erst Tage später zu Bewusstsein, sie rief Navajato an. Das Telefonat ging daneben, vielleicht war sie zu aufgeregt, vielleicht war das Handy eher ein Gerät für Notfälle. Sie wusste nicht genau, woran es lag, aber sie bemerkte im Laufe des nervösen Gesprächs, dass ihr Lehrer keine Ahnung hatte, was sie überhaupt meinte. Gekränkt beendete er das Gespräch, das er erst Wochen später wieder aufnahm. Wieder war sie in Cathrines Wohnung. Sie saß in einem Kreis von Bekannten ihres Lehrers im Wohnzimmer, sie hatte die Leute noch nie gesehen. Navajato redete darüber, dass ausnahmslos alle Krankheiten heilbar seien, aber nicht bei allen Menschen. Dass Heilung von der geistigen Welt abgelehnt werde, wenn die Seele die Krankheit noch brauche, um zu wachsen. Dann redete er von einer Frau, die gut im Nehmen, aber nicht ganz so gut im Geben sei. Er lächelte, wie immer, als er in die Runde seiner aufmerksamen Zuhörer schaute. Die einiges wiedererlangt habe, das ihr schmerzvoll entglitten sei. Auf einmal verstand Siri, dass er über sie sprach. Sie wollte das nicht. Gespür für Geschäfte, Talente für die Allgemeinheit einsetzen, Provisionen, Bereicherungen, Neigungen. Die Stimmung war aufgeladen, die anderen wirkten neugierig, ganz dem Lehrer zugewandt. Siris Wut wurde größer und größer, sie hatte aber auch ein schlechtes Gewissen. Es war doch nicht so, dass sie ihrem Lehrer in den letzten Monaten nichts gezahlt hätte. Sie hatte nicht das Gefühl, ihm etwas zu schulden. Die anderen verließen plötzlich das Zimmer, Navajato redete weiter, genauso ruhig wie immer. »Du denkst doch nicht, dass du den Rest deiner Jugend hier sitzen kannst und über deine nächsten Schritte nachdenken.« Obwohl sie sich schlapp fühlte oder besoffen, stand sie auf, verabschiedete sich von Navajato, der noch weiterzureden schien, und verließ die Wohnung, in der es jetzt ganz ruhig war.

Siri und ihr Vater verbrachten ein paar Tage in einer Pension in einem ehemaligen Kurort östlich von Berlin. Sie machten lange Spaziergänge, erkundeten die Gegend und schauten sich zwei Grundstücke an, von denen eines versteigert und das andere verkauft werden sollte. Sie gingen an zwei Seen vorbei, über flaches Land. Siri erzählte von Ohio. Redete über die Angst, auch als Künstlerin nirgendwo anzukommen. »Auch?« Wilhelm war alarmiert, sagte aber kaum etwas. Siris Reflexionsfähigkeit reichte für sie selber nicht aus, so hatten er und Hedwig das immer gesehen, und ja, sie war sich ihrer selbst bewusster geworden in den letzten Monaten, er hatte das als Erwachsenwerden verstanden. Wilhelm war nicht sicher, ob er wusste, worauf sie hinauswollte. Er hatte *diese Leute*, wie er Navajato und Cathrine gelegentlich nannte, nicht für eine

Bedrohung, eher für eine Randerscheinung in ihrem Leben gehalten. Jetzt fragte er sich und sie auf einmal: »Und dieser Nava-, Nava- …?« – »Navajato. Hat früher in einer Kommune im Westen gelebt, deshalb.« – »Aha. Und die Kommune hat aber mit jetzt nichts mehr zu tun, oder?« Siri spürte Ungeduld aufkommen, den Reflex, sich zurückzuziehen, gekränkt. Sie wurde schnippisch: »Nee, das ist eine andere Baustelle. Dit war früher.« Das sagte sie genau so langsam, dass ihr Vater auch wirklich begriff, dass sie ihn und seine Frage vollkommen idiotisch fand. Sofort kam ihr die eigene Reaktion übertrieben vor.

Am dritten Tag stießen Hedwig und Gina dazu, und sie verbrachten einen Tag miteinander, den sie in einer Gaststätte am Ortseingang beschlossen. Sie amüsierten sich, aßen Ragout fin, das von einer unfreundlichen Kellnerin serviert wurde. Schwarze Hartplastikschalen auf grau-beigen Tellern, schmieriger Reibkäse und Worcestersauce, das Suppenhuhn einigermaßen zerkocht. Es war wie früher. Den Eltern gefiel die Gegend, und sie dachten darüber nach, sich hier niederzulassen. Es wurde nicht darüber geredet, dass das alte Haus gerade einmal vier Jahre ihres war, aber darüber, dass man es bestimmt gut verkaufen könne, weil es in einem sehr guten Zustand war. Sie feierten die Idee, hierher zu übersiedeln, mit einer weiteren Flasche Wein, der zu süß war, aber niemand protestierte. Gina erzählte von ihrer Arbeit, um endlich zu erwähnen, dass sie und ihr Chef darüber nachdachten zusammenzuziehen. Darüber freuten sich die Eltern, aber gleich redete Hedwig von ihrer Pensionierung in zwei Jahren: »Noch einmal von vorn anfangen. Noch einmal bauen.« Siri kamen die Eltern nicht viel älter vor als vor zehn Jahren. Damals sind sie gealtert, aber seither?

Gina fuhr am nächsten Morgen nach Mühlenberg zurück und dann weiter nach Westdeutschland, sie hatte zu arbeiten.

Noch am Vormittag rief sie in der Pension an, sie erreichte Hedwig auf dem Zimmer. Vor dem Haus sei ein sonderbarer Typ gestanden, der habe auf sie eingeredet, alles sehr eigenartig, verwirrend, habe etwas Unangenehmes gehabt. »Bedrohlich?« – »Ja, vielleicht.« Nein, nicht wirklich bedrohlich, aber dann habe er sich als der Lehrer ihrer Schwester vorgestellt und gesagt: »Der Lehrer will, dass seine Schülerin sich bei ihm meldet.«

In den letzten vier Wochen hatte Siri Hans auf dem Hof geholfen. Sie hatte einiges über Schafe, Hühner und Bienen gelernt, zum ersten Mal eine Sense in der Hand gehalten und das Melken der Kuh gleich wieder aufgegeben. An manchen Tagen ging sie morgens aus dem Haus und suchte sich einen Platz zum Zeichnen. Sie unterhielt sich mit den Alten, die sie bei ihren ersten Besuchen ignoriert, dann misstrauisch angeschaut und schließlich hin und wieder unwirsch angesprochen hatten. Das kam jedesmal unerwartet und wie ein Angriff. Als hätten sie ein Anrecht darauf zu erfahren, wie *das alles hier* weitergehen würde. Siri und Hans. Ging es darum, dass sie Angst um ihre Zukunft auf dem Hof hatten? Alles war vertraglich geregelt. Als hätte sich Siri bei ihnen eingenistet, Siri verstand die alten Leute irgendwie. Dann auf einmal: Ohne dass etwas vorgefallen wäre und ohne dass Hans sich eingemischt hätte, änderten sie ihr Verhalten Siri gegenüber, wurden zurückhaltender. Das unangenehm Drängende verschwand, sie konnten miteinander reden. Das war im vorigen Winter gewesen. Siri hatte abends zu Hans gesagt: »Sie sind doch schlauer, als man vermuten würde. Jetzt haben sie kapiert, dass sie sich und der Zukunft des Hofes, für den es doch Erben braucht, keinen guten Dienst tun.«

Hans hatte den Hof, dessen Bauer bei der Autobahnverwaltung arbeitete, vor einigen Jahren in Leibrente übernommen. Damals war nur mehr ein kleiner Teil bewirtschaftet. Die meisten Äcker waren zugewachsen, der Stall stand leer, nur der Wald war verpachtet. In den siebziger Jahren war der Waldbichlhof groß gewesen, er hatte floriert, stolze Bauern. Sie ersetzten das Wohnhaus durch ein neues und größeres Haus, einigermaßen hässlich, wenn man es mit dem alten verglich, aber jetzt gab es Bäder und überall elektrischen Strom, eine neue Küche. Jeder der drei Söhne, die damals sieben, acht und dreizehn Jahre alt waren, sollte ein eigenes Zimmer bekommen. Das Haus stand noch im Rohbau, da kamen die Buben bei einem Busunfall ums Leben. Die Eltern stellten das Erdgeschoß provisorisch fertig, die Zimmer der Buben im ersten Stock, wo noch die Türen und die Fußböden fehlten, betraten sie nicht mehr. Sie lebten unten. Auf der Stiege in den ersten Stock standen Marmeladegläser und Saftflaschen. Die Bäurin kochte in dem Sommer nach dem Unfall Kompotte, Marmeladen und Saft ein, bis kein Platz mehr war. Der größte Teil der Gläser und Flaschen wurde in den Keller gestellt. Damals hörten sie auf, den Hof zu bewirtschaften, irgendwann ging der Bauer zum Arbeiten auf Autobahnbaustellen, das war eine harte Arbeit für den kleinen, zierlichen Mann.

Hans wohnte in der ehemaligen Scheune. Dass er zu den Alten ins Haus ziehen würde, kam nie in Frage. Für ihn nicht, aber auch nicht für die beiden. Sein Angebot, den Hof in Leibrente zu übernehmen, hatten sie akzeptiert, obwohl die Leute in der Gegend lange Zeit davon ausgegangen waren, dass der Hof erst nach ihrem Tod wieder bewirtschaftet werden würde. Über Monate hatten die Altbauern mit Hans nur das Notwendigste geredet, dann fingen sie an, ihm Ratschläge zu erteilen. Es war ihnen nicht recht, wie er die Felder bestellte. Aus Ablehnung und Skepsis wurde Interesse, mittlerweile arbeiteten sie ein wenig mit, sie waren beide über siebzig. Hans, Kind von Lehrern und in einer Siedlung aufgewachsen, hatte immer schon Bauer werden wollen. Nach der Matura war er nach Südamerika gereist und dort einige Jahre geblieben, hatte danach ein paar Semester an der Universität für Bodenkultur studiert, gejobbt. Das Kapital für die Übernahme des Waldbichlhofs und die ersten zwei Jahre, in denen er kaum Erträge machte, stammte aus der Erbschaft einer Tante. Hans war Mitte dreißig. Er war nicht auf der Suche nach einer Jungbäurin gewesen, als er im vergangenen Frühling auf diese Frau stieß. Siri. Seine Schwester hatte ihn überredet, sie ins Konzert zu begleiten, und am Ende war er allein unterwegs, weil sie krank geworden war. Hans mochte Musik, aber er hörte selten welche. Er interessierte sich schon für Menschen, aber er brauchte sie nicht besonders dringend. Wenn sie da waren und sich herausstellte, dass sie etwas zu sagen hatten, hatte er nichts gegen sie. Aber er suchte niemanden. Brauchte auch niemanden. Auf einmal war Siri da.

Siri, Yukiko und Chiyo waren über den Wiener Stephansplatz geschlendert, sie hatten Japanisch gegessen, waren zum Naschmarkt gegangen, um in einem chinesischen Supermarkt einzukaufen. In Wien waren sie aus Nord und Süd eingetroffen: Yukiko und Chiyo kamen aus Italien, Siri aus Berlin. Wien, fanden alle drei aus unterschiedlichen Gründen, hatte etwas Unwirkliches, alles sehr schön, alles in einem erstaunlich guten Zustand. Siri musste manchmal an die Pension denken, in der sie mit den Eltern und Gina im August 89 für ein paar Stunden untergebracht gewesen war, an die vielen freundlichen Menschen mit den viel zu lauten Stimmen und an die Fahrt mit dem Bus an die Grenze. Das Wien von heute konnte sie mit jener Stadt von damals kaum in eins bringen. Es musste auch damit zu tun haben, dass sie heute ein anderer Mensch war. War sie das? Diesmal hatte Siri tschechische Kronen und österreichische Schillinge in der Tasche, im Zug war die Fahrkarte Berlin-Wien via Prag viel billiger. Es war ein Ausflug, eine Reise mit bestimmter Rückkehr. Sie übernachtete in einer

Wohngemeinschaft, in der eine Freundin eines Studienkollegen lebte. Sie hätte auch ihre japanischen Freundinnen mitbringen können, meinte die Wienerin, die sie in der Wohnung erwartete, ihr das Zimmer zeigte und den Schlüssel in die Hand drückte, bevor sie aufs Land fuhr. Chiyo und Yukiko verspäteten sich einen Tag, weil die italienischen Bahnen streikten, und dann wollten sie in einer Jugendherberge wohnen. Sie verbrachten dennoch die ganze Zeit miteinander, und einmal kochte Yukiko in der WG-Küche Misosuppe.

Im vergangenen Wintersemester hatte Siri mit anderen Kunststudenten aus Weimar zusammen einige Wochen in Tokio verbracht, wo sie mit den japanischen Studienkollegen an einem gemeinsamen Kunstprojekt arbeiteten, von denen einige im Anschluss nach Deutschland kamen. Yukiko und Chiyo hatten eine Europa-Tour angehängt, Chiyo, die ihr Studium in Japan mittlerweile abgeschlossen hatte, wollte in Europa bleiben, hier leben. Yukiko war in Tokio eine andere, sie war viel stiller und um einiges verbissener als die vorwitzige Studentin in Cloud. In Tokio lernte sie die ganze Zeit. Als würde sie ein Fach studieren, dessen Beherrschung ihr schwerfiel. Sie mache das, behauptete Chiyo, um ihren Freund nicht treffen zu müssen. Siri, die eine Woche bei ihr untergebracht war, fiel es schwer, mit ihr zusammen zu sein. Yukiko dachte wohl sehr häufig an den Kellner aus Cloud, ihren Eltern sagen, dass sie ihren Freund nicht heiraten wollte, konnte sie nicht. Siri bemerkte, dass sie kaum an Richard gedacht hatte in dem vergangenen Jahr.

Die Männer waren weit weg und uninteressant in diesen Tagen in Wien, in denen sie das Kunsthistorische Museum und die Gemäldegalerie der Akademie der Bildenden Künste besuchten, in eine Vorlesung hineinstolperten, die sie bald wieder verließen, weil sie auf Deutsch gehalten wurde. Abends saßen sie im großen Saal des Konzerthauses, um eine Mahler-Symphonie zu hören. Sie waren alle sehr beeindruckt. Von der Musik natürlich, aber auch von dem Raum, von dem goldenen Kitsch, der Orgel, von den Auf- und Abgängen. In der Pause fiel Siris Blick in der Toilette auf eine Frau, die sich im Waschbecken neben ihr ausführlich die Hände wusch. Siri sagte: »Hoffentlich finde ich wieder zurück.« Die Frau lächelte unverbindlich. Siri schaute wahrscheinlich immer noch auf die Hände, sie lachte nicht, kam sich einen Augenblick lang ein bisschen dumm vor. Jetzt schaute die Frau sie im Spiegel an und sagte: »Da würde ich mir keine Sorgen machen.« Sie trocknete sich die Hände, hielt dann für Siri, die hinter ihr herkam, die Tür auf, und fragte: »Oder meinen Sie *zurück nachhause*?« Siri verstand nicht. Nachhause. Die Frau hielt immer noch die Tür. »Sie sind ja nicht –« – »Ach so, nein. Berlin. Also, aus der Nähe von Berlin, und Sie?« – »Wien.« Die Frau lächelte jetzt auch. »Aus der Umgebung.« Sie gingen zusammen die paar Stufen hinauf und in den Saal zurück, einen Moment unschlüssig, dann, als müsste sie sich entschuldigen, deutete Marianne auf den Ausgang: »Ich geh nochmal –« – »Ja, ich auch. Is ja noch ne Weile Pause, oder?«

Marianne entdeckte Roman in der Nähe einer Bar, er unterhielt sich mit jemandem. Siri folgte Marianne, sie steuerte dieselbe Bar an, weil sie die kleine Frau an der Seite von Romans Gesprächspartner für Chiyo hielt. Die Frau wandte sich ihr zu und sah an Marianne vorbei und durch Siri hindurch und war nicht Chiyo, und so standen sie auf einmal in einer Runde zusammen: Roman, ein blonder Mann, Marianne und Siri und eine kleine schwarzhaarige Frau, die ihr Glas auf der Theke abstellte, keine Notiz von ihnen nahm und davonging. Roman zu Marianne: »Schau mal, kennst du Hans noch?« (Sein Arm auf dessen Schulter.) »Er hat den Waldbichlhof.« Marianne und Hans schüttelten einander die Hand, er sagte: »Marianne Lex, die Baumschule in der Nähe von Gumpenthal, oder?« – »Ja, das ist –«. Hans wendete sich abrupt von Marianne ab, sein Blick wanderte zu Siri weiter, er streckte ihr die Hand hin und strahlte sie an: »Ich bin der Hans.« Roman schaute Siri an, dann Marianne. Siri und Hans gaben einander die Hand. Siri sagte jetzt: »Freundliche Menschen, die Wiener.« – »Ich bin kein Wiener. Ich bin Bauer.« Jetzt grinste Roman, und Hans schien wieder zu sich zu kommen. Er stellte sich noch einmal mit seinem vollen Namen vor, und Siri sagte, dass sie Siri Kortner heiße, und ganz leise: »Hans der Bauer.«

Es klingelte, Leute drängelten sich an Marianne vorbei. Roman trank sein Bier aus, klopfte Hans auf die Schulter. »Ja, das war schön, dass wir uns getroffen haben.« – »Ja, ja. Hat mich auch –«. Marianne und Roman gingen zurück in den Saal, Reihe elf. Sie hatten sich schon wieder hingesetzt, da sagte Roman: »Wow. Was war das denn?« Pause. »Und vor allem: *Wer* war das? Silvie?« – »Keine Ahnung. Haben uns am Klo getroffen, eine Deutsche.«

Ein paar Augenblicke vorher, als er sich mit Roman unterhalten hatte, war Hans plötzlich unruhig geworden, als würde gleich etwas passieren, er hatte keine Ahnung, was. Achtete nicht darauf. Marianne kannte er vom Hörensagen, hatte sie vielleicht auch schon einmal gesehen. In dem überfüllten Konzerthaus war es so, als hätte sie diese Frau direkt zu ihm hingeführt. Da wusste er, was passiert war. Da standen sie, ihre Hand in seiner. Er hatte schon Freundinnen gehabt, aber es war nie sehr ernst gewesen. Er hatte keine Probleme mit Frauen, er war auch nicht besonders schüchtern. Als er das Klingeln zum Pausenende hörte, bekam er Angst, diese Frau gleich wieder zu verlieren. Das war es, was er dann sagte: »Wir dürfen uns nicht mehr verlieren.« Siri hatte ihn fragend angeschaut, dann blickte sie sich suchend um. Hans, der nicht wusste, dass sie ihre Freundinnen suchte, dachte, sie wolle die Flucht ergreifen. Panik. Hans saß auf seinem Platz, neben ihm der leere Sitz seiner Schwester. Hatten sie sich richtig verabschiedet? Da sah er sie wieder, sie saß mit zwei Asiatinnen ziemlich weit vorne, in einer der Balkonlogen. Hans ließ die eine von ihnen, die er von seinem Platz aus sehen konnte, nicht aus den Augen.

Nach dem Konzert wollten die drei Frauen in ein Bierlokal, er kam mit ihnen. Nachdem sich die Freundinnen verabschiedet hatten, brachte er Siri nachhause. Sie waren bestimmt zwei Stunden zu Fuß unterwegs, und als sie ankamen, wussten sie immer noch nicht viel mehr voneinander als ihre Namen. Hand in Hand schliefen sie ein. Frühmorgens weckte Hans Siri auf, er fuhr mit drei Telefonnummern und zwei Adressen zurück. Es kam ihm alles vollkommen lächerlich vor, war ihm nicht geheuer. Sie rief ihn noch am selben Tag an.

Siri war wieder in Weimar, sie arbeitete für eine Gemeinschaftsausstellung, fuhr zwischendurch zu ihren Eltern. Ihre Mutter war krank. Sie schrieb ihm Karten, einen Brief. Obwohl sie ein Mobiltelefon hatte, was Hans ein bisschen lächerlich fand. Siri war verliebt. Sie besuchte ihre Schwester in einer neuen Wohnung in Berlin Mitte und fuhr von dort wieder nach Österreich. Zu Hans. Auf einer dieser Fahrten gab ihr alter Peugeot endlich den Geist auf.

Die Idylle faszinierte Siri. Sie wachten zusammen auf, sie schliefen gemeinsam ein. Siri hatte sich daran gewöhnt, dass Hans vor neun, halb zehn Uhr morgens nicht reden wollte oder konnte. Abends saßen sie zusammen an dem kleinen alten Holztisch, der zur Hälfte mit Papierkram, Katalogen,

Zeitungen zugedeckt war, und aßen, was einer von ihnen, meistens Hans, gekocht hatte. Redeten darüber, was sie an dem Tag gemacht hatten, erzählten einander Geschichten von früher, die doch nur darauf hinausliefen, dass sie sich einmal treffen mussten. Sie wussten schon lange, dass es überall passieren hätte können. Hans war ein Bauer, der sein Land liebte, aber er war ja nicht immer hier gewesen. Selten dachte Siri darüber nach: Wie sollte, wie konnte das weitergehen? Würde sie zu Hans auf den Hof ziehen, ihre Kunst machen, hier leben? Warum nicht? War es nicht gleichgültig, wo sie lebte? Sie war hier doch glücklich. Es war schön, mit einem Menschen zusammenzusein, für den alles, was er tat, vollkommen verständlich und natürlich war. Sie hatte nie das Gefühl, er erwarte etwas von ihr, das sie nicht erfüllen würde können. Was sie am meisten beeindruckte (still beeindruckte), war seine Überzeugung, dass sie zusammengehörten. Eine Bestimmtheit ging davon aus, die sie aber nicht als unangenehm, auch nicht als drängend empfand. Was erwartete sie von ihm? Und wenn sie jetzt den ganzen Sommer bei ihm verbrachte, und es gut ging, reichte das für länger? War sie eine Frau, die versorgt werden wollte? War es das? Hatte sie die Vorstellung, der Hof würde sie ernähren, viel mehr brauchte man nicht? War das Leben wirklich so einfach, wie es hier aussah?

Solche Gedanken machte sie sich, als sie nach dem Frühstück aufbrach, um Marianne zu besuchen, zu der sie schon seit einer Weile hatte fahren wollen. Hans hatte gemeint, er kenne sie zu wenig, um sie zu begleiten. Außerdem … Es war nicht besonders schmeichelhaft, wie er über Marianne redete. Das war, dachte Siri, weil er ein Mann war und Marianne allein lebte und auf niemanden angewiesen war. Er war das auch nicht, machte das in seinen Augen einen Unterschied? Siri unterstellte ihm etwas. Vielleicht war es einfach Desinteresse.

Dann aber behauptete er, er gäbe nichts auf das, was die Leute so redeten.

Siri machte einen kleinen Umweg und ging auf den Langhausbau zu, den man von der Bundesstraße aus gut sehen konnte. Eine Kirche ohne Turm, oder genauer, wie die Frau, die Blumengebinde von den Bänken entfernte, sagte: »Unsere Kirche ohne Turm und Dorf.« Der Bau war spätgotisch, einschiffig und hatte ein hohes Walmdach. Dass ihm der Turm fehlte, machte ihn eigenartig, ließ ihn zweckentfremdet erscheinen, obwohl alles vorhanden war: ein Netzrippengewölbe und ein Sakramentshäuschen, die Steinkanzel und Kirchenbänke. Die Frau war stolz auf ihre Kirche, sie sprach von der Wehrhaftigkeit gegen die Türken und gegen die *Evangelischen.* Siri hatte sich schon verabschiedet, da sagte die Frau zu ihr: »Und, bleiben Sie am Waldbichlhof?« Die Frau stopfte die verwelkten Blumen in einen großen, grünen Sack und schaute Siri mit neugierigen Augen an. Dann stemmte sie die Hände, die in großen Handschuhen steckten, in die Hüften. Die Handschuhe waren grün und voller Flecken. Die Frau hatte nichts Bäurisches, nichts Verschlagenes, sie war freundlich. Siri konnte trotzdem nicht antworten, sie ging davon.

Sie stapfte den Weg, den ihr Hans sehr genau beschrieben hatte, über Wiesen, durch Wald und an der Straße entlang weiter. Als müsste sie sich durch das Gehen etwas erarbeiten. Sie trug grobe Bergschuhe und ein Jeanshemd und Jeans. Mit kurzen Hosen wäre sie nicht auf die Straße gegangen, sie kam sich darin lächerlich vor. Die Bergschuhe hatte sie in einem Sportgeschäft in Neustadt gekauft und trug sie jetzt schon die ganze Zeit, wenn sie auf dem Hof arbeitete und nicht bloßfüßig war. Was sie sah, gefiel ihr sehr. Die vielen unterschiedlichen Grüntöne, die Obstbäume und vor allem die blühenden Sträucher. Wenige Autos waren unterwegs, einmal hielt eine Fahrerin an, um zu fragen, ob sie sie mitnehmen könne. Ob ihr Auto eine Panne habe. Da stellte sich heraus, dass es bis Gumpenthal immer noch knapp zehn Kilometer waren, aber Siri wollte die ganze Strecke gehen.

Das Haus, das sie für jenes von Marianne Lex hielt, war groß, der Rasen davor gepflegt, und ein schmiedeeisernes Tor stand offen. Auf einem steinernen Treppenaufgang stand eine Frau und telefonierte mit einem großen, cremefarbenen Telefon, von dessen Hörer eine Antenne abstand. Obwohl sie Siri gesehen hatte, verschwand sie im Haus, kam gleich wieder, noch immer das Telefon in der einen, einen Kalender in der anderen Hand. Siri stellte sich vor. Die alte Frau klemmte sich ihren Kalender unter den Arm, schüttelte Siri kräftig die Hand. Sagte dann, dass Marianne bald kommen werde. Sommerschnitt bei den Rosen. »Rosenhochstämme«, korrigierte sie sich. »Pinzieren heißt, die weichen Triebe der Rosen entspitzen. Auch mit Obst macht man das. Weil man will, dass sich die Triebe verzweigen, nimmt man die krautartigen, die noch nicht verholzt sind, heraus.« Jutta unterhielt sich mit Siri, erklärte ihr alles Mögliche. Rundherum geschäftiges Treiben, Arbeitsschluss. Ein Traktor fuhr in den Hof, der Fahrer ging in das Gartenhaus und schob einen Augenblick später ein Fahrrad heraus, verabschiedete sich, schwang sich aufs Rad. Dann kam Marianne, die sich mit einem Mann mit blauer Schiebermütze unterhielt, er bog ab zu einem der Gewächshäuser, und Marianne kam auf Siri zu. Es dauerte ein paar Augenblicke, bis sie einander wiedererkannten.

Später saßen sie um den Tisch im Wintergarten herum: Jutta, Marianne und Siri, etwas nach ihnen kam Mariannes Sohn Lukas dazu, den Siri auf ungefähr zehn schätzte (er war erst acht). Auf dem Tisch standen eine große Schüssel Wurstsalat,

Schwarzbrot und Aufstriche. Siri erzählte von einer finnischen Urgroßmutter, von der sie den Namen geerbt hatte. »Diese Siri war die Erste in unserer Familie, von der man weiß, dass sie sich auf den Weg gemacht hat.« Nach dem Essen saß Siri auf der Galerie und studierte verschiedene Ausgaben von Goethes *Wahlverwandtschaften*, darunter Band 14 von *Goethe's Werken aus dem Jahr 1817*, Cotta'sche Buchhandlung, Halbledereinband, und eine Ausgabe mit einem Bild auf dem Cover (er und sie in einem Zimmer), auf einem anderen waren zwei Männer und zwei Frauen zu sehen, die sich bei Kerzenlicht der Lektüre widmeten, ein gelber Leinenband mit Goldschnitt und ein rotes Band. Als Marianne am unteren Ende der Treppe auftauchte, las Siri laut und feierlich: »*Im Auftrage der Großherzogin Sophie von Sachsen herausgegeben.* Schon wieder etwas, das uns verbindet!« Marianne kam zu ihr herauf, nahm zwei Bände und stellte sie wieder ins Regal. Dann nahm sie das gelbe Buch und schlug es auf: »*Eduard – so nennen wir einen reichen Baron im besten Mannesalter – Eduard hatte in seiner Baumschule die schönste Stunde eines Aprilnachmittags zugebracht, um frisch erhaltene Pfropfreiser auf junge Stämme zu bringen.*« Sie klappte das Buch zu, schaute Siri an. »Würdest du ein Buch lesen, das so anfängt?« Sie stellte ein weiteres Buch ins Regal, auch die anderen, dann schloss sie die Glastür. »Komm, ich zeig dir, womit ich die schönste Stunde dieses Nachmittags verbracht habe.« – »Ja, gern. Was sind noch mal Pfropfreiser?« – »Das sind veredelte Obstsorten, die auf einen Baum aufgepfropft werden. Man sagt auch Edelreiser. Damit kannst du die Sorte oder den Geschmack der ursprünglichen Obstgattung verändern.« – »Das ist es, was du machst, oder? Obst und Rosen?« Sie gingen an den Gewächshäusern vorbei, Marianne schloss eine Tür. »Wir haben auch Sträucher, Forstpflanzen. Eigentlich ein viel zu großes Sortiment.« Marianne zeigte ihr die Rosen, die sie heute zurechtgeschnitten hatte. Siri ließ sich von ihr erklären, was genau nun *Umschulen* meinte. »Aufpflanzen heißt so viel wie Wurzeln treiben lassen.« Dass das Umpflanzen wichtig sei, damit ein Gehölz für den jeweiligen Bedarf die richtige Größe habe. »Bei den Pfahlwurzeln wächst die Hauptwurzel senkrecht in den Boden hinab, Eichen zum Beispiel sind Pfahlwurzler. Oft ist es so, dass die gesamte Wurzelmasse und die oberirdischen Pflanzenteile gleich groß sind. Die Flachwurzler breiten sich tellerförmig in den oberen Bodenschichten aus, hier: die Fichten und Hainbuchen, aber auch Birken, Pappeln und Magnolien und Goldregen sind Flachwurzler. Die Birke ist ein besonderer Fall, weil sie auch eine Art Herzwurzelsystem ausbildet. Unterschiedlich starke Wurzeln am Wurzelstock.« – »Und warum ist das so wichtig, welche Wurzel, was für eine Art?« – »Krone und Wurzeln sind aufeinander abgestimmt und von einander abhängig. Die Krone wächst so lange, wie die Wurzelmasse ihre Versorgung gewähren kann, und die Wurzel wiederum wird durch Energie über die Blattflächen gespeist. Dass das Verhältnis durcheinander ist, kannst du zum Beispiel an Johannistrieben erkennen. Das ist ein zweiter Blattaustrieb bei Laubbäumen innerhalb eines Jahres, kommt immer um den Johannistag herum, der zeigt, dass die Wurzeln der Krone vorauseilen. Das System ist ausgeklügelt. Die Bäume sorgen für den Notfall vor. In der Rinde sitzen Knospen, man sieht sie eigentlich gar nicht, die über Jahre, Jahrzehnte lebensfähig sind und die Aufgabe haben, verlorene Organe wiederherzustellen, Äste, Zweige, auch den ganzen Stamm. Schlafende Knospen heißen die, schlafende Augen.«

Gegen halb zehn saßen die beiden Frauen bei geöffneten Fenstern im Wintergarten, vor ihnen stand eine große Kanne Rotbusch-Tee. Marianne hatte gesagt: »Alkohol tut mir nicht so gut. Ich konnte das nicht immer durchhalten, aber immer, wenn ich wieder zu mir kam, war alles noch da: der Betrieb, Jutta, Lukas.« Marianne hatte Nachrichtenbilder von DDR-Flüchtlingen im Kopf, erinnerte sich an die Begeisterung und an die eigene, zurückhaltende Freude über diese Veränderung. Siris Erzählung über ihre Ausreise und die Zeit in Westdeutschland war wirr. *Nun würde alles in Ordnung kommen.* Als wäre alles so einfach, als würde es nur um diese eine Mauer gehen. Und was hieß denn *alles*? Weltordnung? Siri sagte: »Ich kenne jede Menge Leute, die den Mauerfall wie ich nur im Fernsehen miterlebt haben, an dem einen Abend früher ins Bett sind, wenige Kilometer Luftlinie vom Checkpoint Charlie entfernt. Naja, aufwachen mussten sie dann alle irgendwann.« Pause. »Eher früher als später.« Zu der Zeit war Marianne gerade wieder ins Lex-Haus zurückgezogen. Hanno war bald Geschichte. Als Marianne dieser lustigen Ostdeutschen zuhörte, kam ihr der Gedanke, dass es doch sicherer war, ohne hochtrabende Visionen aufzuwachsen. Sie sagte Siri das auch. Marianne schenkte vom kalten Tee nach, schloss die Fenster, nachdem eine Windböe hereingefahren war. Sie interessierte sich für die Geschichte dieser Frau, aber die wollte immer nur wissen, wie sie hier lebten. Wollte den Landstrich erklärt bekommen, das große Ganze, und dabei so detailliert wie möglich. Marianne war kein Stadtmensch, der Gedanke, dass alle immer so nahe an ihr dran waren, machte ihr Angst. Man konnte Gumpenthal aber doch nicht mit einem Dorf in der Nähe von Berlin vergleichen. »Gumpenthal kennt niemand. Wir sind ein schrumpfendes Dorf in einem niederösterreichischen Seitental. Hier gibt es gar nichts. Keine Industrie, keinen Tourismus, nicht einmal Urlaub am Bauernhof.« Ja, das wolle sie schon zugeben, dreißig, vierzig Kilometer südlich und westlich sehe es ganz anders aus, aber Idylle könne sie hier wirklich nicht erkennen. Siri sprach ein schönes Hochdeutsch, sie lachte häufig, vor allem wenn sie bemerkte, dass Marianne sich um sie sorgte. Die erzählte von ihrer Kindheit. Die Eltern waren eigentlich gar nicht vorhanden, der strengen Großmutter war hin und wieder die Hand ausgerutscht und Marianne von der Schule geflogen. Wie sie als junge Frau von einem Schulfreund ein Kind bekommen hatte, der nicht in der Lage war, sich um sie und den gemeinsamen Sohn zu kümmern. Marianne erzählte und lachte dabei laut und einnehmend und schaute zwischendurch so, als müsste sie Siri beruhigen, trösten, unterhalten. Marianne hätte es nie in den Worten ihrer Tante Gertraud gesagt: »Die Alte verdrischt die Kleine.« Dass man sich darüber Gedanken und Sorgen machte, an Anzeige und Jugendamt, an drastische Maßnahmen dachte, hatte sie vielleicht wirklich nie mitbekommen. Sie wusste aber doch irgendwie, dass ihre Mutter dafür verantwortlich war, dass Jutta damit aufhörte, sie übers Knie zu legen und ihr zu erklären, dass sie nur ihr Bestes wolle. Marianne war vielleicht sechs oder sieben gewesen, als sie die Großmutter dabei ertappt hatte, wie sie sich von ihrem Freund schlagen ließ. Sie erkannte die Weidenrute in seiner Hand. Warum ließ die Großmutter das zu? Nie, niemals hätte sie mehr darüber wissen wollen, irgendwann würde sie diese Nacht vielleicht vergessen.

Marianne sorgte sich geradezu um diese Frau, an die sie seit ihrem Aufeinandertreffen vor einem Dreivierteljahr nicht einmal gedacht hatte. Mit dem ersten Blick in den Spiegel auf der Toilette des Konzerthauses, der sich mit dem Mariannes traf, hatte sich Siri für sie interessiert. Ja, vielleicht war es auch der zweite Blick, als sie Mariannes Hände gesehen hatte. Jetzt war es schon anders, weil Siri mit Hans Unkraut ausgerissen und Kartoffeln geerntet hatte, das schmierig-weiche Fell der Schafe kannte und so weiter. Sie konnte Mariannes Unverständnis, das darauf hinauslief, dass sie, Siri, hier einfach nichts verloren hatte, nicht verstehen. Aber befürchtete sie nicht, tief in ihrem Innersten, dass Marianne vielleicht recht haben könnte? Sie redeten über Männer. »Also wenn man mal davon ausgeht, dass dein Sohn einen Vater hat …« Siri hatte gefragt, ob Marianne einen Mann habe, die hatte mit einer Gegenfrage geantwortet: »Hast du Zigaretten?«, und dabei den Kopf geschüttelt, weil sie offensichtlich genug davon hatte, ausgefragt zu werden. Siri war drauf und dran, sich zu entschuldigen, vergaß es aber gleich wieder. Zigaretten hatte sie keine. Marianne nahm Siri mit nach draußen. Es war dunkel. Es hatte zugezogen, aber sie kannte den Weg gut, sie standen im alten Gewächshaus, als Marianne sagte: »Das alles gehört mir, seit letztem Wochenende, ganz offiziell.« In diesem Moment machte es Klick, Marianne hatte einen Schalter gedrückt, und nacheinander flammten fünf Neonröhren auf, eine flackerte und knackste, blieb dann aber dunkel. »Wurde mir mit Pauken und Trompeten, schwingenden Fahnen und saufenden Tanten übergeben. Du musst wissen: Die gehören dazu, auch wenn man sie nicht immer sieht. Sie sind da. Sie sind unter uns, um uns herum.« Siri erschrak über das weiße, alles durchdringende Licht, Marianne schaltete es aus, sodass wieder Dunkelheit herrschte, außer hinter ihren Lidern, wo es für Augenblicke rotbraun glühte. Siri wusste nicht, was sie hinter dem Hellen noch gesehen hatte. Ein blassgrünes Feld auf halbhohen Tischen vielleicht. Es waren Topfpflanzen, klein, fast mickrig, wie sie jetzt sah, als Marianne die Taschenlampe einschaltete, die sie in der Zwischenzeit gefunden hatte. Kurz leuchtete sie in einem Regal herum, fand etwas. Sie gab Siri eine Zigarette, steckte sich selber eine in den Mund, schüttelte auch ein Feuerzeug aus der Packung, gab ihnen Feuer. »Von Emmi.« Sie rauchten in der Dunkelheit. Siri gratulierte Marianne und fragte, ob sie denn ein *Fräulein* Lex sei, weil ja nicht verheiratet.

Darauf ging Marianne nicht ein, erwähnte nur, dass sie eigentlich gar nicht Lex heiße, aber den Familiennamen ihrer Eltern nie benutzte, ebensowenig wie ihr Sohn. (Was so nicht stimmte. In seinem Reisepass stand *Lukas Reiter*, aber natürlich war er für alle hier der Lex Lukas, den Namen seines Vaters kannten nur wenige.) Sie beleuchtete jetzt den Boden vor ihren Füßen, Siri schlüpfte in die Holzpantoffeln, die dort standen. Marianne gab sich weiter besorgt, was Siris Leben auf dem Lande betraf, die schöne Lage von Hans' Hof ließ sie nicht gelten: Das reiche nicht aus. Sie kam auf die Waldbichl-Bauern zu sprechen, auf die Freude und den Fluch, der doch immer mit einer Erbschaft verbunden sei. Dass es ihr gefallen hätte, früher zu leben, als sich die Frage gar nicht stellte, ob man nun den Hof übernahm oder nicht. Als so lange gevögelt worden sei, bis man einen männlichen Erben hatte. Diese Vorgaben, diese Erwartungen. »Sicher werde ich mein Kind nicht zwingen, die Baumschule zu übernehmen. Aber freuen würde ich mich schon, wahrscheinlich wird der Gedanke umso schöner, je älter man ist.« – »Sind das deine, sind das Ihre Pantoffeln, Frau Lex?« – »Ja, wieso weißt du das?« – »Na, weil ich doch die ganze Zeit Ähnlichkeiten suche zwischen uns beiden. Deshalb wundert es mich nicht, dass es Ihnen genauso geht, dass Sie Ihre Hausschuhe, Ihre Haus- und Hofschuhe, immer irgendwo liegenlassen. Ich laufe ja manchmal zweimal durch die ganze Wohnung, bis ich meine finde.« Pause. Der kalte Rauch in der Luft. »Sie sind dir viel zu klein, du passt ja gar nicht hinein. Sonst hätten wir tauschen können.« Marianne dachte nach. Es war ein Spiel, sicher. »Ja, das wärs! Ich nehme deine Wanderschuhe und ziehe in die große weite Welt hinaus oder zumindest nach Berlin. Und du, entschuldigen Sie, Sie bleiben bei Ihrem Hans, bei Ihrem Bauern. Leben auf dem Waldbichlhof und werden glücklich. Sie führen ein einfaches Leben. Na, *so* einfach auch wieder nicht. Zugezogene haben's natürlich nicht grade leicht. Frauen sowieso immer schwerer als Männer. Und als Künstlerin, okay, das könnte die ersten paar Jahre etwas anstrengend werden. Aber irgendwann finden sich die Leute damit ab, Sie werden schon sehen.« Marianne leuchtete über die Pflanztische und Erdsäcke, über kleine Bäumchen, als würde sie über sie alle sprechen. Sie hatte sich in Rage geredet und gar nicht bemerkt, dass der Spaß schon wieder vorbei, dass sie schon fast wieder in der Realität gelandet war. »Und wissen Sie was? Ich verkaufe den ganzen Krempel hier, kann ich ja jetzt. Außer dem Haus natürlich, im Haus hat Jutta Wohnrecht bis zum Schluss. Ich könnte in England leben wie meine Tante, oder ich ziehe mit Lukas nach Berlin. Ist es schön da? Obwohl, Parks, naja, ich würde dann doch wieder eher außerhalb leben, wo du herkommst.« Siri wusste nicht recht, was sie sagen sollte. Es war auf einmal eine kleine Verzweiflung zwischen ihnen, für die es doch keinen Anlass gab, sie wusste gar nicht, was geschehen war. Es war wieder dunkel, Siri aber fühlte sich wie ausgestellt. Sie war augenblicklich sauer auf Marianne. Was war denn in sie gefahren, warum musste sie alles kaputtmachen? »Kannst du wirklich überall arbeiten oder wäre das das Ende deiner Kunst, die biologische Landwirtschaft?« Siri stöhnte, sie vergab Marianne wieder, der Satz gefiel ihr. »Der Hof ist wirklich schön gelegen.« Sie nahm die Taschenlampe und leuchtete noch einmal im Gewächshaus herum, dann hielt sie sie nach oben. Das schwach beleuchtete Dach sah aus wie ein Aquarium ohne Wasser. Sie waren ganz unten. Es war alles verkehrt. Mariannes Stimme kam von weiter hinten. »Und die Kunst?« – »Und die Liebe!« Das kam prompt und Marianne wollte ihm nicht auf den Grund gehen.

15. Dickicht

Auf der Steinbrüstung vor einem alten Haus sitzen zwei Mädchen, sie sind barfuß. Im Haus schlafen alle. Sie waren schwimmen, obwohl es nicht besonders warm ist und sie sich ein bisschen fürchteten, denn es ist stockdunkel. Der Nordstern, auf den man sich fast immer verlassen kann, ist hinter einer Wolke verschwunden. »*Und der am meisten niedergetrampelt hat vom Gehölz, das war der Sieger.*« Als sie am Wald vorbeigingen, hörten sie auf den Wind, aber auch auf alle anderen Geräusche, eingebildet oder echt. Jetzt und hier ist es ruhiger, fast still. Dass sie Anteil haben an der Welt, an allem, was einmal gewesen ist, aber vor allem am Jetzt und an dieser unglaublichen, unsäglichen Zukunft, das ist selbstverständlich. Es ist normal. Sie wissen um ihre Wichtigkeit in dieser Zeit, in ihrem Leben. Sie müssen niemandem gegenüber Rechenschaft ablegen. Sie müssen einander immer auf die Probe stellen, aber sie können auch Geduld haben, nein, nicht Geduld, Nachsehen, Einsehen. Wut ist manchmal auch dabei. Immer will die eine von der anderen etwas, aber noch mehr will jede von sich selber. Es geht darum, wie man aus der Welt eine bessere machen kann. Eine Möglichkeit oder eigentlich viele, aber einmal anfangen. Oder alles überlegen, bis zum Ende durchdenken. Keine Pläne für die Zukunft. Alles, was mit Abschlüssen und Verträgen zu tun hat, wollen sie lieber noch auf später verschieben, weil sie sich jetzt um die wirklich wichtigen Dinge kümmern werden. Ihr Seelenheil. Das ist auch das Seelenheil der Welt. Es gibt immer jemanden, der Hilfe braucht, der auf der Straße steht, sich sein nächstes Bier nicht leisten kann, eine Schulter zum Anlehnen möchte oder jemanden, der jemanden kennt, der ihm eine Bleibe verschaffen kann oder eine Rolle in dem kleinen Film. Jetzt können sie alles sagen, denken, verschweigen, herausschreien, überhören. Sie sind Werdende, sie sind zwei Mädchen auf einer Steinbrüstung, möglicherweise eine mit einer Zigarette in der Hand, oder sie rauchen einen Joint, ja, sollte man das, kann man das machen? Kann man, muss man aber nicht. Der Boden vor ihren Füßen ist schwach beleuchtet.

»Meine Eltern sind beide 1949 geboren. Mein Vater ist in Brandenburg aufgewachsen, bei seiner Mutter, weil sein Vater bald nach seiner Geburt in den Westen gegangen ist. Sein Großvater war Erfinder, seine Mutter schlug sich durch, immer schon. Die Familie meiner Mutter war ursprünglich aus St. Petersburg eingewandert, zuerst nur ihre Großmutter, aber die anderen sind ihr hinterhergereist. Es gab Grundbesitz in ganz Deutschland, aber das war erst später. Der ärmere Zweig der Familie brachte immer wieder Ärzte hervor – und ein paar unbekannte Maler. Mein Vater war nicht zum Studium zugelassen, meine Mutter studierte Medizin. Das funktionierte für mich nicht als Geschichte. Es fühlte sich leer an, weil alle diese Orte, aus denen meine Mutter oder ihre Familie stammen, für mich nicht existierten. Nicht auf der Welt waren. Meine Welt. Ihre Erinnerungen sind ebenso wenig zugänglich wie die ganzen Häuser und Grundstücke der Familie. Und dann natürlich: Familie. Was heißt das überhaupt, was bedeutet das denn? Welcher freie Mensch möchte sich diktieren lassen, wie es um ihn bestellt ist? Woran er denkt, vor dem Einschlafen, und was er macht, wenn die Angst einmal so groß ist, dass sie wirklich unüberwindbar scheint. Man ist umstellt, es ist doch nicht so, dass einem nur der eine Zugang zur Zukunft versperrt ist. Auch was war, gehört dir dann nicht. Deshalb, und das ist wichtig, muss ich mir meine eigene Geschichte ausdenken.« – »Die Zukunft erfinden?« – »Meine Geschichte. Alles. Wie ich, zum Beispiel, hierhergekommen bin. Ich könnte erzählen, wie ich vom Verwandtenbesuch mit meiner Mutter nicht mehr zurückgereist bin. Aber wäre das nicht unfair? Warum ich und warum nicht meine Schwester? Oder dass unsere Eltern uns ins Ausland geschickt haben, in der Illusion, dass man sie nachkommen lässt. Nur, was würdest du dann über meine Eltern denken? Eben.«

Zuerst eine große Reise machen. Die Reise beginnt in Venedig, führt durch Italien nach Griechenland, weiter in die Türkei, Indien. Wenn man Geld verdienen muss, wird sich etwas finden. Viele Farben. Schön bunt. Das ist nur zuerst ein Schock und nur ein kleiner. Verschiedene Begleiter, Reisende. Zufallsbekanntschaften, die einen immerzu staunen machen. Wo in den USA wäre ein guter Platz, wenn man die Schule doch abschließen wollte? Obwohl: Nach so viel Welt kann man auch einfach zu studieren beginnen: Medizin, Umweltschutz oder Konzertpianistin, es wird sich zeigen. Außerdem schleicht sich der Verdacht ein, dass das kapitalistische Ausland überschätzt ist. Mal schauen.

Die Rosensträucher, die Spaliere aus Obstbäumchen, dass die Wiese an Unterholz grenzt, das Grundstück in Wald übergeht, das gefällt ihr. Man könnte das Meer vermuten hinter der sanft geschwungenen Anhöhe, und dann ist es gar keine Überraschung, dass da nur ein Baggersee liegt. Weil sie das Gefühl hat, immer weitergehen zu können, könnte hinter jeder Kurve, hinter jedem Hügel das Meer liegen oder ein Anstieg, der ganz nach oben führt. Ausblick, sicher. Fix sind: eine große Familie, die in einem großen Haus mit einem sehr großen Garten lebt. Idealerweise am Waldrand und in der Nähe eines Pferdestalls. Tiere unbedingt. Das andere Mädchen lacht an der Stelle möglicherweise, dann hält sie inne. Denn die beschriebenen Wünsche sind nur für sie eine Selbstverständlichkeit. Sie sieht es ein. Hier machen sich die drei Jahre Altersunterschied bemerkbar, das stimmt. Das andere Mädchen fragt nicht nach, welcher Mann zu dieser Geschichte gehören könnte: So genau beschäftigt sich hier niemand mit seinen Visionen. Oder doch? Doch, doch. Aber weiß sie wirklich, wovon die Rede ist? Sie selber kann sich Dinge natürlich auch ausdenken, aber sie wehrt sich dagegen. Reicht es denn nicht, aus der Erinnerung zu schöpfen? »Wie kann ich mir sicher sein, dass es den einen Platz auf der Welt geben wird? Dass es nicht der Ort ist, an dem ich aufgewachsen bin, wo eigentlich alles ist, was ich kenne, okay. Das ist ja irgendwie einleuchtend.« Ist es so: Die eine kommt von hier und begegnet der anderen auf halbem Weg? Sie haben keine gemeinsame Vergangenheit, sie reden darüber, was sein wird. Oder: Man trifft sich irgendwo und geht ein Stück gemeinsam? Schnell läuft alles in Richtung Vorbestimmung. Das liegt auch am Alter. Aber es wäre doch absurd, wenn es nur damit zu tun hätte, wen man trifft. Liegt es an den Verkehrsmitteln? Oder doch an der Richtung? Jetzt sagen die beiden: Es ist nicht so wichtig, wo man lebt. Aus verschiedenen Gründen zwar, aber hier sind die Mädchen einer Meinung. »Es ist nur nicht einfach zu sagen: ich. Ich in dieser Geschichte.« Die Frage muss lauten: Ab wann tritt das Ich in die Geschichte ein und macht sie zu seiner eigenen. Die ältere der beiden fragt: »Geht es dir auch so? Dass du ständig auf Menschen triffst, die schon wissen, wie es weitergeht? Mit dir. Mit allen. Als würden sie deine Geschichte, die noch gar nicht erzählt ist, ziemlich gut kennen?« Die anderen, sie gehen ein und aus in deiner Geschichte. »*Im Spiel* bist du jetzt die Mutter von drei Kindern, die am Vormittag in der Schule sind, und da kannst du mit deiner superneuen Erfindung zum Mond fliegen und dort die irrsten Entdeckungen machen, für die du dann sehr berühmt wirst. *Im Spiel* versorgen die Kinder die Eltern mit Geld und Freizeit und Liebe füreinander, alles ausreichend für ein ganzes

Leben.« Das Glas für die Veranda, Ziegelsteine, neue Jeans und alternative Medizin. Einen kleinen Bruder, eine beste Freundin in der Klasse, noch etwas mehr Zeit für die Vokabelprüfung, ehrliche Erwachsene und dass alle Reaktoren abgeschaltet werden. Man kann schon die Morgendämmerung ahnen. Die Mädchen sitzen jetzt vor der Brüstung, auf dem Steinboden. Das Gute ist, dass jeder Satz mit *im Spiel* beginnen kann.

Straßenlichter flackerten, rissen dunkle Löcher in die regennasse Straße, die nicht besonders breit war. Marianne und Lukas fuhren einmal am Haus Nummer 64 vorbei, um den Block herum und parkten in einer Seitenstraße, wo Teile eines Maschendrahtzaunes auf den Gehsteig hingen, dahinter stand eine Baulücke unter Wasser. Als sie das Treppenhaus betraten, war Marianne auf einmal nicht mehr sicher, ob dieser Umweg eine gute Idee gewesen war. Sie gingen an großen und kleinen Fahrrädern vorbei, an einem Kinderwagen, aus dem ein Kinderautositz herausschaute, an Stapeln aus Parketten und Dielenresten, neu eingesetzten Wohnungstüren. Die Treppen knarzten zwischen dem zweiten und dritten Stock, danach nicht mehr. Auch war der Regen ganz oben nicht mehr zu hören, obwohl ein Fenster offenstand. Man hörte die Stimme eines Kleinkindes und eine männliche Stimme Ja sagen und Ach fragen und dann ein Glucksen. Siri Kortner erwartete sie mit strahlendem Gesicht im Türrahmen. Warum hatte Marianne in den letzten Wochen immer wieder an sie gedacht? Vielleicht hatte es mit Eric zu tun und mit der Sehnsucht nach ihm. War es Freundschaft, so eine, die ein Leben lang hielt? Siri trug ihr Haar ganz kurz, sie sah ein bisschen aus wie die kräftigere, größere Schwester von Jean Seberg in *Atemlos*. Vielleicht lag es daran, dass sie ein gestreiftes T-Shirt trug, was Marianne sehr französisch vorkam und an die Szene erinnerte, in der Seberg mit einer Zigarette im Mund auf der Straße Zeitungen verkauft. Die tiefe Stimme von vorhin gehörte Siris Mann Alessandro, der mit einem kleinen Mädchen im Arm die Gäste begrüßte. Die Kleine war gerade dabei einzuschlafen, was sie vor aller Augen tat, bevor sie ins Kinderzimmer zu ihrem größeren, bereits schlafenden Bruder gebracht wurde.

»Ich habe ein Gefühl wie früher in den Sommerferien.« Siri und Marianne schlenderten durch die Straßen, es regnete ein bisschen. Es war immer noch Sommer. Sie hatten sich aus der Wohnung geschlichen wie zwei Teenager, die Hausarrest hatten. Spazierten in den Park an der Ilm. An die Dunkelheit hatten sie sich inzwischen gewöhnt. Vor dem Gartenhaus von Goethe erzählte Siri von der Kopie, die man hier vor über zehn Jahren aufgestellt hatte, mit dem Original aus dem 16. Jahrhundert vollkommen identisch. Was eigentlich als Notlösung gedacht war, um während eines Kulturstadtjahres den Zugang für viel mehr Menschen als sonst zu ermöglichen, entpuppte sich als Hit. »Die Leute liebten die Kopie und kamen in Scharen. Heute steht sie in einer kleinen Stadt in der Nähe.« Der dicht bepflanzte Hangbereich, die daran anschließende Obstwiese und der Nutzgarten unterhalb des Hauses waren noch so, wie Goethe sie anlegen hatte lassen. Konnte man sicher sein, dass dieses Haus auch das richtige war, das Original? »War der Unterschied spürbar zwischen dem echten Haus und der Fälschung?« Siri wusste es nicht genau zu sagen. Ja, nein, schwierig zu entscheiden. Vom Haus weg führte ein langer gerader Weg über Rasen. Wo früher Salat, Erdbeeren und Kartoffeln angepflanzt wurden, wuchsen heute Blumen. Am Ende des Weges stand ein Würfel, auf dem eine Kugel lag. Dieser *Stein des Guten Glücks* war der Agathé Tyche, der Göttin des Schicksals, gewidmet, die Goethe hierher geführt hatte. Er hatte eine angesehene Stellung bei Hof in einem idyllischen

Ort, die ihm ein selbstbestimmtes Leben versprach. Das Gartenhaus war sein erstes eigenes Heim.

Siri erzählte vom wunderschönen Garten ihrer Eltern in Mühlenberg, dessen Pflanzen, Sträucher und Blumen die neuen Besitzer auf den Müll geschmissen hatten. Damals lebte der Vater auf der Baustelle ihres neuen Hauses, jeden Tag besuchte er seine Frau in einem Berliner Krankenhaus. Als Siri davon hörte, wollte sie retten, was zu retten war. Kam wortwörtlich im letzten Augenblick, verfolgte den Müllwagen und am Ende stand sie auf einer Riesendeponie und holte einzelne Pflanzen heraus, die den Umzug aber nicht überlebten. Die Frauen tranken Bier aus Flaschen. Marianne hatte Siris Vater kennengelernt, nach dem Tod seiner Frau in dem halbfertigen Haus in einem Kurort östlich von Berlin. Ein freundlicher Herr, der älter aussah als er war, sich ein wenig mit ihr über Blumen unterhielt, ansonsten kaum an den Gesprächen teilnahm, auch nicht über seine verstorbene Frau sprach. Vielleicht war er der Grund, warum Siri nicht mehr zu Hans zurückgekehrt war. Siri und Marianne saßen auf einer Bank in einem Weimarer Park. Marianne gefiel die Geschichte, die Siri für sie erfand: Auf dem Grundstück ihrer Eltern hatte ein Ahornbaum mehrere Brände überlebt, ein riesiger Findling wurde auf ein Nachbargrundstück geschafft. In den dreißiger Jahren hatte ein berühmter Sportler dort mit seiner Frau, einer Stummfilmschauspielerin, gelebt. Der Baum war ein Geschenk Hitlers zur Hochzeit der beiden. Kurz vor dem Zweiten Weltkrieg schlug der Blitz ein, das Haus brannte nieder und wurde wieder aufgebaut: mit Reetdach und nach den ursprünglichen Plänen. Eine stattliche Villa. Nach einem weiteren Brand in den fünfziger Jahren wurde das Schilf- durch ein Ziegeldach ersetzt. Das Grundstück wurde zu einem Ferienlager für Funktionärskinder. An der Grenze zum benachbarten Wiesengrund lebte eine Moorhexe. Lügen, dachte Marianne, dass sich die Balken biegen. Siri hatte das Haus zusammen mit ihrer Mutter bauen wollen, dann baute sie es für ihre Mutter, die aber vor der Fertigstellung starb. Der Ahornbaum musste dem Neubau weichen, ihm weinte sie keine Träne nach. Es hatte etwas Selbstverständliches, in einem Park in einer deutschen Kleinstadt zu sitzen, während die Kinder in ihren Betten schliefen. Keine von ihnen dachte an *die Kinder*, zwei bis zweiundzwanzig Jahre alt.

Als Marianne Siris Wohnung betrat, dachte sie einen Augenblick an das Haus, das Siri mit Hans bewohnt hatte. Damals hatte sie angenommen, das Chaos sei das von Hans, vielleicht war es auch so. Siri, die ihre Gedanken lesen hatte können: »Ihr hättet vor ein paar Wochen hier sein sollen. Damals kam ich nur noch über einen Trampelpfad zu meinem Schreibtisch. Rechts und links türmten sich Regale, Kommoden, Sofas, Wäsche, Kühlschrank und Herd, dazwischen jede Menge Pflanzen. Siebzig Prozent der Wohnung waren abgerissen, die Elektrik schon verlegt, da wurden noch die Balkenzwischenräume gedämmt, und kurz danach begann der Fußbodenaufbau, weil ja auch noch die beiden kleinen vollgestopften Zimmer ausgeräumt und abgerissen werden mussten, damit der Elektriker weiterarbeiten konnte. Und jetzt! Land in Sicht. Ich wohne wieder, nach sieben Jahren Hüttendasein.«

Ihre Hosenböden waren nass, auch die Haare und Schultern feucht, das Bier hatten sie ausgetrunken. Immer an einem Ort leben, an dem einen Ort sein, ob zufällig oder absichtlich: Marianne schaute auf das Gartenhaus, über den Fluss, auf ihr unbewegliches Leben und auf die Jahreszeiten, die seinen Gang mitbestimmten: gute Winter, warme Sommer, Hagelschäden und Frostrisse. Letzten Endes hatte es sich so ergeben, dass sie da war. Niemand hatte ihr je ihren Platz streitig gemacht, außer sie selber manchmal, wenn auch nicht ernsthaft. Sie hatte keine Göttin des guten Glücks, sie brauchte aber auch keine. Wenn sie etwas wirklich nicht leiden konnte, dann Schicksal. Hat denn das Ende allzu früh begonnen? Aber wusste sie überhaupt, welche Angst größer war? Die vor der Veränderung oder die vor dem Immergleichen?

Sie trieb Siri an, wollte weiter, Marianne hatte Durst. Sie gingen einen anderen Weg aus dem Park hinaus und dann eine Allee entlang. Kein Auto und kein Fußgänger, niemand kam ihnen entgegen. Die breite Straße leuchtete dunkel. Alte Rosskastanien und Linden, das Universitätsgebäude, ein großes Hotel. Sie hatten keine Lust, nachhause zu gehen, bogen in eine Straße ein. »Hier habe ich eine Zeitlang gewohnt. Das Fenster mit dem roten Licht.« Sie standen vor einer prächtigen Villa, Siri zeigte hinauf. Das gesamte zweite Stockwerk war beleuchtet. Marianne schloss die Augen. Sie war ganz unbesorgt, sie machte, was Siri wollte.

Die kleinen Kinder, die Siri die meiste Zeit auf den Rücken geschnallt hatte, bis sie sie irgendwann im Kindergarten oder in der Schule abgeben konnte. Die unfertigen Zimmer, die unsichere Situation, wie alles weitergehen würde. Sie beneidete sie nicht. Ihr eigener Sohn zog in eine andere Stadt, über siebenhundert Kilometer von zuhause entfernt. Ein Zuhause, das jetzt, in diesem Augenblick, ganz leer war. Niemand war da. In keinem der Zimmer brannte Licht, die meisten Fenster waren geschlossen, die Blumen gegossen. Morgen würde Ilka kommen und lüften. Sie würde wahrscheinlich irgendetwas sauber machen. Aber jetzt war es ruhig in dem Haus, und wenn das Telefon läutete, würde niemand abheben. Dass der Anrufbeantworter sich nicht melden würde, weil er sich nach einem Kurzschluss nicht wieder eingeschaltet hatte, wusste Marianne nicht. Dabei würde er doch nur sagen, dass die Baumschule

Lex wegen Betriebsurlaub geschlossen hatte, wie jedes Jahr im August. Dabei war der August doch längst vorüber. Marianne hatte kein schlechtes Gewissen. Im Gegenteil. Sie genoss ihre Abwesenheit. Sie erzählte Siri von Romans Tod. Siri konnte sich an ihn erinnern, sicher, aber sie brachte kein besonders starkes Interesse für ihn auf.

Ein Jugendlicher ging an ihnen vorbei, läutete an dem Haus, vor dem sie standen. Siri zog Marianne am Ärmel, sie gingen hinter ihm her in den zweiten Stock. Marianne glaubte nicht an einen Zufall, fragte aber nicht nach. Den Gedanken, was sie auf die Frage, wie sie hierher kämen, wer sie eingeladen habe, antworten würde, ließ sie gleich wieder los. Aus der Wohnung drang Musik, Beats, Gemurmel. Als sie die angelehnte Tür aufstießen, waren sie zehn Jahre jünger und immer schon gemeinsam unterwegs, auf Partys von Fremden und Bekannten, zwei Freundinnen in einer Sommernacht. Die anderen waren immer noch jünger als sie beide. Dicht an dicht standen die Leute herum, niemand nahm von ihnen Notiz. Siri deutete auf die offene Badezimmertür, sie holten zwei Flaschen Bier aus der Wanne, ein junger Mann reichte ihnen einen Öffner. Marianne stieß ihre Flasche so heftig gegen die von Siri, dass Schaum und Bier aus ihren Flaschen schwappten, sie tranken. Dann ging Siri mit Marianne in das Zimmer, in dem sie eine Weile zusammen mit einer Studienkollegin gewohnt hatte. Siri bewegte sich ganz selbstverständlich in der Wohnung. Das tat auch Marianne. Sie wusste nicht, dass sie abweisend und mürrisch dreinschaute, obwohl sie sich doch so neugierig, so offen vorkam. Ein Billy-Regal, ein großes Bett und ein zierlicher Schreibtisch, ansonsten war es leer. In diesem Zimmer waren keine Partygäste, dafür war der Balkon voller Leute, die rauchten. Auf dem Tisch standen ein Laptop und weiße Boxen, aus denen die Musik dröhnte. Ein Paar erschien, sie küsste ihn flüchtig auf die Wange, ging auf den Balkon, er stellte sich an den Schreibtisch, machte die Musik noch lauter. Ein Lampenbaum, rote Glühbirnen hingen wie Äpfel von den metallenen Ästen, der Dielenboden war rosarot. Neben der Balkontür hing ein Bild an der Wand, es war das einzige im Zimmer. »Schau! Das gibt es noch!« Siri schrie fast, damit Marianne sie verstand, aber die wusste nicht, wovon Siri sprach. »War damals schon ganz ausgebleicht, aber ohne Goldrahmen.« Da standen sie: In einem fast leeren Zimmer, das Siri Afrika nannte. Musik lief, Leute gingen ein und aus, die anderen nahmen nicht von ihnen Notiz. Oder doch? Sie waren hier eingedrungen. Sie waren auf einer Party, auf der Leute mit bunten Hemden, wilden Frisuren und auffallenden Kleidern herumstanden, durch die Räume gingen. Die Stimmung war entspannt, aber nicht sehr ausgelassen. Warteten sie auf etwas oder war alles schon vorbei? War nichts vorbei? Marianne versuchte herauszufinden, wer von den Leuten im Osten und wer in Westdeutschland zur Welt gekommen war. Sie hatte nicht das Gefühl, dass ihr das gelang. Sie wusste allerdings auch nicht genau, woran sie Unterschiede festmachen hätte können. Ihr war klar, dass sie niemals auf dieser Party gelandet wäre, auch wenn sie hier, in einem Krankenhaus in dieser Stadt, zur Welt gekommen wäre. Es war nicht möglich, sich eine andere Mutter, andere Eltern auszudenken. Siri hatte einen leicht überheblichen Tonfall angeschlagen, kritisierte die gepflegte Langeweile. In diesem Moment war von draußen schallendes Gelächter zu hören. Auch Marianne und Siri lachten auf. Marianne konnte sich schwer vorstellen, was Siri mit den Partygästen oder Menschen wie diesen, mit denen sie doch vor kurzem noch studiert hatte, zu tun haben könnte. Vielleicht kannte sie einige vom Sehen. Das musste doch so sein. Es war Siris Stadt, für Marianne gehörte die andere hierher. Siris chaotische kleine

Wohnung lag in einem Haus, das sie selbst renoviert hatte. Auch wenn Siri zauderte, ob dies die richtige Entscheidung gewesen war, so hatte sie es sich doch ausgesucht. Marianne fühlte sich fehl am Platz, dann verschwand diese Regung wieder. Zwang sich zu denken: darauf achten, dass es nicht eskaliert. Siri machte sich lustig über die anderen (deren Bier sie trank), sie verwendete den Ausdruck junge Leute. Gehörte Siri denn nicht dazu? Von irgendwoher kam ein Satz, den Marianne im Stillen heftig von sich wies. »*Alleinsein ist eine gute Sache.*« Marianne wollte tanzen, aber das war zu der Musik (abgehackte Verse, Klappern und Zippen, ein schnelles Schnippen immer wieder) nicht möglich. Also bewegte sie sich holprig, wie ihr die Musik erschien. Siri jubelte ihr zu, wollte sie anfeuern. Die Musik war zu laut. Der Raum, so dachte Marianne, wird wohl anders ausgesehen haben, als Siri hier gewohnt hatte. Vom Balkon kamen wieder Raucher herein, ein paar blieben jetzt im Zimmer stehen, bewegten sich ein bisschen zur Musik. Den anderen schien es zu gefallen. Glasscherben. Immer wieder mischten sich Schreibmaschinengeräusche unter die Musik, die schneller und schneller wurde. Man hörte Harfen und Geigen. Einer kam auf Siri zu, schrie ihr etwas ins Ohr: »Wie geht's Alessandro?« Als sie zu einer Antwort ansetzte, war er schon wieder von ihr abgerückt, stand neben ihr, sagte etwas zu einer Frau, die gerade vom Balkon hereingekommen war, und nach einem Seitenblick auf Siri aus dem Zimmer ging. Siri sagte etwas, das Marianne nicht verstand, und lachte dann triumphierend. Sie legte Marianne, die ihr den Triumph gönnte, den Arm um die Schulter. Das war, als wären sie acht, neun Jahre alt. Zwei Verbündete (man hätte sie für Buben halten können), die den anderen zeigten, dass sie nicht auf sie angewiesen waren, dass sie Freunde waren, und sie sich um nichts scherten. Überhaupt: als hätten sie in den letzten zehn Jahren nichts anderes gemacht, als an den Wochenenden um die Häuser zu ziehen und Feste fremder Menschen aufzumischen. Als hätten sie nie aufgehört, in dem Spiegel, der die Freundin war, die eigene Position in der Welt anzuschauen. Als würden sie in allen ihren Lebensaltern ein und aus gehen, als wären sie nie in einem Jahr, an einem Ort stehengeblieben. Sie hatten keinen gemeinsamen Ort, sie hatten Augenblicke, die sich als sehr haltbar erwiesen. Was erstaunlich war, aber ein richtig gutes Gefühl auslöste. In Marianne, und vielleicht auch in Siri. War das schon genug? Sicher mehr, als man erwarten konnte.

Marianne hatte ihr Bier ausgetrunken, sie stellte die Flasche auf den Boden. Sie hätte gerne *richtig* getanzt. Siri an ihrer Seite bewegte sich noch ungeschickter als sie. »Die sind doch alle sterbenslangweilig hier!« Marianne spürte, dass ein paar herschauten, Siri hatte den letzten Satz laut gerufen. Es war ganz gleichgültig. Im Gegenteil: Es gefiel ihnen. Sie lachten und redeten über An- und Abwesende, schauten einander tief in die Augen. Sie spielten Roboter. Dann ging Marianne hinaus, holte noch etwas zu trinken. Auf einem kleinen Tisch standen Flaschen, Gläser, Plastikbecher, Reste von Essen, die kleine Küche war voller Leute. Hier waren nur Stimmen zu hören, Reden, ein Satz auf Englisch, gemeinsames Lachen. In der Küche war es eng und heiß. Im Vorzimmer entzifferte sie das Etikett und schenkte sich einen Becher ein. Was für eine Beute. »Ach komm, das willst du doch nicht allein …« Als Marianne in das Gesicht des Mannes blickte, der zu der Stimme gehörte, schaute der, als hätte er jemand anderen erwartet. Sie waren einander ganz nah. »Magst du einen Schluck?« – »Ach … ja, bitte.« Niemals würde einer wie er ablehnen. Sie kannten einander, nur ein Moment war das. Trinken, und nicht vergessen. Er gab ihr die Flasche zurück und machte einen Schritt knapp an ihr vorbei.

Als Marianne wieder ins Zimmer kam, stand Siri am Computer und setzte sich gerade Kopfhörer auf. Marianne schaute sich noch einmal das Bild an. Baumstämme und ein mit Moos bewachsener Boden machten noch kein Dickicht. Die Farben waren nicht mehr zu erkennen, der goldene Rahmen hatte etwas Deplatziertes, vielleicht lag es daran. Siri schaute professionell aus, ein richtiger DJ. Sie blickte ernst auf den Bildschirm, der Zeigefinger ihrer rechten Hand bewegte sich auf dem Touchpad. Man konnte ihr beim Nachdenken zuschauen. Ihr Finger bewegte sich so schnell wie ihre Gedanken. Dann lächelte sie, ihre Augen blitzten. *Ladies and gentlemen, as you know, we have something special down here at Birdland this evening: a recording for Blue Note Records. Yeah, yeah, yeah – what's that?* Marianne reichte Siri die Flasche, Siri trank. Marianne trank ihr Glas in einem Zug aus. *What's that? Funky funky.* Ein paar hatten bei den ersten Tönen protestiert, ein Mann und eine Frau machten währenddessen einen Schritt auf die Tanzfläche (den leeren Raum zwischen Bett und Tisch), Marianne gesellte sich zu ihnen. *Groovy groovy.* Ging gar nicht anders. *Jazzy funky pounce bounce.* Sie tanzten. Siri feuerte sie von ihrem Platz aus an, dann war auch sie auf der Tanzfläche. Immer noch ungelenk und beinahe schüchtern in ihren Bewegungen, aber auf einmal verrenkte sie ihren Körper, frenetisch, schnell. Das Klavier, das Schlagzeug, die Trompete. *Smooth, mind, floating like a butterfly. Notes start to float, suttle like a lullabye. Brace yourself as the beats hits ya. Dip trip, flip fantasia.* Schon beim dritten *funky funky* war das Zimmer voll. Man konnte spüren, wie der Boden mitschwang. Sie bebten alle. Rot. Ein paar Leute standen noch herum, aber fast alle tanzten, und Siri und Marianne, jetzt keine Roboter mehr, waren in der Mitte. Sie mussten lachen, sie schwitzten, die Wodkaflasche stand irgendwo am Boden, vielleicht hatte sie schon jemand anderer an sich genommen, vielleicht war sie umgefallen und über den rosaroten Boden ausgelaufen. Lautes Lachen, Kreischen. Tanzen. *Yeah, yeah.* Beats, Trompete, Tenorsaxofon.